GINA GREIFENSTEIN

RIESLINGTRÜFFEL

Pfalz Krimi

emons:

Bibliografische Information der Deutschen Nationalbibliothek
Die Deutsche Nationalbibliothek verzeichnet diese Publikation in der Deutschen Nationalbibliografie; detaillierte bibliografische Daten sind im Internet über http://dnb.d-nb.de abrufbar.

MIX
Papier aus verantwortungsvollen Quellen
FSC® C083411

Umschlagmotiv: mauritius images/imageBROKER/Kurt Möbus
Umschlaggestaltung: Nina Schäfer, nach einem Konzept von Leonardo Magrelli und Nina Schäfer
Umsetzung: Tobias Doetsch
Gestaltung Innenteil: César Satz & Grafik GmbH, Köln
Lektorat: Susann Säuberlich, Neubiberg
Druck und Bindung: CPI – Clausen & Bosse, Leck
Printed in Germany 2018
ISBN 978-3-7408-0319-3
Pfalz Krimi
Originalausgabe

Für meinen lieben Papa,
der meinen Werdegang als Autorin all die Jahre und
vom ersten Buchstaben an voller Interesse und liebevoller
Kritik begleitet hat und den ich nicht nur deswegen
so sehr vermissen werde!

Miss Marple lebt!

Montag, 17. September

»Sag es ruhig, ich kann damit leben«, sagte Bernd Keeser mit missmutiger Miene und rieb gedankenverloren seine rechte Schulter.

»Was soll ich sagen?« Kriminaloberkommissarin Paula Stern betrachtete ihren Kollegen, der ihr am Schreibtisch gegenübersaß, kritisch. Zwar behauptete er steif und fest, dass er keine Schmerzen mehr habe, aber sie ertappte ihn doch immer wieder dabei, wie ihm bei manchen Bewegungen hörbar die Luft wegblieb und er sich an die Schulter griff, die ein paar Monate zuvor eine Kugel abbekommen hatte.

Paula musste unwillkürlich grinsen. Wenn Keeser jetzt ihre Gedanken hätte lesen können, hätte er sie bei der miesen Laune, die er momentan an den Tag legte, sofort verbessert. Natürlich wusste sie, dass es »Projektil« und nicht »Kugel« hieß. Schließlich ritt Keeser immer wieder auf der exakten Bezeichnung herum.

Paula wusste auch, dass der einen Meter dreiundneunzig große Kriminalhauptkommissar sich eher die Zunge abgebissen als zugegeben hätte, dass ihm etwas wehtat. Aus Angst, er würde noch länger dienstuntauglich geschrieben werden.

Die letzten vier Monate im Krankenstand hatten ihn fast in den Wahnsinn getrieben – Geduld war definitiv keine seiner hervorstechenden Tugenden, das hatte Paula schon oft genug miterleben müssen. Gerade in diesen vier Monaten hatte er nicht etwa sein arbeitsfreies Leben genossen wie »normale« krankgeschriebene Arbeitnehmer, sondern er war permanent gelangweilt und wie ein ausgehungerter Wolf im Präsidium herumgestrichen, hatte sich auf jeden hereinkommenden Fall gestürzt und sich in die Ermittlungen eingemischt. Was wiederum Paula beinahe in den Wahnsinn getrieben hätte. Sie fragte sich, wie es erst werden würde, wenn er in ein paar Jahren in den Ruhestand ging.

Sie fragte sich auch, warum Keeser trotz seines lang herbeigesehnten ersten Arbeitstages so schlecht gelaunt war.

»Hast du Schmerzen?«, erkundigte sie sich, denn das wäre für sie der einzig triftige Grund für seine miese Stimmung gewesen.

Sofort ließ Keeser die Hand sinken und sah Paula angriffslustig an. »Lenk nicht ab!«

»Ich lenke nicht ab, ich mache mir nur Sorgen um dich. Also: Hast du Schmerzen?«

»Wie geht's Bazillus?«, fragte er, statt eine Antwort auf ihre Frage zu geben.

Reflexartig legte Paula eine Hand auf ihren Bauch, der zwar noch nicht die typische Schwangerschaftsrundung aufwies, sich aber doch langsam wölbte. *Bazillus*, wie Keeser den winzigen Untermieter in ihrer Gebärmutter nannte, war inzwischen ungefähr vierzehn Wochen alt. Seinen Spitznamen hatte der kleine Eindringling – ob ein Er oder eine Sie, war bisher noch nicht zu erkennen gewesen – dem Umstand zu verdanken, dass Paula zu Beginn ihrer Schwangerschaft gehofft hatte, sich nur einen Magen-Darm-Infekt eingefangen zu haben.

»Jetzt lenkst *du* ab, und das alles andere als geschickt, mein Lieber.«

Keeser machte eine wegwerfende Geste. »Quatsch, alles gut. Es zieht nur manchmal ein bisschen, halb so schlimm. Vielleicht liegt es ja am Wetter. Und jetzt spuck es schon aus.«

Paula sah durch das Fenster hinter Keeser in den strahlend blauen Spätsommerhimmel, über den nur ein paar vereinzelte weiße Wölkchen zogen. Ihres Wissens schmerzten Narben nur dann, wenn das Wetter schlecht war oder wenn ein Wetterwechsel bevorstand. Beides traf nicht zu, der Wetterbericht hatte für die ganze Woche milde Temperaturen und Sonnenschein vorausgesagt, keinen Regen. Wenn Keeser Schmerzen hatte, dann wohl eher, weil die Wunde einfach noch nicht gut genug verheilt und es eventuell noch zu früh für ihn war, wieder Dienst zu tun. Wahrscheinlich hatte er den Amtsarzt dahin gehend belogen. Vielleicht hatte er auch den Bericht gefälscht, das hätte Paula ihm zugetraut.

»Was soll ich ausspucken?« Sie tat beschäftigt, indem sie ein paar beschriebene Zettel ordentlich zusammenschob und ihre Stifte in Reih und Glied legte.

»Dass du lieber weiter mit dem jungen und knackigen Weber zusammenarbeiten würdest als mit mir. Gib es ruhig zu.«

Daher wehte der Wind – es war seine Krankheitsvertretung, die Keeser beunruhigte.

Paula lehnte sich lässig zurück und grinste ihn frech an. »Bist du etwa eifersüchtig? Herzallerliebster Bernd, du bist doch auch ziemlich knackig ...«

Keeser musterte sie argwöhnisch.

Ach, dachte Paula, wir arbeiten schon viel zu lange zusammen – er kennt mich inzwischen so gut und weiß genau, dass er nichts Ernsthaftes zu hören bekommt.

»... es knackt doch bei jeder Bewegung bei dir«, beendete sie den Satz.

»Unverschämte Göre«, sagte Keeser, konnte aber ein Schmunzeln nicht verbergen. »Jetzt mal im Ernst: Würdest du lieber weiterhin Weber zum Partner haben anstatt mich alten Krauter? Ich könnte es verstehen ...«

»Er hat sich von sich aus in seine Dienststelle zurückversetzen lassen«, unterbrach ihn Paula ruppiger als beabsichtigt. »Deine Frage ist also völlig unnötig.«

»Bist du sicher, dass er das wirklich wollte? Ihr habt doch gut zusammengepasst ...«

»Beruflich vielleicht. Aber Weber ist und bleibt trotzdem ein Arsch!«

»Ach ja? Immerhin teilt ihr euch die Leidenschaft fürs Motorradfahren. Ehrlich gesagt dachte ich, ihr seid euch während eurer Zusammenarbeit ein bisschen nähergekommen.«

»Dann hast du wohl falsch gedacht. Und jetzt halt endlich die Klappe, sonst erschieße ich dich.«

Bevor Keeser etwas erwidern konnte, klopfte es an der Tür.

»Stör ich euch?«, erklang Marianne Renners Stimme hinter Paula.

Ob sie nur ihren Lebensgefährten Keeser besuchen wollte

oder in ihrer Funktion als Staatsanwältin in den Räumen der Mordkommission unterwegs war, war Paula egal – sie war nur froh, dass das Thema Matthias Weber fürs Erste vom Tisch war.

Marianne Renner stöckelte in hohen schwarzen Pumps um Paula herum zu Keeser und küsste ihn zärtlich.

»Ich habe dir etwas mitgebracht«, gurrte sie und hielt ihm eine rechteckige grüne Vesperdose vor die Nase.

Dass sie Keeser mit einem Pausenbrot versorgte, war neu für Paula, aber sie fand es niedlich.

»Wir wollten eigentlich später essen gehen«, sagte Keeser mit einem hilfesuchenden Blick zu Paula.

Wollten wir das?, wunderte sie sich. Darüber hatten sie bisher kein Wort verloren. Außerdem war es gerade mal kurz vor zehn, wie ihr die Uhr an der Wand verriet – das war sogar für Keeser zu früh, um an Mittagessen zu denken.

»Das kannst du dir jetzt sparen«, sagte Marianne und klappte die Vesperdose auf. »Ich habe lauter feine Sachen für dich eingepackt.«

Paula erkannte von ihrem Platz aus ein Sammelsurium aus vitaminhaltigem Obst und Gemüse: jede Menge Salatgurkenscheiben mit Schale, mehrere Radieschen, geschälte und zu handlichen Stiften geschnittene Karotten sowie einen dunkelroten Apfel in zwei Hälften. Und über all dem schwebte das leidvoll verzogene Gesicht ihres Kollegen.

»Willst du mich umbringen?«, fragte Keeser matt und schloss den Deckel nachdrücklich.

»Ganz im Gegenteil, mein Süßer, ich will, dass du dich gesund ernährst und mir noch lang erhalten bleibst.« Marianne küsste ihn auf die Stirn, knöpfte ihre eng anliegende dunkelgraue Kostümjacke auf und setzte sich auf die Kante seines Schreibtisches. Dabei rutschte ihr Rock ein Stück hoch und gab den Blick frei auf zwei wohlgeformte Beine in Seidenstrümpfen, was Keesers Aufmerksamkeit sofort von der unerfreulichen Gemüsedose weglenkte.

»Aber ich bin auch dienstlich hier«, sagte Marianne. »Ich möchte, dass ihr gleich in die Rechtsmedizin rüberfahrt. Dort arbeitet Dr. Knopp an einer neunundachtzigjährigen Frau, die gestern Nachmittag auf dem Friedhof von Bad Bergzabern verstorben ist.«

Dann hatte sie es ja nicht weit, dachte Paula amüsiert. »Warum ist sie bei Knopp?«, fragte sie. »Bei ihrem hohen Alter könnte man doch von einem natürlichen Tod ausgehen.«

»Der Ansicht war auch der Notarzt, der den Totenschein ausgestellt hat. Er attestierte ein normales altersbedingtes Herzversagen.« Marianne öffnete die grüne Dose, schnappte sich ein Stück Gurke und knabberte daran.

Paula und Keeser sahen sie erwartungsvoll an, doch Marianne ließ sich Zeit.

Paula riss der Geduldsfaden. »Ja und?«

»Ihre beste Freundin hat bei der Polizei Zweifel an einem gewöhnlichen Dahinscheiden angemeldet«, erklärte Marianne. »Ihrer Meinung nach war ihre Freundin und Nachbarin kerngesund. Sie hält es für möglich, dass da nachgeholfen wurde. Tja, und deshalb liegt die alte Dame jetzt unter Dr. Knopps Messer.« Sie stand auf und rückte ihren Rock zurecht. »Wenn er etwas Verdächtiges finden sollte, haben wir einen neuen Fall. Haltet mich bitte auf dem Laufenden.«

Sie ergriff Keesers Kinn und hob sein Gesicht zu sich hoch. Nach einem ausgiebigen Kuss gab sie ihn frei und ging zur Tür. Dort drehte sie sich noch einmal zu ihm um.

»Und denk dran, Bernd: kein unnötiges Fett, keinen Zucker und keinen Alkohol«, sagte sie eindringlich und verließ mit klackernden Absätzen den Raum.

»Machst du Diät?«, fragte Paula ungläubig, nachdem sich Marianne weit genug entfernt hatte und die schwere Tür ins Schloss gefallen war. »Ausgerechnet du?«

»Was dagegen?«, schnaubte Keeser grantig und betrachtete unglücklich das gesunde Mitbringsel. Mit verächtlicher Miene schob er die Dose aus seinem Sichtfeld. »Marianne hat das verordnet.«

Jetzt wunderte sich Paula nicht mehr, dass er so schlecht drauf war. Keeser, um genauer zu sein: Genussesser Keeser und Diät, das passte einfach nicht zusammen.

»Hast du nicht immer behauptet, Marianne liebt jedes einzelne Gramm an deinem Luxuskörper?«

»Grundsätzlich schon, aber anscheinend nicht die paar Grämmchen, die in letzter Zeit frisch dazugekommen sind.«

Paula musterte ihn genauer. Keeser gehörte ihrer Meinung nach schon immer in die Kategorie »vollschlank, mit der Tendenz zu Übergewicht«. Dank seiner Größe wirkte er aber nicht im herkömmlichen Sinn dick, sondern eher … nun ja, gewaltig. Aber wenn sie ihn so betrachtete, dann hatte er in den letzten Wochen tatsächlich einiges an Masse zugelegt.

»Sind wohl ein paar Gramm sexuelle Schwungmasse zu viel geworden?«, bohrte sie nach. »Oder sprechen wir gar von Kilos?«

Keeser sah sie düster an, stemmte sich schwerfällig aus dem Schreibtischstuhl und angelte sein Jackett von der Stuhllehne. »Ist doch kein Wunder, wenn man wochenlang nur herumhockt! Nach ein paar Wochen im Dienst werde ich wieder schlank und rank sein«, kündigte er im Hinausgehen an.

Träum weiter, dachte Paula und stand ebenfalls auf. »Dann werde ich dich am besten ein bisschen scheuchen.« Ihr Blick fiel auf die grüne Box. »He, willst du deine gesunden Leckereien nicht mitnehmen?«

Keeser hielt abrupt inne, drehte sich um und warf ihr einen vernichtenden Blick zu.

Paula hob abwehrend die Hände. »Schon gut, schon gut, war ja nur 'ne Frage.« Sie schnappte sich ebenfalls ihre Jacke.

»Geigerlein, wir sind dann mal weg!«, rief sie ins Sekretariat, um sich abzumelden.

Martina Geiger sah von ihrer Arbeit auf und winkte ihr flüchtig zu. »Viel Spaß euch beiden.«

»Spaß in Knopps ›Katakomben des Grauens‹? Das wäre ja mal was völlig Neues«, sagte Paula und folgte Keeser nach draußen.

***

In der Rechtsmedizin empfing sie der ewig gleiche Geruch – eine Mischung aus Desinfektions- und Putzmitteln, die den süßlichen Hauch von Verwesung nicht ganz zu überdecken vermochte.

Paulas Magen rebellierte automatisch. Sie versuchte, so flach wie möglich zu atmen, auch wenn sie aus Erfahrung wusste, dass sich die Geruchsnerven, so unglaublich das auch war, in wenigen Minuten halbwegs an das fiese Aroma des Todes gewöhnen und der Würgreiz verschwinden würde.

Als Paula und Keeser gerade ihre Jacken an der Garderobe aufhängten, schwang eine der Sektionsraumtüren auf, und Andreas Knopp trat in voller Arbeitsmontur auf den Gang.

»Ah, da sind ja meine Lieblingsermittler, ich wollte euch gerade anrufen. Das nenne ich perfektes Timing.«

So fröhlich, wie er war, vermutete Paula, dass Knopp bei der Obduktion etwas Spannendes gefunden hatte. Denn dass er gerade an einer Leiche arbeitete, verrieten Gummischürze und Handschuhe, die allesamt blutverschmiert waren.

»Die alte Dame wartet schon auf euch. Schmeißt euch in eure Rüstungen und folgt mir in meine ›Katakomben des Grauens‹.« Sprach's und verschwand wieder durch die Schwingtür.

Widerwillig zog sich Paula die duschhaubenähnlichen Plastiküberzieher über die Boots und schlüpfte in einen Einwegkittel. Bei Keeser dauerte es etwas länger, denn er hatte sowohl beim Bücken als auch beim Anziehen des Kittels Schwierigkeiten.

»Diese Dinger sind ja winzig«, maulte er. »Haben die 'ne kleinere Größe eingekauft?«

»Diese Dinger sind die gleichen wie immer und völlig in Ordnung, Bernd. Das Problem sind einzig und allein die Pfunde, die du derzeit zu viel auf den Rippen hast.«

»Fängst du jetzt auch noch an …«

»He, Kollege, mir ist völlig egal, wie viel Übergewicht du hast«, sagte Paula und sah ihn eindringlich an. »Aber du solltest dich mal schnaufen hören – da bekommt man es mit der Angst zu tun.«

»Ja, ja, ich weiß. Wie du vorhin mitbekommen hast, bin ich ja schon beim Abnehmen«, murrte Keeser und gab es endgültig auf, den Kittel im Nacken schließen zu wollen.

»Und seit wann?«

Keeser zog sich den Mundschutz über die untere Hälfte seines Gesichts, murmelte dabei etwas Unverständliches und marschierte knisternden Fußes auf die Tür zu, hinter der Andreas Knopp seiner Arbeit nachging.

»Was hast du gesagt?« Paula ging hinter ihm her. »Ich hab dich nicht verstanden.«

Keeser blieb in der geöffneten Tür stehen und sah sie scharf an. »Seit heute Morgen«, erwiderte er barsch und verschwand im Sektionsraum.

Paula folgte ihm. Ihr belustigtes Lachen erstarb auf ihren Lippen, als sie in eine Wolke aus übelsten Gerüchen eintauchte. Sie kannte dieses Gemisch nur zur gut. Da war das typische metallische Aroma von Blut – die säuerliche Note stammte zweifellos vom Inhalt eines Magens –, und über all dem lag der Gestank von Fäkalien in der Luft. Knopp hatte sich also schon mit den Innereien der Toten beschäftigt.

Paula kämpfte dagegen an, ihren eigenen Mageninhalt beizusteuern. Endlich hatte sie die morgendliche Schwangerschaftsübelkeit hinter sich gelassen, und dann das hier. Im Gegensatz zu Keeser, der sich schon neugierig und ohne jegliche Übelkeitsanwandlungen über den Sektionstisch beugte, würde sie sich niemals an diesen Geruch gewöhnen, da war sie sich sicher. Während sie neben Keeser trat, wünschte sie sich nicht zum ersten Mal, seinen unverwüstlichen Magen zu haben.

Unter dem grellen Licht der Arbeitslampe lag eine zierliche, höchstens einen Meter sechzig große weibliche Person. Zu Paulas Erleichterung war der Körper der Frau schon wieder mit der typischen wulstigen Naht, die alles andere als die Arbeit eines Schönheitschirurgen war, verschlossen worden. Sie verzichtete nur zu gern auf den Anblick des menschlichen Innenlebens.

Die Haut am Körper und im Gesicht der Leiche war extrem faltig. »Welk« war das Wort, das Paula spontan in den Sinn kam.

So sehen alte Frauen also nackt aus, dachte sie. In dreißig, nein, hoffentlich erst in vierzig oder noch mehr Jahren sehe ich auch so aus. Sie fand, dass das keine schönen Aussichten waren.

»Darf ich vorstellen: Vor euch liegt Elisabeth Lauer, neunundachtzig Jahre alt und seit heute Morgen mein Gast. Sie wurde aufgrund angemeldeter Zweifel an ihrem natürlichen Tod zu mir überwiesen«, begann Andreas Knopp seinen Bericht. »Mit der Leichenschau bin ich, wie ihr unschwer erkennen könnt, inzwischen fertig. Beim ersten Hinsehen ist alles normal. Die Diagnose des Notarztes auf altersbedingtes Herzversagen ist somit nachvollziehbar.«

»Dann ist sie also doch eines natürlichen Todes gestorben?« Paula war weder enttäuscht noch erfreut über diese Nachricht. Aber der Aufwand mit der Obduktion wäre in diesem Fall überflüssig gewesen.

Andreas Knopp sah sie über die goldenen Brillenränder hinweg verschmitzt an. »*Das,* meine liebe Frau Stern, hab ich nicht gesagt.«

»Genau, sonst hätte er uns gar nicht erst reingebeten, nicht wahr, Knoppi?«, sagte Keeser. »Aber sterben nicht alle Menschen letztendlich an Herzversagen? Egal, ob jemand von einem Projektil erschossen, von einem Messer erstochen oder von einem Stein erschlagen wird – am Ende stirbt er, weil sein Herz aufhört zu schlagen, oder?«

Andreas Knopp nickte ihm zu. »So betrachtet hast du natürlich recht. Unsere Aufgabe besteht folglich darin festzustellen, weshalb das Herz eines Toten zu schlagen aufgehört hat.«

»Und, können Sie uns sagen, warum dieses Herz stehen geblieben ist?«

»Selbstverständlich kann ich das, Fräulein Ungeduld. Aber logischerweise erst, wenn die Untersuchungen abgeschlossen sind. Und jetzt schön der Reihe nach: Elisabeth Lauers Herz ist in einem für ihr Alter optimalen Zustand. Keine Gerinnsel, kein abgestorbenes Gewebe, keine anderen Abnormitäten. Ich kann keinerlei Anzeichen auf zu hohen Blutdruck oder Kalkablagerungen erkennen. Lunge, Nieren, Leber – alles ebenfalls ohne Befund. Lasst euch am besten die Akten von ihrem Hausarzt geben, einem Dr. Bollinger in Bad Bergzabern. Vielleicht steht da ja etwas, das ich nicht gesehen habe.« Er griff nach dem Totenschein und reichte ihn an Paula weiter, damit sie die Adresse des Arztes abschreiben konnte.

Sie notierte sich bei dieser Gelegenheit gleich noch die Wohnadresse der Verstorbenen, bevor sie Knopp die Papiere zurückgab.

»Grundsätzlich wäre ich froh, wenn mein Inneres in diesem Alter noch so gut in Schuss wäre«, fuhr Knopp mit seinen Ausführungen fort. »Dann haben wir noch eine altersbedingte Osteoporose, auch nichts Außergewöhnliches.« Er hob eine der altersfleckigen, von einem langen arbeitsreichen Leben gezeichneten Hände. Mit seinem behandschuhten Zeigefinger deutete er auf die auffallend knubbeligen Gelenkknochen. »Die verkrümmten Finger sind die Folge einer fortgeschrittenen rheumatoiden Arthritis. Die Ärmste hatte dadurch wohl schon seit mehreren Jahren erhebliche Beschwerden. Ansonsten wirkt die alte Dame auf mich ausgesprochen fit, wenn auch leicht unterernährt, was aber bei alten Menschen keine Besonderheit ist.«

Knopp warf einen bedeutsamen Seitenblick auf Keesers stattlichen Bauch unter dem prall gespannten Kittel. »Worüber du dir offensichtlich keine Sorgen machen musst, Bernd. Sag mal, hast du zugenommen?«

»Geh du mir nicht auch noch auf die Nerven, Knopp!«

»Du hast also zugenommen. Und eher mehr als wenig, wenn man von der Passform des Kittels ausgeht. Mann, Bernd, du warst noch nie der Schlankeste, und ich bin ja auch kein Arzt für die Lebenden, aber wenn du mich fragst, solltest du schnellstens die Notbremse ziehen.«

»Ich frage dich aber nicht«, blaffte Keeser gereizt. »Und angehen tut dich das auch nichts. Also, wie ist es, können wir mit der Arbeit weitermachen?«

Andreas Knopp hob hilflos die Schultern. »Ich meine es nur gut mit dir.«

»Alte Bauernregel: Vor Menschen, die es angeblich nur gut mit einem meinen, soll man sich in Acht nehmen«, erwiderte Keeser.

»So was Blödes hab ich ja noch nie gehört. Das kann nur eine von deinen typischen Keeser-Regeln sein. Wenn du nicht aufpasst, liegst du eines Tages hier auf diesem Tisch, und ich schnipple an deinen Fettschichten rum.«

»Wie soll das denn bitte schön passieren? Um auf diesem Tisch zu landen, müsste mich ja zuerst jemand umbringen«, sagte Keeser mit spöttischem Unterton.

»Führe mich nicht in Versuchung, mein Freund.« Andreas Knopp sprach genau das aus, was Paula gerade dachte.

»Machst du jetzt bitte endlich weiter, Herr Dr. Knopp? Wir haben schließlich nicht den ganzen Tag Zeit für deine für den Fall nicht relevanten Ausführungen. Also, woran starb Elisabeth Lauer denn nun?«

Paula betrachtete die beiden Männer, die sich wie aufgeplusterte Kampfhähne am Seziertisch gegenüberstanden, und amüsierte sich bestens.

»Wenn ich die Herren kurz stören dürfte – haben wir hier nun einen neuen Fall?«, fragte sie vorsichtig in die negativ geladene Stimmung hinein.

Keeser und Knopp starrten sich noch ein paar Sekunden feindselig an. Andreas Knopp war der Erste, der zu einem normalen Ton und zu dem Grund ihres Zusammentreffens zurückfand.

»Elisabeth Lauer war zum Zeitpunkt ihres Todes wie gesagt leicht untergewichtig. Jedoch nicht dehydriert, was bei alten Menschen sehr häufig vorkommt und zum Beispiel zu Gedächtnisverlust, Kreislauf- und Gleichgewichtsstörungen führt. Das ist häufig der Grund dafür, dass alte Menschen immer wieder stürzen.«

Er drehte den Kopf der Toten zur Seite und zeigte auf eine kahl geschorene Stelle im schulterlangen weißen Haar. Eine bereits gereinigte Kopfwunde war dort zu sehen.

»Sie ist aber wohl trotzdem gestürzt«, schlussfolgerte Paula.

»Oder wurde sie niedergeschlagen?«, fragte Keeser.

»Nein, im Bericht des Notarztes steht, sie sei infolge einer Ohnmacht von einer Bank gekippt. Dabei hat sie sich vermutlich diese Kopfwunde zugezogen.«

»Dann ist das womöglich der Grund für ihren Tod? Ein Sturz

mit Todesfolge und der Notarzt hat das übersehen?«, hakte Paula nach.

»Er hat das zwar definitiv übersehen, aber diese Verletzung hat ganz sicher nicht zu Elisabeth Lauers Tod geführt.« Knopp zeigte auf die Röntgenbilder, die im Negatoskop an der Wand steckten. »Die Aufnahmen sind ohne Befund, auch hier keine Gerinnsel oder Hinweise auf Prellungen, die ihren Tod verursacht haben könnten.«

»Wie konnte der Arzt das übersehen?«, fragte Keeser zweifelnd. »Ich dachte immer, Kopfwunden würden stark bluten.«

»Gut aufgepasst, Bernd. Dass der Notarzt die Kopfwunde nicht bemerkt hat, ist wahrscheinlich dem Umstand zuzuschreiben, dass Elisabeth Lauer bereits tot war, als sie von der Bank fiel, und nicht nur ohnmächtig. Wäre sie noch am Leben gewesen, hätte diese Wunde in der Tat ordentlich geblutet und wäre ganz sicher nicht übersehen worden.«

»Und was war es nun, was sie getötet hat?«, fragte Keeser ungeduldig. »Heute machst du es aber besonders spannend.«

»Ich sagte doch eingangs, alles der Reihe nach. Also: Ich habe euch gerade erzählt, dass es bis dahin nach einem altersbedingten Herzversagen aussieht.« Er machte eine dramatische Pause und sah dabei von Paula zu Keeser und wieder retour.

Die Gesichter der beiden zeigten, dass sie mal wieder keine Ahnung hatten, worauf er hinauswollte.

»Dagegen steht aber das, was der Notarzt im Totenschein als Begründung für seine Diagnose aufgeführt hat. Da schreibt er nämlich, die Verstorbene habe kurz vor ihrem Tod über Lähmungserscheinungen in Beinen und Armen, Atemnot und starke Leibschmerzen geklagt. Diese Symptome deuten eher auf einen Infarkt als auf einen einfachen Herzstillstand hin. Das Herz der Toten zeigt aber keinerlei Spuren eines derartigen Infarktes. Dagegen sprechen auch die Schmerzen in Armen und Beinen, die sie gehabt haben soll.«

»Du sprichst in Rätseln, Knopp«, sagte Keeser knurrig. »Komm doch endlich auf den Punkt.«

Andreas Knopp ging wortlos und in aller Seelenruhe hinüber zu seinem Arbeitstisch und kam mit einem durchsichtigen Plastikbehälter zurück. Eine flüssige Masse schwappte darin, die Paula an Milchkaffee erinnerte. Sie ahnte, worum es sich handelte.

»Das machte mich stutzig – und deshalb habe ich mir den Mageninhalt von Elisabeth Lauer genauer angesehen«, bestätigte Knopp Paulas Vermutung. »Sie hat einer ersten groben Einschätzung nach zuletzt irgendein Milchprodukt zu sich genommen – Quark oder Joghurt, Genaues weiß ich noch nicht. Und reichlich Schokolade. Alles etwa zwei Stunden vor ihrem Tod. Gewiss nichts Außergewöhnliches, aber etwas am Geruch hat mich gestört.« Er drehte den Deckel ab und hielt die Dose Paula und Keeser einladend entgegen. »Wollt ihr auch mal riechen?«

Beide zuckten angewidert zurück. Dennoch fand ein Hauch des Aromas der ekligen Flüssigkeit trotz Mundschutz den Weg in Paulas Nase.

Magensäure, erkannte sie, der typische Gestank von Erbrochenem. Aber halt, da war wirklich noch eine andere Note: ein Anflug von Schokolade, der jedoch gleich wieder vom scharfen Aroma der Säure überdeckt wurde. Mehr konnte Paula nicht herausriechen.

»Dann eben nicht«, brummelte Knopp enttäuscht und schnupperte selbst an der undefinierbaren Brühe. »Ja, da bin ich mir vollkommen sicher, das riecht nach etwas, das normalerweise weder in Milchprodukten noch in Schokolade vorkommt und auf gar keinen Fall in einen menschlichen Magen gehört.« Er verschloss die Dose wieder und stellte sie neben dem Kopf der toten Elisabeth Lauer ab.

»Und was riechst du da raus?«, drängelte Keeser.

»Bernd, ich bin zwar gut, aber nicht *so* gut. Ich habe eine Probe rüber ins Labor gegeben – in einer Stunde, höchstens in zwei, habe ich die Ergebnisse.«

»Was vermuten Sie denn?«, fragte Paula interessiert.

»Irgendetwas Toxisches. Die beschriebenen Symptome können zwar großzügig betrachtet sehr wohl einem Herzinfarkt zugeordnet werden, aber eben auch einer Vergiftung. Wisst ihr eigentlich, dass achtzig bis neunzig Prozent aller Giftmorde nicht entdeckt werden?«

Paula und Keeser schüttelten synchron den Kopf.

»Das dachte ich mir schon. Tja, seht mich einfach als einen unerschöpflichen Quell der Erleuchtung. Es gibt verschiedene Toxine, die Herzrhythmusstörungen hervorrufen und im weiteren Verlauf zum Herzstillstand führen können. Einige besonders giftige Stoffe kommen erschreckenderweise in harmlos aussehenden Zimmer- und Gartenpflanzen vor, was die meisten Menschen gar nicht wissen. Im so ungefährlich wirkenden Alpenveilchen zum Beispiel oder im allseits beliebten Weihnachtsstern. Ich melde mich bei euch, sobald ich weiß, womit wir es zu tun haben.«

***

»Der Genuss von Schokolade kann also tödlich sein«, sagte Paula, als sie wieder im Auto saßen. Freundschaftlich boxte sie Keeser auf den Oberarm – nicht zu fest, da dies seine verletzte Seite war. »Vielleicht hilft dir das, in nächster Zeit darauf zu verzichten?«

Keeser schnallte sich an und bedachte sie mit einem beleidigten Blick. »Sehr witzig.«

»Das war nicht als Witz gedacht. Wenn ich's recht bedenke …«, Paula kicherte, »… dann solltest du den Fall besser abgeben … wegen Befangenheit sozusagen.«

»Befangenheit? Was soll der Quatsch, ich bin doch nicht bef…« Jetzt kapierte Keeser, was Paula meinte. »Du freches Stück!«

»Wieso frech? Du hast nun mal eine auffallend innige Beziehung zu Schokolade und somit zu einem unserer vermeintlichen Mordinstrumente.«

»Haha, ich lach mich tot.« Keeser dachte kurz nach und fügte dann mit spitzbübischem Lächeln hinzu: »Dann sollte ich wohl besser auch keine diätunterstützenden Milchprodukte zu mir nehmen, denn auch die könnten gefährlich für meine Gesundheit sein. Ach was, die sind sogar definitiv nicht gut für meine Gesundheit! Aber ich kann dir genau sagen, was jetzt gut für meinen Körper wäre …« Er warf einen kurzen Blick auf die Uhr am Armaturenbrett. »Ein kleines Rumpsteak mit Bratkartoffeln oder ein paar Scheibchen Saumagen mit Sauerkraut. Letzteres ist zudem ungemein gesund für Magen und Darm, hab ich mal gehört.«

»Was du nicht sagst«, bemerkte Paula spöttisch.

»Doch, doch, im Ernst. Hast du etwa keinen Hunger?«

»Kurz nachdem mir der Mageninhalt eines anderen Menschen unter die Nase gehalten wurde? Ganz gewiss nicht!«

»Schade«, sagte Keeser kapitulierend. »Wie stellst du dir dann unser weiteres Vorgehen vor?«

Paula holte ihr Handy aus der Lederjacke. »Zuerst sag ich Marianne Bescheid, dass hier mit hoher Wahrscheinlichkeit ein Tötungsdelikt vorliegt.«

Sie suchte den eingespeicherten Kontakt heraus und lauschte dem Klingeln am anderen Ende der Leitung. Als sich die Staatsanwältin meldete, berichtete sie ihr kurz von dem Besuch in der Rechtsmedizin und Knopps Verdacht auf eine Vergiftung. Sie ließ sich Namen und Adresse der Freundin geben, die nicht an den natürlichen Tod von Elisabeth Lauer geglaubt hatte. Die beiden wohnten direkt nebeneinander, stellte Paula fest, als sie die Adressen verglich.

»Nein, keine Sorge«, sagte sie abschließend und schielte bedeutsam zu Keeser hinüber. »Ich pass auf ihn auf, versprochen.«

»Auf wen passt du auf? Etwa auf mich? Dass ich nichts esse?«, fragte Keeser empört.

»Dass du nichts *Falsches* isst.«

Keeser startete wortlos den Motor und fuhr los, während Paula das Navigationssystem ihres Dienstwagens mit einer Adresse in Bad Bergzabern fütterte.

Nach halber Strecke, die sie eisern schweigend zurückgelegt hatten, spürte Paula plötzlich eine Bewegung in ihrem Unterleib. Instinktiv legte sie beide Hände auf den kaum sichtbaren Babybauch und sog hörbar die Luft ein.

Keeser sah sie aus erschrocken geweiteten Augen an. »Was ist los? Hast du Schmerzen? Ist was mit Bazillus? Hast du etwa Wehen?«, rief er panisch. »Soll ich ins nächste Krankenhaus fahren? Oh Gott, Paula, sag doch was!«

»Würde ich ja, wenn ich zu Wort käme. Es ist alles gut, Onkel Keeser, es hat sich bloß bewegt. Ich hab es nur das erste Mal so richtig gespürt.«

»Mann, du hast mir vielleicht einen Schreck eingejagt.« Keeser entspannte sich wieder. »Wann hast du den nächsten Termin beim Frauenarzt?«

»Morgen um elf. Ich hab leider keinen Termin außerhalb der Dienstzeit bekommen.«

»Erfährst du dann endlich, was es wird?«

»Eventuell, kommt drauf an, wie Bazillus liegt.«

»Willst du es denn wissen?«

Diese Frage stellte sich Paula schon, seit sie wusste, dass sie schwanger ist.

»Ich glaube schon«, gab sie jetzt Keeser und somit sich selbst zur Antwort. »Ja, ich will es wissen. Ich will wissen, mit wem ich es zu tun habe. Dann wird auch die Suche nach einem Namen leichter.«

»Hast du schon ein paar Favoriten?«

»Negativ. Aber was hältst du von Fridolin, wenn es ein Junge wird?«

»Bist du verrückt? Das kannst du dem Kleinen auf gar keinen Fall antun«, sagte Keeser ehrlich entsetzt.

Paula wusste, dass seine Mutter *ihm* das einst angetan hatte: Bernd Fridolin Keeser, das war sein voller Name. Den Fridolin versteckte er aber geschickt hinter einem *F.* – nur die wenigsten kannten sein kleines Geheimnis.

»Ach, du verarschst mich mal wieder«, stellte er fest, als er ihre listig funkelnden Augen sah.

Inzwischen hatten sie Bad Bergzabern erreicht und folgten den Anweisungen des Navis bis in die Zeppelinstraße. Keeser parkte den Wagen vor einem Einfamilienhaus Marke »Wirtschaftswunder«, in dem Paulas Notizen zufolge Helma

Gensheimer, die Freundin der verstorbenen Elisabeth Lauer, wohnte.

Ein gut gepflegter Vorgarten lud zum Betreten des Grundstücks ein. Der Garten nebenan, der von Elisabeth Lauer, wirkte dagegen recht verwahrlost. Eine Pflanze mit wunderschönen blauen Blüten hatte die Herrschaft über alles übernommen.

Kein Wunder, dachte Paula, die alte Dame war immerhin neunundachtzig Jahre alt. Vielleicht hatte sie ja keine Kinder oder Enkelkinder, die ihr halfen. Oder ihr fehlte das nötige Kleingeld, um einen Gärtner zu bezahlen.

»Hübsche Wohngegend«, stellte Keeser beim Aussteigen fest. »Schön ruhig, abseits von der Durchgangsstraße.«

»Und abends um acht Uhr werden die Gehsteige hochgeklappt«, sagte Paula und deutete ein Gähnen an.

»Was ist daran bitte schön schlecht? Komm erst mal in mein Alter, dann bist du froh, wenn du nach der Arbeit deine wohlverdiente Ruhe hast. Ein bisschen Gartenarbeit noch, ein schönes Glas Wein auf der Terrasse – mehr braucht man nicht zum Glücklichsein.«

Keeser blieb stehen und bewunderte eine Reihe von beinahe zwei Meter hohen Pflanzen mit großen weißen Blüten, die in einem schmalen Beet links vom Eingang an der Hauswand standen. »Weiße gefüllte Stockrosen, wie schön. Die überleben bei mir leider nicht. Ich hab es schon ein paarmal versucht, verschiedene Sorten, sie sind aber nie was geworden. Vielleicht war es ja der falsche Standort.« Mit einer Bewegung, die wohl galant sein sollte, öffnete er für Paula das niedrige Türchen im Jägerzaun.

Paula zuckte mit den Schultern. Bei diesem Thema konnte sie ihm nicht weiterhelfen, denn von Pflanzen verstand sie genau so viel wie von Fußball, nämlich gar nichts.

Sie betraten den mit Waschbetonplatten belegten Weg, der zur Haustür führte. Paula dachte an Keesers Fachwerkhäuschen und an seinen wildromantischen Garten in Gleiszellen. »Hattest du nicht genau das in den letzten Wochen? Über drei Monate konntest du das Rentnerdasein testen. Soweit ich mich erinnere, hat dich das aber auch nicht besonders glücklich gemacht.«

»Das war doch was ganz anderes, da war ich krank. Mit einer Hand kann man nun mal keine Gartenarbeit machen. Mit einer Hand kann man irgendwie gar nichts machen.«

»Zum Glück kann man aber zumindest das Schoppenglas mit einer Hand halten.«

Keeser widersprach ihr ausnahmsweise nicht.

»Was sagt denn deine ganz persönliche Staatsanwältin zu diesem äußerst langweiligen Zukunftsszenario?«, frotzelte Paula. »Die ist ja wohl auch noch zu jung für ein Leben zwischen selbst gezogenen Tomaten und akkurat getrimmtem Zierrasen.«

Sie standen jetzt unter einer kleinen Glasüberdachung, und Keeser drückte auf den Klingelknopf. Das altgediente Läuten von Big Ben erklang höllisch laut hinter der alten Holztür mit dem kleinen Fensterausschnitt in Kopfhöhe – genauer gesagt, in Paulas Kopfhöhe. Keeser hätte sich bücken müssen, um hindurchsehen zu können. Allerdings versperrte ihr ein dünner weißer Vorhang die Sicht. Alles, was sie von der Wohnung dahinter erkennen konnte, war ein heller Türausschnitt gegenüber, in dem sich jetzt ein Schatten bewegte.

»Wer ist da?«, fragte eine Frauenstimme.

»Kriminalpolizei Landau. Frau Gensheimer? Wir möchten mit Ihnen sprechen«, antwortete Keeser.

Nichts tat sich.

»Polizei? Das kann jeder behaupten«, sagte die Frau hinter der Tür.

»Sie haben gestern bei der Polizei angerufen und die Vermutung geäußert, dass Ihre Freundin eventuell keines natürlichen Todes gestorben ist«, sagte Paula in der Hoffnung, Helma Gensheimer von ihrer Identität überzeugen zu können.

Doch die Tür öffnete sich noch immer nicht. Was kam, war eine Frage: »Und wie heißt diese Freundin?«

Keeser sah Paula ungläubig an. Die Alte spinnt ja wohl, sagte dieser Gesichtsausdruck.

Helma Gensheimer schien ein Fan von Spionagefilmen zu sein, in denen geheime Losungen und Codewörter zum Tagesgeschäft gehörten.

Paula spielte mit: »Elisabeth Lauer. Sie ist gestern hier in Bad Bergzabern auf dem Friedhof gestorben.«

Eine Weile tat sich nichts, dann drehte sich ein Schlüssel zweimal im Schloss, und die Tür schwang nach innen auf.

Vor ihnen stand ein kleines, zerbrechlich wirkendes Persönchen, das sich auf einen Rollator stützte und sie durch dicke Brillengläser neugierig musterte. Um Keeser in die Augen sehen zu können, musste sie den Kopf in den Nacken legen.

»Ihre Dienstausweise bitte, meine Herrschaften«, forderte Helma Gensheimer in geschäftsmäßigem Ton.

Paula und Keeser hielten ihr die Ausweise hin. Nachdem sie diese sorgfältig studiert hatte, durften die Ermittler endlich ins Haus.

Sie folgten Helma Gensheimer, die vor ihnen her ins Wohnzimmer hinkte. Sie trug eine lila geblümte Kittelschürze.

So was gibt es noch?, wunderte sich Paula. Eines wusste sie jedoch ganz genau: Nie im Leben würde sie so ein Ding anziehen!

Durch eine geöffnete doppelflügelige Terrassentür konnten sie in einen liebevoll gepflegten Garten sehen. Beete voller blühender Stauden säumten links und rechts die Grundstücksränder, dazwischen stand – mitten in einem frisch gemähten Rasen – ein riesiger Walnussbaum, der großzügig Schatten spendete. Er hing über und über voll mit grünen Früchten, aus denen sich in wenigen Wochen reife Walnüsse herausschälen würden.

»Die Kripo also«, sagte Helma Gensheimer, nachdem Paula und Keeser auf einem zierlichen Biedermeiersofa Platz genommen hatten. »Lassen Sie mich raten: Ich hatte recht, Lissi ist nicht einfach so gestorben, stimmt's?« Sie machte ein wichtiges Gesicht und steckte eine hellgraue Strähne in ihren Dutt zurück.

»Das wird gerade noch überprüft«, sagte Keeser.

Hinter jedem Ohr von Helma Gensheimer steckte ein Hörgerät. Das erklärte die extrem laute Türklingel. Ihre Augen waren hinsichtlich der Glasbaustein-Brille auch nicht mehr die besten.

Und das ist unsere Zeugin Nummer eins?, dachte Paula zweifelnd.

Zum Glück schien Helma Gensheimer aber geistig auf der Höhe zu sein und viel zu lesen. Paula ließ ihren Blick über zwei deckenhohe Regalwände voll mit Taschenbüchern gleiten. In Reih und Glied standen da die Gesamtausgaben von Agatha Christie und Edgar Wallace.

Dass sie zweifellos im Hause eines Krimifans gelandet waren, konnte Paula an den Autorennamen auf den unzähligen Buchrücken ablesen, die für einschlägige Krimiliteratur standen und von denen sie selbst auch das eine oder andere Buch besaß: Wolfgang Burger, Sebastian Fitzek, Martha Grimes, Henning Mankell, Ingrid Noll, Georges Simenon, Minette Walters ... alle fein säuberlich nach dem Alphabet geordnet.

Auf dem Couchtisch zwischen ihnen lag »Todesfrist«, ein Psychothriller von Andreas Gruber, einem österreichischen Autor. Paula hatte diesen Roman gerade fertig gelesen und wunderte sich, dass sich Helma Gensheimer für derart blutige Lektüre interessierte.

Helma Gensheimer lächelte pfiffig. »Dann nehmen Sie immerhin meine Zweifel ernst. Und die Tatsache, dass zwei Kripobeamte auf meiner Couch sitzen, lässt mich vermuten, dass es Anhaltspunkte gibt, dass Lissi ermordet wurde.« Sie verschränkte ihre Arme vor der Brust und sah die beiden herausfordernd an.

Paula und Keeser schwiegen.

»Sie müssen gar nicht darauf antworten«, sagte Helma Gensheimer. »Ich weiß schon, Sie dürfen über laufende Ermittlungen nichts verraten. Sie sehen, ich kenne mich aus.«

Paula hätte am liebsten lauthals gelacht, so drollig fand sie die kleine resolute Dame.

»Ganz genau so ist es«, sagte sie bemüht ernst. »Sie sind wohl Spross einer Polizistenfamilie?«

Helma Gensheimer winkte ab. »Ach woher, ich sehe nur regelmäßig den ›Tatort‹ und lese alles, wo Krimi draufsteht. Da lernt man doch automatisch, wie die Polizei arbeitet.«

Keeser hüstelte neben Paula. Aber er ließ Helma Gensheimer die Illusion, dass das, was man in einem »Tatort« zu sehen bekam, der realen Polizeiarbeit entsprach, und sagte nichts dazu.

Auch Paula ließ es dabei bewenden. »Dann müssen wir Ihnen ja nichts erklären. Aber wir sind leider nicht zum Spaß hier. Wir möchten nämlich wissen, wieso Sie so überzeugt davon sind, dass der Tod Ihrer Nachbarin kein natürlicher war.«

Helma Gensheimer lachte amüsiert auf. »Wie Sie um den heißen Brei herumreden! Sie können das Kind ruhig beim Namen nennen: Elisabeth wurde ermordet. Da bin ich mir ganz sicher.«

»Und Sie sind sich da so sicher, weil …?« Keeser sah sie abwartend an.

»Weil Lissi kerngesund war, deshalb. Sie war zwar sechs Jahre älter als ich, aber sie war topfit. Die lief wie ein junges Fohlen neben meinem Rollator her, das können Sie mir glauben.«

Das mit dem Fohlen bezweifelte Paula dann doch.

»Sie brauchte keinen Rollator, nicht mal einen Stock«, fuhr Helma Gensheimer fort. »Wenn ich morgens meine ganzen Medikamente genommen habe, bin ich fast schon satt – Lissi hingegen schluckte nur ab und zu was gegen ihre Arthritis, wenn sie einen ihrer Schmerzschübe hatte. Ansonsten nichts. In ihrem Alter ist das wie ein Wunder. Außerdem hatte sie erst letzte Woche ihren Gesundheitscheck bei Erwin, also bei Dr. Bollinger, ihrem Hausarzt – da war alles bestens. Und jetzt kommen Sie!«

»Wann haben Sie Elisabeth Lauer zuletzt gesehen oder gesprochen?«, fragte Paula.

»Soll das ein Witz sein?« Helma Gensheimers wasserblaue Augen wurden hinter den dicken Brillengläsern zu schmalen Schlitzen.

Paula warf Keeser einen hilflosen Blick zu. Hatte sie etwas Falsches gesagt?

»Ich war doch mit ihr auf dem Friedhof, als sie umkippte. Ich habe mich um den Notarzt gekümmert. Das muss doch in Ihrem Bericht stehen.« Helma Gensheimer sah Paula und Keeser vorwurfsvoll an.

»Es gibt diesbezüglich keinen Bericht«, sagte Paula zu ihrer Verteidigung, »weil zu diesem Zeitpunkt noch keine Polizei involviert war.«

Möglicherweise hatte der Notarzt das notiert, aber darum

hatten sich Paula und Keeser bisher nicht gekümmert. Noch stand ja auch nicht fest, dass Elisabeth Lauer tatsächlich ermordet wurde.

Helma Gensheimer schob ihre Brille mit dem Zeigefinger ein Stück ihre spitze Nase hinauf und betrachtete die beiden Kriminalbeamten skeptisch. »Na, jetzt wissen Sie es ja. Als Nächstes wollen Sie bestimmt von mir hören, wen ich verdächtige.«

Das war es zwar nicht, was Paula hatte fragen wollen, sie hätte lieber erfahren, was sich auf dem Friedhof abgespielt hatte. Aber sie nickte Helma Gensheimer aufmunternd zu.

Diese rutschte auf die vorderste Kante ihres Sessels.

»Da wäre an erster Stelle ihr Sohn Bernhard«, flüsterte sie, als befürchtete sie, jemand außerhalb dieses Raumes könnte ihre Worte hören. »Besser gesagt seine Frau. Seine zweite Frau, um genau zu sein. Die erste, Monika, ist ja an Krebs gestorben. Diese Natalia wollte Elisabeth unbedingt ins ›Pro Seniore‹ stecken. Das ist das Altersheim in der Steinfelder Straße.« Sie schnaubte abfällig. »Die nennen das zwar ganz vornehm ›Residenz‹, aber es ist einfach nur ein Aufbewahrungsort für alte Leute. Lissi hat mir erst letzte Woche erzählt, dass Bernhard mit der Anmeldung bei ihr gewesen ist. Stellen Sie sich das mal vor! Gegen ihren Willen wollte er sie in einen Altenknast stecken!«

Helma Gensheimer rutschte wieder nach hinten und verschränkte die Arme vor der kittelbeschürzten Brust. Was sagt ihr dazu?, sagte ihr Gesichtsausdruck.

Paula hatte sich nie zuvor Gedanken darüber gemacht, was alte Menschen von Altersheimen dachten. Bisher war sie der Auffassung gewesen, dass ein Seniorenheim einfach nur eine logische und ganz selbstverständliche Konsequenz des Älterwerdens war, weil alte, oft gebrechliche Leute dort nun mal am besten aufgehoben waren. Sie war stets davon ausgegangen, dass sich die Senioren dessen bewusst sind und das auch zu schätzen wissen. Umso erstaunter war sie über Helma Gensheimers Einstellung.

»Das ist tatsächlich nicht nett von ihm gewesen, Frau Gensheimer, aber Ihre Freundin war immerhin neunundachtzig Jahre alt, vielleicht wäre sie ja in einem Altersheim besser aufgehoben gewesen als ganz allein in einem großen Haus«, sagte sie vorsichtig.

Helma Gensheimers Mund verzog sich verächtlich. »Ihr Jungen seid doch alle gleich! Alt bedeutet für euch ›nicht mehr lebensfähig‹. So ist das aber nicht, junge Dame. Es geht zwar alles ein bisschen langsamer bei uns als früher, aber wir haben unseren Alltag noch hervorragend im Griff. Die meisten jedenfalls. Mit dem Garten war Lissi zuletzt wohl ein bisschen überfordert, aber ansonsten kam sie bestens zurecht, hat sich noch allein versorgt, nicht mal eine Putzfrau hat sie gebraucht.«

»Aber das heißt doch noch lange nicht, dass Bernhard Lauer seiner Mutter was antun wollte«, warf Keeser ein.

Helma Gensheimer sah ihn tadelnd an – wie ein Kind, das nicht richtig aufgepasst hatte. Paula kannte diesen Blick nur zu gut und schloss daraus, dass Helma Gensheimer in einem früheren Leben Lehrerin gewesen war.

»Ich sagte ja auch, dass ich seine Frau Natalia verdächtige.«

»Und was sollte dieser Natalia am Tod ihrer Schwiegermutter gelegen haben?«, fragte Paula.

»Na, das liegt doch auf der Hand: Die wollte ihre Eltern aus Polen holen und in Lissis Haus setzen«, antwortete Helma Gensheimer entrüstet. »Und Bernhard, dieser Weichling, hat schon immer brav alles getan, was die aufgetakelte Ziege ihm ins Ohr flüsterte.«

Sie merkte wohl, dass die Kommissare von ihrer Theorie nicht überzeugt waren, denn sie fügte mit eindringlichem Blick hinzu: »Natalia ist übrigens Krankenpflegerin und kennt sich folglich mit Medikamenten bestens aus. Würde mich nicht wundern, wenn die der Lissi was untergejubelt hat.« Sie nickte bedeutsam. »Meiner Meinung nach ist das mit Bernhards und Natalias Hochzeit sowieso auffällig schnell gegangen – seine erste Frau war noch nicht mal ein Jahr unter der Erde. Monika war zwar schwer krank, aber so schnell, wie sie dann gestorben ist, könnte man auch Böses vermuten.«

»Das ist eine schwere Anschuldigung, Frau Gensheimer«, sagte Keeser genervt.

»Ich sage ja nicht, dass sie es *war*, nur, dass ich es ihr zutrauen würde. Der müssen Sie auf jeden Fall auf den Zahn fühlen.«

Paula ließ sich die Adresse von Natalia Lauer und ihrem Mann diktieren. Sie glaubte zwar nicht, dass an dem Verdacht der Hobby-Miss-Marple etwas dran war, aber falls Knopp recht haben sollte und in Elisabeth Lauers Magen tatsächlich eine Substanz festgestellt würde, die da nicht hingehörte, dann würden sie sowieso die komplette Familie durchleuchten müssen.

»Sie sagten, an *erster* Stelle der Verdächtigen stehe Ihrer Meinung nach Natalia. Gibt es auch jemanden an zweiter Stelle?«, fragte Paula.

»Und ob! Da wäre zum Beispiel Enkelsohn Frank, der missratene Sprössling ihrer Tochter Regina. Hat die Schule kurz vor dem Abschluss abgebrochen und nie was Anständiges gelernt. Der Junge hat immer nur Ärger gemacht, ist als Jugendlicher ein paarmal von der Polizei abgeholt worden. Aber Lissi hat stets zu ihm gehalten und ihn unterstützt. Jetzt macht er auf Immobilienmakler und wollte als erste Geschäftshandlung Lissis Häuschen verscherbeln, dieser eingebildete Großkotz.« Helma legte erschrocken eine Hand auf den Mund. »Entschuldigen Sie, wenn ich so was sage, aber wenn ich von dem unangenehmen Kerl rede, gerate ich sofort in Rage. Lissi hatte zuletzt richtig Angst vor ihm.«

Auch wenn Helma Gensheimer für ihren Geschmack etwas zu eifrig und theatralisch war, hakte Paula nach: »Wieso Angst? Hat er sie bedroht?«

»Nicht direkt, er rief sie nur ständig an und drängte sie zum Verkauf. Zuletzt hat er ihr einen Brief geschrieben, in dem er behauptete, dass er in großen Schwierigkeiten stecken würde, wenn sie nicht endlich verkauft, und dass es allein ihre Schuld sei, wenn ihm etwas zustieße. Wie Sie sich sicher vorstellen können, hat das Lissi sehr belastet. Mir wollte er mein Haus auch abschwatzen, aber ich hab ihm gleich klargemacht, dass er bei mir auf Granit beißen wird.«

»Frank, und wie weiter?«, fragte Paula.

»Bergmann. Er hat sein Büro in der Marktstraße«, sagte Helma Gensheimer.

Keesers Handy klingelte. Er entschuldigte sich und stand auf. Noch auf dem Weg in die Diele nahm er das Gespräch an.

Helma Gensheimer sah Paula prüfend an. »Sie sind aber auch nicht von hier, oder, Kindchen? Lassen Sie mich raten ... Sie sind aus Franken?«

»Unterfranken«, bestätigte Paula. »Aber warum *auch*? Sind Sie keine Pfälzerin?«

Helma Gensheimer lachte vergnügt auf. »Aber nein, hört man das nicht? Ich komme ursprünglich aus Ansbach, also aus Mittelfranken. Meinen Friedrich hab ich während des Pädagogikstudiums in Nürnberg kennengelernt. Nach unserem Abschluss hat er mich dann in seine schöne Pfalz entführt, denn Friedrich ist gebürtiger Ranschbacher. Er bekam eine Stellung am Staatlichen Altsprachlichen Gymnasium in Landau. Das heißt ja schon lange nicht mehr so, es wurde 1963 oder 64 in Eduard-Spranger-Gymnasium umbenannt. Ich war Lehrerin in der Grundschule hier in Bergzabern. Und was hat Sie in die Pfalz verschlagen? Auch die Liebe?«

»Genau das Gegenteil, ich bin nach einer unglücklichen Liebe nach Landau geflohen.«

»Keine Sorge«, sagte Helma Gensheimer aufmunternd, »Sie sind noch so jung, Sie werden ganz sicher noch den Richtigen finden. Die Pfälzer Männer sind ausgesprochen nett.«

Ach ja? Paula war da anderer Meinung. Angefangen bei Sebastian, der sich ohne richtige Erklärung einfach so aus dem Staub gemacht hatte, bis hin zu Matthias Weber, der ihr schon auf die Nerven ging, wenn sie nur an ihn dachte.

Na ja, korrigierte sie sich in Gedanken, ganz so schlimm ist es nicht mehr – seit sie mit ihm zusammengearbeitet hatte, fand sie ihn gar nicht mehr so übel. Außerdem fuhr er genau wie sie Motorrad, allein diese Tatsache war dann doch einen dicken Pluspunkt wert.

Keeser kam mit ernstem Gesicht zurück. »Das war Knopp: Elisabeth Lauer wurde nachweislich vergiftet.«

Damit war aus einem bisherigen Verdachtsmoment ein handfester Fall geworden.

»Ha, wusst ich's doch!«, rief Helma Gensheimer zufrieden aus.

Keeser setzte sich wieder.

Helma Gensheimer sah ihn erwartungsvoll an. »Womit denn, wenn ich fragen darf?«, sagte sie schließlich, als sie merkte, dass Keeser das nicht für mitteilungswürdig erachtete.

Er verzog unwillig das Gesicht. »Irgendwas mit A, ich kann mir diese ganzen lateinischen Namen nicht so gut merken.«

Helma Gensheimer legte nachdenklich ihre faltige Stirn in noch tiefere Falten. »Ein Gift mit A also«, sagte sie, als würde sie ein Kreuzworträtsel lösen. »Arsen vielleicht? Oder Atropin?«

»Ich weiß es wirklich nicht mehr, Frau Gensheimer, aber im Bericht unseres Rechtsmediziners wird es ganz bestimmt stehen, und dann sage ich Ihnen Bescheid, versprochen«, sagte Keeser säuerlich.

»Na gut, vergessen Sie es ja nicht, ich lerne nämlich immer noch gern etwas dazu. Und jetzt zurück zu Ihrer Befragung«, sagte sie geschäftsmäßig.

Endlich kam Paula zu dem Punkt, der sie am meisten interessierte: »Erzählen Sie uns bitte von gestern, Frau Gensheimer, von Ihrem gemeinsamen Besuch auf dem Friedhof. Was genau ist da passiert?«

»Soll ich uns nicht vorher etwas zu trinken holen?« Helma Gensheimer machte Anstalten aufzustehen.

»Nein, nein, nicht nötig«, sagte Paula schnell. Sie hatten ihrer Meinung nach schon genug Zeit verloren.

»Die Lauers haben gleichzeitig mit uns, also mit meinem Mann Friedrich und mir, gebaut. Lissi und ich waren vom ersten Tag an Freundinnen, auch unsere Männer haben sich gut verstanden«, berichtete Helma Gensheimer. »Und wie das Schicksal so spielt, starben unsere Männer auch im selben Jahr, Lissis Justus im März 91 und mein Friedrich im September. Sogar auf dem Friedhof wohnen unsere Männer noch nebeneinander, liegen Grab an Grab.« Sie lächelte bei dieser Vorstellung. »Seit Friedrichs Beerdigung gehen Lissi und ich gemeinsam zum Friedhof – und das jeden Tag.«

Sie machte eine Pause, und Paula hoffte, dass das Geschichtliche jetzt abgehakt war. Sie schien Glück zu haben.

»So auch gestern«, fuhr Helma Gensheimer fort. »Wir trafen uns um drei Uhr vor dem Haus. Jetzt ist es ja nachmittags nicht mehr ganz so heiß, da kann man wieder raus, die letzten Monate sind wir immer erst um fünf gegangen. Wir liefen also los, und als wir auf dem Friedhof ankamen, wollte sich Lissi zunächst einmal hinsetzen. Sie sagte, ihre Lippen würden so komisch prickeln und ihr täten die Beine weh, sie könne sie kaum noch heben. Sie schaffte es gerade noch zu der Bank neben den Gräbern unserer Männer. Nach etwa zehn Minuten sagte sie, sie würde ganz arg frieren. Wir hatten gestern dreiundzwanzig Grad, und Lissi fror! Das kam mir komisch vor. ›Soll ich einen Notarzt rufen?‹, fragte ich sie deshalb. Sie konnte gar nicht mehr richtig sprechen, nur noch lallen. Es hörte sich an, als wäre sie betrunken. ›Ich hab solche Schmerzen‹, war das Letzte, was sie zu mir sagte, dann hat sie nur noch gestöhnt. Zum Glück kam eine junge Frau mit einem Handy vorbei – ich besitze ja so was nicht. Die hat dann den Notarzt verständigt. Der kam auch recht schnell.« Sie machte ein betrübtes Gesicht. »Aber für Lissi war es da schon zu spät. Den Rest der Geschichte kennen Sie ja.«

Paula nickte und überflog ihre Notizen. »Lassen Sie mich zusammenfassen: Frau Lauer hatte einen Sohn, Bernhard Lauer, der in zweiter Ehe mit Natalia verheiratet ist, und eine Tochter namens Regina, deren Sohn Frank Bergmann heißt. Wie heißt diese Regina mit Nachnamen, auch Bergmann?«

Helma Gensheimer nickte. »Regina ist mit Paul Bergmann verheiratet, einem ehemaligen Lehrer.« Sie hielt kurz inne und fügte dann noch hinzu: »Nur zu Ihrer Information: Sie ist Apothekerin, ihr gehört die Marktapotheke unten in der Stadt.«

Paula wusste sofort, was Helma Gensheimer ihnen damit sagen wollte: Da war noch jemand in der Familie, der sich berufsbedingt mit Toxinen auskannte.

»Gibt es noch andere Verwandte?«, fragte sie.

»Aber ja, da sind noch Marlene und Marion, die Zwillingstöchter von Bernhard. Marlene hat gerade ihr erstes Kind bekommen.« Helma Gensheimer beugte sich ein Stück zu Paula und Keeser hinüber und sagte etwas leiser, aber umso nachdrücklicher: »Unehelich. Sie sollte eigentlich mit dem Baby bei Lissi einziehen, Marion ebenfalls. Platz wäre mehr als genug gewesen, aber Lissi hat dann doch noch einen Rückzieher gemacht. Ich habe nicht verstanden, warum sie sich letztendlich so dagegen gesträubt hat, immerhin wäre sie dann nicht mehr allein in dem Haus gewesen. Man wird eben doch ein bisschen seltsam, wenn man jahrein, jahraus allein lebt. Wenn sie von ihrer Familie gesprochen hat, dann hat sie sie in letzter Zeit immer nur die ›widerlichen Schmarotzer‹ genannt. Ehrlich gesagt habe ich schon überlegt, ob ich Marlene und ihren Kleinen bei mir wohnen lassen soll. Ich habe nämlich genauso viel ungenutzten Platz wie Lissi. Ist doch sicherlich schön, wieder so was Kleines um sich zu haben, finden Sie nicht auch?«

Das werde ich in Kürze ausprobieren, dachte Paula, äußerte sich aber nicht dazu.

»Wirklich gekümmert um Lissi hat sich letztendlich keiner von denen. Nur wenn sie Geld gebraucht haben, dann standen sie bei ihr auf der Matte«, sagte Helma Gensheimer verächtlich. »Jaja, die liebe Familie eben.«

Als ob das sein Stichwort gewesen wäre, erhob sich Keeser schwerfällig vom Sofa. »Wir würden uns gern das Haus von Frau Lauer ansehen. Wissen Sie, wer von ihrer Familie einen Schlüssel hat?«

»*Ich* habe einen Schlüssel, Lissi hat ja auch meinen. Von ihrer Bagage hat, soviel ich weiß, keiner mehr einen. Sie hat niemandem mehr über den Weg getraut. Meiner Meinung nach war sie da wohl in letzter Zeit ein bisschen zu misstrauisch. Sie war fest davon überzeugt, dass sich regelmäßig jemand in ihrem Haus herumgetrieben hat, wenn sie nicht da war. Angeblich auch manchmal in der Nacht, wenn sie schlief. Sie hat sich deshalb sogar nachts im Schlafzimmer eingeschlossen.«

Helma Gensheimer tippte sich mit einem arthritischen Zeigefinger an die Stirn.

»Wer bitte schön sollte denn nachts in ihrem Haus sein? Das Schloss war auch immer in Ordnung. Sie behauptete aber steif und fest, dass sie regelmäßig Schritte und Getrappel hören und ihr immer wieder Geld fehlen würde. Ich denke jedoch, sie hatte nur vergessen, wo sie es hingesteckt hat.«

Sie zwinkerte den Beamten verschwörerisch zu. »Uns Alten wird ja immer nachgesagt, wir würden jeden Monat unsere Rente vom Konto holen. Ich mache das zwar nicht, aber bei Lissi traf das zu. Sie hatte ein paar Ecken, wo sie ihr Geld gebunkert hat. Nachdem ihr angeblich etwas davon abhandengekommen war, suchte sie sich neue Verstecke. Wenn also ihre Verwandtschaft das Haus in nächster Zeit leer räumt, sollten Sie vorsichtshalber in jede Ritze gucken.«

Helma Gensheimer stand nun ebenfalls auf, und das um einiges flinker als der rund fünfundzwanzig Jahre jüngere Keeser. »Und dann war da noch die Sache mit ihrem Keller. Der stand Anfang des Jahres unter Wasser. Lissi ließ sich nicht von der Idee abbringen, jemand hätte den Zulaufschlauch der Waschmaschine abmontiert und den Wasserhahn aufgedreht. Ich glaube ja, dass sie es selbst war, aber das durfte ich auf gar keinen Fall laut sagen. Zuletzt hat sie darüber geklagt, dass es im Haus eigenartig rieche und dass überall Fliegen seien, die sie nicht mehr losbekäme. Sie wollte mir nicht glauben, dass ihr die ganz sicher niemand ins Haus gesetzt hat. Ich bezweifle ehrlich gesagt, dass das mit den Fliegen überhaupt stimmt. Ich denke eher, sie war in den letzten Wochen etwas verwirrt. Anders kann ich mir die Sache mit dem Joghurt nicht erklären.«

Auf ihren Rollator gestützt ging Helma Gensheimer vor den Kripobeamten in die Diele und öffnete die oberste Schublade einer Kommode.

Paula hatte gar nicht mehr richtig zugehört, doch jetzt wurde sie hellhörig. »Joghurt? Was war denn mit dem Joghurt?«, fragte sie gespannt.

»Ich dachte, ich hatte das schon erwähnt … na, egal, Lissi

hat steif und fest behauptet, dass ihr mehrmals Joghurt aus dem Kühlschrank geklaut worden sei.« Helma Gensheimer schüttelte missbilligend den Kopf. »So ein Unsinn, niemand bricht irgendwo ein und stiehlt Joghurt. Geld ja, aber Joghurt? Das ist doch absurd, oder? Wie gesagt, ich war mir zuletzt nicht mehr so sicher, ob Lissi noch alle Tassen im Schrank hatte.«

Sie kramte kurz in der Schublade und drückte dann Paula einen einzelnen Schlüssel in die Hand.

»Lissi wird mir trotzdem fehlen«, sagte sie traurig. »Wissen Sie, es sind nicht mehr viele in meinem Alter übrig. Vielleicht folge ich ihr ja bald nach, wer weiß das schon? Dann sind wir vier, die Lauers und die Gensheimers, da oben auf dem Friedhof wieder vereint.«

Sie öffnete die Haustür und ließ Paula und Keeser hinaus. Aber anstatt sich zu verabschieden, folgte sie den beiden hinüber zum Nachbarhaus. Paula brachte es nicht übers Herz, sie zurückzuschicken.

»Was wohl aus dem Haus wird? Ohne Streit geht das sicher nicht über die Bühne«, sagte Helma Gensheimer, als Paula den Schlüssel im Schloss drehte und die Tür ein Stück aufschob. Irgendetwas dahinter verhinderte, dass sie sie ganz öffnen konnte.

Ein übler Gestank schlug ihnen entgegen, süßlich, faulig, als ob etwas vor sich hin gammelte. Damit war für Paula und Keeser klar, dass sich Elisabeth Lauer den eigenartigen Geruch in ihrem Haus nicht eingebildet hatte. Es stank nicht nur nach Verwesung, sondern auch nach dem scharfen Aroma von Urin.

Keeser stemmte sich mit seinem gesamten Gewicht gegen die Haustür, um den Spalt zu vergrößern. Der Anblick der Diele, der sich ihnen nun bot, war wenig einladend. Ein Durchkommen war kaum möglich. Links befand sich die vollgehängte Garderobe, rechts stapelten sich Zeitungsbündel und Kartons. Sie waren es, die das Öffnen der Tür erschwert hatten.

Paula fragte sich, ob Elisabeth Lauer kurz vor ihrem Tod ihr Haus ausgemistet und alles im Entree für die Abholung zusammengestellt hatte. Doch sie glaubte nicht, dass sie es bei ihrer zierlichen Statur allein geschafft hätte, die schweren Sachen so hoch übereinanderzutürmen. Oder waren sie hier im Haus eines Messies gelandet? Der üble Mief sprach für die letzte Version.

Keeser stand neben Paula und hielt angeekelt die Hand vor Mund und Nase.

»Ach herrje, wie sieht es denn hier aus?« Helma Gensheimer hatte zu Paula und Keeser aufgeschlossen und sah sich fassungslos um. »Vielleicht hätte sich Lissi doch besser eine Putzfrau kommen lassen sollen.«

»Wann sind Sie das letzte Mal hier drin gewesen?«, fragte Keeser schlecht gelaunt. Ihm war anzusehen, dass die Aussicht, dieses Haus betreten zu müssen, ihn nicht glücklich stimmte.

»Ist schon eine Weile her«, sagte Helma Gensheimer nach kurzem Überlegen. »Früher haben wir uns jede Woche abwechselnd zum Kaffee eingeladen, aber Lissi wollte das schon längere Zeit nicht mehr. Es würde ihr zu viel Arbeit machen, hat sie immer gesagt. Seit das ›Café Rebmann‹ direkt neben dem Friedhof aufgemacht hat, waren wir häufig nach dem Besuch bei unseren Männern dort zum Kaffeetrinken.«

»Ich denke, wir gehen besser allein rein. Vielen Dank, Frau Gensheimer, Sie haben uns sehr geholfen. Wenn wir noch Fragen haben, melden wir uns bei Ihnen«, sagte Keeser.

Paula gab Helma Gensheimer ihre Visitenkarte. »Hier ist meine Nummer. Falls irgendetwas sein sollte, rufen Sie mich bitte an.«

Helma Gensheimer steckte die Karte in eine ihrer Kittelschürzentaschen, winkte kurz und schob ihren Rollator zurück in Richtung Gartentürchen.

»Na, dann wollen wir mal«, sagte Keeser und betrat die Diele. Er musste den Bauch einziehen, um durch den schmalen Durchgang zu passen.

Noch folgte Paula ihm ohne derartige Probleme, aber wäre sie zwei oder drei Monate weiter mit ihrer Schwangerschaft gewesen, wäre es auch für sie eng geworden.

Als sie das Wohnzimmer betraten, flog ein Schwarm fetter Schmeißfliegen auf und schwirrte um ihre Köpfe. Auf dem Fensterbrett, zwischen liebevoll gepflegten Orchideen, lagen die grün schillernden Körper einer bereits verstorbenen Fliegengeneration. Elisabeth Lauer hatte sich also auch das nicht eingebildet.

»Hier liegt doch hoffentlich keine Leiche rum«, sagte Keeser und wedelte die Viecher weg. »Riechen tut es jedenfalls danach.«

Paula öffnete als Erstes die Terrassentür, damit die Fliegen nach draußen gelangen konnten, und blickte auf einen verwilderten Garten. Ihr gefiel, was sie sah. Ausladend wuchernde und üppig blühende Rosenhecken hatten den Garten fast völlig in Besitz genommen. Die Lavendelstauden, die den gepflasterten Weg säumten, waren mangels radikaler Rückschnitte im Herbst komplett aus der Form geraten und zu strauchähnlichen Gebilden herangewachsen. Am Ende des Weges, fast gänzlich unter einer über und über blühenden Kletterhortensie verschwunden, zeichneten sich die Konturen eines windschiefen Gartenhäuschens ab. Der einstige Rasen war zur kniehohen Blumenwiese geworden.

Paula war begeistert von diesem wildromantischen Anblick. Wenn sie jemals einen eigenen Garten haben sollte, dann müsste der genauso aussehen.

Der rechts angrenzende Garten war das genaue Gegenteil: Da wuchs nichts, was dort nicht wachsen sollte. Es gab zwar ordentlich in Reih und Glied angelegte und mit Betonrabatten eingefasste Beete, aber sie sahen leer und wie frisch umgegraben aus. Die Rasenfläche war akkurat gemäht.

Paula drehte sich von der sterilen Gartenlandschaft weg, um sich Elisabeth Lauers Wohnzimmer zu widmen. Entgegen ihren schlimmsten Befürchtungen war der Raum sehr ordentlich: Eine Wand bestand komplett aus einem Regal, das vom Boden bis zur Decke reichte und doppelreihig mit Büchern gefüllt war. Auf den ersten Blick erkannte Paula, dass es sich hier, anders als bei der krimiphilen Nachbarin, nicht um billige Taschenbücher, sondern um edle, teils in Leder gebundene Werke der Weltliteratur handelte. An der Wand gegenüber stand eine antike, mit aufwendigen Schnitzereien, die Jagdszenen darstellten, verzierte Vitrine aus dunklem Holz. Auch hier waren alle Fächer voller Bücher.

Ein Fernseher älteren Modells hatte seinen Platz auf einem Schränkchen in der Ecke neben dem Fenster. Zwischen ihm, einer altmodischen, mit hellbraunem Samt bezogenen Dreisitzer-Couch und einem abgewetzten, aber gemütlich aussehenden Lehnstuhl gab es einen Couchtisch, auf dem sich noch mehr Bücher stapelten.

»Elisabeth Lauer hat offensichtlich gern gelesen«, stellte auch Keeser fest, nahm einen in Leinen gebundenen Wälzer in die Hand und hielt ihn eine Armlänge von sich weg. »›Vor dem Sturm‹«, las er den Titel vor. »Von Theodor Fontane. Hast du von dem schon mal was gelesen?« Er nestelte mit einer Hand seine Lesebrille aus der Hemdtasche und schob sie sich auf die Nase. »Wow, das hier ist sogar eine Erstausgabe von 1878! Die ist doch bestimmt in Sammlerkreisen ein dickes Sümmchen wert.«

»›Effi Briest‹ habe ich mal gelesen, genauer gesagt: lesen müssen – Schullektüre in der zehnten Klasse. War aber nicht so prickelnd. Furchtbar altmodische und umständliche Sprache.«

Paula inspizierte das Bücherregal genauer. Irrte sie sich, oder war da gerade ein besonders großes Fliegenexemplar aus einem Spalt zwischen zwei Büchern von Thomas Mann hervorgekrochen?

Sie stellte sich auf die Zehenspitzen, streckte ihren Arm weit nach oben und nahm ein paar ledergebundene Bücher heraus. Tatsächlich kamen ihr mehrere dicke Fliegen entgegen.

Keeser blätterte interessiert in dem alten Fontane-Buch. Fragend sah er Paula über den Brillenrand hinweg an. »Was verrenkst du dich denn so?«

»Da ist was …«, sagte Paula und griff in den Spalt. Kurz darauf hielt sie einen Joghurtbecher in der Hand.

»Ich glaube, ich habe einen von den angeblich verschwundenen Joghurts gefunden. Was zum Henker macht der in einem Bücherregal?«

Der Becher war offen und keinesfalls leer. Pelziger Schimmel hatte sich auf der verdorbenen Joghurtmasse gebildet, die einen üblen Geruch verströmte. Paula starrte angewidert in den Becher. Hatte sich die Schimmelschicht gerade bewegt?

Sie sah genauer hin. Eine weiße Made bahnte sich ihren Weg an die Oberfläche. Das war wohl die Erklärung für die vielen Fliegen: Der Joghurtbecher mit seinem süßen Inhalt diente ihnen als perfekte Aufzuchtstation ihrer stetig wachsenden Nachkommenschaft.

Reflexartig stellte Paula den Becher ab, zog ein Paar Einweghandschuhe aus ihrer Jacke und schlüpfte hinein.

Keeser quittierte das mit einem erstaunten Blick. »Handschuhe? Meinst du, das ist ein Tatort?«

»Vielleicht kein Tatort, aber auf gar keinen Fall lecker.« Paula deutete mit einem latexverhüllten Zeigefinger auf den Becher und die Made, die sich gerade abmühte, sich über den Becherrand zu hangeln.

Keeser trat näher und riskierte einen genaueren Blick. Er wich schneller wieder zurück, als Paula es ihm zugetraut hätte.

»Wie eklig!«, entfuhr es ihm. Er holte seinerseits ein Paar Handschuhe aus der Tasche.

»Sind Schimmelpilze nicht giftig?«, fragte Paula und schubste die Made in den Becher zurück.

»Vor schimmeligem Brot und verschimmelter Marmelade wird auf jeden Fall immer gewarnt. Denkst du etwa, Elisabeth Lauer hat von diesem widerlichen Joghurt gegessen?« Keeser verzog das Gesicht.

»Es waren immerhin Reste irgendeines Milchprodukts in ihrem Magen.«

»Nicht *irgendeines* Milchprodukts, es war definitiv Joghurt, das hat Knopp mir doch vorhin am Telefon gesagt.«

»Wie schön, dass ich das auch mal erfahre, Herr Kollege. Und wie sieht es mit dem Toxin aus, das in Elisabeth Lauers Mageninhalt nachgewiesen wurde? Kommt da die Erinnerung eventuell auch wieder?«

»Nö. Wie gesagt, ich kann mir den ganzen lateinischen Kram nicht merken. Soweit ich mich erinnern kann, war es irgendeine giftige Pflanze, von Schimmel hat er, glaube ich, nichts gesagt. Die Kriminaltechnik soll einfach alles unter die Lupe nehmen.«

»Auf jeden Fall kann ich jetzt sehr gut nachvollziehen, warum

Bernhard Lauer seine Mutter unbedingt in ein Altersheim stecken wollte. Ich denke, das wäre wirklich das Beste für die Frau gewesen.«

Keeser wiegte zweifelnd den Kopf. »Ich weiß nicht ... warum sollte sie einen offenen Joghurtbecher ins Regal stellen und dann auch noch hinter den Büchern verstecken?«

»Vielleicht war sie einfach nur verwirrt. Sogar ihre Freundin hat gesagt, dass sie in letzter Zeit irgendwie komisch geworden ist.«

Keeser nahm die Brille ab und deutete damit in den Raum. »Sieh dich mal um, Paula. Hier ist es weder unordentlich noch verwahrlost noch dreckig.«

In diesem Punkt konnte Paula ihm nicht widersprechen. Doch woher kam der unglaubliche Gestank, der sie bei ihrem Eintreffen in der Diele begrüßt hatte? Zwar war er hier vor der geöffneten Balkontür nicht mehr ganz so stark wahrnehmbar, aber er existierte nach wie vor. Ein verschimmelter Joghurt allein konnte doch nicht so bestialisch stinken.

Keeser ließ bei seinem Plädoyer für Elisabeth Lauer noch lange nicht locker: »Sie hat ihrer Freundin wiederholt geklagt, dass sie so viele Fliegen im Haus hat, die sie nicht losbekommt – warum hat sie dann nicht einfach die Ursache dafür beseitigt, sprich den Becher wieder aus dem Regal genommen?«

»Vermutlich hatte sie vergessen, dass sie ihn jemals dort reingestellt hat.«

»Überleg doch mal, Paula. Die Frau war ein gutes Stück kleiner als du – und du bist schon kaum an dieses Fach rangekommen. Sie hätte sich einen Hocker oder eine Leiter holen müssen, um die Bücher dort oben zu erreichen. Warum hätte sie sich solche Umstände machen sollen? Wenn sie es gewesen sein sollte – was ich ehrlich gesagt nicht glaube –, warum hat sie den Becher dann nicht in ein Fach gestellt, an das sie problemlos rankommt?«

»Warum tun verwirrte Menschen etwas? Dafür gibt es doch selten eine befriedigende Antwort. Aber gut, gehen wir mal davon aus, dass du recht hast und sie den Becher nicht selbst dort reingestellt hat – wer war es dann? Und da hab ich gleich noch eine viel bessere Frage: Warum sollte jemand anderes so etwas tun?«

Keeser stand mit gerunzelter Stirn vor Paula und fixierte mit seinem Blick irgendetwas oberhalb ihres Kopfes. Dann griff er wortlos über sie hinweg ins Regal und holte einen weiteren schimmelbewachsenen Becher hervor.

»Das ist eine wirklich gute Frage, auf die ich leider noch keine Antwort habe«, sagte er und ließ seine Augen prüfend an dem Bücherregal entlangwandern. »Lass uns nachsehen, ob hier noch mehr dieser Fliegenzuchtbecher versteckt sind.«

Sie durchsuchten systematisch die Bücherwand. Paula kontrollierte die Fächer von unten nach oben, Keeser arbeitete sich von oben nach unten vor. Am Ende standen acht Joghurtbecher ohne Deckel vor ihnen, in denen sich Fliegenlarven in den unterschiedlichsten Entwicklungsstadien in der verschimmelten Masse tummelten.

Keeser rieb sich das stoppelige Kinn. »Vielleicht lag Elisabeth Lauer mit ihrem Verdacht ja gar nicht so daneben. Womöglich hat sich tatsächlich jemand in ihrem Haus herumgetrieben.«

»Um was zu tun? Um geöffnete Joghurtbecher hinter den Büchern zu verstecken? Mach dich nicht lächerlich! Aber wenn es dich beruhigt, dann lassen wir die Becher von der Kriminaltechnik nach Fingerabdrücken untersuchen. Ob das was bringt, bezweifle ich jedoch. Ich möchte nicht wissen, wie viele Menschen von der Herstellung über den Verkauf bis hin zur Ankunft in Elisabeth Lauers Haus ihre Spuren darauf hinterlassen haben.«

Während Keeser die Becher vorsichtig in Beweismitteltüten packte, ging Paula in die Küche. Auch hier war alles ordentlich und sauber. Auf der Abtropffläche der Spüle stand eine umgedrehte Tasse, daneben lag ein kleiner Löffel. Was Paulas Aufmerksamkeit erregte, war ein randvoll mit Wasser gefüllter Joghurtbecher im Spülbecken.

Als Keeser die Küche betrat, deutete Paula wortlos darauf.

»Bestimmt wollte sie ihn ausspülen und dann in den gelben

Sack stecken«, sagte er. »Marianne macht das auch immer so, weil die Dinger dann nicht so stinken, bis sie abgeholt werden.«

»Der muss ganz genau unter die Lupe genommen werden«, sagte Paula. »Vielleicht finden sich in den wenigen Resten, die noch am Becherrand kleben, Spuren des Gifts.«

Keeser zog eine Schublade nach der anderen auf, sah hinter jede Schranktür und schloss sie nach kurzer Kontrolle gleich wieder. Aus dem Schrank unter der Spüle holte er einen halb gefüllten gelben Sack hervor.

»Siehst du?« Er knotete ihn auf und hielt ihn Paula hin. Außer zahlreichen sauber ausgespülten Quark- und Joghurtbechern und den dazugehörigen Deckeln befand sich nichts in der Tüte. »Sie hat die Dinger weder voll noch leer ins Regal gestellt, sie hat sie gespült und dann ordentlich entsorgt, wie es sich für einen braven Bürger gehört. Wusstest du, dass wir Deutsche Müllsortierweltmeister sind?«

Paula legte keinen großen Wert auf derart unnötiges Wissen und wandte sich dem Kühlschrank zu. »Soll ich mal raten, was sie da drin hat?«, fragte sie, ohne wirklich eine Antwort zu erwarten.

Alle drei Fächer, das Gemüsefach, sogar die Stellflächen in der Tür, waren mit diversen Joghurt- und Früchtequarksorten gefüllt. »Warum überrascht mich das jetzt nicht?«

Keeser betrachtete das Sortiment kopfschüttelnd. »Kann man denn von Joghurt leben?«

»Scheint so. Vielleicht solltest du das auch mal versuchen, mein übergewichtiger Freund.«

Keeser hob abwehrend die Hände. »Bleib mir bloß weg mit dem Schlabberkram, da bekommt man ja Flöhe im Bauch!«

Er öffnete die Klappe des Butterfaches und förderte ein durchsichtiges Tütchen mit walnussgroßen, in dunklem Kakao gewälzten Kugeln zutage. Seine Miene erhellte sich schlagartig. »Hmm, Trüffel – das ist doch schon eher was für den Sohn meiner Mutter.«

»Finger weg, Kollege! Nicht nur wegen der Kalorien würde ich dir dringend von dem Verzehr abraten. In Elisabeth Lauers

Magen befand sich neben Joghurt schließlich auch Schokolade. Die Dinger könnten vergiftet sein.« Paula nahm Keeser den Zellophanbeutel ab, pfriemelte die Schleife auf und schnüffelte prüfend an den Pralinen. »Riechen kann ich außer Schokolade allerdings nichts, höchstens ein paar Gewürze.«

»Lass mal den Fachmann ran«, sagte Keeser, zog ihre Hand mit dem Beutel unter seine Nase und inhalierte den Duft. »Bittere Schokolade ... auf jeden Fall Zimt und ein Hauch von Muskatblüte und ... warte mal ... ich würde sagen ... Kardamom. Das sind zweifellos Weihnachtstrüffel.«

»Jetzt? Im September?«

»Warum nicht? Geh doch mal in den Supermarkt, da kannst du schon seit ein paar Wochen Lebkuchen kaufen.«

Paula sah auf den Anhänger, der an der Schleife hing. »Rebmann Manufaktur«, las sie vor. »Hieß das Café nicht so, von dem Frau Gensheimer uns vorhin erzählt hat? Das neben dem Friedhof?«

»Ich glaube ja. Die Trüffel müssen auf jeden Fall ins Labor, wir nehmen sie am besten gleich mit. Vielleicht finden sie in der Kriminaltechnik brauchbare Fingerabdrücke an der Verpackung. Hast du noch mehr Beweismitteltüten? Meine sind aufgebraucht. Sonst muss ich raus ans Auto und Nachschub holen.«

Paula zog mit der freien Hand einen Beutel aus ihrer Jackentasche.

»Gut, ich sag Dreißigacker Bescheid, dass er ein paar von seinen Leuten herschickt, damit die sich hier gründlich umsehen. Die Joghurts im Kühlschrank müssen auch alle überprüft werden, und vielleicht gibt es hier im Haus ja noch andere Schokoladendepots.«

Keeser nahm sein Handy aus der Innentasche, wählte und lauschte in den Apparat hinein.

Paula verschloss unterdessen den Pralinenbeutel und steckte ihn samt Anhänger in die Tüte. »Machst *du* das etwa so?«

Keeser sah sie irritiert an. »Was mach ich wie?«

»Hast du auch Schokoladendepots?« Sie beobachtete seine

Reaktion genau. War da ein Anflug von Röte unter dem Dreitagebart? »Depots, von denen Marianne nichts weiß?«

»Warum sollte ich?«, sagte Keeser eine Spur zu empört.

»Alkoholiker machen das meines Wissens so, die haben jede Menge geheime Verstecke für ihre Droge.«

»Zum Glück bin ich kein Alkoholiker.« Keeser zog den Bauch ein und drängte sich mit dem Telefon am Ohr an Paula vorbei.

»Das vielleicht nicht, aber ganz sicher Schokoholiker.«

Ein »Pffff« war alles, was sie zur Antwort bekam.

Sie ließ einen letzten Blick durch die Küche schweifen, dann folgte sie Keeser in die Diele und wartete, bis er mit Werner Dreißigacker gesprochen hatte.

»In einer halben Stunde sind sie hier«, informierte Keeser sie und verstaute das Mobiltelefon wieder in seiner Jacke.

»Apropos Schokolade«, sagte Paula, »ich brauche dringend was Süßes, sonst sterbe ich. Lass uns doch als lebensrettende Maßnahme gleich mal in dieses Café gehen.«

»Tolle Idee«, sagte Keeser missmutig. »Ausgerechnet in ein Café, wo ich gerade auf Diät bin.«

Paula knuffte ihn in die Seite. »Echt blöd für dich gelaufen, aber schon aus ermittlungstechnischen Gründen müssen wir dem Laden einen Besuch abstatten, das ist dir doch klar, oder? Es wäre echt besser für dich gewesen, wenn Elisabeth Lauer wegen vergifteter Leberwurst oder manipuliertem Saumagen gestorben wäre. Obwohl ...«, sie sah Keeser frech grinsend an, »... Fettes darfst du ja auch nicht essen. Wenn du magst, fahren wir vorher bei dem großen EDEKA-Markt vorbei und besorgen dir ein paar Möhrchen zum Knabbern.«

»Möhrchen«, sagte Keeser verächtlich. »Da hätte ich ja gleich Mariannes Proviantdose mitnehmen können.«

»Hier, halt mal«, sagte Paula und drückte ihm die Beweismitteltüte mit den Pralinen in die Hand, weil sie die Hände frei haben wollte.

Keeser warf einen letzten begehrlichen Blick auf die Süßigkeit, bevor er die Tüte in die Außentasche seines Jacketts steckte.

Es gab noch zwei Türen im Erdgeschoss, hinter die sie noch

nicht gesehen hatten. Eine davon führte in ein hellblau gefliestes, enges Badezimmer. Anstelle einer Dusche stand hier eine altmodische Emaillebadewanne auf Füßen. An deren Kopfende befand sich ein Relikt aus den Anfangszeiten des vergangenen Jahrhunderts – ein Badeofen. Dem danebenstehenden Korb mit Feuerholz und Briketts nach zu urteilen, musste der auch heute noch, genau wie vor hundert Jahren, vor jedem Baden per Hand angeheizt werden.

»Sieh dir diesen Ofen an«, sagte Keeser schwärmerisch. Er drückte sich an Paula vorbei und tätschelte fast liebevoll den oberen weiß emaillierten Teil, in dem sich das Wasser befand, das durch das Anfeuern des darunterliegenden Ofens erhitzt wurde. »Dass es so was überhaupt noch gibt. Du Küken wirst das wahrscheinlich nicht mehr kennen, aber in meiner Kindheit wurde noch jeden Samstag der Badeofen angefeuert, und dann wurde einer nach dem anderen in die Wanne gesetzt und abgeschrubbt. Das waren noch Zeiten …«

Paula erinnerte sich blass daran, dass ihre Oma auch so ein Ding in der alten Mietwohnung stehen gehabt hatte, bevor der ganze Wohnblock auf Zentralheizung umgestellt worden war. Derartige Modernisierungsarbeiten waren in Elisabeth Lauers Haus noch nicht vollzogen worden. Der Boiler unter dem Waschbecken bestätigte diese Theorie.

In der Badewanne stand eine große Plastikschüssel, in der in randhohem Seifenwasser Wäsche eingeweicht worden war. Darüber hing ein halb ausgezogenes Ziehharmonika-Wäschegestell, an dem fleischfarbene Miederhöschen und Büstenhalter, blickdichte Stützstrümpfe, zwei klein gemusterte Blusen und ein dunkler Rock zum Trocknen hingen.

»Sieht fast so aus, als hätte die alte Dame ihre Wäsche mit der Hand gewaschen«, sagte Keeser. »Aber warum? Hatte Helma Gensheimer nicht etwas von einer Waschmaschine im Keller erzählt?«

»Vielleicht ist sie ja kaputt. Oder sie traute sich nach dem Missgeschick mit dem losen Schlauch nicht mehr, sie zu benutzen. Das werden wir leider nicht mehr erfahren.« Alles in allem war auch dieser Raum für Paulas Empfinden ausgesprochen sauber.

Keeser wandte sein Interesse vom Ofen ab und dem ebenfalls uralt aussehenden zweitürigen Spiegelschrank zu. »Nichts Besonderes, nur 'ne halb volle Schachtel Aspirin, ein Nasenspray und ein Döschen mit Halspastillen, das war's an Medikamenten.«

»Frau Gensheimer hat ja gesagt, dass sie außer ihrem Mittel gegen Arthritis nichts weiter eingenommen hat.« Paula ging zurück in die Diele und auf die andere Tür zu. »Das müsste das Schlafzimmer sein, wenn sie nicht oben geschlafen hat.« Sie drückte die Klinke hinunter, aber die Tür ließ sich nicht öffnen. »Abgesperrt – und jetzt?«

Keeser ging in die Küche und zog den Schlüssel aus dem Türschloss. »Versuch's mal damit, vielleicht haben wir ja Glück.«

»Ich habe früher meine Sparbüchse immer mit dem Schlüssel von meinem Tagebuch geöffnet und heimlich Kohle rausgenommen«, erzählte Paula, während sie vergeblich versuchte, den Schlüssel ins Schloss zu stecken.

»Ah, für mich sind das erste kriminelle Tendenzen in früher Jugend. Ein Glück, dass du dich dann doch für die *Guten* entschieden hast.« Keeser besorgte ihr als Nächstes den Schlüssel aus der Wohnzimmertür. Auch der passte nicht.

»Sag bloß, du hast das nicht gemacht.«

»*Ich?* Wo denkst du hin? Ich hatte gar kein Tagebuch.« Keeser sah sie mit Unschuldsmiene an. »Ich musste den vom Poesiealbum meiner Cousine nehmen«, fügte er grinsend hinzu.

Paula betrachtete die verschlossene Schlafzimmertür mit gerunzelter Stirn. »Sie wird ihn doch nicht mitgenommen haben? Ist dir bekannt, ob sie eine Handtasche dabeihatte?«

»Was fragst du mich? Wenn sie eine hatte, dann ist sie bestimmt mit ihrer Leiche bei Knopp gelandet. Ich ruf ihn mal an.«

»Frau Gensheimer hat ja gesagt, dass sich Elisabeth Lauer in letzter Zeit nachts immer im Schlafzimmer eingesperrt hat. Anscheinend hat sie auch tagsüber abgeschlossen. Warum schließt denn eine alte Frau ihr Schlafzimmer ab?«, überlegte Paula laut, während Keeser sein Handy aus der Tasche holte.

»Wie du schon sagtest: Alte Menschen sind eben manchmal etwas seltsam.«

»Das stimmt. Bei dir fängt das auch langsam an«, sagte sie belustigt. »Aber mal im Ernst – vielleicht versteckt sie was da drin?«

»Womöglich das Geld, das sie laut ihrer Nachbarin jeden Monat von der Bank ...« Keeser brach mitten im Satz ab und hob die Hand als Zeichen, Paula möge still sein. »Hallo, Knoppi, guud, dass ich dich persönlisch an der Strippe hab. Saach mol, war bei denne perseenliche Sache vun der Frau Lauer äni Handdasch debei?«, sagte er in gemäßigtem Pfälzisch. »Dann sei doch emool so guud und guck in die Dutt.«

Paula konnte zwar alles ganz gut verstehen, aber sie war dennoch überrascht, Keeser Pfälzisch reden zu hören. In ihrer Gegenwart hatte er bisher immer Hochdeutsch gesprochen.

Während Keeser mit dem Telefon am Ohr auf Andreas Knopps Antwort wartete, erklärte er Paula, dass mit Elisabeth Lauers Leiche auch ihre Habseligkeiten, die sie bei sich getragen hatte, in einem Plastiksack in die Rechtsmedizin gebracht worden seien, welchen Knopp gerade durchsah.

»Känni Handdasch? Des is awwer bleed. Wie siecht's dann aus mit irchendwelche Glamodde?« Er lauschte in den Hörer hinein. »En Mantel isch guud. Könndescht du emool nachsähne, ob do in ännerer Dasch en änzelner Zimmerschlissel drinnesteckt?« Keeser wartete. »En ganzer Schlisselbund, aha ... hängt do vielleicht en Zimmerschlissel draa? – Känner? Zu dumm. Und du hoscht wirklich in alle Auße- un Innedasche g'sähne? – Nein, Knoppi, ich halt dich weeder fer doof noch fer owwerflächlich, ich wollt nur uff Nummer sicher gehe. Ja, selber tschüss!« Keeser sah das Telefon kritisch an. »Mann, was ist denn mit dem heute los? Der ist ja immerzu auf hundertachtzig.«

Paula hatte eine Idee: Helma Gensheimer hatte eine Kittelschürze angehabt, vielleicht trug Elisabeth Lauer ja auch so was, und vielleicht ...

Sie ging in die Küche und wurde hinter der Tür fündig. Zwar hing da keine Kittelschürze, aber eine dunkelblaue Leinenhalbschürze mit rosa Blümchen – und in deren Tasche steckte neben einem gebrauchten Papiertaschentuch der gesuchte Schlüssel.

Triumphierend steckte sie ihn ins Schloss der Schlafzimmertür, die sich damit mühelos aufsperren ließ.

Keeser nickte ihr anerkennend zu. »Nicht schlecht, Frau Kollegin.«

Viel war nicht zu sehen, da der Rollladen heruntergelassen war, aber der Raum war dennoch als Schlafzimmer zu erkennen.

Paula zog das Rollo ein Stück nach oben und sah sich um. Das Zimmer war unerwartet leer und aufgeräumt, keine Kisten standen herum und auch keine Zeitungsstapel. Neben dem großen Doppelbett mit dem altrosa Bettüberwurf gab es nur einen mehrtürigen Schrank, einen zierlichen Biedermeiersekretär und den dazu passenden Stuhl. Von hier kam der Gestank, der die Diele erfüllte, nicht, im Gegenteil, es roch nach Uralt-Lavendel, einem Duft, den Paula von ihrer Oma kannte.

Keeser öffnete die erste Schranktür, um den Inhalt zu überprüfen.

Paula nahm den goldenen Bilderrahmen mit einem Schwarz-Weiß-Foto vom Sekretär und betrachtete es genauer. Sie sah eine glücklich lächelnde junge Frau in Weiß, mit Blumenkranz im kunstvoll hochgesteckten Haar, und einen attraktiven, ebenfalls sehr glücklich wirkenden jungen Mann im dunklen Anzug, der liebevoll einen Arm um die Frau gelegt hatte.

Die faltige alte Frau auf Knopps Seziertisch ist einmal eine Schönheit gewesen, stellte Paula fest.

»Schau mal, Elisabeth Lauers Hochzeitsfoto.«

Keeser warf einen flüchtigen Blick darauf. »Hübsch«, sagte er nur und widmete sich wieder dem Schrankinhalt.

»Hast du schon mal über das Thema Altersheim nachgedacht?«, fragte Paula, während sie den Rahmen zurück an seinen Platz stellte und einen Papierstapel durchblätterte, der auf der heruntergeklappten Schreibplatte des Sekretärs lag.

»He, ich bin noch keine sechzig«, sagte Keeser empört und nahm das nächste Schrankabteil in Angriff.

»Ich meine ja auch generell.« Paula überflog die Papiere: ein paar Rechnungen, ein Angebot von einem Dachdecker für die Ausbesserung des Gartenhausdaches, ein paar persönliche Briefe in schnörkeliger, kaum lesbarer Schrift.

Gibt es in Zeiten von Computern und E-Mails wirklich noch Menschen, die ihre Post mit der Hand schreiben?, fragte sie sich.

Zuunterst lag wieder ein maschinell erstelltes Schreiben.

»Ja, schon«, gab Keeser schließlich zu. »Aber es ist kein besonders angenehmes Thema, oder? Und du?«

»Bisher nicht. Aber vorhin musste ich an meine Eltern denken, die auch nicht mehr die Jüngsten sind, allen voran mein Papa, der noch einige Jahre älter ist als Mutsch. Ich kann mir die beiden beim besten Willen nicht in einem Altersheim und somit nicht mehr in ihrem geliebten Haus – meinem Elternhaus – vorstellen. Irgendwie bin ich bisher immer davon ausgegangen, dass ich sie dort bis in alle Ewigkeit besuchen kann, dass sie immer fit und immer für mich da sind. Helma Gensheimer hat mir ganz brutal gezeigt, dass dem nicht so sein wird. Wir alle werden unaufhaltsam älter und zwangsläufig auch gebrechlicher.«

»Und diese Erkenntnis hat dich erst vorhin ereilt?« Keeser sah Paula ungläubig an, bevor er sich wieder dem Schrankinneren widmete.

»Quatsch, natürlich nicht. Selbstverständlich weiß ich, dass man älter wird. Aber mir war einfach nicht bewusst, dass man nicht nur älter wird, sondern gleichzeitig gebrechlich, krank oder senil und dass auch meine Familie und ich nicht davon verschont sein werden. Plötzlich war mir klar, dass sich meine Eltern genauso mit Händen und Füßen gegen ein Altersheim wehren und versuchen würden, so lange wie möglich in den eigenen vier Wänden bleiben zu können.«

In den Fächern unter der heruntergeklappten Schreibplatte standen Aktenordner in allen Farben. Paula entzifferte nur mit Mühe die verschnörkelte Schrift auf den Ordnerrücken. Strom, Versicherungen, Rente, Haus … hier drinnen befand sich ordentlich eingeheftet Elisabeth Lauers Leben.

»Du könntest ja zu ihnen ziehen und sie versorgen, wenn es so weit ist«, schlug Keeser vor. »Oder eine von deinen zahlreichen Schwestern.«

»Wie soll das denn gehen? Wir haben mit unseren eigenen Leben genug zu tun.«

»Genau deswegen gibt es Altersheime: weil keiner mehr Zeit hat für die Eltern und Großeltern. Auch dich wird dieses Schicksal eines Tages treffen – oder glaubst du etwa, dass Bazillus ganz anders sein und sich aufopfernd um dich kümmern wird? Vergiss es!«

Paula zog die acht kleinen Schubladen des Sekretärs eine nach der anderen auf, nur um festzustellen, dass sie leer waren.

Sie wollte gerade die Papierbogen, die sie beiseitegelegt hatte, um an die beiden unteren Schubladen zu kommen, wieder zusammenschieben, als ihr Blick erneut auf den untersten Brief fiel, der sich durch einen Knick verhakt hatte und ein Stück aus dem Stapel ragte. Sie hatte das Schreiben für ein Angebot gehalten, doch beim zweiten Betrachten machte sie die sechsstellige Summe stutzig.

Paula zog das Blatt heraus und las es genauer. Sie hatte sich nicht getäuscht, das war kein Angebot für eine Dienstleistung, das war ein Kaufangebot für ein Anwesen in der Zeppelinstraße – für genau das Anwesen, in dem Paula gerade stand und einen Sekretär durchsuchte.

Das Schreiben muss von ihrem Enkelsohn sein, dachte sie. Es war aber nicht mit »Bergmann« unterschrieben, sondern mit »H. Neu«. Die Firma im Briefkopf hieß »NEU-BAU« und hatte ihren Sitz nicht in Bad Bergzabern, sondern in Böllenborn. Demnach hatte jemand anderes ein gieriges Auge auf Elisabeth Lauers Grund und Boden geworfen.

»Wie lange ist ihr Ehemann schon tot?«, fragte Keeser hinter Paula.

»Über zwanzig Jahre, wenn ich mich recht erinnere. Warum?«

»Hier hängen noch seine Klamotten im Schrank. Nicht zu glauben.«

»Hier, sieh dir das mal an.« Paula hielt Keeser den Brief hin. »Scheint ein recht begehrtes Fleckchen Erde zu sein, auf dem Elisabeth Lauers Häuschen steht.«

Keeser schloss die letzte Schranktür und studierte das Angebot. »Zweihunderttausend für die tolle Lage und die Größe des Grundstücks? Ist das nicht ein bisschen wenig? ›NEU-BAU‹, da klingelt was bei mir. Irgendwas war da mal in der Zeitung, Steuerhinterziehung oder Betrug, ich kann mich nicht mehr genau erinnern. Es war aber definitiv nichts Angenehmes. Nimm das mal mit, ich schau dann später im Büro ins Internet. Pack am besten den ganzen Schreibkram ein, vielleicht ist ja doch etwas Relevantes dabei. Sonst noch was Interessantes? Eventuell ein Testament?«

»Auf den ersten Blick nicht. Aber die Ordner müssen wir auf jeden Fall genauer durchsehen, womöglich finden wir da etwas, das uns weiterbringt.«

»Hier drin ist also nichts, was man unbedingt einschließen müsste«, resümierte Keeser.

»Kein Geld zwischen der Bettwäsche?«

»Nein, da hab ich nachgesehen. Auch unter den Matratzen.«

»Es könnte ja jemand anderes schneller gewesen sein als wir«, sagte Paula.

»Muss ich dich daran erinnern, dass das Zimmer abgeschlossen war?«, sagte Keeser.

»Na und? Wir haben den Schlüssel schließlich auch gefunden.« Paula holte die Ordner aus dem Schreibtisch und legte sie aufs Bett. »Die soll die Kriminaltechnik vorsichtshalber auf Fingerabdrücke untersuchen.«

Sie gingen zurück in die Diele. Am Fuß der dunklen Holztreppe blieb Keeser stehen und sah nachdenklich nach oben. Paulas Blick folgte dem seinen.

»Soll ich mal da hochgehen?« Ohne eine Antwort abzuwarten, stieg sie ins nächste Stockwerk hinauf.

»Ich glaube, der fiese Gestank kommt von hier oben!«, rief sie kurz darauf zu Keeser hinunter, um ihn auf dem Laufenden zu halten.

In einer Art kleiner Diele standen hohe Kartontürme herum – direkt vor den Türen, wie Paula erstaunt feststellte.

»Das ist aber sehr komisch …«, murmelte sie vor sich hin und versuchte, einen der Türme zur Seite zu schieben.

»Was ist komisch?«, fragte Keeser neugierig von unten.

»Hier stehen auch solche Kartontürme wie in der Diele. Genau vor den Zimmertüren, als ob …« Sie stemmte sich mit aller Kraft gegen einen Kartonstapel, doch der ließ sich keinen Zentimeter bewegen.

»Als ob was?«, fragte Keeser, der Paula nach oben gefolgt war. Ungefragt hob er die obersten beiden Kisten vom Stapel und stellte sie beiseite.

»… als ob jemand die Türen verbarrikadieren wollte. Als ob jemand nicht wollte, dass da irgendwer oder irgendetwas herauskommen kann«, beendete Paula ihren Satz.

»Du meinst also, Elisabeth Lauer hat jemanden eingesperrt, der dort jämmerlich verhungert ist und jetzt langsam vor sich hin verwest?«, fragte er neckend.

Paula sah ihn ernst an. »Dem Geruch nach zu urteilen, ja.«

»Vielleicht sitzt auch ihr längst verstorbener Mann mumifiziert in einem Schaukelstuhl und grinst uns an, wenn wir die Tür öffnen«, neckte Keeser weiter.

»Es gibt schließlich nichts, was es nicht gibt.«

»Sternchen, Sternchen, du siehst zu viele Horrorfilme!« Keeser schob die deutlich kleiner gewordene Barriere zentimeterweise von der ersten Tür weg. »Die Alte hat da wohl Steine reingepackt. So schwer, wie das ist, kann sie die Kisten unmöglich allein gestapelt haben«, vermutete er.

Paula öffnete den Deckel eines Kartons und sah hinein. »Keine Steine, nur Bücher.«

Als die Tür endlich frei war, machte Keeser eine einladende Handbewegung zu Paula hin. »Bitte schön, du zuerst.«

Paula zögerte kurz. »Psst, sei mal still … hörst du das?«

Keeser lauschte angestrengt, nur um dann zu verneinen. »Das ist ein altes Haus, da knarren schon mal die Dielen.«

»Das ist doch kein Dielenknarren. Da waren andere Geräusche hinter der Tür.« Paula legte ihr Ohr an das weiß lackierte Türblatt. »Wie ein Flüstern …« Gänsehaut kroch ihr vom Steißbein aus bis hinauf in den Nacken.

Sie nahm allen Mut zusammen und drehte dann den Schlüssel, der im Schloss steckte. Auch wenn sie nicht an Zombies glaubte, auch wenn sie keine Horrorszenarien hinter der Tür erwartete – es wäre ihr lieber gewesen, wenn Keeser diesen Job übernommen hätte. Aber sie wollte sich vor ihm keine Blöße geben.

Beherzt drückte sie die Klinke hinunter und öffnete langsam die Tür, die filmreif in ihren Angeln quietschte …

Da saß natürlich keine Leiche im Schaukelstuhl, es gab nicht einmal einen Schaukelstuhl. Es herrschte nur ein unüberschaubares Durcheinander an alten Möbeln, um die Hunderte von dicken Fliegen herumflogen und -krochen.

Paula versuchte sich einzureden, dass das Summen ihrer Flügel das Geräusch gewesen sein könnte, das sie gehört hatte.

Und dann war da noch der Verwesungsgeruch, den Paula jetzt kaum noch aushalten konnte. Sie hatten seinen Ursprungsort gefunden.

»Siehst du, keine Mumie – nur Gerümpel«, sagte Keeser neben ihr enttäuscht.

Aus einer Ecke, irgendwo unter der wilden Sammlung von nicht mehr benötigten Gegenständen, kam ein Rascheln und Knistern.

»Hier drin sind wohl ein paar Mäuse zugange«, sagte Keeser und deutete auf ein dunkelrotes Sofakissen, aus dem die Füllung herausquoll. »Sieh doch nur den ganzen Mäusekot, der hier herumliegt. Das könnte die Erklärung für die Geräusche sein, die Elisabeth Lauer gehört haben will: Mäusegetrappel. Auch der Uringeruch im Haus könnte auf das Konto dieser kleinen Biester gehen, die pinkeln und kacken nämlich, wo sie gehn und stehn. Ich kenn mich da aus. Vor ein paar Jahren hatte ich eine Mäuseplage in meinem Haus – die waren einfach überall, in jeder Schublade und jeder Ritze, und haben alles angefressen. Wahrscheinlich ist kürzlich eine verreckt, und deshalb stinkt es so nach Verwesung. Das würde auch die Fliegen erklären.« Er drehte sich zum Gehen um. »Ich denke, du kommst hier allein zurecht. Ich schaue in der Zwischenzeit mal hinter die Kisten im Erdgeschoss, denn ich vermute, dass dahinter die Kellertür versteckt ist. Du hast eventuell gar nicht so unrecht mit dem, was du vorhin gesagt hast: Das sieht wirklich nach einer Verbarrikadierung aus, so als hätte Elisabeth Lauer sich vor irgendetwas schützen wollen.«

Er ging mit schweren Schritten die Treppe hinunter und überließ Paula ihrem Schicksal.

Sie wagte sich weiter in das Zimmer hinein. Es war kein großer Raum. Aus den hellbraunen Teddybären auf der verblassten blauen Tapete schloss Paula, dass es ehemals ein Kinderzimmer gewesen sein musste. Trotz der Handschuhe begann sie mit spitzen Fingern, den Rauminhalt zu untersuchen.

»Scheint schon lange keiner mehr hier oben gewesen zu sein«, sagte sie zu sich selbst. Sie hatte zwar keine Angst vor Mäusen, aber sie wusste genau, dass jederzeit eine hervorspringen und sie erschrecken konnte. Da fand sie es beruhigend, ihre eigene Stimme zu hören, auch wenn die ein wenig zitterte.

Alles war mit dicken Schichten Staub bedeckt. Paula musste niesen und zuckte erschrocken zurück, als zwei dunkle glänzende Augen sie aus einem Spalt zwischen einer hohen antiken Nussbaumkommode und einem billigen Jugendzimmerschrank aus den Siebzigern anstarrten. Doch bei näherem Hinsehen entpuppten sich diese als die Augen eines großen alten Schaukelpferdes, das aussah, als sei es gerade von einem Kinderkarussell aus dem letzten Jahrhundert heruntergesprungen.

Du würdest dich gut in meiner Altbauwohnung machen, dachte Paula erleichtert und streichelte dem Holzpferd liebevoll über die rosa lackierten Nüstern.

Eine komplett aufgebaute Carrera-Rennbahn auf dem Jugendzimmerschrank verstaubte hier genauso wie ein klappriger Puppenwagen mit dazugehörigem Puppeninhalt. Aus mehreren durchsichtigen Plastiksäcken lugten Teddys und andere Stofftiere mit kalten Glasaugen hervor.

»Himmel, was Menschen so alles aufheben«, sagte Paula laut, während sie sich einen Weg durch die ausgedienten Schätze bahnte. »Man kommt kaum durch.«

»Also so ähnlich wie bei dir?«, erklang Keesers Stimme von

unten, der zu Paulas großer Überraschung noch verdammt gut hören konnte.

»Haha, gegen das hier ist es bei mir richtig steril!« Paula nieste erneut.

Egal, welche Schrank- oder Kommodentüren oder welche der zahlreichen Schubladen sie öffnete und schloss, es bot sich ihr stets der gleiche Anblick: stapelweise ordentlich zusammengelegte Bett- und Tischwäsche, Stofftaschentücher, Mäntel und Jacken. Und Keeser hatte recht, auf allem lag Mäusedreck herum.

In den oberen Fächern und auch in Hutschachteln auf den Schränken fand Paula jede Menge alte, längst aus der Mode geratene Hüte, von denen einige nachweislich den Mäusen als Nest gedient hatten.

In einem Seitenfach eines früher sicherlich hocheleganten, heutzutage aber eher spießig wirkenden Phonoschranks mit weißen Schleiflackfronten stieß sie schließlich auf das Epizentrum des Verwesungsgeruches.

»Iiieeehh, ist das widerlich!«, rief sie entsetzt aus. Trotz allen Ekels konnte sie den Blick nicht von den in Auflösung begriffenen Resten eines Tieres abwenden. Nur am langen nackten Schwanz war zu erkennen, was es ursprünglich einmal gewesen war.

»Paula, was ist denn?«, rief Keeser und stieg so schnell er konnte die Stufen hinauf.

Da Paula nicht reagierte und wie erstarrt vor einem alten Möbelstück stand, sah er ihr neugierig über die Schulter.

»Eine Ratte?«, fragte er überrascht.

»Eine verweste Ratte«, konkretisierte Paula. Jegliche Farbe war aus ihrem Gesicht gewichen, sie sah elend aus. »Ich glaub, ich muss kotzen!«, stammelte sie, stolperte mit vorgehaltener Hand würgend an Keeser vorbei nach unten und riss die Haustür auf. Gierig schnappte sie nach frischer Luft.

Weil ihr schwindelig wurde und ihre Beine unter ihr nachzugeben drohten, ließ sie sich in der Gewissheit, dass sie gleich ihr Frühstück von sich geben würde, auf die Eingangsstufe sinken.

Keeser, der ihr nach unten gefolgt war, reichte ihr hilfsbereit eines seiner riesigen karierten Stofftaschentücher, das sie sich, um das Schlimmste zu verhindern, auf Mund und Nase presste. Es roch nach Keesers Rasierwasser, frisch und würzig, und bei jedem Einatmen spürte Paula, wie der Würgreiz langsam nachließ.

Als sich ihr Magen wieder beruhigt hatte, schnäuzte sie sich mit Inbrunst in das Tuch, in der Hoffnung, den Geruch von Verwesung aus ihrer Nase und ihrem Gedächtnis zu löschen.

Erst jetzt bemerkte sie, dass es geregnet hatte, während sie das Haus durchsucht hatten, aber unter dem Vordach war es trocken geblieben. Sie füllte ihre Lungen ausgiebig mit dem Geruch von regennasser Straße. Sie musste an Keesers schmerzende Schulter denken und überlegte, ob sie ihm nicht doch unrecht getan hatte. Vielleicht muckte seine verheilte Schusswunde ja tatsächlich wegen eines Wetterumschwungs. Allerdings schien es nur ein kurzer Schauer gewesen zu sein, denn jetzt lachte die Sonne wieder, und es war kein Wölkchen mehr am Himmel zu sehen.

»Danke dir«, sagte sie schließlich und wollte Keeser das Taschentuch zurückgeben.

Der winkte dankend ab. »Ich hab ja gleich beim Reinkommen gesagt, dass es nach Leiche riecht.«

Paula nahm noch eine Nasevoll von dem Rasierwassergeruch, dann knüllte sie das Tuch zu einer festen Kugel zusammen und steckte es in ihre Jackentasche. »Da muss auf jeden Fall der Kammerjäger kommen, bevor hier wieder jemand einziehen kann.« Sie sah zu Keeser hoch. »Also, ich verstehe jetzt, warum Frau Lauer ihre Enkelin mit Urenkel nicht einziehen lassen wollte. Diesen Zustand kann man wirklich niemandem zumuten.«

»Halt mal still, du hast da was am Kopf«, sagte Keeser.

Paula zuckte instinktiv zusammen. Aber es war nur eine dicke Spinnwebe, die er ihr aus dem Haar zupfte.

»*Ich* gehe da keinesfalls noch mal hoch«, sagte Paula bestimmt und schüttelte sich allein bei dem Gedanken.

»Musst du ja auch nicht, das machen die Leute von der Spurensicherung.«

»Die Jungs tun mir jetzt schon leid.« Paula versuchte aufzustehen. Weil ihr erneut schwindelig wurde, ließ sie es jedoch. Sie lehnte sich an die Hauswand, schloss die Augen und atmete tief ein und aus. Nur sehr langsam beruhigte sich ihr Kreislauf.

Als sie die Augen wieder öffnete, sah sie direkt in Keesers besorgtes Gesicht.

»Und? Geht's?«, fragte er besorgt.

»Ja, alles bestens.«

»Bist du sicher? Ich würde mir nämlich gern noch den Keller ansehen.«

»Mach das, ich komme schon klar.«

Keesers Blick zeugte von Unentschlossenheit.

»Geh einfach, ich bleibe solange hier sitzen und bewege mich nicht vom Fleck.« Als er nicht reagierte, holte sie ihr Smartphone aus der Tasche. »Weißt du, wo der Friedhof ist?«, wechselte sie das Thema.

Keeser schüttelte irritiert den Kopf.

»Geh du in den Keller, ich schaue in der Zwischenzeit nach, wie wir von hier aus zum Friedhof kommen.«

»Mit deinem Handy?«

»Mit meinem Handy, alter Mann«, bestätigte Paula. »Damit kann ich nämlich ins Internet und mir den Stadtplan von Bad Bergzabern ansehen. Na los, geh schon!«

Endlich drehte Keeser sich um und verschwand aus ihrem Blickfeld. Paula hörte ihn mit schweren Schritten die Treppe hinuntergehen.

Gerade als er wieder aus dem Keller kam, hielt der Transporter der Kriminaltechnik hinter Paulas und Keesers Dienstwagen. Ihm entstiegen ein gut gelaunter Werner Dreißigacker und zwei seiner Mitarbeiter.

»Na, Sie zwei Hübschen, was haben Sie denn für uns?«, rief er munter und kam mit einem großen Alukoffer in der einen und einem zusammengelegten weißen Overall in der anderen Hand auf das Haus zu.

Paula kam sein buschiger Schnurrbart noch dicker und buschiger vor als sonst, dafür schien seine Halbglatze an Fläche dazugewonnen zu haben.

Werner Dreißigacker stellte den Koffer vor Paula ab, die noch immer auf der Eingangsstufe saß. Er entfaltete sorgfältig den mitgebrachten Overall und musterte sie dabei eingehend.

»Irre ich mich, oder sind Sie grün um das Näschen?«

Verschwörerisch zwinkerte er Paula zu. »Immer noch Schwangerschaftsübelkeit?«

Mit einem Ruck stand Paula auf. Ihr Kreislauf blieb wider Erwarten stabil.

»Nein, diesmal war es ausnahmsweise etwas anderes. Ich will Ihnen aber nicht zu viel verraten, das würde Ihnen nur den Spaß verderben.«

»So schlimm?« Dreißigacker sah fragend zu Keeser hoch, der ihn von der obersten Stufe aus noch einen Meter mehr überragte als üblicherweise.

»Lecker ist anders«, bestätigte der.

Nachdem die beiden anderen Kriminaltechniker zu Dreißigacker aufgeschlossen hatten, gab Keeser ihnen genaue Instruktionen.

»Alles Essbare muss eingetütet und ins Labor gebracht werden. Und auch das, was nicht mehr essbar ist. Der Inhalt des Schreibtisches muss nach Fingerabdrücken untersucht und danach bitte schnellstens zu uns ins Büro gebracht werden, damit wir das durchsehen können. Ansonsten das Übliche: Fingerabdrücke im ganzen Haus et cetera, et cetera, Sie wissen schon. Wenn Sie im Keller sind, dann sehen Sie sich doch mal die Außentür genauer an. Vielleicht finden Sie ja den Schlüssel dazu, ich hab ihn auf die Schnelle nicht aufspüren können. Und nehmen Sie bitte die Zu- und Ablaufschläuche der Waschmaschine genauer unter die Lupe, da könnte eventuell vor einiger Zeit etwas manipuliert worden sein.«

Die drei Techniker nickten, zogen sich beinahe synchron die Kapuzen ihrer Overalls über den Kopf und verschwanden im Haus.

»Die Schläuche der Waschmaschine? Du glaubst also, was Elisabeth Lauer ihrer Freundin wegen des Wasserschadens erzählt hat?«, fragte Paula verwundert.

»Was heißt, glauben … andererseits: Was, wenn sie recht hatte? Es muss doch einen Grund geben, warum unten kein Schlüssel an der Kellertür ist. Meiner zum Beispiel steckt immer von innen. Und dann die Tür von der Diele nach unten, die war abgesperrt, der Schlüssel war zweimal umgedreht – warum war der Abgang aber trotzdem noch derart verbarrikadiert? Für mich gibt es da nur eine plausible Erklärung: Es sollte verhindert werden, dass jemand durch den Keller ins Haus gelangen konnte.«

»Für mich gibt es dafür aber noch eine andere Erklärung: Elisabeth Lauer litt an Verfolgungswahn«, sagte Paula trocken.

Keeser schwieg und kratzte sich am Kopf. Paula sah es förmlich in seinen Gehirnwindungen arbeiten.

»Ist dir in dem Haus gar nichts aufgefallen?«, fragte er.

Paula überlegte und schüttelte dann langsam den Kopf. Sie hatte keine Ahnung, worauf Keeser hinauswollte.

»Keine Fotografien«, sagte Keeser. »Bis auf das Hochzeitsfoto von Elisabeth Lauer und ihrem Mann im Schlafzimmer gibt es nirgendwo im Haus ein Bild von ihrer Familie – nicht von ihren Kindern, nicht von ihren Enkeln. Wenn ich da an meine Großmutter denke, da stand und hing in jeder Ecke irgendein Erinnerungsfoto.«

Paula dachte an ihre Eltern. Auch bei ihnen gab es unzählige Fotos von allen Familienmitgliedern in allen erdenklichen Entwicklungsstufen. Enkelfotos waren schließlich die perfekten Weihnachtsgeschenke für Großeltern, die sowieso schon alles hatten.

»Hat Frau Gensheimer nicht gesagt, dass Elisabeth Lauer nicht viel von ihrer Familie hielt?«

»Komisch finde ich es trotzdem«, sagte Keeser.

»Können wir dann los?« Paula wandte sich zum Gehen.

»Den Besuch beim Konditor verschieben wir dann wohl auf später?« Keesers Frage klang hoffnungsvoll.

Paula drehte sich überrascht zu ihm um. »Wie kommst du denn darauf?«

»Na, dir ist doch sicherlich noch schlecht …«

»Mir geht es wieder prächtig, liebster Bernd, und ich bin fest davon überzeugt, dass ein Stück Kuchen oder eine Portion Schokolade meinem Magen jetzt überaus guttäte.«

Keeser blieb am Gartentürchen stehen. »Wenn du meinst …«, sagte er zögerlich und zog den Autoschlüssel aus seiner Jackentasche.

»Ja, ich meine. Du kannst ja gern vor dem Laden warten, wenn du befürchtest, den vielen köstlichen Kalorien nicht widerstehen zu können. Und ich meine auch, dass wir zu dem Café zu Fuß gehen sollten.«

Als Paula einen Funken Panik in seinen Augen aufblitzen zu sehen glaubte, fügte sie beschwichtigend hinzu: »Ein bisschen Laufen wird dir und deiner Figur sehr zuträglich sein. Es ist höchstens ein Kilometer von hier aus.«

»Ein Kilometer?«, fragte Keeser mit einem Anflug von Verzweiflung.

»Genau: ein Kilometer. Das sind tausend Meter, und tausend Meter sind eine lächerliche Entfernung für einen erwachsenen Mann.«

Keesers Gesichtsausdruck sagte da etwas anderes.

»Was zwei alte Mädels wie Helma Gensheimer und Elisabeth Lauer schaffen, das schaffst du doch allemal, oder etwa nicht?«, appellierte Paula an seinen Ehrgeiz.

Keeser zuckte schließlich hilflos mit den Schultern und steckte den Schlüssel wieder ein.

»Hier geht's lang«, sagte Paula und schlug den Weg nach rechts ein.

Keeser folgte lustlos.

Seine Lustlosigkeit verflog jedoch schlagartig, als sie etwa zweihundert Meter weiter an einem monströsen hellgelben Auto vorbeikamen, das bei ihrer Ankunft noch nicht dagestanden hatte. Selbst Paula, die sich mehr aus Motorrädern machte als aus vierrädrigen Beförderungsmitteln, hätte einen derart auffälligen Amischlitten sicher bemerkt.

Keeser hingegen versetzte der Anblick geradezu in Verzückung. Mit glänzenden Augen und einem seligen Lächeln umrundete er den gut gepflegten Wagen und streichelte ehrfürchtig über den glänzenden Lack.

»Weißt du, was das ist?«, fragte er strahlend. »Natürlich weißt du es nicht«, stellte er aufgrund von Paulas gleichgültiger Miene fest. »Du Küken bist ja auch viel zu jung dafür. Dann lass mich mal dein Wissen erweitern: Das, liebe Paula, ist ein 1962er Chevrolet Impala Big Block Coupé mit sieben Komma vier Liter Hubraum. Der 450er V-8-Motor bringt satte zweihundertfünfundvierzig PS auf die Straße. Ausgestattet mit einem Automatikgetriebe.«

Er setzte zu einer weiteren Runde um das Auto an, um Paula alle Vorzüge dieses Gefährtes zu zeigen.

»Sieh dir nur diese traumhaftschöne Heckpartie an, die charakteristischen Dreier-Rücklichter und auch die Front mit den Doppelscheinwerfern, einfach wunderschön, findest du nicht auch? Und alles aus Chrom, die Stoßstangen, die Zierleisten und die Radkappen – und sieh nur, da sind sogar die Originalfelgen drauf.« Er beendete die Umrundung und deutete in das Innere des Wagens: »Und hier, typisch amerikanisch, die durchgehende vordere Sitzbank, da kann man locker zu dritt sitzen. Ach, und die schönen Armaturen, sieh dir nur den Tacho an – ein Traum!«

»Und mit dem Sprit, den der zum Anlassen braucht, kann ich mit meiner Mühle mindestens zweihundert Kilometer weit fahren«, bemerkte Paula völlig unbeeindruckt und setzte ihren Weg zum Friedhof fort.

»Du bist ja so was von unromantisch«, sagte Keeser. »Wenn ich so einen Wagen doch nur ein einziges Mal fahren dürfte.« Er schenkte dem Auto einen letzten sehnsüchtigen Blick und folgte Paula.

Als sie beim Friedhof ankamen, stellten sie fest, dass sie den Weg umsonst gelaufen waren, denn das »Café Rebmann« schräg gegenüber vom Haupteingang war geschlossen.

»Montag Ruhetag«, las Keeser völlig außer Atem vom Schild an der Scheibe der Eingangstür ab.

»Mist«, entfuhr es Paula, die den Kuchen und die Pralinen schon im Geiste geschmeckt hatte.

»Hat das nicht in deinem Internet gestanden?«, fragte Keeser genervt.

»Das hat mit Sicherheit in *meinem* Internet gestanden, aber danach habe ich ehrlich gesagt nicht geguckt.« Paula warf einen begehrlichen Blick durch die Fensterfront in das dunkle Innere des Cafés. »Und jetzt?«

»Lass uns zurück zum Auto gehen«, schlug Keeser vor.

»Ich dachte bei der Frage mehr an eine Alternative, wie ich schnell an etwas Essbares kommen kann. Es ist gleich halb eins, und ich verhungere demnächst.«

»Montag ist ein denkbar schlechter Tag, da haben fast alle Lokale zu. McDonald's könnte ich dir anbieten oder einen Döner. Oder ein Fleeschkäsweck aus der Bäckerei im EDEKA«, zählte Keeser auf.

Paula stand der Sinn aber nicht nach Hamburger, auch nicht nach einem Döner oder Yufka – und schon gar nicht nach einem Brötchen mit Fleischkäse. Mal abgesehen davon, dass das alles Dinge waren, die in nächster Zeit sicher nicht auf Keesers Speiseplan stehen sollten.

Bevor sie etwas erwidern konnte, klingelte ihr Handy. »M. Weber«, verriet das Display. Sie fragte sich, was der jetzt von ihr wollte.

Unschlüssig stand sie mit dem Telefon in der Hand da.

»Willst du nicht rangehen?«, fragte Keeser.

»Lieber nicht.«

Keeser grinste schief. »Dann kann das ja nur der Chef oder Weber sein.«

Paula verdrehte die Augen. Doch ihre Neugier siegte. »Ja?«, meldete sie sich knapp.

»Hallo, Frau Kommissarin«, sagte Matthias Weber am anderen Ende der Leitung. »Hast du heute Abend schon was vor?«

»Warum interessiert dich das?«

»Ich würde gern mit dir ausgehen.«

»Dann habe ich heute Abend schon was vor«, sagte Paula kühl.

»Und morgen Abend?« So einfach ließ er sich nicht abwimmeln.

»Moment, ich schaue in meinen Terminkalender … oh, wie schade, da bin ich schon anderweitig verabredet«, log Paula und beobachtete dabei den kopfschüttelnden Keeser.

»Paula, ich weiß genau, dass du nicht in deinen Kalender gesehen hast«, sagte Weber gelassen. »Dann am Mittwoch?«

»Wir haben einen neuen Fall …«, sagte sie.

»Aber essen musst du trotzdem was. Ich lade dich ein. Komm, stell dich nicht so an, nur ein Essen, von Kollege zu Kollege.«

Paula fand es nicht fair, dass er vom Essen sprach, wenn sie gerade solchen Hunger hatte. Einen schwachen Moment lang war sie geneigt, Ja zu sagen. »Ich kann es nicht versprechen …«, druckste sie herum.

Warum sage ich nicht einfach Nein? Was zum Henker hält mich davon ab?, fragte sie sich. Doch halt, wenn Weber sie heute, an einem Montag, zum Essen einladen wollte, dann musste er ein Lokal kennen, das geöffnet hatte!

»Wo wolltest du denn heute essen gehen?«, fragte sie scheinheilig.

Webers Lachen drang an ihr Ohr. »Lass mich raten: Du und dein verfressener Kollege seid auf der Suche nach einem Lokal, das heute keinen Ruhetag hat.«

Paula verzog das Gesicht. Der Kerl durchschaute sie genauso wie Keeser, nur bei Letzterem störte es sie nicht.

»Wo treibt ihr euch gerade herum?«, fuhr Weber fort, ohne ihre Antwort abzuwarten.

»Bad Bergzabern«, verriet Paula.

»Die ›Wappenschmiede‹ in Pleisweiler«, kam es wie aus der Pistole geschossen. »Ein Italiener. Da könnt ihr schön draußen sitzen.«

Italiener fand Paula gut. »›Wappenschmiede‹?«, fragte sie nach, woraufhin Keeser zustimmend nickte. Daraus schloss sie, dass er wusste, wo das war.

»Alles klar, danke dir. Ich kann jetzt aber nicht weitersprechen, wir sind auf dem Weg zu einer Befragung«, versuchte Paula das Gespräch zu beenden.

»Eine Befragung also, du musst mir unbedingt berichten, was

die Pizza zu erzählen hatte.« Weber lachte erneut, und Paula kappte ohne Gruß die Verbindung.

»Weber will also mit dir ausgehen«, sagte Keeser, und es klang nicht nach einer Frage. »Also, ich mag den Kerl.«

»Dann geh *du* doch mit ihm aus«, sagte Paula schnippisch.

»Ich bezweifle stark, dass er das will. Ich bin nämlich überzeugt davon, dass er auf *dich* steht, nicht auf alte Kerle.«

»Der steht doch nicht auf *mich*. Warum sollte er auch? Schließlich trage ich das Kind eines anderen in mir«, blaffte Paula.

»Es soll Männer geben, die solche Kleinigkeiten nicht stören.«

»Kleinigkeit?«, höhnte Paula. »Ein schreiender Säugling, der noch nicht einmal von ihm ist? Weber ist sicherlich nicht der Typ, der auf so was steht.«

»Ich denke, du unterschätzt ihn diesbezüglich. Immerhin will er mit dir ausgehen ...«

»Das hat gar nichts zu bedeuten. Wahrscheinlich macht es ihm nur Spaß, mich auf hundertachtzig zu bringen.«

»Und wie man sieht, schafft er das ganz hervorragend.« Keeser sah Paula eindringlich an.

»Lass uns zurückgehen«, sagte Paula ertappt.

Keeser nickte und marschierte los. Die Aussicht auf ein Essen beim Italiener schien ihn zu beflügeln, Paula konnte kaum mit ihm Schritt halten.

In der Zeppelinstraße angekommen, drückte Keeser Paula den Autoschlüssel in die Hand. »Setz du dich schon mal in den Wagen, ich muss schnell noch was erledigen«, sagte er und verschwand in Elisabeth Lauers Haus.

Kurz darauf erschien er mit einem sperrigen schwarzen Müllsack, den er im Kofferraum verstaute.

»Was ist das?«, fragte Paula, als er sich neben sie auf den Fahrersitz setzte.

Keeser schnallte sich an und startete den Motor. »Beweismaterial«, sagte er.

»Was für Beweismaterial? Und warum bitte schön nimmst du das mit und überlässt das nicht Dreißigacker?«

»Weil es noch Stunden dauern wird, bis die Jungs in dem Haus fertig sind, ich aber schnelle Ergebnisse haben möchte. Und da wir nach dem Essen sowieso die sichergestellten Weihnachtstrüffel bei Knopp im Labor vorbeibringen wollten, dachte ich, wir nehmen das auch gleich mit.« Er setzte den Blinker und fuhr los.

»Verrätst du mir endlich, was dieses *Das* ist?«

»Na, was wohl, die Schublade mit der Ratte natürlich.«

»Die Ratte?«, widerholte Paula ungläubig. »Wozu denn das?«

Keeser bog mehrmals ab, bevor er ihr antwortete. »Knoppi soll sie sich mal genauer ansehen.«

»Glaubst du etwa, die ist auch ermordet worden?«, spöttelte Paula.

Keeser fuhr schwungvoll in den Kreisel am Bahnhof und verließ ihn drei Ausfahrten weiter wieder. »Genau das glaube ich«, sagte er ernst.

»Willst du mich verarschen?«

»Keineswegs. Ich bin der festen Überzeugung, dass jemand die tote Ratte – egal, wie sie nun zu Tode gekommen sein mag – dort oben in den Phonoschrank gesteckt hat. Das Tier war meines Erachtens viel zu groß, um sich durch einen Spalt hineinquetschen zu können. Es hat ja wohl nicht selbst die Schublade aufgezogen, sich dann hineingesetzt und sie zum besseren Sterben wieder zugeschoben. Oder bist du da anderer Meinung?«

Paula hatte sich bisher noch keine Gedanken über die Ratte gemacht, schon gar nicht darüber, wie dieses halb verweste Viech in die Schublade gekommen sein mochte. Sie war viel zu beschäftigt gewesen mit ihrem Brechreiz. Jetzt fand sie allerdings, dass Keeser mit einer derartigen Überlegung gar nicht so falschlag.

»Wer sollte denn so etwas tun?«

»Das, liebste Paula, gilt es herauszufinden. Und wer weiß, vielleicht haben wir damit dann auch gleich den Mörder von Elisabeth Lauer.«

Als sie die letzten Häuser von Bad Bergzabern hinter sich gelassen hatten, bemerkte Paula links vor ihnen auf einem Berg ein wunderschönes altes Gebäude. Sie verrenkte sich fast den Hals, weil sie es sich beim Vorbeifahren genauer ansehen wollte.

»›Villa Pistoria‹«, sagte Keeser übergangslos.

Paula hatte keine Ahnung, wovon er sprach.

Sie passierten das Ortsschild von Pleisweiler-Oberhofen.

»Das Haus, das du gerade bestaunt hast, ist die ›Villa Pistoria‹«, erklärte Keeser auf ihren fragenden Blick hin. »Erbaut irgendwann um 1800 von Daniel Friedrich Ludwig Pistor, einem Juristen und Weinfachmann. Er war aber auch einer der frühen Demokraten in Deutschland, und das, während die Pfalz noch vom bayerischen König beherrscht wurde. Weshalb er dann auch nach Frankreich flüchten musste.«

Keeser war während seines Vortrages in den ersten Abzweig nach links eingebogen und stellte den Wagen nun am Ende der Straße auf dem Parkplatz vor einem großen Fachwerkhaus ab.

»Sie haben Ihr Ziel erreicht«, teilte er mit verstellter Stimme mit.

»Danke für die kostenlose Fortbildung in Sachen Pfälzer Geschichte«, sagte Paula.

»Immer wieder gern, Frau Kollegin.«

Paula schnallte sich ab und öffnete die Wagentür. Der Duft von frisch gebackener Pizza wehte ihr in die Nase, als sie aus dem Auto stieg, woraufhin sie es kaum erwarten konnte, in eine dieser heißen und herrlich fettigen Teigfladen zu beißen. »Mafia-Torte« hatte Leonardo immer zu Pizza gesagt. Sie wunderte sich, dass sie ausgerechnet jetzt an Leo, ihren Ex, denken musste. Ihre Münchener Dienstzeit und ihr Leben mit dem »kleinen Italiener«, wie ihre Mutter Leonardo genannt hatte, lag für sie schon eine gefühlte Ewigkeit zurück.

Sie fanden einen freien Tisch auf der oberen Terrasse unterhalb des großen Mühlrades, das schon lange nicht mehr seiner eigentlichen Tätigkeit nachkam und stillstand. Ein sehr junger Kellner brachte ihnen die Speisekarte und nahm ihre Getränkebestellung auf.

»Ich bin gespannt, wann du dich endlich wie eine richtige Pfälzerin benimmst und mit der Biertrinkerei aufhörst«, frotzelte Keeser, der sich wie immer eine große Rieslingschorle bestellt hatte. »Und dann auch noch diesen alkoholfreien Weizenbier-Kram.«

Paula unterbrach das Studium der Pizzakarte und sah ihn tadelnd an. »Darf ich dich daran erinnern, dass ich schwanger bin?«

»Das mag für heute und die nächsten paar Monate gelten. Du hast aber schon vor deiner Schwangerschaft nie was Ordentliches zum Essen getrunken.«

Keesers Worte klangen in Paulas Ohren wie ein Vorwurf. Sie fand es zwar lächerlich, dass sie das Verlangen verspürte, sich zu verteidigen, aber sie tat es trotzdem: »Ich kann mittags noch keinen Alkohol trinken. Wenn ich das mache, dann ist der Rest des Tages für mich gelaufen.«

»Ebendas ist der Beweis dafür, dass du noch keine richtige Pfälzerin bist. Ein echter Pfälzer wie ich hat nämlich keine Probleme mit dem lächerlichen bisschen Alkohol.«

Von wegen *lächerliches bisschen Alkohol* – Paula kannte inzwischen das gängige Mischungsverhältnis einer Pfälzer Weinschorle, die nicht etwa wie bei ihr zu Hause in Franken einen Viertelliter beinhaltete, sondern einen halben: Auf zwei Drittel oder besser gesagt knapp drei Drittel Wein kam gerade mal ein etwas größerer Schluck Mineralwasser – für sie eine im wahrsten Sinne des Wortes umwerfende Mischung.

»Du hast nur keine Probleme damit, weil ich dann immer die ganze Arbeit mache.« Paula klappte die Karte zu und sah Keeser herausfordernd an. »Ich weiß gar nicht, warum du das alles so genau studierst – für dich gibt es doch nur einen Salat. Ich habe deiner persönlichen Staatsanwältin schließlich versprochen, dass ich auf dich aufpasse.«

»Das mit dem Grünzeug kannst du aber so was von vergessen, ich bin doch kein Hase. Außerdem bin ich gerade eben zwei Kilometer gewandert, ich brauche also dringend eine anständige Stärkung. Überhaupt kann ich essen, was ich will, ich bin nämlich schon groß. Und deshalb esse ich eine Pizza«, sagte Keeser resolut. Etwas weniger resolut fügte er jedoch hinzu: »Wehe, du verrätst es Marianne …«

Paula zuckte ergeben mit den Schultern und bestellte für sich eine große Calzone. Keeser schloss sich dem an.

Als sie gerade mit Schorle und Hefeweizen anstoßen wollten, klingelte Keesers Handy in der Jackentasche. Mit sehnsüchtigem Blick stellte er sein Glas wieder ab und nahm das Gespräch an. Doch unmittelbar darauf hielt er das Handy erschrocken von seinem Ohr weg.

Der Anrufer war unverkennbar ein Mann, und er sprach so laut, dass Paula jedes Wort verstehen konnte. Und das, was sie hörte, war alles andere als freundlich.

Was ihnen einfallen würde, seine Mutter einfach so ohne Erlaubnis der Familie aufschneiden zu lassen, brüllte der Mann aus Keesers Handy heraus. Das würde auf jeden Fall ein Nachspiel haben.

Keeser hielt sein Telefon wieder näher ans Ohr. »Mit wem spreche ich bitte? Ich habe Ihren Namen nicht richtig verstanden«, sagte er betont ruhig.

Paula hätte gern weiter zugehört, doch auch ihr Handy machte sich bemerkbar. Es war Geigerlein, verriet das Display, die Sekretärin der Mordkommission.

»Ja?«

»Hör zu, Paula«, sagte Martina Geiger aufgeregt. »Gerade hat sich ein gewisser Bernhard Lauer bei mir gemeldet. Er ist der Sohn dieser alten Dame, die gestern auf dem Friedhof tot umgekippt ist und in die Rechtsmedizin überstellt wurde. Er war wütend und wollte die Telefonnummer des zuständigen Beamten haben. Weil ihr ja sicherlich mit ihm sprechen wollt, hab ich ihm Keesers Nummer gegeben. Ich will euch nur vorwarnen, der Typ wird bestimmt gleich anrufen, und er ist echt stinksauer.«

»Zu spät«, sagte Paula trocken. »Keeser hat den Kerl gerade am Ohr, und alle im Umkreis von zehn Metern können problemlos mithören.«

»Sorry, aber er hat mich einfach überrumpelt.«

»Alles gut, Geigerlein, Keeser wird schon mit ihm fertig.« Paula sah zu, wie Keeser sein Mobiltelefon einsteckte und einen großen Schluck von seiner Schorle trank.

»Er *ist* gerade mit ihm fertiggeworden«, korrigierte sie und beendete mit den Worten »Bis später im Büro« das Gespräch.

»Und? Hast du einen neuen Freund?« Abwartend sah Paula Keeser an.

Er nickte. »*Wir* haben einen neuen Freund, und er hat uns zum Fressen gern. Bernhard Lauer will uns verklagen, weil wir seine Mutter ohne seine Erlaubnis obduziert haben.«

»Er will die Staatsanwaltschaft verklagen? Das wird bestimmt interessant.«

»Wenn er hört, dass seine Mutter vergiftet wurde, wird er das schön bleiben lassen.« Keeser sah auf seine Armbanduhr. »Wir haben gleich nach dem Essen ein Date mit ihm, wir sollen zu ihm in die Praxis kommen.«

Paula beobachtete den Kellner, der in jeder Hand einen großen Teller mit einem wahren Pizzaberg darauf vor sich hertrug. Sie hoffte, dass es ihr Essen war. Tatsächlich kam der junge Mann die Steintreppe herauf und stellte jedem eine unglaublich lecker aussehende Calzone vor die Nase.

»Buon appetito«, wünschte Paula und sog genüsslich den Duft der Teigtasche ein.

Keeser schnitt ein großes Stück von seiner Pizza ab und stopfte es sich gierig in den Mund.

»Du mich auch«, nuschelte er mit vollem Mund.

***

»Dr. med. Bernhard Lauer, Allgemeinarzt«, stand in zierlicher Schnörkelschrift auf dem goldenen Schild neben der Praxistür.

Paula und Keeser hatten versucht, das unangenehme Gespräch mit dem verärgerten Doktor so lange wie möglich hinauszuzögern, aber irgendwann war Keesers doppelter Espresso ausgetrunken und die Rechnung bezahlt gewesen.

»Alla gut, bringen wir es hinter uns«, sagte Keeser, drückte die Tür auf und ließ Paula galant den Vortritt.

Eine Arzthelferin mittleren Alters mit gewagter roter Fransenfrisur sah von ihrem Bildschirm auf und strahlte sie an. »Haben Sie einen Termin?«

»Sozusagen«, sagte Keeser. »Der Herr Doktor erwartet uns.«

»Ach ja?« Die Arzthelferin sah ihn skeptisch an. Da bist du nicht der Erste, der das behauptet, schien dieser Blick sagen zu wollen. »Wie ist denn Ihr Name?«

»Kripo Landau«, sagte Paula und hielt ihr zum Beweis ihren Dienstausweis über den Tresen.

»Oh ja, natürlich. Bitte folgen Sie mir, ich soll Sie in Behandlungsraum eins bringen. Der Chef wird zu Ihnen kommen, sobald es geht.« Mit quietschenden Sohlen ihrer weißen Vollplastik-Clogs wirbelte sie um den Empfangstresen herum und führte die Ermittler einen schmalen Gang entlang. Schwungvoll riss sie eine der Türen auf.

Paula und Keeser betraten ein großes, in sanftem Gelb gestrichenes Zimmer, dessen Mitte von einem großen antiken Schreibtisch mit Schnitzereien beherrscht wurde. Paula erkannte die gleichen Jagdszenen wie an der Vitrine in Elisabeth Lauers Wohnzimmer. Sie schloss daraus, dass die beiden Teile früher zusammengehört und vielleicht einmal in Justus Lauers Arbeitszimmer gestanden hatten.

Möglicherweise ein Geschenk zur Eröffnung seiner Praxis, dachte Paula.

»Ich sage dem Herrn Doktor Bescheid, dass Sie da sind. Bitte nehmen Sie schon mal Platz«, sagte die Arzthelferin übertrieben fröhlich und schloss die Tür hinter Paula und Keeser, kaum dass diese den Raum betreten hatten.

Die beiden ließen sich auf den wuchtigen ledernen Besucherstühlen vor dem Schreibtisch nieder. Während Paula das übergroße Ölgemälde an der Wand ihr gegenüber betrachtete, das den Ausschnitt einer blühenden Blumenwiese darstellte, spielte Keeser an einem in sich beweglichen Miniaturskelett herum, das auf dem Schreibtisch stand. Als sich schließlich die Verbindungstür zum nebengelegenen Behandlungszimmer öffnete, hatte er dem kleinen Knochenmann gerade die Arme vor der knöchernen Brust verschränkt. Erschrocken zuckte er von seinem Spielzeug zurück und setzte seine oft geprobte Unschuldsmiene auf.

Der Mann, der mit flatterndem weißen Kittel hereinstürmte, musste Bernhard Lauer sein. Grußlos nahm er in seinem eleganten, an einen Thron erinnernden Schreibtischsessel Platz und starrte Paula und Keeser mit vor Zorn gerötetem Gesicht an.

Ein nicht unattraktives Gesicht, dachte Paula, kantig-männlich, mit einem Grübchen am glatt rasierten Kinn, wie Kirk Douglas es einst hatte. Trotz der für Männer so dekorativ angegrauten Koteletten war sein Haar dunkel, fast schwarz, und lag perfekt geschnitten um seinen Kopf. Das und die verblassende Restbräune eines noch nicht allzu lang zurückliegenden Urlaubes ließen seine hellgrauen Augen noch heller erscheinen. Und kalt. Eiskalt.

Paula war verblüfft von der Ähnlichkeit mit dem jungen Mann auf dem Hochzeitsfoto in Elisabeth Lauers Schlafzimmer. Sie schätzte Bernhard Lauer auf Anfang oder Mitte sechzig.

»Das ist eine bodenlose Frechheit«, polterte Lauer. »Meine Mutter aufzuschneiden, ohne dass Sie jemanden von der Verwandtschaft über ihren Tod informiert hatten und ohne dass die Erlaubnis dafür eingeholt wurde!«

Paula schwieg vorerst. Schließlich war Keeser als Dienstranghöherer ihr direkter Vorgesetzter, und sie überließ ihm in diesem Fall nur zu gern das Wort.

Keeser, der seine Arme genauso vor der Brust verschränkt hatte wie das kleine Skelett auf dem Tisch, saß vollkommen gelassen da. Nur das Lächeln des Totenkopfes war breiter als seines.

»Dass Sie nicht sofort über den Tod Ihrer Mutter informiert wurden, tut uns leid«, sagte er mit echtem Bedauern in der Stimme.

»Ach, darum geht es doch gar nicht. Es geht um die Öffnung ihrer Leiche, verdammt noch mal! Wie kommen Sie dazu, eine Obduktion an ihr vornehmen zu lassen?«

»Ausgehend von einem ernst zu nehmenden Verdachtsmoment war das ...«

Ein freudloses Auflachen seitens Bernhard Lauer unterbrach Keeser. »Haha! Verdachtsmoment? Habe ich richtig gehört? Meine Mutter war neunundachtzig Jahre alt ...«

Er hielt inne und kniff die Augen zusammen. »Helma Gensheimer ... sagen Sie jetzt bloß nicht, meine Mutter wurde aufgrund des verrückten Geschwätzes dieser senilen Alten obduziert?«

»Woher wissen Sie überhaupt von der Obduktion?«, wechselte Keeser das Thema.

Bernhard Lauer sah ihn kurz irritiert an. »Die Buschtrommel unter uns Medizinern funktioniert zu Ihrem Pech recht gut. Der Notarzt, der zu meiner Mutter gerufen wurde, ist ein ehemaliger Studienkollege von mir«, sagte er schließlich in beinahe normalem Tonfall, ehe er wieder lauter hinzufügte: »Ich werde beim Oberstaatsanwalt Beschwerde einlegen, darauf können Sie Gift nehmen!«

»Apropos Gift«, sagte Keeser kühl. »Ihre Mutter wurde vergiftet. Sie sehen also: Wir hatten sehr wohl einen Grund, sie zu obduzieren. Wussten Sie das etwa noch gar nicht? Dann hat Ihre Buschtrommel in diesem Punkt anscheinend versagt.«

Bernhard Lauer war blass geworden. »Falls Sie sich damit einen Scherz erlauben, dann ...«

»Ich weiß, ich weiß«, unterbrach Keeser ihn mit wegwerfender Geste, »dann beschweren Sie sich beim Oberstaatsanwalt. Aber da überschätzen Sie dann doch meinen Humor, Herr Doktor, derartige Scherze liegen mir fern. Und den Herrn Oberstaatsanwalt grüßen Sie bitte recht herzlich von meiner Kollegin und mir.«

Bernhard Lauer sank resigniert in seinen Sessel zurück. Er kam Paula vor wie ein aufblasbares Gummitier, aus dem man den Stöpsel herausgezogen hatte.

»Welches Gift?«, fragte Lauer tonlos und sah von Keeser zu Paula.

»Diesbezüglich wenden Sie sich bitte an Dr. Andreas Knopp, unseren Rechtsmediziner. Er hat Ihre Mutter untersucht und kann Ihnen die genauen Einzelheiten mitteilen«, sagte Paula, die dem Gespräch bislang schweigend gefolgt war. Sie wollte um keinen Preis vor diesem Halbgott in Weiß zugeben, dass sie und Keeser das gar nicht so genau wussten.

»Wer sollte denn meine Mutter vergiften?«, fragte Bernhard Lauer nachdenklich.

»Genau das wollen wir herausfinden, und wir hoffen, Sie können uns dabei helfen«, sagte Paula sanft. »Uns interessiert zum Beispiel, ob es jemanden gibt, der vom Tod Ihrer Mutter profitieren würde.«

»Profitieren? Nein, ich wüsste niemanden. Also niemanden im Besonderen. Meine Schwester und ich werden wohl erben, wir sind immerhin ihre direkten Verwandten. Aber von *profitieren* kann man da, glaube ich, nicht reden, denn nach Abzug der Erbschaftssteuer wird von Mutters Besitztümern nicht viel übrig bleiben.«

»Gibt es ein Testament?«

»Keine Ahnung. Vielleicht ... nein, ich weiß es nicht.«

»Sie haben vorhin selbst gesagt, dass Ihre Mutter neunundachtzig Jahre alt war – haben Sie nie mit ihr darüber gesprochen, was nach ihrem Tod sein wird?«, fragte Keeser ungläubig.

»Nein, meine Mutter war da etwas ... eigen. Sie war in letzter Zeit nicht so gut auf die Familie zu sprechen. Am meisten hat sie auf Frank, dem Sohn meiner Schwester Regina, herumgehackt.«

Paula konnte sich vorstellen, dass eine Mutter zu einer Tochter einen engeren Kontakt hatte als zu einem Sohn. Bei ihr in der Familie war es zumindest so. »Könnte es sein, dass Ihre Schwester von einem Testament weiß?«

Bernhard Lauer schnaubte abfällig. »Regina? Ha, die hat genug mit sich selbst zu tun! Nein, mit der hatte Mutter noch weniger Kontakt als mit mir.«

»Wir müssen auf jeden Fall mit ihr sprechen. Schreiben Sie uns doch bitte ihre Adresse und Telefonnummer auf.« Paula holte ohne zu fragen ein Blatt aus dem Zettelkasten auf dem Schreibtisch und schob es Bernhard Lauer zu.

Lauer nahm einen vergoldeten Füllfederhalter aus der Schreibtischablage und schrieb das Gewünschte auf.

»Regina ist derzeit noch im Urlaub in Dänemark.« Er wedelte den Zettel durch die Luft, um die Tinte zu trocknen. »Ich habe heute Morgen mit ihr telefoniert, um sie von Mutters Tod zu unterrichten. Sie und Paul, ihr Mann, wollten sofort packen und versuchen, einen Flug nach Hause zu bekommen. Vor morgen werden sie es wohl nicht schaffen.«

»Ihre Mutter war nicht allzu erbaut davon, dass Sie sie ins Altersheim stecken wollten?«, schoss Paula einen Pfeil ab.

Bernhard Lauer sah sie überrascht an und legte dann übertrieben sorgfältig den Federhalter zurück an seinen Platz. »Woher wissen Sie davon?«, fragte er argwöhnisch.

»Auch wir haben unsere Buschtrommeln«, sagte Keeser gelassen.

Bernhard Lauer stellte die Ellbogen auf die Tischplatte und verschränkte seine gepflegten schlanken Finger, bevor er antwortete.

»Wie schon gesagt: Meine Mutter war neunundachtzig Jahre alt. Sie lebte allein in einem viel zu großen Haus und baute zusehends ab. Ich war überzeugt – und bin es noch immer –, dass sie in einem Seniorenheim am besten aufgehoben gewesen wäre.« Er sah Paula tief in die Augen. »Waren Sie schon in ihrem Haus?«

Paula nickte vorsichtig, nicht wissend, worauf er hinauswollte.

»Dann haben Sie es doch gerochen? Als ich letzte Woche bei ihr war, um die Anmeldung für das ›Pro Seniore‹ mit ihr zu besprechen, hat es gestunken wie die Pest. Obwohl sie mich gar nicht reingelassen hat, konnte ich das riechen. Und jetzt sagen Sie selbst: So jemand kann doch nicht mehr allein wohnen!«

So jemand? Paula glaubte, nicht richtig zu hören: So lieblos sprach man doch nicht von seiner Mutter! Was ist nur los mit manchen Menschen?, fragte sie sich. Wenn schon nicht Liebe, dann sollte man seinen Eltern doch wenigstens Respekt entgegenbringen.

»Hatte Ihre Mutter Feinde?« Dich nicht mitgezählt, fügte sie in Gedanken hinzu. Denn dass Bernhard Lauer seiner Mutter nicht besonders wohlgesonnen war, stand für sie fest.

»Ihre Arthritis und ihre Sturheit«, stieß er patzig hervor.

Keeser sah ihn scharf an. »Was meine Kollegin eigentlich wissen will …«

»Jaja, ich weiß schon, was Ihre Kollegin wissen will«, fiel Lauer ihm unhöflich ins Wort. »Und nein, sie hatte keine Feinde, ich weiß zumindest von keinen. Dauert das hier noch lange? Ich habe nämlich ein volles Wartezimmer.«

Keeser überging diese Frage. »Kam Ihnen Ihre Mutter in letzter Zeit verändert vor?«

»Definieren Sie ›verändert‹.«

»Ängstlich, argwöhnisch, vorsichtiger als sonst – so was in der Art«, definierte Paula für Keeser.

»Sie war nicht schrulliger als sonst. Unser Kontakt war ja in den letzten Jahren nicht mehr allzu eng. Seit dem Tod meiner ersten Frau war sie mir gegenüber sehr reserviert, und meine zweite Frau lehnte sie, aus welchem Grund auch immer, vom ersten Tag an kategorisch ab. Ich hatte Mutter nämlich vorgeschlagen, dass Natalia – das ist meine zweite Frau – sich ein bisschen um sie kümmern könnte, Einkäufe erledigen, im Haushalt helfen, für sie mitkochen und solche Sachen. Aber Mutter weigerte sich. Warum fragen Sie?«

»Was halten Sie von dem Wasserschaden, den Ihre Mutter im Frühjahr im Keller hatte?«, übernahm Keeser wieder. »Sie war überzeugt davon, dass es Sabotage war. Sind Sie der gleichen Meinung?«

»Ich weiß davon nur durch meinen Neffen. Aber was hat das mit der Ermordung meiner Mutter zu tun? Haben Sie keine wichtigeren Fragen?«

»Weil Sie gerade Ihren Neffen erwähnen: Was können Sie uns über ihn erzählen? Außer dass er Immobilienmakler ist.« Paula war sich nicht sicher, ob Bernhard Lauer diese Frage als wichtiger einstufte, aber das war ihr vollkommen egal.

»Frank? Wieso Frank? Das ist einfach nur der missratene Sohn meiner Schwester. Stimmt, seit Neuestem nennt er sich Immobilienmakler. Ich bin jedoch der Meinung, dass er zu blöd ist, um irgendetwas zu verkaufen. Soweit ich weiß, war er sogar zu beschränkt, um einen Schulabschluss zu machen«, sagte Bernhard Lauer zutiefst verächtlich.

»Er soll Ihrer Mutter ein Angebot für ihr Haus gemacht haben, was wissen Sie darüber?«

»Was Sie nicht sagen!« Bernhard Lauer amüsierte diese Aussage. »Dieser windige Kleinkriminelle wollte ihr Haus kaufen? Das würde zumindest erklären, warum meine Mutter so schlecht auf ihn zu sprechen war. Er war es übrigens, der mich immer wieder dazu gedrängt hat, dass Mutter in ein Heim muss. Na, jetzt weiß ich endlich den Grund für seine plötzliche Fürsorge ihr gegenüber. Nur hat dieser Versager dabei nicht mit dem Rest der Familie gerechnet, wir haben da ja wohl auch noch ein Wörtchen mitzureden!«

»War Ihre Mutter denn entmündigt?«, fragte Paula spitz. Dieser überhebliche Fatzke ging ihr langsam auf die Nerven.

Bernhard Lauer sah sie gereizt an. »Entmündigt? Wie kommen Sie auf so was? Nein, natürlich nicht!«

»Dann hätten Sie gar nichts mitzureden gehabt, wenn Ihre Mutter hätte verkaufen wollen – sie wäre einzig und allein dazu verpflichtet gewesen, Ihnen und Ihrer Schwester den Erbteil von Ihrem Vater auszuzahlen.«

Während Paula sprach, erblickte sie ein gerahmtes Foto auf dem Schreibtisch und drehte es zu sich herum, um es genauer betrachten zu können. Sie erkannte darauf einen etwas jüngeren Bernhard Lauer, der neben einem Rollstuhl stand und ernst in die Kamera sah. Im Rollstuhl saß eine extrem zart wirkende Frau, die um den Kopf ein buntes, zu einem Turban gewickeltes Tuch trug. Ihr Lächeln wirkte verkrampft, die eingefallenen Wangen, die tief liegenden, stumpf dreinblickenden Augen zeugten davon, dass ihr nicht zum Lächeln zumute war.

Paula vermutete, dass es sich um Lauers erste Frau handelte, die nach Helma Gensheimers Worten an Krebs gestorben war. Noch etwas anderes aus dem Gespräch mit Helma Gensheimer kam Paula in den Sinn.

»Womöglich hatten Sie eigene Pläne mit dem Haus. Ich kann mir gut vorstellen, dass Ihnen ein Verkauf durch Ihre Mutter nicht in den Kram gepasst hätte, Herr Doktor«, sagte sie, wohl wissend, dass sie sich damit weit aus dem Fenster lehnte. Vielleicht zu weit. Aber ein bisschen weiter ging trotzdem noch, entschied sie und fügte hinzu: »Zudem sind Sie Arzt, Sie kennen sich also mit Giften jeglicher Art bestens aus.«

»Wollen Sie mir etwa unterstellen, *ich* hätte etwas mit dem Tod meiner Mutter zu schaffen gehabt?«, rief Bernhard Lauer empört aus und fixierte dabei Keeser. »Das ist ja wohl die Höhe! Ich würde sagen, Ihre junge, unerfahrene Kollegin überschreitet da ihre Kompetenzen.« Er wirkte ehrlich schockiert.

Wenn das gespielt sein soll, dachte Paula, dann ist er ein begnadeter Schauspieler.

Keeser stemmte sich aus dem Besucherstuhl. »Wir unterstellen Ihnen gar nichts. Wir ermitteln nur in einem Mordfall. Ihnen müsste doch auch daran gelegen sein, dass wir den Mörder Ihrer Mutter so schnell wie möglich finden. Aber wenn Sie sich trotzdem beim Herrn Oberstaatsanwalt beschweren wollen, dann tun Sie sich keinen Zwang an.«

Als Paula ebenfalls aufstand, lösten sich die Armknochen des Plastikskeletts mit einem Rasseln aus der Verknotung. Es sah kurz so aus, als würde der breit grinsende Knochenmann sie lässig baumeln lassen.

Bernhard Lauer starrte perplex auf das Modell.

»Wir melden uns wieder bei Ihnen, Herr Doktor«, sagte Keeser schnell und überreichte Lauer eine seiner Visitenkarten. »Und falls Ihnen etwas einfallen sollte, das Ihnen für unsere Ermittlungen wichtig erscheint, dann lassen Sie es uns wissen. Einen schönen Tag noch.«

Keeser hatte fast schon die Tür hinter sich geschlossen, als Bernhard Lauer Ihnen nachrief: »Zu Ihrer Information: Meine Schwester ist Apothekerin, die kennt sich noch besser mit Giften aus als ich.«

»Hast du dir das bei Weber abgeguckt?«, fragte Keeser, sobald sie auf der Straße vor der Praxis standen.

»Was soll ich mir abgeguckt haben?«

»Na, diese Brechstangen-Methode. Du warst ja noch nie besonders zimperlich bei Befragungen, aber du hast Lauer gerade quasi direkt gefragt, ob er seine Mutter vergiftet hat.«

»Ja und?«

»Du glaubst doch nicht im Ernst, dass er dir eine ehrliche

Antwort auf diese Frage gegeben hätte, wenn er sie auf dem Gewissen hätte?«

»Natürlich nicht. Aber warum immer um den heißen Brei herumreden? Außerdem kam er mir viel zu selbstherrlich daher, ich wollte ihm einfach einen Schuss vor den Bug geben.«

»Denkst du denn, er war es?«

»Er sagt zwar, er wisse weder von einem Testament noch von den Kaufabsichten seines Neffen, aber dank deiner langjährigen Erfahrung dürfte dir bekannt sein, dass diesbezüglich nur zu gern gelogen wird. Der Verkauf des Hauses hätte für ihn eine Verringerung seines Erbes bedeutet – für mich ist das ein wunderschönes Motiv. Nicht zu vergessen seine Kenntnisse über giftige Substanzen plus seine Möglichkeiten, ohne Schwierigkeiten an solche heranzukommen.«

»Er ist Arzt, Paula, hat eine eigene Praxis – der hat doch erben gar nicht nötig.«

»Wenn es um Kohle geht, werden die meisten Menschen eklig, das weißt du doch genau. Außerdem bin ich fest davon überzeugt, dass es ein Testament gibt – der schöne Herr Doktor hat selbst gesagt, dass nicht nur sein Verhältnis zur Mutter gespannt war, sondern auch das zu seiner Schwester. An Elisabeth Lauers Stelle hätte ich den beiden mit einem fiesen Testament in die Suppe gespuckt.«

»Du findest den Doktor schön?«, fragte Keeser verblüfft.

Das war eine Frage, die Paula nicht erwartet hatte, schon gar nicht von Keeser.

»Extrem attraktiv sogar. Sportlich und schlank. Definitiv ein Frauenschwarm, warum interessiert dich das?«

»Nur so. Ich als Mann hab da wohl einen etwas anderen Blickwinkel.«

»Marianne würde er sicherlich auch gefallen.« Diese Stichelei konnte sich Paula einfach nicht verkneifen.

Keeser sah sie alarmiert an. »Meinst du?«

Paula tätschelte ihm beruhigend den Arm und bemühte sich, ernst zu bleiben. »Nur wenn sie dich nicht hätte, natürlich.«

Er musterte sie kritisch.

»Und wenn du erst ein paar Kilos abgenommen hast, dann besteht sowieso keine Gefahr mehr, dass sie überhaupt einen anderen Mann ansieht.«

Keesers Skepsis konnte durch diese Aussage offensichtlich nicht vertrieben werden, im Gegenteil, er schien zu überlegen, ob Paula ihn mal wieder auf den Arm nehmen wollte.

»Zum Glück machst du ja diese strenge Diät«, sagte sie kichernd, »diese Pizza-Diät, da geht das bestimmt ratzfatz!«

»Haha«, war alles, was Keeser dazu sagte. Mit einem vernichtenden Blick wandte er sich ab und ließ Paula stehen.

Sie lief ihm um das schöne alte Backsteingebäude herum nach und holte ihn nur ein, weil auf der Weinstraße zu viel Verkehr war und er warten musste, bis er endlich die Straße überqueren konnte. Auf dem Sparkassenparkplatz angelangt, ging er jedoch zügig an ihrem dort abgestellten Dienstwagen vorbei.

»He, wo willst du denn hin?«, rief Paula ihm hinterher.

»Ermitteln, was sonst?«, sagte Keeser kurz angebunden und marschierte weiter an einer Eisdiele und der Marktapotheke vorbei, die, wie sie inzwischen wussten, der Tochter der toten Elisabeth Lauer gehörte. Er bog nach rechts in die Fußgängerzone ab. Paula konnte kaum Schritt mit ihm halten.

Endlich stoppte er mitten auf der Marktstraße vor einem lieblos dekorierten Schaufenster eines Immobilienbüros. Verschiedene DIN-A4-Blätter mit Fotos von Häusern und Wohnungen waren meist schief mit Tesafilm an die Innenseite der Scheibe geklebt. »Bergmann-Immobilien«, stand auf dem grellroten Logo der Kaufangebote.

Das Geschäft von Frank Bergmann!, schlussfolgerte Paula.

Vertrauenerweckend sah das Gebäude, in dem einer ihrer Hauptverdächtigen seiner Arbeit nachging, nicht aus. Risse zogen sich durch die Fassade des alten Hauses, Putz und Farbe waren an vielen Stellen abgeplatzt, und aus den einst kunstvoll behauenen Sandsteinumrandungen des Schaufensters, der beiden Fenster darüber und der Ladentür waren große Ecken herausgebrochen.

»Besonders professionell sieht der Laden ja nicht aus. Hier

würde ich nicht freiwillig reingehen, um ein Haus zu kaufen«, sagte Keeser. »Erinnert mich eher an ein illegales Hinterhof-Wettbüro.« Er drückte die Klinke der alten Ladentür mit Glasausschnitt herunter, aber sie ließ sich nicht öffnen.

Keeser las die Öffnungszeiten auf einem kleinen Schild an der Tür vor: »Montag bis Freitag zehn Uhr bis zwölf Uhr und Montag bis Donnerstag vierzehn Uhr bis siebzehn Uhr.« Er sah auf seine Armbanduhr. »Es ist gleich halb drei, und es ist Montag – normalerweise müsste geöffnet sein.« Er rüttelte erneut an der Klinke, aber die Tür blieb verschlossen.

Paula rechnete mit ihren Fingern. »Montag bis Donnerstag gerade mal fünf Stunden, freitags sogar nur zwei Stunden – solche Arbeitszeiten hätte ich auch gern«, sagte sie neiderfüllt.

»Sieht das hier etwa wie der Laden eines erfolgreichen Geschäftsmanns aus? Womöglich sollte er doch ein paar Stunden mehr arbeiten, um daran etwas zu ändern«, hielt Keeser dagegen.

Er setzte sich die Lesebrille auf die Nase, holte das Handy aus der Jackentasche und tippte die Nummer ein, die auf den Angebotsblättern abgedruckt war. Er lauschte in den kleinen Apparat. Schließlich schüttelte er den Kopf. »Geht keiner ran, nicht mal die Mailbox. Versuchen wir es später noch einmal.« Langsameren Schrittes als zuvor ging er in Richtung Parkplatz zurück.

»Scheint heute nicht unser Tag zu sein«, sagte Paula, holte ihr Handy hervor und begann, darauf herumzutippen.

»Wen rufst du an?«, fragte Keeser neugierig.

»Niemanden. Ich sehe nur nach, wo Dr. Bollinger, der Hausarzt von Elisabeth Lauer, seine Praxis hat.«

»Gute Idee. Aber du weißt schon, dass man beim Laufen nicht mit diesen Dingern herumspielen soll?«

»Weiß ich …«, sagte Paula geistesabwesend. »In der Landauer Straße – sind wir nicht von dort gekommen?«

Keeser nickte. »Wenn sich zwischenzeitlich nichts anderes mehr ergibt, sollten wir danach ins Büro zurückfahren. Vielleicht ist Dreißigacker ja inzwischen mit dem Inhalt des Sekretärs fertig, und wir können uns die Unterlagen genauer ansehen. Wäre doch möglich, dass wir darin noch Anhaltspunkte für unser weiteres Vorgehen finden.«

»Du meinst, ein Testament?«

»Zum Beispiel.«

Paula wiegte zweifelnd den Kopf. »Wenn Frau Lauer tatsächlich so misstrauisch ihrer Familie gegenüber war, wie ihre Nachbarin gesagt hat, hat sie es, wenn sie denn überhaupt eins gemacht hat, mit Sicherheit nicht zu Hause aufbewahrt, sondern bei einem Notar.«

»Wir werden sehen«, sagte Keeser, als sie den Parkplatz erreichten.

Paula dachte schon über etwas völlig anderes nach. »Wenn dein Sohn Arzt wäre, würdest du dann zu ihm gehen oder lieber zu einem Fremden?«

Keeser startete den Motor und sah sie amüsiert von der Seite an. »Kannst du Gedanken lesen? Genau das habe ich auch gerade überlegt.« Er lenkte den Wagen vom Parkplatz nach links, und gleich darauf durchfuhren sie zum wiederholten Mal an diesem Tag den Kreisel beim Bahnhof. Keeser nahm auch diesmal die dritte Ausfahrt, bog aber gleich wieder nach rechts ab.

»Ich glaube, ich würde zu einem Außenstehenden gehen, um mich behandeln zu lassen. Ich würde nicht wollen, dass mein Kind immer weiß, wenn ich krank bin, und sich dann zwangsläufig Sorgen macht.«

»Ich hätte eher Angst, dass mein Kind mich und meine Wehwehchen nicht ernst nimmt und mich für einen Hypochonder hält«, sagte Paula.

»Schließt du da etwa von dir auf andere? Nimmst du denn die Krankheiten deiner Eltern nicht ernst?«

»Zum Glück bekomme ich nicht viel von ihren alltäglichen Zipperlein mit. Ich erfahre immer erst von irgendwelchen Krankheiten oder Beschwerden, wenn etwas diagnostiziert wurde oder, besser noch, schon längst überstanden ist. Aber ja, ich denke, wenn ich Ärztin wäre, würde ich ein Ziehen heute oben links und ein Drücken morgen unten rechts bei meinem Vater nicht unbedingt wichtig nehmen, schließlich ist er alt, und da wäre hie und da ein Ziehen oder Drücken völlig normal für mich. Mit Ärzten verhält es sich meiner Meinung nach genauso wie mit unabhängigen Gutachtern vor Gericht: Sie müssen unvoreingenommen sein.«

»So hab ich das noch nie betrachtet.« Keeser bremste ab, ließ ein entgegenkommendes Auto passieren und bog dann nach links in eine Einfahrt zwischen zwei hohen Sandsteinpfosten ab. Er parkte den Wagen auf dem letzten freien Stellplatz. »Na, wenigstens hier scheint jemand da zu sein.«

»Wir sollten so bald wie möglich mit der derzeitigen Frau des schönen Doktors reden«, sagte Paula beim Aussteigen und sah bewundernd an dem außergewöhnlich hübschen Haus hoch: Aus einem hohen Sockel aus großen roten Sandsteinen wuchs ein gepflegtes Fachwerkgemäuer, das aber nicht so ländlich-derb daherkam wie die Bauernhäuser in Franken, sondern eher elegant-filigran wie eine Stadtvilla.

Die Praxis für Allgemeinmedizin befand sich im Erdgeschoss.

Paula und Keeser traten durch eine zweiflügelige Jugendstiltür in ein altmodisches, aber ausgesprochen hübsches Treppenhaus. Der Eingang zur Praxis war eine Treppe höher.

Keeser drückte die Tür auf, und sie standen direkt vor dem Empfangstresen. Rechts davon konnten sie in das gut besetzte Wartezimmer sehen.

»Kripo Landau«, sagte Keeser mit gedämpfter Stimme, um keine Aufmerksamkeit bei den wartenden Patienten zu erregen. Er hielt den beiden erschrocken dreinsehenden Arzthelferinnen seinen Dienstausweis entgegen. »Wir müssen mit Dr. Erwin Bollinger sprechen.«

Die Frauen in den kurzen weißen Kitteln sahen sich ratlos an.

»Ich werde ihm Bescheid sagen«, sagte schließlich die ältere der beiden und griff zum Telefonhörer. »Die Kriminalpolizei möchte Sie sprechen, Herr Doktor«, flüsterte sie hinter vorgehaltener Hand in die Sprechmuschel.

»Ich soll fragen, worum es geht«, wandte sie sich an Paula und Keeser.

»Um eine seiner Patientinnen, Elisabeth Lauer«, gab Keeser bereitwillig Auskunft.

Die Arzthelferin gab das noch immer flüsternd weiter, nickte kurz und legte den Hörer wieder auf.

»Sie sollen hier warten, der Herr Doktor kommt sofort«, teilte sie den Beamten beinahe ehrfürchtig mit.

»Was ist denn mit Frau Lauer? Ihr ist doch hoffentlich nichts zugestoßen?«, fragte die andere Arzthelferin zaghaft.

»Sie ist gestern verstorben«, sagte Paula knapp. »Mehr dürfen wir Ihnen zu diesem Zeitpunkt noch nicht sagen.«

Ihr war bewusst, dass den beiden Frauen allein durch diese Aussage klar sein musste, dass Elisabeth Lauers Tod kein natürlicher gewesen war. Dafür sprach ja auch das Erscheinen zweier Kripobeamter.

»Wir zählen auf Ihre Verschwiegenheit«, sagte sie deshalb eindringlich.

Irgendwo am Ende des Ganges wurde eine Tür geöffnet. Rasche, energisch klingende Schritte näherten sich der Anmeldung. Schließlich bog ein kleiner korpulenter Mann in ordentlich zugeknöpftem Arztkittel um die Ecke. Sein Aussehen erinnerte Paula spontan an Dirk Bach. Erwin Bollinger hatte sogar das gleiche üppige Doppelkinn und die lustig blitzenden Äuglein. Er sah aus wie der Zwillingsbruder des knuffigen Komikers und hatte so gar nichts von einem Halbgott in Weiß.

Dr. Erwin Bollinger ging Paula bis zur Schulter, Keeser reichte er gerade mal bis zur Brust. Vom Bauchumfang her stand keiner der beiden Herren dem anderen in irgendeiner Weise nach.

Der Arzt schüttelte jedem Beamten höflich die Hand und verschränkte dann seine kurzen Arme hinter seinem Rücken. »Sie sind also wegen Elisabeth Lauer hier«, stellte er sachlich fest. »Sie wissen schon, dass ich an die ärztliche Schweigepflicht gebunden bin? Aber lassen Sie mal hören.« Er wippte beim Sprechen leicht auf den Fußballen.

»Elisabeth Lauer ist tot, Herr Doktor«, sagte Paula gedämpft. »Die Sache mit der ärztlichen Schweigepflicht hat sich quasi erledigt.«

Dr. Erwin Bollinger hielt abrupt im Wippen inne. »Elisabeth, ähm, Frau Lauer ist tot?« Seine Stimme klang ungläubig, und alle Fröhlichkeit war aus seinem Gesicht gewichen.

»Gestern verstorben«, bestätigte Keeser und sah sich suchend um. »Haben Sie denn keinen Raum, in dem wir ungestört sprechen können?«

»Aber ja, kommen Sie mit.« Der kleine Doktor machte auf dem Absatz kehrt.

Paula und Keeser folgten ihm in ein winziges Zimmer, an dessen Tür ein Schild mit den Buchstaben »EKG« angebracht war. Eine Liege mit dunkelblauem Frotteebezug, daneben ein Hocker mit Rollen und auf einem fahrbaren hüfthohen Metallgestell diverse medizinische Geräte – mehr befand sich nicht in dem Raum.

»Tut mir leid, aber im Moment sind alle Sprechzimmer belegt«, sagte Erwin Bollinger und bedeutete Paula und Keeser, auf der Liege Platz zu nehmen. Er selbst ließ sich auf dem Hocker nieder.

»Also, was ist mit ihr passiert?«, fragte er leise.

»Elisabeth Lauer ist gestern Nachmittag auf dem Friedhof tot zusammengebrochen«, sagte Keeser.

Erwin Bollinger sah ihn ernst an. »Das ist ja furchtbar! Ich mochte sie sehr gern, sie war eine wirklich angenehme Person. Mich überrascht ihr plötzlicher Tod, sie war vollkommen fit und gesund. Logischerweise frage ich mich aber auch, warum mir ihr Ableben von zwei Kripobeamten mitgeteilt wird. Ich gehe also davon aus, dass der Tod meiner Patientin bei der Polizei Fragen aufwirft.«

Keeser bestätigte das.

»Gut, ich hoffe, ich kann Ihnen helfen.« Erwin Bollinger verschränkte seine Arme über seinem gewaltigen Bauch und sah sie gespannt an. »Aber sagen Sie mir doch zuerst, woran Frau Lauer gestorben ist.«

»Unser Rechtsmediziner hat in ihrem Mageninhalt ein Toxin festgestellt«, sagte Paula.

Erwin Bollingers Munterkeit verwandelte sich augenblicklich

in Entsetzen. »Vergiftet? Wer um alles in der Welt vergiftet denn eine nette alte Frau? Und aus welchem Grund? Womit, wenn ich fragen darf?«

Keeser versuchte sich zum wiederholten Mal zu erinnern. »Irgendwas mir A. Aco…«

»Aconitin?«

»Genau das war es«, sagte Keeser erleichtert.

»Das Gift des Blauen Eisenhuts, nicht zu fassen!« Erwin Bollinger war schockiert.

Nun wusste Paula auch endlich, was Elisabeth Lauer getötet hatte. Allerdings hatte sie noch nie zuvor davon gehört. »Was ist das denn?«

Erwin Bollinger atmete tief ein. »*Aconitum napellus*, der Blaue Eisenhut, ist eine Zierpflanze mit wunderschönen blauen Blütendolden«, erklärte er. »Wächst in vielen Gärten und keiner weiß, wie gefährlich diese Pflanze ist. Im Volksmund wird er auch Würgling oder Ziegentod genannt und gehört zu den Hahnenfußgewächsen, falls Ihnen das etwas sagt.«

Das sagte weder Paula noch Keeser etwas, was Erwin Bollinger von ihren Gesichtern abzulesen schien.

»Nicht so wichtig«, entschied er und fuhr mit seinem Vortrag fort, der sich für Paula anhörte, als hätte der Arzt das alles auswendig gelernt: »Der Blaue Eisenhut zählt jedenfalls zu den giftigsten Pflanzen überhaupt. Wenn man der griechischen Mythologie Glauben schenken wollte, dann entstand diese Pflanze angeblich aus dem Geifer von Zerberus, dem Höllenhund, als Herakles diesen aus der Unterwelt herausschleifte. Egal wie, Fakt ist, dass schon kurzer Hautkontakt Lähmungserscheinungen hervorrufen kann, verbunden mit Frösteln, auf das starke Schmerzen folgen, bis dann endlich der Tod eintritt. In Fachkreisen wird das Gift des Blauen Eisenhuts als das ›Mittel für den sadistischen Mörder‹ bezeichnet, weil bei Verabreichung das Bewusstsein bis zum schmerzhaften Schluss erhalten bleibt.«

»Blauer Eisenhut also«, sagte Keeser beeindruckt. »Warum hat Knopp das nicht gleich gesagt? *Das* hätte ich mir merken können. Aber nein, ihr Ärzte müsst ja immer mit bescheuerten

Fremdwörtern und lateinischen Ausdrücken um euch werfen. Bestimmt macht ihr das, um uns medizinische Trottel wie medizinische Trottel dastehen zu lassen.«

Wenn Keesers Vorwurf Erwin Bollinger beeindruckte, so ließ er es sich nicht anmerken. »Warum wurde bei Elisabeth Lauer überhaupt eine Autopsie vorgenommen?«, fragte er sachlich.

»Ihre Freundin, Helma Gensheimer, hat sich bei der Polizei gemeldet und ihre Zweifel an einem natürlichen Tod eingeräumt. Ihr sind an Elisabeth Lauer genau die Symptome aufgefallen, die Sie gerade aufgezählt haben: Frösteln an einem sehr warmen Nachmittag, Lähmungserscheinungen vor allem in den Beinen, gefolgt von Atembeschwerden und starken Schmerzen.«

»Helma?«, rief Erwin Bollinger aus. »Das glaube ich Ihnen gern. An Helma Gensheimer ist eine Kriminalistin verloren gegangen.«

Paula musste schmunzeln. Das Gleiche hatte sie ein paar Stunden zuvor auch über die alte Dame gedacht. »Sie kennen Helma Gensheimer? Ist sie auch eine Patientin von Ihnen?«

Erwin Bollinger nickte bestätigend. »Das trifft zu, und sie ist wie ich Mitglied im Krimi-Lesekreis. Ich kann Ihnen getrost sagen, dass Helma Agatha Christies Miss Marple locker in die Tasche stecken würde.«

Paula dachte an die Bibliothek der Toten. »Elisabeth Lauer war ihrem Bücherregal nach zu urteilen nicht so an Krimis interessiert wie Sie und Frau Gensheimer.«

»Nein, kein bisschen. Sie begeisterte sich mehr für Tolstoi und Leonhard Frank, die *richtige* Literatur, wie sie zu sagen pflegte. Welche Ironie des Schicksals, dass ausgerechnet sie jetzt Hauptperson in einem Krimi ist.«

»Von Frau Gensheimer wissen wir, dass Elisabeth Lauer erst kürzlich einen Gesundheitscheck bei Ihnen durchführen ließ«, beendete Keeser das Thema Krimi.

»Ja, letzte Woche«, bestätigte Erwin Bollinger. »Es war alles bestens bei ihr – für ihr Alter war sie gut in Schuss, wenn ich das so sagen darf. Ich wünschte, dass es mir mal mit beinahe neunzig Jahren gesundheitlich so geht wie Elisabeth.«

»Und wie schätzen Sie ihren geistigen Zustand in den letzten Wochen ein?«, fragte Paula.

»Ich weiß nicht, worauf Sie hinauswollen, Frau Kommissarin. Auf mich wirkte sie auch geistig überaus fit.«

»Sie ernährte sich fast nur von Joghurt«, bemerkte Keeser in kritischem Ton.

Erwin Bollinger wiegte überlegend den Kopf. »Ich weiß, und ich kann Ihnen nur sagen, dass ich ihr dringend davon abgeraten habe. Aber ihr war das egal, sie sagte, es wäre sicherer.«

»*Sicherer*? Wie meinte sie das?«

Erwin Bollinger wand sich wie ein Wurm, bevor er schließlich antwortete: »›Da kann mir keiner was reinmachen‹ – das ist O-Ton Elisabeth.«

Paula sah ihn zweifelnd an. »Und da behaupten Sie, bei ihr wäre im Kopf alles richtig gewesen? Also für mich hört sich das eher nach Verfolgungswahn an.«

Erwin Bollinger schenkte Paula ein nachsichtiges Lächeln. »Wie wir aber inzwischen wissen, hatte Frau Lauer doch recht mit ihrer Befürchtung – denn wie Ihr Rechtsmediziner festgestellt hat, wurde ihr zweifelsfrei etwas verabreicht, das zu ihrem Tod geführt hat.«

»Mal ehrlich: Waren Sie nicht besorgt oder zumindest alarmiert, als Sie das hörten?«

»Ich dachte, es wäre eine vorrübergehende Schrulle. Elisabeth wirkte ansonsten völlig klar und rational auf mich – was ich mir erdreiste, erkennen zu können, denn sie ist immerhin schon seit etwa dreißig Jahren meine Patientin.«

»Hat sie Ihnen auch erzählt, dass sie fast alle Türen ihres Hauses verbarrikadiert hatte?«

Erwin Bollinger sah Paula verständnislos an.

»Anscheinend nicht«, sagte sie. »Als ich das sah, dachte ich sofort an eine Paranoia.«

»So, wie Sie das schildern, könnte ein Außenstehender wirklich zu dem Schluss kommen, dass Elisabeth nicht mehr alle Tassen im Schrank hatte. Aber ich versichere Ihnen, dass sie vollkommen klar im Kopf war. Und ihr Tod beweist doch, dass sie nicht paranoid war.« Er schwieg gedankenversunken. »Die Ärmste, was muss sie durchgemacht haben? Wenn ich gewusst hätte, wie verängstigt sie wirklich war, hätte ich mich mehr um sie gekümmert.«

»Hat sie Ihnen gegenüber jemals erwähnt, vor wem sie Angst hatte?«, fragte Keeser, der von Anfang an nicht an wahnhafte Vorstellungen der Toten geglaubt hatte.

Erwin Bollinger schüttelte bedauernd den Kopf.

»Nein, Namen hat sie nie erwähnt. Aber sie jammerte oft über ihre lieblose Familie, die ihrer Meinung nach nur dem schnöden Mammon nachjagte. Ich kenne die Familie zwar recht gut, aber in meinen Augen ist sie kein bisschen besser oder schlechter als andere Familien. Glauben Sie denn, es könnte einer von ihnen gewesen sein?«

Paula erhob sich von der Liege und drückte den Rücken durch.

»Wir stehen noch am Anfang unserer Ermittlungen. Aber aus Erfahrung kann ich Ihnen sagen, dass es nichts gibt, was es nicht gibt. Das wissen Sie doch sicherlich auch aus Ihren Krimis, Herr Doktor.«

»Warum kennen Sie sich eigentlich so gut mit Giften aus?«, fragte Keeser, der jetzt über dem sitzenden Arzt stand und auf ihn hinabblickte.

Wie Gulliver im Land der Zwerge, dachte Paula amüsiert.

Erwin Bollinger stand ebenfalls auf, was ihn jedoch nicht viel größer werden ließ.

»Ich habe meine Doktorarbeit über Pflanzengifte geschrieben – quasi ein Steckenpferd von mir«, sagte er dennoch unbeeindruckt. »Dass ich mich aber so genau an Aconitin erinnere, liegt daran, dass ich das gerade nachgelesen habe.« Mit gedämpfter Stimme fügte er hinzu: »Ich arbeite nämlich an meinem ersten Kriminalroman – aber das bleibt bitte unter uns.«

***

Sie saßen bereits seit mehreren Minuten im Auto vor Dr. Erwin Bollingers Praxis, aber Keeser fuhr nicht los. Paula übte sich in Geduld und suchte mittels ihres Handys im Internet nach Informationen über den Blauen Eisenhut.

Schon bei der Erwähnung des Namens der Pflanze hatte sie sofort an die blauen Blumen in Elisabeth Lauers Vorgarten denken müssen. Wenn es sich dabei nämlich um den besagten hochgiftigen Eisenhut handelte, dann war ihr Tod eventuell doch kein Mord, sondern nur ein bedauerlicher Unfall. Elisabeth Lauers Symptome passten schon mal haargenau zu dem, was der Doktor über die Wirkungsweise der Pflanze beschrieben hatte.

Was, wenn Elisabeth Lauer in ihrem Vorgarten gearbeitet, an der Pflanze herumgeschnippelt und danach Schokolade oder von den Trüffeln gegessen hat, ohne sich vorher die Hände zu waschen?, fragte sich Paula. Ihr Tod wäre dann eine Folge des Hautkontaktes mit der Pflanze gewesen, gepaart mit dem Verzehr des Giftes.

»Was meinst du?«, fragte Keeser, bevor Paula ihm von ihrer genialen Theorie erzählen konnte. »Ist es nicht ein seltsamer Zufall, dass der gute Doktor genau das Gift in seinem Roman verwendet, das Elisabeth Lauer getötet hat?«

»Ja, schon. Glaubst du etwa, er hat es ihr untergejubelt, um zu überprüfen, wie es im wahren Leben funktioniert?«

»Wie hast du vorhin so schön gesagt? Es gibt nichts, was es nicht gibt.«

Paula sah ihn zweifelnd von der Seite her an. »Ich weiß nicht. Würde er dann derartig mit seinem Wissen über den Blauen Eisenhut prahlen? So sieht er übrigens aus.« Sie hielt Keeser das Handy unter die Nase.

Er holte seine Lesebrille aus der Hemdtasche und setzte sie auf. Nach genauem Studium der Abbildung gab er Paula das Telefon zurück.

Sie wunderte sich, dass er nicht genau wie sie sofort die Ähnlichkeit der Pflanze aus dem Internet mit den Pflanzen in Elisabeth Lauers Vorgarten erkannte, denn normalerweise war er es, der auf solche Kleinigkeiten achtete.

»Fällt dir gar nichts auf? Das ist doch genau die gleiche Blume wie die, die bei Elisabeth Lauer vor dem Haus wächst!«

»Nein, was dort wächst, ist Hoher Rittersporn, da bin ich mir vollkommen sicher, den hab ich auch im Garten.« Keeser griff nach Paulas Handy und betrachtete noch einmal eingehend das Bild des Eisenhuts. »Der hier sieht vollkommen anders aus.«

»Schade«, sagte Paula enttäuscht. Eine Selbstvergiftung durch Gartenarbeit wäre ihrer Meinung nach eine interessante Auflösung für einen vermeintlichen Mordfall gewesen.

»Was wollte ich gerade sagen? Ah ja, wegen des kleinen Doktors und wie er sein Wissen zur Schau trägt: Es gibt solche Psychopaten«, sagte Keeser, nachdem er die Brille wieder verstaut hatte. »Die sind so von sich und ihrer Unantastbarkeit überzeugt – und natürlich von der Unfähigkeit der Polizei –, dass sie sich den Ermittlern quasi mit ihrem Wissen aufdrängen. Unter dem Deckmäntelchen, nur den dummen Bullen auf die Sprünge helfen zu wollen. Erinnerst du dich an die Krimiserie mit dem zerknautschten Inspektor Columbo? Da wurde diese Überheblichkeit der Täter immer wunderschön vorgeführt.«

»Vielleicht hat Bollinger sein Manuskript ja jemandem zum Lesen gegeben, und der hat sich die Idee zunutze gemacht?«

»Das wäre auch noch eine Möglichkeit, aber wem geben denn Autoren ihre Manuskripte zum Lesen? Ich weiß nur von Lektoren.«

Paula zuckte mit den Schultern. »Der Familie vielleicht? Den Ehepartnern? Freunden, die gern Krimis lesen …«

Paula und Keeser sahen sich an und sagten wie aus einem Munde: »Dem Krimi-Lesekreis!«

»Helma Gensheimer«, konkretisierte Paula. »Der liebe Doktor hat nie von einer ›Frau Gensheimer‹ gesprochen, sondern immer nur von ›Helma‹, als sei er enger mit ihr befreundet.«

Keeser sah sie eindringlich an. »Du weißt schon, was das bedeuten würde? Dann wäre deine süße Miss Marple, die bisher nur als Augenzeugin gehandelt wurde, auf einmal Tatverdächtige.«

Damit hatte er natürlich recht, das musste Paula sich eingestehen. Aber hätte sich Helma Gensheimer nach dem Tod ihrer Freundin bei der Polizei gemeldet, wenn sie sie selbst getötet hätte? Wohl eher nicht. Höchstens wenn sie den Einzug in eine Gefängniszelle dem unausweichlichen Umzug in ein Altersheim vorzog.

»Wenn sie die Mörderin sein sollte, also nur mal angenommen«, fuhr Keeser mit seinen Ausführungen fort, »dann wäre meine gerade erwähnte Theorie mit der Überheblichkeit des Täters bestätigt. Helma Gensheimer hat sich nicht nur mit ihrem kriminalistischen Halbwissen angebiedert, sie hat uns auch gleich noch diverse Verdächtige auf dem Silbertablett serviert – zum einen, um von sich abzulenken, zum anderen, um uns zu zeigen, wie unfähig wir sind.«

»Glaubst du das, was du da erzählst? Helma Gensheimer soll ihre beste Freundin vergiftet haben? Kannst du mir auch ein triftiges Motiv nennen?«

»Eines? Jede Menge, liebe Paula: Langeweile, Geltungssucht, vielleicht hat die Lauer regelmäßig beim Skat geschummelt oder aus Neid, weil sie jeden Tag schneller den Berg zum Friedhof hochgelaufen ist. Eifersucht wäre auch noch ein mögliches Motiv – wegen eines flotten Neunzigjährigen beim Tanztee im Haus des Gastes, der immer nur mit Elisabeth tanzen wollte. Das alles könnte seit Jahren in Helma Gensheimer geschwelt haben. Und dann las sie in Bollingers Manuskript von dieser genialen Art, jemanden ins Jenseits zu befördern. Ein langsamer, qualvoller Tod wäre doch eine perfekte Rache für jahrelange Demütigungen, oder?«

»Du spinnst ja total.«

»Mag sein, möglich wäre es jedoch, das musst du zugeben.« Keeser öffnete die Autotür. »Dann lass uns das doch gleich überprüfen.«

Erwin Bollinger stand mit einer Patientenakte in der Hand an der Anmeldung und sah ihnen überrascht entgegen. »Ist noch was?«

»Hat schon jemand den Krimi gelesen?«, platzte Paula heraus.

»Welchen Krimi?«, fragte er verständnislos.

»Ihren Krimi mit dem Eisenhut.«

Erwin Bollinger lief bis zu den Haarwurzeln rot an. Er trat nahe an Paula und Keeser heran, damit seine Angestellten nichts von dem Gespräch mitbekamen. »Niemand«, sagte er mit leiser Stimme. »Ich habe doch erst ein paar Seiten geschrieben.«

»Davon würden wir uns gern selbst überzeugen«, sagte Paula. Sie war sich sicher, dass der Doktor sich mit einer fadenscheinigen Ausrede herauslügen würde.

Doch zu ihrer Überraschung willigte er sofort ein. »Kommen Sie mit in mein Büro, dort steht mein Computer«, sagte er und eilte ihnen mit kleinen Schritten voraus, riss eine Tür auf und begab sich schnurstracks an den Schreibtisch. Er tippte auf seiner Tastatur herum und drehte dann den Bildschirm zu Paula und Keeser.

»Der Giftmörder aus der Südpfalz«, stand da in großen Buchstaben. Paulas Meinung nach war der Titel alles andere als einfallsreich.

Erwin Bollinger scrollte nach unten und landete auf der nächsten Seite.

Paula begann zu lesen. »Kapitel 1. Rechtsmediziner Ernst Ballinger streckte seine langen Beine, die durch das lange Sitzen vor dem Monitor beinahe einzuschlafen drohten, unter dem Schreibtisch aus. Für ihn stand fest: Die Leiche auf seinem Seziertisch war durch Gift gestorben. Genauer gesagt, durch das Gift des Blauen Eisenhuts.«

Das war alles an Text.

»Mehr nicht?«, fragte Keeser skeptisch.

Paula sah in seinen Augen ein ihr gut bekanntes spöttisches Blitzen, und sie wusste gleich, dass er genau wie sie über mindestens eine Textstelle gestolpert war. Abgesehen davon, dass eine Leiche nicht gestorben sein konnte, hatte Erwin Bollingers Held die gleichen Initialen wie er selbst und war unverkennbar sein Alter Ego. Diesem Alter Ego hatte er auch noch etwas auf den Leib geschrieben, was er selbst wohl zu gern gehabt hätte: lange Beine.

»Hören Sie, es ist nicht so einfach, einen Roman zu schreiben, wie Sie vielleicht denken«, echauffierte sich Erwin Bollinger.

»Und was ist mit Ihren Notizen zu dem Buch? Hat da jemand Einsicht nehmen können?«, sagte Paula amüsiert, aber sanft.

»Nein, das ist doch nur Gekritzel, das kann außer mir keiner lesen.« Zum Beweis holte er einen karierten Collegeblock aus einer Schublade und hielt ihn Paula unter die Nase.

Sie blätterte die wenigen beschriebenen Seiten durch und musste ihm recht geben: Sie konnte einzig und allein die Überschrift klar und deutlich erkennen – »Der gefährliche Giftmörder aus der Südpfalz« – *gefährliche* hatte er mehrmals durchgestrichen. Der Rest war unleserliches Gekrakel, wie von einem Kind oder … nun ja, von einem Arzt.

Keeser wirkte enttäuscht. »Mit wem haben Sie alles über Ihren Krimi gesprochen?«

»Nur mit Ihnen. Ich wollte ja schließlich nicht, dass mir jemand meine Idee klaut und selbst einen Roman daraus macht.« Sein Gesichtsausdruck verriet Erkenntnis: »Ach, das ist es: Sie dachten, jemand hat meine Idee geklaut beziehungsweise mein Mordwerkzeug? Zugegeben, das würde Ihre Ermittlungen sicher beschleunigen. Ich muss Sie jedoch enttäuschen. Doch wenn ich es recht überdenke …«, er nahm Paula den Collegeblock aus der Hand und schrieb etwas auf eine leere Seite, »… ist das eine geniale Idee für meinen Roman. Wenn Sie möchten, erwähne ich Sie namentlich im Anhang des Buches.«

»Danke, nicht nötig.« Keeser winkte ab und begab sich auf den Weg nach draußen.

Paula verabschiedete sich und folgte ihm.

»Satz mit X – war wohl nix«, sagte sie, als sie zu ihm ins Auto stieg.

»Satz mit S – Scheiße«, konterte Keeser.

»Das ist weder ein Satz, noch reimt es sich«, frotzelte Paula.

»So gut wie die Ergüsse des Herrn Doktor ist das allemal. Hoffentlich kommt er nicht auf die absurde Idee, seinen Job an den Nagel zu hängen, um mehr Zeit zum Schreiben zu haben.«

»Und schon ist *meine* süße Miss Marple wieder die Augenzeugin, die sie anfangs war.«

»Das ist nicht gesagt. Dr. Bollinger wird sicher nicht der erste

Autor sein, der dieses Gift in einem Roman erwähnt. Du hast Helma Gensheimers Bibliothek gesehen, da könnte sie auch so auf die Idee mit dem Eisenhut gekommen sein«, sagte Keeser trotzig.

»Aber wenn ich ehrlich bin, kann ich das selbst nicht so recht glauben«, gab er dann doch zu.

Paula zog zufrieden schmunzelnd ihren kleinen Block aus der Jacke und blätterte durch ihre Notizen, bis sie endlich fand, was sie suchte. »Lass uns doch noch Natalia Lauer auf den Zahn fühlen, bevor wir ins Büro zurückfahren. Helma Gensheimer hat mir vorhin netterweise die Adresse gegeben.«

Sie gab die Daten in das Navi ein und sah auf die Uhr. »Gleich fünf – perfekt, da sitzt ihr Doktorgatte noch brav in seiner Praxis, und wir erwischen sie allein.«

***

Sie erwischten Natalia Lauer nicht allein – sie erwischten sie gar nicht. Nach dem sechsten oder siebten Klingeln gab Paula auf.

»Es ist wie verhext«, zischte sie enttäuscht und betrachtete das schmucke Einfamilienhaus neuerer Bauart. »Vielleicht ist sie ja tatsächlich die Mörderin von Elisabeth Lauer und hat sich schon nach Polen abgesetzt.«

Keeser musterte sie amüsiert. »Ausgerechnet nach Polen, ja?«

»Oder sonst wohin, sei doch nicht so pingelig.«

»Wahrscheinlich ist sie nur ganz undramatisch einkaufen. Dann also jetzt ins Büro?«

»Ja, aber vorher muss ich noch was essen. Was Süßes, Bazillus braucht unbedingt Schokolade. Und meine Nerven auch.«

Keeser fuhr den Berg wieder hinunter und hielt vor dem großen EDEKA-Markt.

Paula stieg aus, bevor er den Motor abgestellt hatte. »Wartest du hier?«

»Nö, ich komm mit.«

»Ich weiß nicht, ob das so gut für dich ist.«

»Das lass mal mich entscheiden, meine Liebe«, sagte Keeser

grantig und folgte Paula in den Laden. In der Obstabteilung suchte er sich einen wunderschönen roten Apfel aus.

Während Paula sich in der Süßwarenabteilung zu einer Großpackung Hanuta und einer Tüte saure Apfelringe hinreißen ließ, mied Keeser diesen Teil des Ladens tapfer und wartete an der Kasse auf sie. Sein Apfel war schon eingescannt, da griff er schnell noch nach einem Snickers und legte es auf das Band.

»Halt dich raus«, sagte er, als er Paulas tadelnden Blick sah.

Schon auf dem Weg zum Auto riss Paula die Klarsichtfolie auf, holte ein Hanuta aus dem Karton und packte es aus. Mit zwei Bissen war die Schokoladenwaffel verschwunden. »Oh, mein Gott, war das gut!«, stöhnte sie voller Wonne und legte gierig die nächste Waffel frei.

Keeser biss lustlos in seinen Apfel. »Wo isst du das nur hin?«, sagte er vorwurfsvoll.

Paula stellte die Waffelpackung auf dem Autodach ab, öffnete die Tüte mit den Apfelringen und steckte sich gleich zwei der sauren Dinger in den Mund. »Nur Geduld, in wenigen Monaten schiebe ich auch so eine Kugel wie du durch die Gegend«, nuschelte sie undeutlich.

Keeser war mit seinem Apfel fertig und betätigte die Zentralverriegelung. »Können wir dann endlich weiterfahren? Ich will heute schließlich noch irgendwann Feierabend machen.«

»Nur zu, ich kann auch im Auto weiteressen.«

»Im Auto wird nicht gegessen, wie oft muss ich dir das noch sagen?«

Paula steckte sich noch ein paar Apfelringe in den Mund, knautschte die Packung zusammen und ließ sie in ihrer Jackentasche verschwinden. Die zuckerverklebten Finger wischte sie an ihrem Hosenboden ab, dann öffnete sie die Beifahrertür, nahm die Hanuta-Packung vom Dach und stieg ein.

»Ferddisch«, sagte sie undeutlich mit dicken Backen.

»Vielleicht solltest du immer mit vollem Mund reden«, sagte Keeser, während er den Motor startete. »Des hot sisch nämlisch grad rischdisch pälzisch aag'hört.«

Irgendwo auf halbem Weg zwischen Bad Bergzabern und Landau atmete Paula die Luft im Wageninneren prüfend ein. »Was riecht hier so komisch? Riechst du das auch?«

Keeser sog ebenfalls die Luft ein. »Du hast recht, hier müffelt es gewaltig. Ist etwa einer von uns in Hundekacke getreten?«

Paula kontrollierte die groben Profile ihrer Schuhe. »Ich bin ausnahmsweise unschuldig.«

»Ach du Scheiße!« Keeser schlug mit der flachen Hand aufs Lenkrad. »Das ist bestimmt die Ratte im Kofferraum. Mensch, die hab ich ja total vergessen! Die fault bei diesen sommerlichen Temperaturen natürlich extrem schnell vor sich hin. Wir müssen sie so schnell wie möglich loswerden.«

Und so parkten sie eine Viertelstunde später nicht wie geplant auf dem Hof ihrer Dienststelle im Westring, sondern auf dem Parkplatz beim Städtischen Klinikum, um zum zweiten Mal an diesem Tag in die »Katakomben des Grauens« hinabzusteigen.

Andreas Knopp war von dem Mitbringsel, das Keeser ihm überreichte, alles andere als begeistert.

»Spinnst du jetzt vollkommen?«, waren seine genauen Worte, als er das in Auflösung befindliche Nagetier samt der Schublade aus dem Müllsack holte und auf einen freien Seziertisch stellte.

»Warum denn? Ich dachte, du könntest mittels deiner hochtechnischen Ausstattung und natürlich dank deiner einmaligen wissenschaftlichen Kenntnisse den Todeszeitpunkt dieses armen Tieres bestimmen und eventuell auch, woran es gestorben ist.«

»Du willst mich wohl verarschen?« Andreas Knopp musterte Keesers Gesichtsausdruck genau. »Ach herrje, du meinst das ernst. Also gut: Was hat es mit der Ratte auf sich?«

Keeser schilderte ihm den Fundort und die Umstände, unter denen sie die sterblichen Überreste des Tieres gefunden hatten.

»Und wozu dieser Aufwand?«, fragte Andreas Knopp schließlich mit einem Anflug von Spott in der Stimme. »Wollt ihr etwa auch noch den Mörder der Ratte suchen?«

»Du hast's erfasst, Knoppi. Wir glauben nämlich, dass diese Ratte nicht selbst in die Schublade kriechen konnte, sondern dass sie jemand – wahrscheinlich schon tot – dort platziert hat.«

»*Du* glaubst das«, stellte Paula klar.

Keeser sah sie genervt an. »Wenn Knoppi mit seinen Untersuchungen fertig ist, wirst du das auch glauben, meine Liebe.«

»Ich soll also anhand dieses …«, Knopp betrachtete zweifelnd die größtenteils verflüssigten Überreste der Ratte, »… dieses Matsches herausfinden, ob das Tier ermordet wurde?«

»Das kann doch nicht so schwer sein. Versuch's doch mal mit dem Mageninhalt wie bei Elisabeth Lauer«, schlug Keeser vor. »Vielleicht ist das Tierchen ja auch vergiftet worden. Rattengift oder so.«

»Wenn ich darauf aufmerksam machen darf: In dem Brei hier ist kein Magen mehr auszumachen.«

»Vielleicht ist sie ja erschossen worden?«, frotzelte Paula, die Keesers Aktion absurd fand.

Andreas Knopp zog sich den Mundschutz über den Mund, schnappte sich eine große Pinzette und beugte sich über den Rattenleichnam. Sorgsam schob er Fell und Fleischreste beiseite.

»Da haben wir es ja«, sagte er, als er sich wieder aufrichtete. »Ihr Genick wurde gebrochen. Wenn das nicht bei einem Sturz aus großer Höhe passiert ist – was ich ehrlich gesagt ausschließe –, würde ich auf eine herkömmliche Schlagfalle tippen. Selbstmord scheidet also definitiv aus. Bist du jetzt zufrieden, Bernd, oder willst du noch wissen, von welchem Hersteller die Falle war?«

»Knoppi, du warst wirklich schon witziger. Mehr wollte ich gar nicht wissen. Tut mir leid, aber ich muss es laut und vor Zeugen aussprechen: Ich hatte mal wieder recht. Die Ratte wurde tot in die Schublade gelegt, um Elisabeth Lauer …«, er sah Paula ratlos an, »tja, um was zu tun? Sie zu ärgern oder zu quälen?«

Paula hatte darauf auch keine Antwort. »Das werden wir im Laufe der Ermittlungen hoffentlich herausfinden.«

Keesers Augen funkelten triumphierend. »Du gibst also zu, dass ich recht hatte?«

»Ja, ich gebe zu, dass du recht hattest, und jetzt gib endlich Ruhe!«

»Ist der immer so?« Andreas Knopp schenkte Paula einen mitleidigen Blick über seinen Mundschutz hinweg. Vorsichtig schob er die Schublade mit der verblichenen Ratte zurück in den Müllsack.

»Meistens«, bestätigte Paula. »Die Arbeit mit ihm ist echt kein Zuckerschlecken.«

»Apropos Zucker, bevor ich's vergesse …« Keeser holte die Tüte mit den Weihnachtstrüffeln aus seiner Jackentasche. »Die haben wir ebenfalls im Haus der Toten gefunden.«

»Hast du die etwa den ganzen Nachmittag in deiner Jackentasche herumgeschleppt?«, fragte Knopp beim Anblick der mittlerweile recht mitgenommen aussehenden Trüffel tadelnd.

»Wegen der Fingerabdrücke auf der Pralinentüte brauchst du dir keine Sorgen zu machen, Knoppi. Wir hatten beide Handschuhe an, und in der Beweismitteltüte waren die kleinen süßen Dinger sicher wie in Abrahams Schoß aufgehoben.«

»Schon mal was von sommerlichen Außentemperaturen, menschlicher Körperwärme und dem recht niedrigen Schmelzpunkt von Schokolade mit hohem Butter- und Sahneanteil, wie er bei Trüffeln in der Regel vorkommt, gehört? Mensch, Bernd, dein Beweismaterial ist so gut wie geschmolzen«, sagte Andreas Knopp vorwurfsvoll.

»Heißt das, eventuell beinhaltetes Gift lässt sich gar nicht mehr feststellen?«, fragte Keeser kleinlaut.

»Nein, das heißt nur, dass man mit Beweismaterial nicht so umgeht. Aber was rege ich mich auf? Du hast diese Dinge ja schon immer recht lax gehandhabt, und so wie ich dich kenne, wirst du dich auf deine alten Tage mit Sicherheit nicht mehr ändern.«

»Dann ist ja alles gut. Melde dich bei uns, wenn du die Ergebnisse hast«, sagte Keeser gelassen und war schon in Richtung Tür unterwegs.

»He, du hast deine Ratte vergessen!«, rief Andreas Knopp ihm hinterher.

»Schenk ich dir«, sagte Keeser und verschwand durch die Schwingtür auf den Gang hinaus.

Paula tat es ihm so schnell wie möglich gleich, damit die Ratte nicht an ihr hängen blieb.

»Ihr seid unmöglich«, hörte sie Knopp ihnen nachrufen.

Als sie aus der Klinik kam, stand Keeser ans Auto gelehnt da und riss die Verpackung seines Snickers auf.

»Das hab ich mir redlich verdient«, verteidigte er sein Tun und biss fast die Hälfte des Riegels ab. Genussvoll stöhnend kaute er und verdrehte dabei die Augen glücklich gen Himmel. »Mann, schmeckt das gut! So gut hat es, glaube ich, noch nie geschmeckt.« Er schob sich den Rest im Ganzen in den Mund.

»Es gibt diesbezüglich diverse wissenschaftliche Untersuchungen«, sagte Paula mit todernster Miene.

»Ach ja?«

»Ja. Dabei wurde festgestellt, dass etwas, das man aus welchen Gründen auch immer nicht essen darf, beim Kauen besonders intensive Geschmacksaromen entwickelt.«

Keeser ging ihr nicht auf den Leim. »Was du nicht sagst. Das hört sich meines Erachtens nach ›Paulas Märchenstunde‹ an.« Er sah sich suchend um. Neben einer Bank erspähte er einen Mülleimer. Mit wenigen Schritten war er dort und ließ die Verpackung des Snickers darin verschwinden. »Damit Marianne mich nicht anhand von stichhaltigem Beweismaterial überführen kann.«

»Das perfekte Verbrechen also?«

Keeser grinste siegessicher. »Haargenau.«

»Dann solltest du dir vielleicht auch die Schokoladenreste aus dem Gesicht wischen.«

»Schokoladenreste?« Keeser suchte in allen Jackenöffnungen nach seinem Taschentuch, fand es aber nicht.

Paula wedelte damit vor seiner Nase herum. »Das kommt davon, wenn man seine Sachen nicht zurückhaben will.«

Keeser riss ihr das Tuch aus der Hand, betrachtete es einen Moment lang kritisch und wischte sich dann hektisch damit über das Gesicht. »Gut so?«

Paula kontrollierte sein Aussehen nur flüchtig. »Jaja, alles weg. Und jetzt lass uns endlich fahren.«

»Ich glaube dir kein Wort«, sagte Keeser voller Zweifel. »Wie ich dich kenne, sagst du das nur so, und ich laufe mit einem Zentner Schokolade an der Backe bei Marianne direkt ins offene Messer.« Er öffnete den Wagen, klemmte sich hinter das Lenkrad und betrachtete sich prüfend im Rückspiegel.

»Okay«, sagte er nach Abschluss seiner kritischen Musterung. »Dieses eine Mal hast du ausnahmsweise die Wahrheit gesagt.«

Paula setzte sich neben ihn und schnallte sich an. »So misstrauisch, wie du bist, könntest du glatt bei der Polizei anfangen.«

»Vorsicht ist die Mutter der Porzellankiste«, brummelte Keeser und startete den Motor.

***

Allen Vorsorgemaßnahmen zum Trotz lief er seiner Freundin Marianne dann doch zielsicher und ohne jegliche Umwege in besagtes Messer. Sie erwartete ihn und Paula nämlich schon in deren Büro. Auf Keesers Stuhl sitzend, ihre wohlgeformten Beine lässig auf seinem Schreibtisch abgelegt, biss sie gerade gelangweilt in ein Stück Karotte aus der grünen Vesperbox.

»Da seid ihr ja endlich«, sagte sie vorwurfsvoll, schwang elegant die Füße, die in hochhackigen schwarzen Pumps steckten, auf den Boden und kam hüftschwingend auf Keeser zu. Den Kuss, den sie ihm verabreichte, brach sie abrupt ab. »Du hast Schokolade genascht!«

»Das ist eine böswillige Unterstellung«, sagte Keeser wenig überzeugend.

»Bernd, du riechst danach, und du schmeckst danach. Ich kann dir sogar sagen, dass es ein Snickers war, also komm mir nicht so!«

Keeser stand da wie ein ertappter kleiner Junge. Paula musste sich sehr beherrschen, damit sie nicht lauthals loslachte. Insgeheim dachte sie, dass es taktisch sehr viel klüger von ihm gewesen wäre, zuerst den Schokoriegel und danach den Apfel zu verspeisen. Diese Überlegung kam aber ein bisschen zu spät für ihren Lieblingskollegen.

»Und Pizza hast du auch gegessen! Mensch, Bernd, du bist wirklich unverbesserlich.«

In Keesers Gesicht konnte Paula Folgendes lesen: Ungläubigkeit gepaart mit Fassungslosigkeit.

»Woher weißt du das denn schon wieder?«, stammelte er und bedachte Paula mit einem vernichtenden Blick. Du hast mich verraten, sagte dieser.

»Lass Paula da raus«, blaffte Marianne und fügte höhnisch hinzu: »Wenn dein Bauch nicht so dick wäre, würde dir dein Essen nicht immerzu drauftropfen. Aber so trägst du deine Speisekarte ständig mit dir herum.« Mit dem Zeigefinger deutete sie auf die Stellen an Keesers Bauch, wo die verräterischen Flecken sich in sein Hemd gefressen hatten. »Tomatensoße mit jeder Menge Öl – das sind unverkennbar Pizzaspuren, dafür brauche ich keine Kriminaltechnik. Leugnen ist also zwecklos.«

»Es war nur eine winzig kleine Pizza ...«

»Weißt du was, Bernd? Vielleicht sollten wir uns so lange trennen, bis du fünf Kilo abgespeckt hast. Wäre das eventuell ein Anreiz für dich, auf all die kulinarischen Verführungen zu verzichten?«

Keeser starrte sie schockiert an. »Und was wäre in dieser Zeit mit Sex?«

»Gut, dass du das ansprichst«, sagte Marianne schnippisch. »Sex gibt es erst wieder, wenn du *zehn* Kilo abgenommen hast.« Sie stand vor ihm, die Arme kämpferisch in die Hüften gestemmt, und funkelte ihn böse an.

Über Keesers Gesicht huschte ein unsicheres Lächeln. »Das meinst du doch sicher nicht ernst ...«

Paula hatte für ihren Geschmack schon viel zu viel gehört. »Ich geh dann mal einen Stock höher und schaue, ob die Kriminaltechnik schon mit den Ordnern fertig ist.« Ohne eine Antwort abzuwarten, verließ sie den kleinen Raum, in dem es vor Spannung knisterte. Sie wollte um keinen Preis in Keesers Haut stecken.

Sie sprang die Stufen nach oben, immer zwei auf einmal, um so schnell wie möglich aus dem Krisengebiet herauszukommen. Mariannes und Keesers laute Stimmen verfolgten sie jedoch bis vor die Tür des kriminaltechnischen Labors. Erst als sie diese hinter sich schloss, bekam sie nichts mehr von den beiden mit.

Werner Dreißigacker hob bei ihrem hastigen Eintreten überrascht den Kopf. »Sind Sie auf der Flucht?«

»So in etwa – dicke Luft im Hause Keeser.«

»Ach herrje, was hat er denn angestellt?«

Paula winkte ab. »Das würde zu weit führen. Haben Sie schon was für mich?«

Werner Dreißigacker deutete mit einem behandschuhten Finger auf einen Plastiksack neben der Tür. »Da drin sind die Akten, die Sie haben wollten. Die waren allesamt ohne Befund – niemand außer Elisabeth Lauer hatte sie in der Hand.«

»Und wenn derjenige Handschuhe getragen hätte?«

»Dann hätte er zumindest die vorhandenen Fingerabdrücke teilweise verwischt, dem ist aber nicht so. Die Dinger gehören jetzt Ihnen, ich hoffe, Sie können mehr damit anfangen als wir.«

»Sonst irgendetwas Auffälliges?«

»Ja, da ist in der Tat noch etwas: Keeser hatte uns doch aufgetragen, die Kellertüren genauer anzusehen. Die Stahltür nach draußen war unauffällig, einen Schlüssel dazu haben auch wir nicht gefunden. Interessant ist jedoch die Tür von der Diele in den Keller.«

Dreißigacker winkte Paula zu einem Monitor, beugte sich über die Tastatur und klickte die Aufnahmen durch, die in Elisabeth Lauers Haus gemacht worden waren, bis er die richtigen fand. Eine zeigte den Bereich einer Tür rund um die Klinke.

»Sehen Sie das?« Er deutete auf mehrere kleine Stellen, an denen der weiße Lack abgeblättert war. »Wir haben zudem auch noch tiefere Kratzspuren im Holz gefunden, wie man hier gut erkennen kann.« Er klickte ein weiteres Mal. Auf dem Monitor erschien ein Foto mit der Seitenansicht des Türschlosses. Paula konnte mehrere tiefe Rillen um den Schnapper herum erkennen.

»Ich bin der Überzeugung, dass da jemand mit einem Werkzeug versucht hat, das Schloss zu knacken, um vom Keller aus ins Erdgeschoss zu gelangen«, sagte Dreißigacker abschließend.

»Soll das heißen, der Eindringling hatte zwar den notwendigen Schlüssel, um vom Garten in den Keller zu gelangen, aber an der abgeschlossenen Tür nach oben ist er dann letztendlich gescheitert?«

»Genau so sieht das für mich aus«, bestätigte er.

»Hm, Keeser hatte also recht«, murmelte Paula.

Werner Dreißigacker sah sie mitleidig an. »Tja, manchmal liegt der alte Krauter gar nicht so daneben. Womit wir auch schon bei dem Waschmaschinenanschluss wären: Da gab es zwar keine sichtbare Manipulation, aber jede Menge Fingerabdrücke.«

Paula sah ihn abwartend an, aber er ließ sich Zeit.

Warum nur wollen es alle immer spannend machen?, fragte sie sich. Trotzdem machte sie ihm die Freude und fragte nach: »Doch nicht etwa von jemand anderem als von Elisabeth Lauer?«

»Eben doch«, sagte Dreißigacker stolz.

»Könnten die vom Installateur sein?«

»Grundsätzlich schon, ich bezweifle aber, dass der Installateur dann auch an den besagten Türen herumgegrapscht hätte – die Abdrücke an Außen- und Innentür und am Wasseranschluss stimmen nämlich überein.«

Keeser hatte also in allen Punkten den richtigen Riecher gehabt. Das würde er Paula bestimmt bei jeder sich bietenden Gelegenheit unter die Nase reiben. Andererseits, entschied sie, hatte er nach dem Streit mit Marianne eine kleine Aufmunterung verdient.

»Gut, das werde ich Keeser gleich erzählen. War das dann alles?«

»Brauchen Sie eventuell ein Haustier?« Dreißigacker verschwand im Nebenraum und kam mit einem großen Karton wieder, den er vor Paula abstellte.

Neugierig, aber vorsichtig lüpfte sie den Deckel ein kleines Stück, nur um ihn schnell wieder zu schließen.

»Nein danke«, sagte sie entschieden. »Die können Sie gern selbst behalten.«

»Haben Sie etwa Angst vor Mäusen? Meine Jungs und ich

hatten mit den kleinen Nagern alle Hände voll zu tun. Zwei Nester mit Jungtieren haben wir ausgehoben, ich bin mir aber nicht sicher, ob wir alle erwischt haben.«

»Was machen Sie jetzt mit den Viechern?«

»Notfalls gebe ich sie im ›Reptilium‹ ab, die brauchen immer lebende Mäuse als Futter für die Schlangen.«

Das war kein angenehmer Gedanke für Paula, aber sie versuchte sich einzureden, dass das in der Natur nun mal so ist.

»Sonst noch was?«, fragte sie.

»Derzeit nicht, ich sag Ihnen Bescheid, wenn es was Neues geben sollte.«

Paula bedankte sich, ergriff den Sack mit den Ordnern und machte sich auf den Weg nach unten. Auf der Treppe blieb sie kurz stehen und lauschte. Bis auf das leise Klickern von Martina Geigers Tastatur war alles still, kein Gezanke mehr. Daraus schloss sie, dass Marianne gegangen war.

Die Tür ihres Büros stand weit offen, genauso wie Paula sie hinterlassen hatte. Kein Ton drang heraus.

»Keeser, du wirst es nicht glauben …« Mit diesen Worten platzte sie in den Raum und verstummte bei dem Anblick, der sich ihr bot: Da lagen Keeser und Marianne, eng umschlungen, wild knutschend, halb auf ihrem, Paulas, Schreibtisch. Keesers Hand verschwand gerade unter Mariannes Rock …

»Huch, Entschuldigung!«, rief Paula peinlich berührt und räusperte sich übertrieben laut.

Doch Keeser und seine ganz persönliche Staatsanwältin ließen sich nicht stören. Im Gegenteil, Keesers Hand setzte ihre Reise unter Mariannes Rock fast noch zielstrebiger fort.

Kurzerhand entschied sich Paula für eine Tasse Kaffee und einen Besuch im benachbarten Sekretariat.

Sie stellte den Sack mit den Ordern neben der Tür ab, ließ sich einen Kaffee aus der Kaffeemaschine auf dem Gang heraus und betrat mit der Tasse in der Hand Martina Geigers Minibüro.

»Was war denn bei euch da drüben los?«, fragte Martina ohne Umschweife. »Keeser und die Staatsanwältin haben wohl Sturm im Paradies?«

Paula setzte sich ihr gegenüber auf den Besucherstuhl, winkte ab und schlürfte vorsichtig von ihrem heißen Kaffee. Martina Geigers nun schon seit Wochen grellorange gefärbten Haare sahen dank der untergehenden Sonne im Fenster hinter ihr von Paulas Position aus wie ein glühender Heiligenschein.

Paula grinste vergnügt. »Halb so schlimm, Geigerlein, der Sturm hat sich schon wieder gelegt.«

»Bist du sicher? Das hat sich nämlich recht heftig angehört, wenn du mich fragst.«

»Überzeuge dich selbst und wirf einen Blick in mein Büro.«

Martina Geiger stand sofort auf und stöckelte auf ihren hochhackigen Stiefeletten in den Nebenraum. Kichernd kam sie zurück.

»So viel Feuer hätte ich dem Commissario gar nicht zugetraut«, sagte sie ehrfurchtsvoll.

»Sind die beiden noch angezogen, oder muss ich später meinen Schreibtisch desinfizieren?«

»Keine Sorge, alles jugendfrei – bis eben zumindest.«

»Geigerlein, was machst du überhaupt noch hier? Du hast doch schon längst Feierabend.

»Jaja, ich weiß, ich bin ja auch schon fast weg. Ist aber nicht so schlimm, denn Hansi hat heute Nacht Dienst. Ach, wenn du gerade da bist …« Sie rollte mit ihrem Stuhl schwungvoll zur Garderobe am anderen Ende ihres Schreibtisches und griff in die überdimensionale Handtasche aus orange gefärbtem Leder, die dort hing. Mit einem Hochglanz-Hochzeitsmagazin in der Hand kam sie an ihren Platz zurückgerollt.

»Wie gefällt dir das?« Martina Geiger breitete die Zeitschrift vor Paula auf dem Schreibtisch aus, nachdem sie kurz darin geblättert hatte. Mit ihrem Zeigefinger, der in einem orange lackierten, mit einem Glitzersteinchen verzierten Nagel endete, deutete sie auf ein Hochzeitskleid.

Im kommenden Frühjahr würde sie heiraten, und zwar am 5. Mai. Jetzt war September, und sie steckte schon mitten in den Vorbereitungen. Paula kannte ein derartig närrisches Verhalten aus dem einen oder anderen amerikanischen Spielfilm, hatte aber immer geglaubt, das wäre nur im Film so. Doch im wahren Leben war es wohl nicht anders.

»Das Kleid ist traumhaft schön«, sagte sie ehrlich beeindruckt. Allerdings konnte sie sich eine Frau von Martina Geigers Statur beim besten Willen nicht darin vorstellen. An dem Model mit Konfektionsgröße 34 sahen die mit weißen Perlen bestickte trägerlose Corsage und der schmale, schlichte lange Rock zauberhaft aus. Doch wie wollte Geigerlein ihre üppigen Massen da unterbringen? Paula fragte sich, wie dieses Kleid wohl in Größe 46 aussehen würde.

»Meinst du, das steht mir?«, fragte Martina Geiger.

Paula war sich auf einmal sicher, dass es weit weniger unangenehm gewesen wäre, Marianne und Keeser beim Knutschen zu unterbrechen, als Geigerlein die grausame Wahrheit sagen zu müssen.

»Das kann ich so nicht sagen, man müsste es angezogen sehen«, wand sie sich geschickt aus der Affäre.

»Genau das habe ich mir auch gedacht«, sagte Martina Geiger begeistert. »Und deshalb habe ich eine Brautkleid-Party in dem neuen Brautmodenladen in der Marie-Curie-Straße gebucht. Komm doch auch mit, schließlich bist du ja eine meiner Brautjungfern.« Als sie Paulas Gesichtsausdruck registrierte, lieferte sie sofort eine Erklärung: »In amerikanischen Spielfilmen sieht man das doch immer: Da gehen die Bräute zusammen mit ihren Müttern und Brautjungfern in ein schickes Brautgeschäft, probieren ein Kleid nach dem anderen an und bekommen dazu Champagner serviert. Das wird in diesem Laden auch angeboten – das gibt es so in Deutschland noch nirgends.«

Paula war sich sicher, dass ein Stall voller kichernder, alberner, überdrehter Mädels, die sich dauernd umzogen und Prinzessinnen oder zumindest »Sex and the City« spielten, hundertprozentig nicht das Richtige für sie war. Zumal sie grundsätzlich keine Shoppingtouren unternahm – und schon gar nicht im Rudel.

»Mal sehen, wie es mit dem neuen Fall läuft«, sagte sie ausweichend und stand auf. »Es hört sich wirklich sehr interessant an.«

Zu Paulas Erleichterung erklang in diesem Moment das Klackern von Absätzen im Nebenbüro, ihr Stichwort, sich aus dem Staub zu machen. »Ich geh dann mal …«

Das Klackern wurde von einem Stolpern, gefolgt von Plastikrascheln und dem Geräusch von verrutschenden Aktenordnern und einem saftigen Fluch – »So ein verdammter Mist!« – jäh unterbrochen. Dann entfernten sich die Schritte eilig in Richtung Ausgang. Marianne Renner hatte soeben das Haus verlassen.

»Schönen Feierabend«, sagte Paula, winkte Martina Geiger kurz zu und ging hinaus auf den Gang, wo ein paar Ordner aus dem umgekippten Müllsack herausgerutscht waren und verteilt auf dem hellgrauen Linoleum lagen. Frau Staatsanwalt hatte es nicht für nötig befunden, Ordnung zu machen.

Ächzend ging Paula in die Hocke und klaubte den Schlamassel zusammen.

Wenn ich im vierten Monat schon so stöhne, wie wird das erst in zwei oder drei Monaten sein? Oder gar in fünf?, dachte sie.

»Du hast dich auch schon besser angehört!«, rief Keeser frotzelnd aus ihrem Büro.

»Ich bin schwanger, da muss das so sein«, sagte Paula und stapelte die Ordner vorsichtig zu einem Turm auf ihrem Schreibtisch. Sie musterte ihren über beide Backen strahlenden Kollegen. »Sie hat dir also vergeben?«

Keeser lehnte sich über seinen Schreibtisch und angelte sich einen der Ordner, wodurch der Stapel ins Rutschen kam.

Geistesgegenwärtig schob Paula ihren Stuhl an den Tisch, sodass nichts herunterfallen konnte.

»Was meinst du?« Keeser blätterte interessiert in Elisabeth Lauers Unterlagen.

»Ach, stell dich nicht doof, ich hab schließlich gesehen, wie ihr übereinander hergefallen seid.«

Irrte sie sich, oder wurde Keeser rot? Nein, stellte Paula amüsiert fest, sie irrte sich nicht.

»Ich dachte, du warst oben in der Technik.«

»Da war ich, recht lange sogar. Und ich war auch noch bei Geigerlein einen Kaffee trinken. So lange hat es nämlich gedauert, bis ihr endlich mit eurer Knutscherei fertig wart.«

Paula setzte sich auf ihren Platz und sah Keeser über die Ordner hinweg an. »So richtig konsequent ist deine Staatsanwältin ja nicht mit ihren Drohungen. Von wegen Trennung und keinen Sex, bis du abgenommen hast. Bleibt zu hoffen, dass sie im Job härter durchgreift als im Privatleben.«

Keeser bekam einen träumerischen Blick. »Ich finde Marianne total scharf, wenn sie wütend ist und so streng schaut. Und wenn sie dann auch noch …«

»Stoppstoppstopp, Kollege«, unterbrach Paula Keesers Schwärmereien. In ihrer Vorstellung entstand gerade Pixel für Pixel ein Bild von Staatsanwältin Marianne Renner in engem schwarzem Leder und mit schwingender Peitsche, und das war des Guten zu viel. »Bitte keine weiteren Informationen!«

»Dann halt nicht«, sagte Keeser fröhlich. »Und wie ist es mit dir? Hast du irgendwelche Informationen für mich?«

Paula wollte gerade erzählen, was sie von Dreißigacker erfahren hatte, wurde aber von einem Anruf auf Keesers Handy unterbrochen.

»Das ist Sonne«, stellte er nach einem Blick auf das Display fest. »Da muss ich wohl ran. – Guten Abend, Chef. Ja, wir sind noch da und bei der Arbeit. Was es Neues gibt?« Keeser sah Paula fragend an. Gibt es denn was Neues?, sagte dieser Blick.

Paula gab ihm durch Nicken zu verstehen, dass dem so war.

»Ja, Chef, es gibt ein paar erste Erkenntnisse.« Er sah prüfend auf die Uhr an der Wand. »Alles klar, wir kommen hoch.«

»Auf zum Rapport«, sagte er unterbegeistert, nachdem er das Gespräch beendet hatte, und erhob sich. »Soll ich dir schnell noch die Zukunft vorhersagen?«

Paula wusste genau, was nun kommen würde. »Lass mich raten: Es wird mal wieder spät werden?«

***

Im Büro von Kriminaloberrat Heribert Sonne herrschte dickster Nebel. Zigarrennebel.

Auch wenn das Rauchen in öffentlichen Gebäuden verboten

war, für Sonnes Büro schien dieses Gesetz nicht zu gelten: Er paffte munter weiter seine Zigarren.

Wenigstens riss er das Fenster auf, als Paula und Keeser eintraten, aber das half nicht viel. Paulas Schwangerschaft – er wusste jetzt seit zwei Wochen davon – hielt ihn nicht vom Rauchen ab.

»Kommen Sie, kommen Sie«, drängelte der XXL-Mann mit dem qualmenden Stumpen im Mundwinkel und bedeutete Paula und Keeser mit einer theatralischen Armbewegung, sich zu setzen. »Ich hab nicht viel Zeit. Ich muss gleich weg und bin jetzt schon spät dran. Legen Sie los, wie weit sind wir im Fall Elisabeth Lauer?« Er verschränkte seine feisten Hände vor seinem gigantischen Bauch und sah sie durch den aufsteigenden Dunst erwartungsvoll an.

Aus der Tatsache, dass er ein plissiertes Frackhemd und eine dunkle Fliege trug, schloss Paula, dass er einen Opern- oder Theaterbesuch auf dem Plan hatte. Besagte Fliege saß ein wenig zu eng, sodass Sonnes Hals unter dem stattlichen Doppelkinn aussah wie abgebunden. Womöglich hatte er deshalb einen so roten Kopf, der aussah, als würde er gleich platzen. Wie er genügend Luft zum Überleben bekam, war Paula ein Rätsel.

»Na ja«, druckste Keeser herum. »Es ist noch ein bisschen früh, wir sind ja erst seit ein paar Stunden an der Sache dran …«

Heribert Sonnes ärgerlicher Blick drohte Keeser zu durchbohren. »Sagten Sie nicht eben am Telefon, dass es ein paar Erkenntnisse gebe?«

»Es ist nicht viel, was wir haben, aber immerhin schon mal etwas, mit dem wir arbeiten können«, kam Paula Keeser zu Hilfe. Da sie vorher keine Zeit zum Reden gehabt hatten, würde er genau wie sein Chef erst jetzt von den Neuigkeiten aus der Kriminaltechnik erfahren.

»Wie Sie ja schon wissen«, begann Paula, »ist Elisabeth Lauer vergiftet worden, und zwar mit Aconitin, einem Toxin, das im Blauen Eisenhut vorkommt. Wir wissen weiterhin, dass die Tote eine recht große Familie hat, von der sie, ersten Gesprächen nach zu urteilen, jedoch nicht so sehr begeistert war. Wie und warum es zu dem allgemeinen Zerwürfnis kam, haben wir noch nicht herausgefunden. Die Tochter der Toten ist Apothekerin, der Sohn ist Arzt und dessen zweite Frau gelernte Krankenschwester – alle drei sind also Fachleute auf dem Gebiet der Arzneimittel und Gifte. Wir werden jeden Einzelnen genau unter die Lupe nehmen.«

»Wer von den dreien profitiert denn Ihrer Meinung nach am meisten vom beschleunigten Ableben der Mutter beziehungsweise Schwiegermutter?«

»So weit sind wir noch nicht«, sagte Keeser. »Bisher konnten wir nur mit dem Sohn, dem Doktor, sprechen. Seine Frau war nicht zu Hause, und die Schwester befindet sich derzeit auf der Rückreise aus dem Urlaub. Ich denke, wir werden beide morgen befragen können. Wir wissen noch von zwei Enkelinnen und einem Enkelsohn, der Immobilienmakler ist und die Verstorbene wegen des Hauses bedrängt haben soll. Das sagt zumindest die Freundin der Toten.«

Heribert Sonne pustete dicke Kringel in die Luft. »Ist das die, die sich an die Polizei gewandt hat?«

Keeser bestätigte das.

Paula berichtete als Nächstes vom Zustand des Hauses, insbesondere von den versteckten Joghurtbechern, der toten Ratte und den verbarrikadierten Türen.

Heribert Sonne wiegte während ihrer Ausführungen mehrmals den Kopf, unterbrach Paula aber nur ein einziges Mal mit den Worten: »Eine tote Ratte?«

Jetzt war es für Paula an der Zeit, Keeser eine Freude zu bereiten: »Zudem habe ich vorab die ersten Ergebnisse aus der Kriminaltechnik bekommen, die wiederum Kollege Keesers Vermutungen bestätigen.«

Keeser sah Paula verblüfft an, während sie weitersprach. »Die gesicherten Fingerabdrücke im Keller, insbesondere an den Schläuchen der Waschmaschine und an den Wasserhähnen, aber auch an der Tür vom Garten in den Keller und an der vom Keller zum Erdgeschoss, stammen nicht nur von Elisabeth Lauer …«

Paulas Handy klingelte mitten in ihren Bericht hinein. Sie entschuldigte sich für die Unterbrechung und ging unter Heribert

Sonnes tadelndem Blick hastig dran. Das Gespräch dauerte nur wenige Sekunden, aber sie lächelte danach sehr zufrieden.

»Das war Dreißigacker: Die Fingerabdrücke auf den Joghurtbechern stimmen mit denen im Keller überein.«

Heribert Sonne konnte mit dieser Information offensichtlich nichts anfangen.

Keeser aber umso mehr – ein freudiges Strahlen erhellte sein Gesicht. »Ich hatte also wirklich recht?«

Paula nickte gequält.

Heribert Sonne kaute ungeduldig auf der Zigarre herum. »Recht womit?«

Keeser saß stramm, um Sonne ins Bild zu setzen: »Bernhard Lauer, der Sohn der Toten, und auch ihre Freundin und Nachbarin erzählten uns, dass sie zuletzt das Gefühl gehabt hätten, dass Elisabeth Lauer geistig immer mehr abbaute. Was sie daran festmachten, dass die alte Dame angeblich verdächtige Geräusche im Haus hörte. Zudem behauptete sie, ihr würde immer wieder Geld gestohlen und dass sie heimliche Besucher hätte, die dafür verantwortlich seien. Der Sohn hatte den Gestank in ihrem Haus als Zeichen ihrer Verwahrlosung gedeutet und sie deshalb ins Altersheim stecken wollen. Als ich aber heute in das Haus kam und ihre diversen Schutzmaßnahmen gegen Eindringlinge sah, war mir sofort klar, dass Elisabeth Lauer keinesfalls zerstreut, dement oder in irgendeiner Weise verwirrt gewesen ist, sondern schlicht und ergreifend Angst vor etwas oder vor jemandem hatte. Begründete Angst, wie wir ja jetzt wissen.«

»Na, das hört sich doch schon sehr vielversprechend an«, sagte Heribert Sonne wohlwollend. Er drückte die halb gerauchte Zigarre im Aschenbecher aus und stand schwerfällig aus seinem sonderangefertigten Schreibtischsessel auf. Die Smokingjacke, die er von der Garderobe nahm, sah für Paula aus wie ein zusammengefaltetes schwarzes Zelt. Als er jedoch hineingeschlüpft war, verwandelte dieses vermeintliche Zelt den viel zu dicken Mann in einen unerwartet elegant aussehenden, viel zu dicken Mann.

»In Ihrem Bericht, den ich morgen früh auf meinem Tisch erwarte, werden Sie ja die Einzelheiten genauer ausarbeiten. Und jetzt muss ich los, sonst bekomme ich Ärger mit meiner Mutter.«

Paula sprang auf. Sie konnte es kaum erwarten, aus dem verrauchten Zimmer zu kommen und endlich wieder reine Luft zu atmen. Sie war schon zur Tür raus, als sie Keeser sagen hörte: »Oper oder Theater?«

»Oper«, gab Oberrat Heribert Sonne bereitwillig Auskunft. »Wagners ›Parsifal‹ im Nationaltheater in Mannheim. Meine Mutter und ihre Canasta-Freundinnen haben seit Jahrhunderten ihre Abos, und eins der Mädchen ist heute ausgefallen. Deshalb darf ich die Damen ausnahmsweise begleiten.«

Seit Jahrhunderten kommt der Sache recht nahe, dachte Paula, denn Sonnes Mutter war ihres Wissens schon ein oder zwei Jahre über die neunzig hinaus.

»Wenigstens Sonne hat Feierabend und ein Privatleben«, sagte Keeser missmutig, als er wieder an seinem Schreibtisch saß und Elisabeth Lauers Aktenordner brüderlich auf den beiden Schreibtischen verteilte.

»Da hab ich ehrlich gesagt lieber Dienst, als mit ein paar alten Schachteln ausgehen zu müssen – und dann auch noch in die Oper.«

»Sternchen, du warst doch noch nie in der Oper – du kannst also gar nicht wissen, ob es nicht vielleicht doch besser ist als arbeiten. Glaub mir: Es ist um einiges besser!«

»Hatten wir dieses Thema nicht schön öfter? Hier noch einmal für die, die es immer noch nicht kapiert haben: Oper ist was für alte Leute, und ich bin noch lange nicht in dem entsprechenden Alter.«

»Is ja gut, is ja gut, aber du wirst sicherlich noch auf den Geschmack kommen, war bei mir nämlich nicht anders.«

»Mag sein, aber das wirst du nie erfahren. Wenn *ich* mal so alt bin, dass mir jaulende und korpulente Sopranistinnen gefallen, dann bist *du* ganz bestimmt schon tot und begraben.«

»Wenn du meinst«, sagte Keeser aufreizend geduldig.

»Wenn wir hier noch lange über meinen Musikgeschmack

diskutieren, kommen wir nie nach Hause.« Paula ergriff einen Ordner mit der Aufschrift »FINANZEN« und schlug den Deckel auf. Sie fuhr mit dem Finger die einzelnen Posten der sauber mit der Hand geschriebenen Inhaltsangabe entlang. Sparbriefe, Sparbriefe erledigt, Kredite, Kredite erledigt …

»Ah, wer sagt's denn«, rief sie erfreut aus, als sie beim letzten Punkt auf der Liste ankam. »Hier gibt es eine Abteilung unter dem Namen ›Testament‹. Dann wollen wir doch mal sehen, wen von ihrer reizenden Familie Elisabeth am liebsten hatte.«

Sie blätterte nach hinten durch, fand aber an der Stelle, an der das Testament abgeheftet sein sollte, nur eine leere Aktenhülle.

»Nichts, verdammt! Wäre auch zu schön gewesen.« Enttäuscht legte sie den Ordner zurück auf den Tisch.

»Das hab ich mir fast gedacht«, sagte Keeser. »Sicher hat sie es bei einem Notar hinterlegt. Das ist nichts Besonderes, viele Menschen handhaben das so. In Elisabeth Lauers Fall ist es für mich sogar eine logische Konsequenz, schließlich war sie überzeugt davon, dass jemand in ihrem Haus herumschlich. Wir müssen nur herausfinden, wer dieser Notar ist.«

»Wir sollten morgen noch mal ins Haus gehen und nach einem Adressbuch oder etwas in der Art suchen. Und von ihrem Anbieter benötigen wir die Liste ihrer Telefonate. Vielleicht hilft uns die ja weiter.«

»Darum kümmere ich mich«, erbot sich Keeser. »Ich rufe Marianne an, wenn ich heimkomme, und sage ihr, dass sie gleich morgen früh die richterliche Anordnung dafür besorgen soll.«

Beim Gedanken ans Heimkommen verspürte Paula plötzlich eine bleierne Müdigkeit, die sie vergeblich mit einem herzhaften Gähnen zu vertreiben versuchte. Wenn die Uhr an der Wand nicht log, dann war es gleich zwanzig Uhr, was bedeutete, dass sie jetzt seit zwölf Stunden im Dienst war.

In der Hoffnung, ihre müden Geister wieder munter zu machen, aß sie drei Hanuta. Aber auch das half nicht.

»Ich könnte hier und jetzt auf diesem Stuhl einschlafen«, sagte sie.

Keeser kam das offenbar sehr gelegen. »Dann lass uns schnell den Bericht schreiben und danach Schluss machen. Die Ordner können wir morgen durchsehen, die laufen uns ja nicht davon.«

***

Etwa eine Stunde später schloss Paula ihre Wohnung auf. Sie schaffte es gerade noch, ihre Jacke auszuziehen und an die Garderobe zu hängen. Die übrigen Kleidungsstücke legte sie Stück für Stück auf dem Weg ins Bad ab: Aus dem ersten Schuh stieg sie noch in der Diele, aus dem zweiten in der Tür zum Wohnzimmer. Die Jeans landete auf der Lehne der Couch, die Socken blieben neben dem Schreibtisch im Arbeitszimmer liegen, wo sie ihr Schulterholster abnahm, die Munition aus ihrer Walther P5 entfernte und Waffe und Munition vorschriftsmäßig getrennt wegsperrte.

Schlaftrunken ging sie ins Bad, wo sie sich des Restes entledigte, den langen Zopf hochsteckte und unter die Dusche stieg.

Danach verschlang sie in der Küche heißhungrig noch ein Stück altbackene Brezel, mehrere Essiggurken und einige eingelegte scharfe Peperoni. Als Dessert gönnte sie sich die restlichen Hanuta. Sie schaffte es noch zum Zähneputzen, dann fiel sie wie ein Stein ins Bett.

»Es kann der Frömmste nicht in Frieden bleiben, wenn es der lieben Familie nicht in den Kram passt.«

Frei nach Friedrich Schiller

Dienstag, 18. September

Die Leuchtanzeige von Paulas neuem Radiowecker zeigte zwei Uhr dreiunddreißig, als sie aus dem Schlaf hochschreckte. Sie hatte keine Ahnung, was sie geweckt hatte. An einen schlechten Traum konnte sie sich nicht erinnern, und um sie herum war alles still, genau wie es sich für diese Uhrzeit gehörte.

Noch fast vier Stunden, dachte Paula erleichtert, als ihr Kopf zurück auf das Kissen sank. Noch fast vier Stunden konnte sie weiterschlafen, bis der Wecker sie aus dem Schlaf holen würde. Sie schloss die Augen und war augenblicklich wieder tief und fest eingeschlafen.

Um zwei Uhr einundvierzig fuhr sie erneut aus ihren Träumen auf. Und da hörte sie es, das gedämpfte Surren ihres Handys in weiter Ferne. Sie hatte es kurz vor dem Zubettgehen in der Küche ans Ladekabel angeschlossen. Es war ein Wunder, dass sie es bis hierher ins Schlafzimmer und noch dazu bis in den Schlaf hinein gehört hatte.

Mühsam schob Paula ein Bein nach dem anderen aus dem Bett. Wer zur Hölle ruft um diese Uhrzeit an?, fragte sie sich schlaftrunken.

Ohne das Licht anzumachen, tastete sie sich aus dem Schlafzimmer hinaus ins angrenzende Wohnzimmer. Ihr linker kleiner Zeh kollidierte schmerzhaft mit der halb offen stehenden Tür zur Diele.

»Verdammt«, rief sie laut aus und erreichte auf einem Bein hüpfend die Küche. Vom Leuchten des Displays geleitet, ergriff sie das Handy. Genau in diesem Moment verstummte das Surren, die Displaybeleuchtung erlosch.

Paula schaltete das Licht über der Arbeitsplatte an und öffnete den Ordner für verpasste Anrufe. Die Nummer, die sie vor nicht einmal zehn Sekunden angerufen hatte, war ihr unbekannt. Aber sie erschien vier Mal in der Liste, und das im Minutentakt. Es musste sich um etwas Wichtiges handeln.

Zunächst befürchtete Paula, ihrem Vater könne etwas passiert sein und ihre Mutter versuchte, sie aus dem Krankenhaus anzurufen. 06343 – das war keine Vorwahl aus dem Würzburger Raum, stellte sie jedoch erleichtert fest. Landau hatte 06341, es musste sich demnach um einen Anschluss in der näheren Umgebung handeln.

Paula betätigte die Rückruffunktion. Bereits im ersten Klingeln wurde am anderen Ende abgenommen. Eine weibliche Stimme hauchte ein kaum hörbares »Ja?« in Paulas Ohr.

»Wer ist da? Sie haben mehrmals bei mir angerufen«, sagte Paula vorwurfsvoll.

»Frau Stern, Gott sei Dank, dass Sie zurückrufen«, sagte die Frau erleichtert, ehe sie flüsternd weitersprach: »Hier spricht Helma Gensheimer.«

»Frau Gensheimer …«

»Kommen Sie schnell her – ich …« Mehr konnte Paula nicht verstehen, der Rest war zu leise für sie, um ihm einen Sinn zu geben.

»Frau Gensheimer, sprechen Sie doch bitte ein bisschen lauter!«

»Kommen Sie schnell her«, wiederholte die hörbar verängstigte Frau genau die Worte, die Paula verstanden hatte. Zum Glück fuhr sie ähnlich verständlich fort: »Ich höre Geräusche aus Lissis Haus, da muss ein Einbrecher am Werk sein.«

Oder die Mäuse, die Dreißigacker und seinen Männern entkommen konnten, dachte Paula und gähnte lautlos.

Aber würde man die bis ins Nachbarhaus hören? Besser gefragt: Würde das eine schwerhörige alte Frau hören, wenn sie keine Hörgeräte trug? Ebendas vermutete Paula, denn um diese Uhrzeit war Helma Gensheimer bestimmt schon im Bett gewesen – und das doch sicherlich ohne ihre Hörhilfen. Die Geräusche allerdings, die ein *Mensch* im Nebenhaus verursachte, konnte sie vermutlich auch ohne technische Unterstützung wahrnehmen.

Paula war schlagartig ganz Polizistin.

»Verhalten Sie sich bitte vollkommen ruhig und unternehmen

Sie auf gar keinen Fall irgendetwas«, sagte Paula eindringlich. »Ich verständige sofort die Kollegen vom Streifendienst und komme selbst so schnell wie möglich zu Ihnen rausgefahren.«

»Alles klar, Frau Stern! Over and out«, erwiderte Helma Gensheimer und beendete die Verbindung.

Schmunzelnd wählte Paula die Nummer der Leitstelle und hoffte insgeheim, dass es kein falscher Alarm war, weil nur die Phantasie mit Helma Gensheimer durchgegangen war.

Während sie dem diensthabenden Beamten in aller Kürze von dem gemeldeten Einbruch berichtete, schlüpfte sie ohne lange nachzudenken mit der Boxershorts, die sie zum Schlafen trug, in die lederne Motorradhose. Nachdem sie alles Nötige in die Wege geleitet hatte, hastete sie in die Diele und stieg barfuß in die Stiefel, was der kleine Zeh ihres linken Fußes mit einem stechenden Schmerz quittierte. Paula nahm sich vor, sich das später genauer anzusehen.

An der Garderobe zerrte sie die Motorradjacke vom Haken, steckte Papiere und Handy in die Innentaschen und riss die Tür auf. Erst als sie die Jacke schon übergezogen hatte, merkte sie, dass sie nur ein dünnes seidenes Trägerhemdchen trug. Sie entschied, dass das jetzt vollkommen egal war, nahm den Helm vom Schuhschrank und rannte geräuschvoll die Treppe hinunter.

Unten angekommen, riss sie die Haustür auf. Gleichzeitig hörte sie über sich ihre Wohnungstür ins Schloss fallen.

»Scheiße«, fluchte sie, als ihr bewusst wurde, dass ihr Hausschlüssel noch in der Wohnung lag. Aber darum würde sie sich zu gegebener Zeit kümmern, entschied sie und trat in die mondlose Nacht hinaus. Der Schlüssel für das Motorrad hing zum Glück immer an einem Ring am Bund ihrer Kombihose.

Auf dem Weg durch den Hof stülpte sich Paula den Helm über.

Es könnte kühl werden, dachte sie, als sie den Verbindungsreißverschluss von Jacke und Hose schloss. Verdammt kühl. Sie zog den Reißverschluss ihrer Jacke sorgfältig bis unters Kinn.

Der Anzug saß inzwischen schon recht eng, noch zwei drei Wochen, dann würde ihr Babybauch nicht mehr in die Kombi hineinpassen. Da müsste sie sich wohl noch einen größeren Motorradanzug zulegen, bevor sie der fortgeschrittenen anderen Umstände wegen überhaupt nicht mehr fahren konnte.

Paula zog die Handschuhe an, schwang sich auf die Honda, steckte den Schlüssel ins Schloss und startete den Motor, der augenblicklich ansprang und in der Enge des Hofes und in der Stille der Nacht besonders laut dröhnte. Normalerweise war sie in dieser Beziehung rücksichtsvoller und schob ihre Maschine nach draußen, bevor sie sie anwarf, aber schließlich handelte es sich um einen Notfall.

Langsam fuhr sie aus dem Hof hinaus auf die Straße. Erst dort gab sie Gas.

Im Vorbeifahren registrierte Paula, dass in einigen Räumen ihrer Dienststelle noch Licht brannte. Wenn sie Pech hatte, würde auch bald in ihrem und Keesers Büro das Licht angehen. Dann nämlich, wenn es sich bei dem Einbruch bei Elisabeth Lauer tatsächlich um einen Einbruch handelte und dieser auch noch etwas mit Elisabeth Lauers Tod zu tun haben sollte.

Paula hatte Landau kaum hinter sich gelassen, als sie zu frösteln begann. Durch die kleinen Lüftungslöcher im Brust- und Armbereich ihrer Motorradjacke drang kalte Septembernachtluft direkt auf ihre größtenteils nackte Haut. Das Hemdchen bot keinerlei Schutz, im Gegenteil, die Seide verstärkte das Kältegefühl eher noch.

Vor Kälte schlotternd, stellte Paula ihr Motorrad eine knappe halbe Stunde später vor Helma Gensheimers Haus ab, direkt hinter dem großen Amischlitten, der Keeser so gut gefallen hatte und der jetzt genau vor Elisabeth Lauers Eingang geparkt war. Ein Streifenwagen war ebenfalls vor Ort, von den Beamten war jedoch nichts zu sehen. Paula vermutete, dass sie schon um Elisabeth Lauers Haus herum unterwegs waren.

Kaum dass sie den Helm abgezogen hatte, hörte sie jemanden leise ihren Namen rufen.

»Frau Stern, sind Sie das?« Das Rufen kam von Helma Gensheimers Eingangstür, die in tiefer Dunkelheit lag.

»Genau die bin ich«, rief Paula halblaut zurück. Sie verstaute die Handschuhe in ihrem Helm und legte diesen auf die Sitzbank ihrer Maschine. Gerade als sie zu Helma Gensheimer gehen wollte, ertönten im Nebenhaus laute Männerstimmen und Gepolter. Zeitgleich ging das Licht hinter dem Küchenfenster links neben der Haustür an.

»Bleiben Sie, wo Sie sind!«, befahl Paula und sprintete durch das Gartentürchen auf Elisabeth Lauers Grundstück.

Da die Eingangstür verschlossen war, wollte sie ihr Glück durch den Garten versuchen. Sie verfluchte die Tatsache, dass sie keine Taschenlampe dabeihatte, fand dann aber auch ohne sie das Geländer der Kellertreppe.

Im Stockdunkeln tastete sie sich vorsichtig Stufe für Stufe nach unten. Ihre Finger trafen auf eine angelehnte metallene Tür, die in den Angeln quietschte, als sie dagegendrückte. Mit einer Hand griff Paula um die Ecke, um nach dem Lichtschalter zu suchen. Endlich fand sie ihn – es war eines dieser uralten Modelle, bei dem man nicht drücken, sondern drehen musste.

Eine grelle Neonröhre flammte über ihr auf und blendete sie kurzzeitig. Als sich ihre Augen an das Licht gewöhnt hatten, erkannte sie, dass sie in der Waschküche gelandet war. Nun sah sie auch das zerschnittene Polizeisiegel, das die Kriminaltechniker beim Verlassen des Hauses angebracht hatten. Wenn es nicht die Beamten selbst zerstört hatten – und das bezweifelte Paula stark –, dann hatte Helma Gensheimer zweifellos einen Einbrecher gehört. Zu ihrer Überraschung war die Tür jedoch nicht gewaltsam geöffnet worden, sondern es steckte von außen ein Schlüssel im Schloss.

Den aufgebrachten Stimmen nach zu urteilen, die sich der Waschküche näherten, war der Einbrecher auch jetzt noch im Haus. Drei Personen bogen um die Ecke: zwei Polizeibeamte, die einen jungen, sich heftig wehrenden Mann in Handschellen flankierten.

Bei den Beamten handelte es sich um Polizeiobermeister Hans Becker, Martina Geigers Verlobten, und Polizeianwärter Hartmut Berger. Blieb für Paula nur noch zu klären, wer der frisch verhaftete Eindringling war.

»Ihr blöden Bullenschweine, lasst mich sofort los!«, schrie der Kerl und trat nach Bergers langen Beinen. Der konnte jedoch geschickt ausweichen und zerrte den Festgenommenen unbeirrt weiter, bis sie vor Paula standen.

»Guten Abend, zusammen. Na, Becker, was haben Sie da Nettes eingefangen? Und dann auch noch auf frischer Tat ertappt, was für ein ausgesprochen seltener Glücksfall.«

»Was heißt da, auf frischer Tat ertappt«, blaffte der Mann. »Das ist das Haus meiner Oma, ich darf mich hier aufhalten!«

»Dann sind Sie wohl Frank Bergmann«, sagte Paula ausgesucht höflich und lächelte ihn kühl an. »Es trifft sich ja hervorragend, dass wir uns so unverhofft begegnen, wir müssen nämlich dringend mit Ihnen sprechen. Und nein, Sie dürfen sich nicht hier aufhalten, denn wie Sie sicher beim Einbrechen bemerkt haben, war die Kellertür mit einem polizeilichen Siegel versehen.«

»Einbruch? So ein Quatsch, ich bin nicht eingebrochen. Schließlich habe ich einen Schlüssel!«

Bestimmt genau den Schlüssel, den Keeser heute nicht finden konnte, schlussfolgerte Paula. Und sie schlussfolgerte gleich noch ein Stück weiter: Demnach handelte es sich bei dem Kerl wohl auch um denjenigen, den Elisabeth Lauer mit den Kistentürmen vor der Tür zum Keller aus dem Erdgeschoss fernhalten wollte. War er es auch gewesen, der die Ratte im Phonoschrank deponiert hatte?

Nun, das werde ich hoffentlich im Lauf der Nacht erfahren, dachte sie.

»Die Beamten Becker und Berger bringen Sie gleich in einen unserer hübschen Verhörräume. Ich sehe mich im Haus noch kurz um und komme dann nach.«

Sie trat zur Seite und ließ das Dreiergespann vorbei. Als ihre Stimmen und Schritte verklungen waren, zog sie den Schlüssel ab und schob ihn in ihre Jackentasche. Sie schloss die Tür und suchte den Weg nach oben.

Im Erdgeschoss brannten jetzt alle Lampen.

Zuerst sah sie ins Wohnzimmer. Bergeweise lagen hier Bücher auf dem Boden verstreut, Bücher, von denen Paula inzwischen wusste, dass einige von ihnen ein kleines Vermögen wert waren; eine Tatsache, von der Frank Bergmann anscheinend nichts wusste, sonst wäre er sicher pfleglicher mit den alten Dingern umgegangen.

Sie ging hinüber in die Küche, wo alle Schränke offen standen. Geschirr und Gläser waren auf der Arbeitsplatte und auf dem Tisch verteilt, aber es lagen auch einige Teile zerbrochen zwischen Töpfen und Pfannen auf dem gefliesten Fußboden. Die Besteckkästen waren aus den Schubladen entfernt worden, sogar die Schublade unter der Backröhre war herausgezogen und mitten im Raum liegen lassen worden.

Im Bad türmte sich der Inhalt des Spiegelschranks im Waschbecken. Eine Parfümflasche hatte den Sturz dorthin wohl nicht überlebt, denn Paula stand in einer wahren Duftwolke.

Auch im Schlafzimmer war alles gewissenhaft durchwühlt worden. Die kleinen Schubladen des hübschen antiken Sekretärs lagen verstreut auf dem Boden herum.

Aus dem Rahmen mit dem Hochzeitsfoto lächelte das junge Ehepaar Lauer Paula durch das zersprungene Glas an.

Ein Bild der Verwüstung bot sich vor dem Kleiderschrank: Alle Türen waren geöffnet, und auf dem Teppichboden davor lagen Haufen aus Wäsche und Kleidungsstücken, die aus den Fächern herausgerissen und von den Kleiderbügeln gezerrt und dann achtlos hingeworfen worden waren.

Im Stockwerk darüber hatte Frank Bergmann ebenfalls gewütet, zumindest konnte sich Paula nicht vorstellen, dass die Kriminaltechniker ein solches Durcheinander veranstaltet hatten. Es bestand kein Zweifel, dass der Kerl nach etwas gesucht hatte. Was und ob er es gefunden hatte, würden eventuell die nächsten Stunden zeigen.

Paula ging noch einmal von Raum zu Raum und schaltete alle Lichter aus. Auf dem Weg durch die Diele zur Kellertreppe blieb sie vor einem kleinen Schränkchen stehen. Hier stand, wie bei den meisten Leuten, das Telefon. Kein modernes kabelloses, aber immerhin keines mehr mit Wählscheibe, was sie Elisabeth Lauer durchaus zugetraut hätte.

Sie nahm den altmodischen Hörer ab und hielt ihn sich ans Ohr, aber es erklang nicht das gewohnte Freizeichen. Auch nach mehrmaligem Drücken auf die Gabel blieb der Apparat tot.

Paula legte wieder auf und folgte dem Verlauf des Telefonkabels. Als sie dafür die Kommode ein Stück von der Wand wegrückte, sah sie, dass der Stecker aus der Anschlussbuchse herausgezogen worden war.

Seltsam, dachte sie und schob das Schränkchen zurück an seinen Platz. Wenn Elisabeth Lauer das selbst gemacht haben sollte, stellte sich die Frage, warum. Ein Telefon war dazu da, um mit der Außenwelt in Kontakt bleiben zu können. Und wenn nicht das, dann zumindest, um im Notfall Hilfe rufen zu können.

Paula bezweifelte, dass sie dieses Rätsel jemals ohne Elisabeth Lauers Unterstützung lösen würden.

Sie verließ das Haus durch den Keller und schloss die Metalltür mit dem Schlüssel ab. In Gedanken versunken, suchte sie sich ihren Weg durch den dunklen Garten nach vorn zur Straße.

»Pssst.«

Paula erschrak fast zu Tode, als es direkt neben ihr in den Büschen zischte.

»Frau Stern, Helma Gensheimer hier«, gab sich die Zischerin flüsternd zu erkennen. »Ist alles klar bei Ihnen?«

Aber ja, bestens, dachte Paula, bis auf die Tatsache, dass ich mir vor Schreck fast in die Hose gemacht habe. »Alles prima, und bei Ihnen?«

»Gut, gut. Das war der Frank, den Ihre Kollegen da abgeführt haben. Was hat er denn in Lissis Haus gewollt?«

Paula hasste es, mit jemandem zu reden, dem sie nicht in die Augen sehen konnte, zum Beispiel, wenn er eine Sonnenbrille trug. Hier aber hatte sie nicht mal ein sichtbares Gegenüber.

»Warten Sie einen Moment, Frau Gensheimer, ich komme rüber zu Ihnen.«

Auf dem Rest des Weges bis zum Eingangsbereich konnte sich Paula am Licht einer Straßenlaterne orientieren, die ein Stück die Straße hinunter stand. Helma Gensheimer wartete schon, auf ihren Rollator gestützt, vor ihrem Haus auf sie. Sie trug einen

Morgenmantel mit aufgedruckten roten Rosen, die langen Haare hatte sie nicht zum Dutt hochgesteckt, sondern zu zwei dünnen Zöpfen geflochten, die zu beiden Seiten des Kopfes herabhingen und ihr bis zur Hüfte reichten. Die Füße steckten in karierten Filzpantoffeln.

Unter dem grellen Licht der Eingangslampe sah Paula Helma Gensheimers hochrote Wangen. Die nächtliche Aktion schien sie mächtig aufgeregt zu haben.

»Ich hoffe, Sie hatten nicht allzu große Angst«, sagte sie besorgt.

Helma Gensheimer sah Paula mit glänzenden Augen erstaunt durch die dicken Brillengläser an. »Angst? Ich hatte doch keine Angst. Im Gegenteil, ich fand das alles wunderbar spannend.«

Paula bemerkte eine Handtasche, die an Helma Gensheimers Arm hing. Wollte sie etwa so, im Morgenmantel und in Puschen, und das auch noch mitten in der Nacht, ausgehen? Womöglich hat das alte Mädchen doch nicht mehr alle Tassen im Schrank, dachte sie.

Helma Gensheimer war Paulas Blick gefolgt und zog die Tasche vom Arm. Mit leicht zitternder Hand streckte sie ihr das altmodisch aussehende und ausgebeulte Teil entgegen.

»Die hab ich mir nur umgehängt, damit ich daran denke, sie Ihnen zu geben. Das ist Lissis Handtasche. Ich hatte sie in den Korb meines Einkaufsporsches gelegt, als Lissi vom Friedhof weggebracht wurde. Daheim hab ich sie dann an die Garderobe gehängt und vor lauter Aufregung natürlich vergessen.«

Paula nahm die Tasche aus dunklem, an manchen Stellen schon recht abgeschabtem Leder entgegen. Sie war erstaunt über das Gewicht. »Was ist denn da alles drin?«

»Keine Ahnung, ich hab mich nicht getraut reinzusehen, weil es ja ein Beweisstück sein könnte. Aber ich habe mich auch gewundert, was Lissi da mit sich herumschleppt. Die Tasche hatte sie früher nicht so vollgepackt, erst seit zwei oder drei Wochen.« Helma Gensheimer senkte die Stimme. »Vielleicht ist es ja eine Waffe …«

Paula würde das zu ihrer Enttäuschung allerdings nicht hier, sondern auf der Dienststelle klären. Doch wie sollte sie die Tasche dorthin transportieren? Sie hatte keinen Rucksack dabei, und vorn in ihre Jacke würde das unförmige Ding nie und nimmer passen. Blieb nur eines: Sie musste sich die Tasche mit den beiden kurzen Bügeln irgendwie über die Schulter hängen und hoffen, dass sie auf den paar Kilometern kein Streifenpolizist erwischte.

»Ich muss dann mal los«, sagte sie abschließend. »Da wartet nämlich ein Einbrecher auf ein Verhör.«

»Nehmen Sie den Kerl anständig in die Mangel, Sie wissen schon: böser Cop, guter Cop.« Helma Gensheimer winkte zum Abschied und schob ihren Rollator zurück in ihr Haus.

Nur dass der gute Cop noch selig in seinem warmen Bettchen liegt und schläft, dachte Paula, während sie sich für die Fahrt fertig machte und die Zündung einschaltete.

Mist, dachte sie missmutig, genau da gehöre ich eigentlich auch hin – ins warme Bett!

Ihr grauste gewaltig vor den etwa fünfzehn Kilometern, die vor ihr lagen, und dem damit verbundenen kalten Fahrtwind. Ausgerechnet jetzt fing es auch noch an zu nieseln.

***

Völlig durchgefroren stellte Paula ihre Honda auf dem Gehsteig vor dem Präsidium ab. Da sie Elisabeth Lauers Tasche nicht mit zum Verhör nehmen wollte, klemmte sie sich das unförmige Ding unter den Arm und ging zuerst in den rechten Gebäudetrakt, in dem die Mordkommission und somit ihr Büro untergebracht war.

Ein Kollege aus der Kriminaltechnik kam gerade die Treppe herunter, als sie die schwere Eingangstür aufstieß. Er sah sehr müde aus, schaffte aber trotzdem einen knappen Gruß. Paulas Anblick schien jedoch seine Geister zu beleben, denn er rief ihr im Hinausgehen noch eine blöde Bemerkung nach: »Schickes Täschchen, Kollegin. Passt ganz hervorragend zu Ihrem Motorradanzug!«

Bevor Paula ihn fragen konnte, wo er sein umwerfendes Mode-Know-how herhabe, fiel die Tür schon ins Schloss.

Sie zitterte vor Kälte, ihr Körper schrie nach etwas Warmem, und so aktivierte sie im Vorbeigehen die Kaffeemaschine auf dem Gang. In ihrem Büro schaltete sie das Licht ein und legte Helm und Handtasche auf ihrem Schreibtisch ab. Sie konnte kaum den Reißverschluss ihrer Jacke öffnen, so klamm und unbeweglich waren ihre Finger. Die Jacke ließ sie jedoch an, denn im Seidenhemdchen konnte sie schlecht jemanden verhören. Nicht zum ersten Mal schalt sie sich, dass sie für solche Gelegenheiten keine frische Bluse oder ein Sweatshirt im Büro deponiert hatte. Am besten ein dickes, flauschiges Sweatshirt, das wäre jetzt genau das Richtige gewesen.

Sie ging zum Waschbecken und leerte das Einweichwasser aus ihrer Tasse. Der untersten Schublade ihres Schreibtisches entnahm sie einen Teebeutel – Rooibos mit Karamellgeschmack – und hängte ihn in die Tasse. Früher hatte sie sich immer über Kollegen lustig gemacht, die im Dienst Tee tranken, doch seit sie schwanger war, gehörte auch sie zur Teetrinkerfraktion. Sie stellte die Tasse unter den Auslauf der Maschine, drückte die Taste für heißes Wasser und sah zu, wie dieses dampfend über den Teebeutel lief und sich sofort braun verfärbte.

Mit beiden Händen umklammerte sie die heiße Tasse und spürte, wie langsam wieder Leben in ihre blauroten Finger kam. Es war definitiv der Zeitpunkt gekommen, die dünnen Sommerhandschuhe einzumotten und dafür die wärmenden für den Winter aus dem Schrank zu holen, entschied Paula und nippte vorsichtig an dem heißen Gebräu in ihrer Tasse. Bei der Gelegenheit würde sie dann auch ihre geliebte rot-schwarz-weiße Sommerkombi gegen die langweilige, aber dafür viel wärmere schwarze tauschen.

Seufzend sah sie an sich hinunter. Wann sie nach der Entbindung wieder ins Sommerleder Größe 38 passen würde, stand sowieso in den Sternen.

Als ihre Finger wieder beweglicher waren, holte Paula ihr Handy aus der Jacke und versuchte, Keeser anzurufen. Sie sah nicht ein, dass sie sich allein die Nacht um die Ohren schlagen sollte. Diese Freude wollte sie nur zu gern mit Keeser teilen. Eine freundliche weibliche Stimme teilte ihr jedoch mit, dass sein Anschluss derzeit nicht erreichbar sei.

»Toll«, murmelte Paula, »der hat sein Handy ausgeschaltet. Hätte ich das nur auch getan!« Seufzend stellte sie die bis auf einen kleinen Schluck leer getrunkene Tasse ab, löschte das Licht und verließ das Büro. Auf dem kurzen Weg über den Hof ins Dienstgebäude der Streifenpolizei zog sie die Jacke über ihrem Bauch so weit wie möglich zusammen.

»Zimmer drei!«, rief ihr der Diensthabende hinter der Glaswand munter zu.

Schon von Weitem sah Paula Hans Becker und Hartmut Berger auf den Stühlen im Gang vor Zimmer Nummer drei sitzen. Beide sprangen auf, als sie sie auf sich zukommen sahen.

»Nur keine Hektik um diese Uhrzeit, meine Herren. Wie sieht's aus? Wurden schon Fingerabdrücke genommen?«

Becker nickte. »Alles erleedischt, sie lääfe grad durchs Sysdem. Er hot nachem Kaffee g'froochtt, soll isch ihm ään bringe?«

Paula sah Becker eindringlich an. »Der Kerl will sich doch nicht wirklich von einem ›Bullenschwein‹ einen Kaffee bringen lassen?«

Becker verstand die Anspielung und sagte zufrieden grinsend: »Alla gut, dann also nit.«

»Als Sie Bergmann vorhin festgenommen haben, hatte er da etwas bei sich?«, fragte Paula. »Eine Tasche vielleicht oder einen Rucksack?«

Becker und Berger schüttelten synchron den Kopf.

»Was ist mit Hosentaschen und Jackentaschen? Konnten Sie da irgendwelches Diebesgut sicherstellen?«

»Nix, nur e Mäppsche mit seine Babiere und en Autoschlissel«, sagte Berger.

»Gut, danke.« Paula hatte schon die Klinke in der Hand, als sie innehielt. »Es wäre sehr nett, wenn Sie *mir* einen Kaffee bringen würden, Becker«, sagte sie verschmitzt. »Eine große Tasse und wenn's geht, koffeinfrei. Halb Kaffee, halb Milch, wäre das möglich?«

Becker lachte gehässig auf. »Awwer mit dem allergreeschde Vergnieche, Frau Schdern, kummt sofort!« Er machte auf dem Absatz kehrt und eilte mit quietschenden Gummisohlen den Gang entlang in Richtung Aufenthaltsraum.

»Und Sie, Berger, gehen mit mir da rein.« Paula atmete tief durch und betrat den Verhörraum.

Frank Bergmann saß zusammengesunken auf einem Stuhl. Er schlief tief und fest. Bedingt durch die Handschellen, die ihm noch nicht abgenommen worden waren, lagen seine Hände in seinem Schoß. So konnte Paula ihn sich genau ansehen.

Auf den ersten Blick erinnerte er sie ein bisschen an Matthias Weber. Der hatte damals, als sie sich kennenlernten, ebenfalls längere Haare gehabt und sie in der gleichen Art und Weise mit viel Gel nach hinten gekämmt wie Bergmann. Auch die Lederjacke, die Bergmann anhatte, ähnelte der von Weber. Nur die prollige Freizeithose mit Camouflage-Muster, in der Elisabeth Lauers frisch verhafteter Enkelsohn steckte, stand im Gegensatz zu den Jeans, die Weber zu tragen pflegte. Zudem war Frank Bergmann ein gutes Stück kleiner und wirkte im Vergleich zu Matthias Weber eher schmächtig.

Paula vergewisserte sich, dass das Diktiergerät einsatzbereit war, und drückte die Aufnahmetaste.

»Verhör von Frank Bergmann«, sagte sie laut und deutlich, woraufhin der sich auf seinem Stuhl zu regen begann und sich benommen umsah.

»Es ist Dienstag«, fuhr Paula unbeirrt fort, »der 18. September, Uhrzeit …«, sie unterbrach kurz, um das auf der Uhr an der Wand abzulesen, »… fünf Uhr achtundzwanzig. Verhörende Beamtin ist Kriminaloberkommissarin Paula Stern.«

Frank Bergmanns Orientierungslosigkeit verflüchtigte sich, kaum dass sie ihren Namen und Dienstgrad genannt hatte. Er hielt seine aneinandergeketteten Hände filmreif vor Paulas Nase.

»So eine Unverschämtheit, diese Dinger hätten Sie mir schon längst abnehmen müssen«, legte er von null auf hundert los.

Paula zuckte gelassen mit den Schultern und setzte sich ihm gegenüber auf einen Stuhl. »Tut mir sehr leid, Herr Bergmann, aber ich habe keinen Schlüssel dafür. Berger, haben Sie den Schlüssel?«, wandte sie sich an den schlaksigen Polizeibeamten, der lässig an die Wand gelehnt dastand. Berger schüttelte den Kopf.

»Das muss dann wohl der andere Bulle … ach nein, das ›Bullenschwein‹ machen. Mit diesem so außerordentlich liebevollen Kosenamen haben Sie ja vorhin die beiden Beamten, die sich so zuvorkommend um Sie gekümmert haben, tituliert. Nun, bis der vorbeikommt, um Sie zu befreien, können wir zwei uns ja schon mal ein bisschen unterhalten.«

Paula rückte mit ihrem Stuhl ein Stück nach hinten, lehnte sich entspannt zurück und streckte die Beine weit von sich. Dabei verschränkte sie ihre Arme vor der Brust, damit Bergmann nicht sehen konnte, dass sie nur ein Hemdchen unter dem Leder trug.

»Sie sind nachweislich in das polizeilich versiegelte Haus Ihrer Großmutter eingebrochen, so viel steht schon mal fest.«

»Ich hatte einen Schlüssel, verdammt, wie oft soll ich das denn noch sagen? Es war also kein Einbruch«, sagte Frank Bergmann bemüht beherrscht.

»Dann wollen wir doch mal ein bisschen Licht in das Dunkel Ihres persönlichen Rechtsempfindens bringen: Nach Paragraf 244 Absatz 1 Nummer 3 des Strafgesetzbuches ist ein Einbruch – ich zitiere – ›das unerlaubte Eindringen in einen abgegrenzten Bereich, bei dem ein Hindernis oder eine Absicherung überwunden wird, mit dem Vorhaben, eine fremde Sache zu entwenden‹.«

Wow, dachte Paula von sich selbst überrascht, da war die ungeliebte Auswendiglernerei während der Ausbildung doch nicht umsonst gewesen.

»In Ihrem Fall mögen Sie zwar einen Schlüssel gehabt haben, aber erstens war die Tür, durch die Sie das Haus betreten haben, mit einem Sicherheitssiegel der Polizei versehen, und zweitens bezweifle ich, dass Sie diesen Schlüssel mit dem Einverständnis Ihrer Großmutter an sich genommen haben. Wenn die nämlich gewollt hätte, dass Sie ins Haus gelangen können, wann immer es Ihnen beliebt, dann hätte sie Ihnen doch wohl einen Schlüssel für die Haustür gegeben und nicht für den Keller. Oder sehe ich das falsch?«

Frank Bergmann überging Paulas provozierende Worte. »Ich wollte aber gar nichts klauen«, versuchte er sich stattdessen zu verteidigen.

»Ach nein? Wozu waren Sie denn dann dort? Etwa zum Blumengießen?«, fragte Paula höhnisch.

Noch hatten sie zwar keine Bestätigung für Helma Gensheimers Behauptung, dass Frank Bergmann seine Oma tatsächlich bedroht oder in irgendeiner Weise unter Druck gesetzt hatte, aber irgendwo musste sie schließlich ansetzen. Deshalb gab sie einen Schuss ins Blaue ab:

»Oder haben Sie vielmehr nach den Briefen gesucht, mit denen Sie Ihre Großmutter bedroht haben? Wollten Sie diese Briefe vernichten, bevor *wir* sie finden? Ihnen muss schließlich klar gewesen sein, dass wir davon ausgehen würden, dass Sie Ihre Drohungen wahr gemacht haben.«

Hätte Frank Bergmann spontan »Was für Briefe?« gefragt, hätte sie eventuell die Existenz dieser Briefe bezweifelt. Eine Spur zu gelangweilt sagte er jedoch: »Ich weiß überhaupt nicht, wovon Sie reden.«

Auch der taxierende Blick, in dem Unsicherheit aufblitzte, und seine angespannte Körperhaltung verrieten Paula, dass er nicht die Wahrheit sagte.

Es klopfte an der Tür, und Hans Becker trat mit einer großen Tasse ein. Unverzüglich hellte sich Frank Bergmanns Miene auf, um gleich wieder düsterer zu werden, als die Tasse nicht vor ihm, sondern vor Paula abgestellt wurde.

»He, und wo ist meiner?«

»Noch in der Kaffeemaschin, glääb ich«, sagte Becker mit Unschuldsmiene und verließ den Verhörraum wieder.

»Wie man in den Wald hineinruft …«, bemerkte Paula trocken und nahm einen Schluck. »Der Kaffee ist ausgesprochen gut, das traut man diesen ›Bullenschweinen‹ gar nicht zu.«

»Is ja schon gut, ich hab's kapiert – *die Herren Polizisten*, besser so?«

»Viel besser«, bestätigte Paula und trank erneut. »Aber ein klein wenig zu spät, fürchte ich. Wir sitzen jedoch nicht hier zusammen, um uns über Kaffee oder Benimmregeln zu unterhalten, sondern um zu klären, warum Sie widerrechtlich ins Haus Ihrer Großmutter eingedrungen sind. Also noch einmal: Was wollten Sie dort?«

Frank Bergmann antwortete nicht, er sah Paula nur an.

»Ihre Oma wurde ermordet, Herr Bergmann. Haben *Sie* etwas mit ihrem Tod zu tun?«

»Jetzt wollen Sie mir auch noch einen Mord anhängen? Das ist ja wohl der Hammer, ich habe meine Oma doch geliebt. Okay, das mit den Briefen war ein Fehler ...« Frank Bergmann verstummte abrupt.

Paula versuchte, sich ihre Freude über diese Aussage nicht anmerken zu lassen. Es gab sie also wirklich, die Briefe, sie mussten sie nur finden. Im Haus waren sie definitiv nicht gewesen, sie und Keeser oder die Jungs von der Spurensicherung hätten sie sonst gefunden.

Eine Möglichkeit fiel Paula noch ein: Sie konnten zusammen mit dem Testament bei einem Notar hinterlegt sein. Wenn das der Fall war und sie den Notar fanden, kamen sie eventuell auch an die Briefe. Erst dann hätten sie etwas Handfestes gegen den Kerl in der Hand.

»Ich will Ihnen gar nichts anhängen, ich will einzig und allein den Mord an Ihrer Großmutter aufklären. Gauben Sie mir, diese Frage werde ich jedem Mitglied Ihrer Familie stellen.«

»Der miesen Bagage würde ich einen Mord zutrauen, jedem Einzelnen von denen und allen voran dieser Erbschleicherin Natalia«, spie Frank Bergmann aus. »Wie schon gesagt: Ich habe meine Oma geliebt, ich hätte ihr nie etwas antun können!«

»Ach ja, haben Sie das? Wetten, dass der Rest Ihrer Familie mir genau das Gleiche sagen wird?«, sagte Paula unbeeindruckt. »Und bestimmt wird der eine oder andere *Sie* als potenziellen Mörder vorschlagen, das verspreche ich Ihnen. Also wäre es vielleicht gar nicht so verkehrt, wenn Sie mir erzählen, was Sie in dem Haus gesucht haben. Möglicherweise würde Sie das ja sogar entlasten, wer weiß? Außerdem ist es schon recht spät. Wenn Sie sich also zu einer Aussage aufraffen könnten, bekämen wir beide eventuell noch eine kleine Mütze voll Schlaf.«

»Ich sage gar nichts mehr, ich will einen Anwalt …«

Paula setzte sich auf und sah Frank Bergmann eindringlich an. »Dieser Wunsch lässt Sie eher schuldig als unschuldig erscheinen, Herr Bergmann.«

»A-N-W-A-L-T«, sagte Frank Bergmann, jeden Buchstaben betonend.

»Gut, wenn Sie meinen. Das ist Ihr gutes Recht. Bis Sie einen Rechtsbeistand haben, sind Sie selbstverständlich Gast in unserem bescheidenen Etablissement.« Paula trank ihre Tasse leer, stellte sie zurück auf den Tisch und stand auf. »Ein Kollege wird Sie in Ihre Suite bringen.«

Sie schaltete das Diktiergerät aus und verließ ohne ein weiteres Wort den Raum.

Hans Becker stand an die Wand gelehnt da und sah sie erwartungsvoll an.

»Er zieht es vor zu schweigen, bis ein Anwalt da ist«, sagte Paula und rieb sich die müden Augen. »Bringen Sie den Kerl in einer Ausnüchterungszelle unter, vielleicht überzeugt ihn das gemütliche Ambiente ja zu einem Sinneswandel. Ich gehe jetzt nach Hause, um mich wenigstens noch ein bisschen hinzulegen.«

Paula musste noch einmal in ihr Büro hinüber, um den Helm zu holen. Als sie das Licht anschaltete, fiel ihr Blick auf Elisabeth Lauers Handtasche. Einen Moment lang überlegte sie, ob sie sich den Inhalt noch schnell ansehen sollte. Sie entschied sich aber dagegen und verstaute die Tasche im Aktenschrank. In etwa zwei Stunden würde sie sowieso wieder hier sein, bis dahin musste die Untersuchung der Tasche einfach warten.

Sie schaltete das Licht aus und verließ das Dezernat.

Paula hätte die Maschine vor der Dienststelle stehen lassen und die paar Meter nach Hause laufen können, setzte dann aber doch den Helm auf und schwang sich auf den vom Regen nassen Sitz.

Erst als sie das Motorrad wenige Minuten später auf dem Trottoir vor ihrem Haus abstellte, wurde ihr siedend heiß klar, dass sie ja gar keinen Hausschlüssel eingesteckt hatte.

Und jetzt?, fragte sie sich. Sollte sie Frau Seidel, ihre einzige

Nachbarin, die einen Ersatzschlüssel für ihre Wohnung hatte, aus dem Bett klingeln? Oder zurück ins Büro gehen und dort versuchen, bis zur Dienstbesprechung um acht Uhr ein bisschen zu schlafen? Nach der Besprechung könnte sie sich immer noch von Frau Seidel aufschließen lassen.

Paula nahm das Motorengeräusch eines Autos wahr, das extrem langsam auf der Straße vorbeifuhr, schenkte dem aber keine größere Beachtung. Prüfend drückte sie gegen die Eingangstür, die in den seltensten Fällen nachts abgeschlossen wurde. Die Tür ließ sich öffnen. Sollte sie sich im Treppenhaus vor ihre Tür setzen und dort warten, bis Frau Seidel gegen halb acht Uhr ihre erste Runde mit ihrem Pudel drehen würde? Sehr verlockend fand sie diese Variante aber nicht.

Unentschlossen stand sie vor der Haustür. Im Augenwinkel sah sie wieder ein Auto fahren, allerdings in die andere Richtung. Als sie bemerkte, dass es das im Rückwärtsgang tat und nach ein paar Metern anhielt, schaltete sich sofort ihr kriminalistisches Denken ein. Waren das eventuell Auto- oder Motorraddiebe, die in den nachts verlassenen Straßen auf Beutezug waren? Dann hatten sie sicher beobachtet, wie sie ihre sauteure Fireblade abgestellt hatte, und machten sich jetzt daran, sie zu stehlen.

Euch werde ich gehörig in die Suppe spucken, dachte Paula angriffslustig. Legt euch bloß nicht mit mir an, ich bin nämlich in bester Verhaftungslaune!

Sie drückte sich in den dunklen Hauseingang und linste um die Ecke. Wenn auch nur einer Hand an ihr Motorrad legen würde, dem würde sie den Helm um die Ohren hauen.

Tatsächlich stieg eine Person aus dem Auto aus und näherte sich ihrer Maschine. Es war ein Mann, erkannte Paula im schwachen Licht der Straßenlaterne. Und dieser Mann griff nach der Honda.

»Hände hoch, Polizei!«, rief Paula und spurtete gleichzeitig mit hoch erhobenem Helm aus ihrem Versteck heraus auf den Kerl zu.

Ein überraschtes »Paula?« stoppte sie.

Sie erkannte Matthias Weber und ließ den Helm langsam sinken.

»Was machst *du* denn hier?«, war alles, was sie herausbrachte.

»Das könnte ich dich auch fragen. Es ist sechs Uhr morgens, warum liegst du nicht in deinem Bett und schläfst? Oder gehst du neuerdings vor dem Dienst zum Joggen?« Er sah an ihr hinunter. »Und das in Motorradklamotten?«

»Quatsch, ich komme gerade von einem Verhör.«

Weber grinste sie schief und eindeutig zweideutig an. »Ach, *so* nennt man das also heutzutage?«

»Genau so nennt man das«, sagte Paula spitz. Sie verspürte keinerlei Verlangen, sich um diese Uhrzeit mit Weber auseinanderzusetzen.

»Ich komme gerade von einer Observierung und bin auf dem Weg nach Hause hier vorbeigekommen«, erklärte Weber ungefragt. »Da sah ich zuerst dein Moped draußen stehen, was du sonst nie machst, und dann noch eine Bewegung im Hausgang – ich wollte einfach nur nachsehen, ob alles in Ordnung ist.«

Paula schluckte die patzige Antwort, die ihr schon auf der Zunge gelegen hatte, hinunter. Das konnte stimmen, von hier aus kam Weber ohne größere Umwege nach Nußdorf, wo er wohnte. Wahrscheinlich wollte er einfach nur nett sein.

»Danke für deine Fürsorge«, sagte Paula, konnte sich einen Hauch Zynismus aber nicht verkneifen. »Aber es ist alles bestens.«

Matthias Weber stand unschlüssig da.

»Gut, dann fahre ich mal weiter«, sagte er schließlich und wandte sich zum Gehen um. »Schlaf schön.«

Paula dachte kurz nach. »Na ja, vielleicht ist doch nicht alles so prima«, druckste sie herum.

Weber sah sie fragend an.

»Ich hab meinen Schlüssel in der Wohnung gelassen und komm jetzt nicht rein«, gestand Paula ihre missliche Lage ein.

Weber lachte. »Und jetzt brauchst du jemanden, der bei dir einbricht?«

Paula zögerte, sagte dann aber entschlossen: »Haargenau. Die Haustür unten ist offen, es dreht sich nur um die Wohnungstür. Kannst du das denn?«

»Ich könnte sie eintreten.«

Oh ja, das konnte er, das wusste Paula nur zu gut von ihrem letzten Fall, bei dem sie mit ihm zusammen ermitteln musste. »Untersteh dich!«

»Wenn nicht abgeschlossen ist, dürfte das kein Problem sein.«

»Ist es nicht.«

»Dann wollen wir mal unser Glück versuchen«, sagte Weber.

Paula ging zurück zum Haus. Sie war nicht überzeugt davon, ob es geschickt war, Weber auf diese Art und Weise für sich einzuspannen. Wer A sagt, muss auch B sagen, überzeugte sie sich schließlich selbst und stieg die Treppen in den zweiten Stock hinauf.

Weber folgte ihr dichtauf.

Oben angekommen, begutachtete er das Schloss. »Das soll ich also wirklich knacken?«

Paula nickte.

Er holte seinen Geldbeutel aus der Innentasche seiner Lederjacke und zwinkerte ihr verschwörerisch zu. »Du weißt schon, dass du mich zu einem Einbruch anstiftest?«

»Was du nicht sagst. Gerade hab ich einem Einbrecher einen wunderschönen Vortrag darüber gehalten, wie das Strafgesetzbuch einen Einbruch definiert.«

Weber zeigte auf seinen Dienstausweis, der zwischen diversen anderen Plastikkarten steckte. »Damit wollen wir mal lieber keine Straftat begehen.« Er entschied sich für eine ADAC-Karte und drückte Paula die Brieftasche in die Hand.

Er stemmte sich mit seinem vollen Gewicht gegen die Tür und steckte die Karte in den dadurch minimal breiter gewordenen Spalt zwischen Türblatt und Zarge. »Und, weißt du auch die Definition für Anstiftung?«

»Paragraf 26 des StGB: ›Als Anstifter wird gleich einem Täter bestraft, wer vorsätzlich einen anderen zu dessen vorsätzlich begangener rechtswidriger Tat bestimmt hat‹«, ratterte Paula ohne nachzudenken los.

»Alle Achtung«, ächzte Weber und werkelte angestrengt an Paulas Tür herum. »Wenn wir also erwischt werden, gehen wir zusammen in den Knast.«

»Das könnte dir so passen!«

Es machte »Klick«, und die Tür sprang auf. »Diese Vorstellung hätte zweifelsohne ihren Reiz, Frau Anstifterin. Aber leider hat uns ja niemand erwischt.«

Paula stand unentschlossen vor ihrer geöffneten Wohnungstür. Sie überlegte angestrengt, was sie jetzt mit Weber machen sollte. Danke sagen und ihn wegschicken? Oder sollte sie ihn zum Dank kurz reinbitten, ihm höflichkeitshalber etwas zu trinken anbieten und dann erst nach Hause schicken?

»Kann ich noch schnell bei dir aufs Klo?« Mit diesen Worten nahm Weber ihr die Entscheidung ab.

»Klar, erste Tür rechts.«

Mit schnellen Schritten war er an ihr vorbei und verschwand im Bad. Die Tür hatte sich kaum hinter ihm geschlossen, da hörte Paula schon, wie der Klodeckel an den Wasserkasten knallte. Sie musste schmunzeln. Das schien wirklich dringend gewesen zu sein.

Sie betrat die Diele, legte den Helm ab und machte die Tür zu. Ihr war kalt, und sie spürte, wie sich ihre Haut zur Gänsehaut zusammenzog. Schnell zog sie die Jacke und die Stiefel aus, was besonders für ihren linken Fuß eine Wohltat war. Sie huschte ins Schlafzimmer, wo sie sich der Lederhose entledigte und in ihren Lieblings-Jogginganzug schlüpfte.

Als sie die dicken, von Frau Seidel liebevoll gestrickten Wollsocken über ihre eiskalten Füße zog, rückten die von dem Zusammenstoß mit der Wohnzimmertür noch immer schmerzenden Zehen unweigerlich in ihr Blickfeld. Dick rot angeschwollen waren der kleine Zeh und sein etwas größerer Nachbar. Vorsichtig bewegte Paula die beiden und stellte erleichtert fest, dass keiner gebrochen war. Sie hoffte, dass sie später damit in ihre Boots kam.

Leicht humpelnd ging sie hinüber in die Küche und füllte Wasser in den Wasserkocher, um sich einen Tee zu machen. Nach kurzem Zögern holte sie zwei große Tassen aus dem Schrank. Hinter sich hörte sie Weber aus dem Bad kommen. Nervös nestelte sie an den Teebeuteln herum, deren dünne Fäden sich ineinander verheddert hatten.

»Ich geh dann mal«, sagte er von der Tür her, was sich für Paula jedoch unentschlossen anhörte.

»Ich mach mir gerade Tee, vielleicht magst du ja auch eine Tasse?« Paula drehte sich nicht zu ihm um, denn sie hatte das Gefühl, rot geworden zu sein.

»Ein Tee wäre schön. Ich hab ja heute frei, bei mir ist es also egal, wann ich ins Bett komme. Aber solltest du nicht besser versuchen, wenigstens ein bisschen zu schlafen?«

Paula füllte kochendes Wasser in beide Tassen.

»Ich glaub, ich kann jetzt eh nicht schlafen. Und eigentlich lohnt es sich auch gar nicht mehr. Es wird das Beste sein, wenn ich erst mal in Ruhe den Tee trinke, dann dusche und wieder zum Dienst gehe.«

Paula holte die Zuckerdose aus dem Schrank und reichte Weber eine der Tassen. Aus der obersten Schublade nahm sie zwei Löffel und drückte ihm einen davon in die Hand. Nachdem sie sich zwei gehäufte Löffel Zucker in ihren Tee geschaufelt hatte, ging sie hinüber ins Wohnzimmer.

Sie vergewisserte sich, dass der Lautstärkeregler nicht allzu weit aufgedreht war, erst dann schaltete sie die Stereoanlage an. Eine Scheibe von Linkin Park war noch im CD-Player, und die Musik erklang augenblicklich aus den großen Boxen.

Paula setzte sich auf das Sofa und lehnte erschöpft den Kopf an die Rückenlehne.

»Du hörst Linkin Park?« Weber ließ sich neben ihr nieder und rührte in seinem Tee. »Das hätte ich jetzt nicht gedacht.«

Und ich hätte nicht vermutet, dass du Linkin Park überhaupt *kennst*, dachte Paula ihrerseits. »Ach ja? Was für Musik hast du mir denn zugetraut?« Sie nippte an ihrem heißen Tee und merkte, wie ihr langsam wärmer wurde.

»Helene Fischer natürlich.« Weber sah sie mit einem frechen Grinsen an.

Komisch, dachte Paula, normalerweise bringt mich dieses Grinsen immer geradewegs auf die Palme – heute finde ich den Kerl einfach nur … süß. Und sogar richtig witzig.

Sie erschrak vor sich selbst – irgendetwas stimmte nicht mit ihr, und daran konnte einzig und allein ihre Müdigkeit schuld sein. Vielleicht spielte auch die Tatsache, dass Weber sie so bereitwillig aus ihrer misslichen Lage befreit hatte, eine zusätzliche besänftigende Rolle.

»Du hast Andrea Berg vergessen«, sagte sie gelassen.

»Stimmt, an die hab ich gar nicht gedacht. Und wie sieht es mit den Kastelruther Spatzen aus?«

»Die *liebe* ich! Und die schnuckeligen und wirklich gut aussehenden Wildecker Herzbuben auch, da will ich unbedingt mal auf ein Konzert«, alberte Paula weiter. Sie konnte kaum noch die Augen aufhalten.

Nicht einschlafen, Paula, der Feind sitzt neben dir – mit diesem gedanklichen Appell an sich selbst versuchte sie sich wach zu halten. Was aber schlussendlich nicht funktionierte. Aus weiter Ferne bekam sie noch mit, dass Weber ihr die Tasse aus der Hand nahm und sie auf den Tisch stellte, danach tauchte sie in das süße Nichts des Schlafes ein.

Was sie jedoch nicht mehr mitbekam, war, dass ihr Kopf Zentimeter für Zentimeter auf Webers Schulter sank, er den Arm um sie legte und ihr einen Kuss aufs Haar drückte.

***

Wummernde Bässe bohrten sich in Paulas Schlaf. Linkin Park, diagnostizierte sie im Aufwachen. »When They Come For Me«, eines ihrer Lieblingsstücke der Band. Dazu schlich sich der Duft von Kaffee in ihre Nase.

Die Musik fühlte sich nach zu Hause an, auch die Couch, auf der sie lag, ebenso die Decke, unter der sie steckte. Doch sie fragte sich, wie der Kaffeegeruch in ihre Wohnung kam. Paulas schläfrige Gehirnzellen versuchten zu rekapitulieren, was zuletzt geschehen war.

Der Einbruch fiel ihr wieder ein, zu dem sie gerufen worden war. Ein Bild von Helma Gensheimer mit langen grauen Zöpfen im Morgenrock und mit Rollator kristallisierte sich heraus, auch die Fahrt mit ihrem Motorrad durch die Nacht, bei der sie entsetzlich gefroren hatte, war plötzlich wieder präsent. Dann war da noch das Verhör von Frank Bergmann und danach …?

Sie konnte sich an kein Danach erinnern.

In der Küche klapperte Geschirr. In *ihrer* Küche klapperte Geschirr, aber wie konnte das sein?

Da erschien Matthias Weber in der Wohnzimmertür und strahlte sie an.

Weber?

Paula setzte sich wie vom Donner gerührt auf.

»Wie schön, du bist ja schon wach. Ich wollte dich gerade wecken. Komm in die Küche, das Frühstück ist fertig. Du musst gleich zum Dienst.« Weber drehte sich um und verschwand wieder aus ihrem Gesichtsfeld.

Oh mein Gott, dachte Paulas überfordertes Hirn, und Verzweiflung erfasste sie. Sie musste in einer Parallelwelt gelandet sein, in der sie mit Weber verheiratet war oder zumindest mit ihm zusammenlebte. Oder steckte sie in einem Alptraum fest?

Allerdings war sie überzeugt davon, dass sie wach war. Zögernd schob sie die Decke beiseite und schlich hinüber zur Küche. Es war kein Traum und auch keine Halluzination, wie sie heimlich gehofft hatte – da stand wirklich und wahrhaftig Matthias Weber in ihrer Küche und holte gerade die Marmelade, die sie eine Woche zuvor gekocht hatte, aus dem Kühlschrank.

»Na, Schlafmütze, alles klar?«

»Ähm, weiß ich im Moment noch nicht«, sagte Paula wahrheitsgemäß. »Was machst du hier?«

Er deutete auf den gedeckten Tisch. »Wonach sieht es denn aus?«

Paula rührte sich nicht vom Fleck, sondern starrte Weber entgeistert an.

»Ich bin für dich in deine Wohnung eingebrochen, schon vergessen? Wir haben Tee getrunken, du bist in meinem Arm eingeschlafen …«

Die Erinnerung tröpfelte nur langsam in Paulas Verstand. Dann war das keine alptraumhafte Parallelwelt, stellte sie erleichtert fest.

Aber halt, was hatte er da gesagt?

»In deinem Arm?«, fragte sie schockiert.

»Nein, keine Sorge, das hab ich natürlich nur dazugedichtet«, sagte Weber schnell.

»Dann ist ja gut«, sagte Paula erleichtert und inspizierte den Frühstückstisch genauer.

Der enttäuschte Blick, den Weber ihr zuwarf, entging ihr. Schweigend füllte er ihre überdimensionale »Mamas Liebling«-Tasse mit Kaffee, setzte sich Paula gegenüber und reichte ihr die alte rote Emailleschüssel mit den weißen Punkten aus dem Fundus ihrer Oma, die er zu einem Brotkorb umfunktioniert hatte, über den Tisch.

»Wann hast du denn die Semmeln besorgt?« Paula nahm sich ein Milchbrötchen, schnitt es auf und pulte den lockeren Inhalt heraus. Darauf strich sie dick Butter, setzte einen großen Klecks Nektarinen-Vanille-Marmelade darauf und steckte es sich in den Mund. »Ich liebe Wölkchen«, nuschelte sie undeutlich.

Weber sah sie prüfend an, als er nach einem Körnerbrötchen griff. »Was ist mit deiner Morgenübelkeit?«

»Seit ein paar Tagen wie weggeflogen, halleluja, das war echt ätzend.«

»Weißt du schon, was es wird?«

»Nein, aber ich habe später einen Termin beim Frauenarzt. Ich hoffe, dass man dieses Mal beim Ultraschall etwas erkennen kann.«

»Was wünschst du dir denn?«

»Gar kein Kind«, sagte Paula spontan.

»Das ist ein Scherz, oder?«, sagte Weber ehrlich schockiert.

Tränen traten in Paulas Augen, aber Heulen war das Letzte, was sie vor Weber machen wollte. Sie atmete tief durch und erlangte ihre Fassung leidlich wieder.

»Mensch, Paula, Kinder sind doch etwas Wunderbares!«

»Das mag sein, zweifellos für Menschen mit einem Plan. Aber mich hat es nun mal kalt erwischt. Meine Freude hält sich somit in Grenzen.«

Dazu schien Weber nichts einzufallen.

»Kannst *du* mir vielleicht sagen, wie ich das anstellen soll – als alleinerziehende Kripobeamtin mit Dienstzeiten jenseits jeglicher Regelmäßigkeit?«

Konnte Weber nicht, er hob nur hilflos die Schultern.

»Tja, da sind wir ausnahmsweise mal einer Meinung: Ich weiß es nämlich auch nicht. Inzwischen denke ich, dass es womöglich am besten wäre, ich ginge zurück nach Würzburg – da ist zumindest meine Familie, die mir helfen kann.«

Weber wirkte nicht sonderlich glücklich über diese Idee. »Hier gibt es aber doch sicherlich auch Hilfe.«

»Ich wüsste nicht, wer mir helfen sollte«, sagte Paula betrübt.

Weber holte daraufhin ebenfalls das weiche Innenleben aus seinem Brötchen heraus. »Mein Wölkchen kannst du gern auch haben«, sagte er und legte es auf ihren Teller, als wolle er sie damit trösten.

Ihre Blicke trafen sich über den Tisch hinweg, hakten sich kurz ineinander fest. Paula sah schnell weg. Nicht zum ersten Mal hatte sie seine unglaublich blauen Augen bemerkt. Aber es irritierte sie, dass es sie dabei zum ersten Mal warm durchrieselte.

»Du hättest ruhig gehen können, als ich eingeschlafen bin«, sagte sie, um endlich das unliebsame Thema zu wechseln und diese für sie extrem unangenehme Situation zu überspielen. Dabei war sie sehr darauf bedacht, Weber nicht noch einmal anzuschauen. Sie nahm sich fest vor, nie wieder in diese verflucht blauen Augen zu sehen. Sie sollte generell seine Nähe meiden, denn gerade jetzt passierte etwas mit ihr, was sie ganz und gar nicht zulassen wollte. Wenn dieser seltsame Sinneswandel Weber gegenüber mit den sagenumwobenen Schwangerschaftshormonen zusammenhängen sollte, dann musste sie dem sofort ein Ende setzen!

»Ich dachte, dass du eventuell nicht rechtzeitig von allein aufwachst, und da ich noch ziemlich fit war, habe ich über deinen Schlaf gewacht.«

Das fand Paula natürlich überaus nett, und ihr Herz begann aufgeregt gegen ihre Rippen zu schlagen. Trotzdem sagte sie betont ruppig: »Das wäre aber gar nicht nötig gewesen.«

»Ich weiß, dass das nicht nötig gewesen wäre, aber ich habe es trotzdem gemacht. Doch dir scheint diese Tatsache so extrem unangenehm zu sein, dass ich hoch und heilig schwöre, ab sofort nie wieder etwas Nettes für dich zu tun. Zufrieden?«

Paula schämte sich für ihre Kratzbürstigkeit. »So war es doch nicht gemeint …«

»Dann halt doch einfach mal die Klappe und nimm es hin, wie es ist. Rückgängig machen geht jetzt nicht mehr, oder?«

»Tut mir leid«, sagte Paula und meinte es auch so. Sie überwand sich sogar, ein gemurmeltes »Danke schön« hinterherzuschicken.

»Gern geschehen«, knurrte Weber. »Und jetzt zieh dich an, ich mache hier in der Zwischenzeit Ordnung.«

Paula ging brav ins Bad und putzte ihre Zähne. Aus dem Spiegel sah sie eine wild zerzauste, unausgeschlafene Frau an. Das und die Tatsache, dass sie in einem ausgebeulten, libidohemmenden Jogginganzug herumlief, beruhigte sie. So war sie definitiv kein Lockmittel für Weber oder irgendeinen anderen Mann. Im Gegenteil, ihr Vogelscheuchen-Look würde jegliche männlicherotischen Bedürfnisse im Keim ersticken.

Paula zog den Jogginganzug aus, drehte ihren Zopf zu einem struppigen Dutt und steckte ihn fest. Dann stieg sie in die Duschkabine. Der Gedanke, dass Weber nebenan in der Küche hantierte, während sie hier nackt duschte – mit nur einer dünnen Wand zwischen ihnen –, fühlte sich jedoch erschreckend prickelnd an.

Schnell trocknete sie sich ab, wickelte sich in Ermangelung eines Bademantels in ihr größtes Badehandtuch und huschte ungesehen durch Diele und Wohnzimmer ins Schlafzimmer.

Fertig angezogen kam sie wieder heraus und holte noch Waffe, Munition und Schulterholster aus dem Arbeitszimmer. Zum Frisieren blieb ihr keine Zeit mehr, also ließ sie den Dutt, wie er war.

»Fertig«, verkündete sie, während sie ihre Boots anzog.

Weber kam aus der Küche und begutachtete sie von oben bis unten.

»Hübsch«, sagte er. »Aber nicht zu vergleichen mit dem Jogginganzug und den verstrubbelten Haaren – da hast du echt sexy ausgesehen!«

Das fand Paula nun gar nicht so gut. Sie spürte, wie sie erneut rot wurde. Schweigend nahm sie ihre cognacfarbene Lederjacke vom Haken.

»Wen hast du letzte Nacht eigentlich observiert?«, fragte sie schnell, um das Thema zu wechseln, und öffnete die Wohnungstür.

Weber nahm Paulas Schlüsselbund vom Schuhschrank und ließ ihn demonstrativ vor ihrer Nase baumeln. Paula nahm die Schlüssel entgegen, peinlich darauf bedacht, Weber ja nicht mit der Hand zu berühren. Gemeinsam traten sie ins Treppenhaus, und Paula verschloss die Tür. Sie hörte, wie eineinhalb Stockwerke unter ihnen die Haustür geöffnet und wieder zugemacht wurde.

»Na, dann lauf schon«, klang Frau Seidels Stimme zu ihnen herauf, woraufhin sich Getrippel von schnellen Hundepfoten näherte.

»Einen Kleinkriminellen …«, setzte Weber zu einer Antwort an, aber er wurde jäh von einem fröhlich kläffenden hellgrauen Pudel unterbrochen, der mit fliegenden Ohren und rotierendem Stummelschwanz über die Treppe angeschossen kam, abwechselnd an ihm und Paula hochsprang und vor lauter Freude, sie zu sehen, beinahe Saltos schlug.

»Wenn das nicht mein alter Kumpel Othello ist«, begrüßte Matthias Weber den Hund und streichelte ihn ausgiebig. Der Pudel wurde gar nicht fertig mit Bellen und Küsschengeben.

Charakterloser Hund, dachte Paula beleidigt. Der tut gerade so, als ob sich Weber und nicht ich mich wochenlang um ihn gekümmert hätte, als sein Frauchen mit gebrochenem Oberschenkelhals im Krankenhaus und anschließend noch in Reha war. Typisch Mann!

Henriette Seidels Kopf kam eine Treppe tiefer in Sicht. Nach einer kleinen Verschnaufpause setzte sie den mühsamen Weg nach oben fort.

»Ich habe mir schon gedacht, dass Sie das sind, liebe Paula. Bei dem Zirkus, den Othello vollführt.« Schwer schnaufend erklomm sie die letzte Stufe. »So richtig gut geht das Treppensteigen halt doch noch nicht«, entschuldigte sie sich. »Still jetzt, du wildes Wesen«, ermahnte sie den Hund und drohte ihm mit dem Zeigefinger.

Othello gab Ruhe und setzte sich mit aufmerksamen Knopfaugen neben ihre Füße. Nur der Schwanzstummel wackelte noch.

Erst jetzt bemerkte Henriette Seidel den Mann neben Paula. Ein strahlendes Lächeln erhellte ihre faltigen Gesichtszüge, und Paula wurde schlagartig klar, wie diese Situation – sprich: Es ist früher Morgen, und sie verlässt gerade mit einem Mann die Wohnung – auf die alte Dame wirken musste.

»Oh, ein neuer Mann an Ihrer Seite«, sagte Henriette Seidel dann auch tatsächlich. »Ich kann Ihnen gar nicht sagen, wie mich das für Sie freut, liebe Paula. Eine hübsche junge Frau wie Sie sollte nicht allein durchs Leben gehen.«

»Matthias Weber«, kam Weber Paulas Einwand, dass es nicht das war, wonach es aussah, zuvor und deutete eine Verbeugung an.

»Henriette Seidel«, hauchte diese angetan von dem jungen Mann mit den guten Manieren.

»Wir müssen leider weiter, die Pflicht ruft«, sagte Weber mit jeder Menge Bedauern in der Stimme und ging die ersten Stufen hinunter.

»Wir werden uns ja jetzt sicher öfter sehen«, rief Henriette Seidel ihm mit einem schmachtenden Blick nach.

Wohl eher nicht, lag Paula auf der Zunge, aber sie schluckte die Bemerkung hinunter. Jetzt war keine Zeit für irgendwelche Erklärungen.

»Was für ein gut aussehender junger Mann«, flüsterte Henriette Seidel für Paulas Geschmack viel zu laut.

Ach, herrje, nicht auch das noch, bestimmt hört Weber jedes einzelne Wort, dachte sie verzweifelt und schickte sich an, ihm nach unten zu folgen.

Doch Henriette Seidel war noch nicht fertig mit ihrer Lobesrede auf Weber: »Und so nett. Der würde glatt auch mir gefallen, wenn ich ein paar Jährchen jünger wäre.«

Paula war versucht, »Ich schenke ihn Ihnen« zu sagen, ließ es aber bleiben. »Ich muss los«, presste sie stattdessen hervor und rannte die Treppe hinunter.

Weber wartete ein Stockwerk tiefer und grinste sie dümmlich an. »Hast du gehört? *Sie* findet mich nett.«

»Herzlichen Glückwunsch«, zischte Paula und drückte sich an ihm vorbei.

Er holte sie auf den letzten Stufen ein. »Wir haben Hinweise, dass der Typ, den ich observieren sollte, seine Finger im illegalen Pornogeschäft hat – du weißt schon, billig gedrehte Filmchen mit minderjährigen Mädchen, die unter der Ladentheke und vor allem im Internet verscherbelt werden«, erzählte er ansatzlos an der Stelle weiter, an der er von Othello unterbrochen worden war. »Ich stand aber völlig umsonst die halbe Nacht vor seinem Haus rum; das Vögelchen war wohl kurz vor meinem Eintreffen ausgeflogen. Zurückgekommen ist er während meiner Schicht leider auch nicht. Wenn wir Pech haben, hat er Wind von unserer Untersuchung bekommen und sich ins Ausland abgesetzt.«

Unten angekommen, hielt er Paula die Haustür auf.

»Du warst mit deinem geschnappten Einbrecher um einiges erfolgreicher.«

»Auch nur ein kleiner Fisch, aber wenigstens wurde er auf frischer Tat ertappt. Hat das Polizeisiegel am Haus seiner ermordeten Großmutter gebrochen und alles durchwühlt«, berichtete Paula äußerst dankbar für diesen Strohhalm, den er ihr zur Rettung aus der Peinlichkeit reichte. »Jetzt bleibt nur noch zu klären, ob er auch etwas mit dem Tod seiner Oma zu tun hat. Ich muss mich sputen, sonst komme ich doch noch zu spät.«

Damit Weber nicht auf die Idee kommen konnte, ihr zum Abschied einen Kuss zu geben, lief sie, kaum dass sie auf dem Gehsteig standen, in Richtung Dienststelle davon.

»Einen schönen Tag!«, rief sie noch über die Schulter und trabte schnellen Schrittes den Westring entlang.

***

Paula war überpünktlich. Sie hatte sogar noch Zeit, sich vor der Dienstbesprechung einen Kaffee aus der Maschine zu lassen. In Gedanken war sie bei dem, was in den letzten Stunden passiert war, genauer gesagt bei Weber. Seine strahlenden Augen, sein Lächeln, sein freches Grinsen ... Er hatte sogar neben ihr ausgeharrt, damit sie nicht verschlief, hatte für sie Brötchen geholt und Frühstück gemacht.

Nein, schob sie diese verwirrenden Eindrücke weit von sich, ich will, will, will auf gar keinen Fall an Weber denken! Schlagartig auf vollkommen andere Gedanken kam sie, als sie in Martina Geigers kleines Büro kam, um ihr einen guten Morgen zu wünschen. Denn die Sekretärin saß nicht wie gestern noch mit orangerotem Haar an ihrem Platz, sondern mit dunkelgrünem.

Dazu passend war sie von den Schuhen bis hinauf zu der typischen Flatterbluse in verschiedene Grüntöne gekleidet. Ihre Fingernägel waren froschgrün lackiert, Lidschatten und Lippenstift waren eine Nuance dunkler. An der Garderobe hing eine grüne Lederhandtasche, überdimensional groß, genau wie ihre Vorgängerin in Orange.

Aus all diesen Indizien folgerte Paula, dass der Farbwechsel keinesfalls spontan durchgeführt worden war, sondern von längerer Hand geplant gewesen sein musste.

»Und, wie findest du es?«

Martina Geigers Frage machte Paula bewusst, dass sie sie sekundenlang angestarrt hatte.

»Gewagt«, stammelte sie so neutral wie möglich.

Durften Friseure so etwas überhaupt ungestraft tun?, fragte sie sich. Ihrer Meinung nach grenzte das an Körperverletzung. Ihr war wissentlich während der Ausbildung kein derartiges Gesetz untergekommen.

»Ich finde es toll, hat schließlich nicht jeder«, sagte Martina Geiger und fuhr sich mit beiden Händen durch die streichholzkurze Haarpracht. Sie klang dabei überaus zufrieden.

Nicht jeder? Niemand, korrigierte Paula im Stillen und bezweifelte stark, dass es im normalen Handel überhaupt ein Färbemittel mit diesem Farbton gab.

»Hansi ist nicht so begeistert, aber er wird sich schon noch daran gewöhnen«, plapperte Martina Geiger munter weiter.

»Paula, kommst du?« Keeser war unbemerkt neben sie getreten. »Ach du Scheiße!«, entfuhr es ihm. »Geigerlein, du solltest den Friseur verklagen.«

»Ihr habt ja alle keine Ahnung«, sagte Martina Geiger beleidigt. Sie stand auf, trippelte in grünen hochhackigen Stiefeletten hinüber zum Drucker, entnahm diesem mehrere Blätter, trippelte damit zur Tür, wo Paula und Keeser standen, und drückte Ersterer die Papiere in die Hand. »Hier, dein angefordertes Vorstrafenregister«, sagte sie und trippelte hocherhobenen Hauptes zurück zu ihrem Schreibtisch.

Paula und Keeser sahen sich an und verdrückten sich ohne ein weiteres Wort.

»Will sie gar nicht mehr Becker, sondern diesen ... wie hieß der doch gleich ... Shrek, glaube ich, heiraten? Oder Kermit den Frosch?«, frotzelte Keeser auf der Treppe ins nächste Stockwerk.

»Quak«, war alles, was Paula dazu sagte. Zu mehr kam sie nicht, denn das Besprechungszimmer war schon voller Kollegen. Oberrat Sonne saß bereits auf seinem Platz.

Als sie sich gesetzt hatten, ergriff Sonne sofort das Wort: »Meine Damen und Herren, wie Sie ja sicherlich bereits wissen, haben wir es mit einem neuen Mordfall zu tun.«

Er fasste für die Anwesenden in kurzen Sätzen zusammen, was sich zugetragen hatte und wie weit die Ermittlungen bisher gediehen waren.

»Dem Bericht der Rechtsmedizin entnehme ich, dass bis jetzt nicht bekannt ist, wie das Aconitin in den Magen der Toten gelangt ist, der Reste von Schokolade und Joghurt enthielt. Welches Nahrungsmittel letztendlich mit dem tödlichen Gift versetzt war, ist derzeit noch nicht geklärt. Die im Kühlschrank der Toten sichergestellten Schokoladentrüffel waren ohne Befund, und wie mir Dr. Knopp gerade noch telefonisch mitgeteilt hat, waren auch sämtliche Joghurts im Haushalt der Verstorbenen nicht manipuliert. Der von Kollege Keeser eingeräumte Verdacht, jemand hätte sich regelmäßig unerlaubt Zutritt ins Haus der Verstorbenen verschafft, wurde nicht nur von der Kriminaltechnik bestätigt, wir wissen inzwischen auch, um wen es sich dabei handelt.«

Keeser sah überrascht in die Runde und flüsterte Paula, die die Unterlagen überflog, die ihr Martina Geiger gegeben hatte, mit spöttischem Unterton in der Stimme zu: »Da scheint er ja mehr zu wissen als wir.«

Heribert Sonne wandte sich direkt an Paula, nicht ohne Keeser einen mahnenden Blick zuzuwerfen. »Kollegin Stern, Ihren Bericht habe ich noch nicht vorliegen, aber wie sieht es nach den Entwicklungen der letzten Nacht Ihrer Meinung nach aus? Hat Frank Bergmann etwas mit dem Tod seiner Großmutter zu schaffen?«

Keeser sah Paula fragend an.

Sie tätschelte ihm tröstend den Arm. »Tja, Kollege, anscheinend wissen wir alle mehr als du.« Dann sah sie in die Runde. »Das Verhör heute Nacht hat nicht viel gebracht, zumal Frank Bergmann sehr schnell nach einem Anwalt verlangt hat. Eher unfreiwillig, aber dennoch zweifelsfrei hat er bestätigt, dass er Drohbriefe an seine Oma verfasst hat. Diese Briefe müssen wir unbedingt finden. Er bestreitet den Mord, was auch nicht anders zu erwarten war. Frank Bergmann hat ein hübsches Vorstrafenregister – das meiste davon sind jedoch Jugendstrafen, allesamt kleinere Vergehen, angefangen bei Ladendiebstahl, Entwenden und Frisieren von Mofas und später von Mopeds bis hin zu Kleinbetrügereien –, aber keinerlei Hinweise auf Gewaltbereitschaft. Dazu kommt eine abgebrochene Schullaufbahn, kurz vor dem Realschulabschluss. Also insgesamt nichts, was darauf hindeutet, dass er über das nötige Wissen über Gifte verfügt. Andererseits ist seine Mutter Apothekerin, sie könnte entsprechende Lektüre bei sich zu Hause haben. Nicht zu vergessen, dass man heutzutage alles im Internet recherchieren kann.«

Oberrat Sonne nickte zustimmend. »Was schlagen Sie also vor?«

»Wir sollten uns dringend Frank Bergmanns Wohnung und das Büro in der Bergzaberner Fußgängerzone genauer ansehen, solange er noch bei uns in Haft ist. Womöglich finden wir auf den Computern etwas, das uns weiterhilft.«

»Ich veranlasse gleich im Anschluss an unsere Besprechung einen Durchsuchungsbeschluss«, sagte Heribert Sonne. »Lassen Sie seinen Computer von der Technik analysieren – die können doch sicherlich feststellen, auf welchen Webseiten sich ein User zuletzt herumgetrieben hat. Das ist ein guter Ansatz. Womöglich finden wir darauf auch die Briefe, die Sie suchen. Das erledigen bitte die Kollegen von der Polizei.« Er gab den entsprechenden Beamten ein Zeichen. »Sonst noch Ideen, wie wir weiter vorgehen sollten?«

»Die Verbindungsnachweise von Elisabeth Lauers Telefonanbieter könnten noch aufschlussreich sein«, sagte Paula, die bereits gedanklich eine Liste erstellt hatte. Sie sah Keeser an: »Hast du Marianne darauf angesprochen?«

»Sie wollte gleich heute Morgen einen Beschluss bei Gericht erwirken, müsste jeden Moment reinkommen«, sagte Keeser.

»Gut, dann versuchen wir heute mit der Tochter der Toten zu sprechen und mit der zweiten Frau ihres Sohnes Bernhard«, fuhr Paula fort. »Es gibt noch zwei Enkelinnen, die Zwillinge der Tochter, die wir aufsuchen werden. Und wir werden der Frage nach der Existenz eines Testaments weiter nachgehen und gegebenenfalls alle Notare in der Umgebung deswegen abklappern.«

»Also denn«, sagte Kriminaloberrat Heribert Sonne in die Runde und klatschte mit den Händen auf die Tischplatte. »Dann sind wir ja alle erst einmal beschäftigt. Frau Stern, Herr Keeser, kurzer Bericht wie immer gegen neunzehn Uhr in meinem Büro! Ansonsten möchte ich von allen Abteilungen immer auf dem Laufenden gehalten werden.«

»Warum zum Teufel wusste ich nichts von Frank Bergmanns Verhaftung?«, meckerte Keeser, sobald sie ihr Büro betreten hatten. »Wenn du mich schon nicht informierst, wenn du im Alleingang zu einer Festnahme fährst, dann erwarte ich zumindest, dass du mich vor der Dienstbesprechung davon in Kenntnis setzt. Ich saß ja da wie ein Trottel!«

»Stoppstoppstopp, Kollege. Ich wollte dich ja anrufen, aber dein Telefon war abgeschaltet.«

»Das ist doch Quatsch«, sagte Keeser und suchte seine Taschen nach dem Handy ab. Als er es schließlich fand, fuchtelte er demonstrativ damit vor Paulas Gesicht herum. »Mein Handy ist nie ausgeschaltet.«

Paula verschränkte die Arme vor der Brust und sah ihn abwartend an.

Keeser drückte mehrere Tasten.

»Komisch«, murmelte er, »es geht nicht an. Dann schüttelte er das Telefon und betätigte erneut die Tasten. »Es ist doch hoffentlich nicht kaputt?«

»Schon mal was von Aufladen gehört?«

»Deinen Sarkasmus kannst du dir sparen, Paula. Was mach ich denn jetzt? Mein Ladekabel liegt natürlich daheim.«

»Geh hoch in die Technik, oh, du mein Technikdinosaurier, die haben Ladekabel für alle Handymodelle.«

»Meinst du?«

»Ja, ich meine.«

Kaum dass Keeser zur Tür hinaus war, erinnerte sich Paula siedend heiß an Elisabeth Lauers Tasche, die noch im Aktenschrank lag. In die hatte sie eigentlich vor der Dienstbesprechung hineinsehen wollen.

Als sie die Handtasche aus dem Schrank holte, fiel ihr erneut auf, wie schwer und prallvoll sie war. Paula zog ein Paar Einweghandschuhe über und öffnete den Clipverschluss. Sofort quoll ihr der Inhalt entgegen. Allem voran eine zerknautschte halb volle Tüte mit Pralinen, ähnlich der, die sie im Kühlschrank der Verstorbenen gefunden hatten. Auch an dieser Tüte hing das Etikett der Rebmann Manufaktur, nur der Inhalt war ein anderer: Es waren stachelig aussehende Kugeln aus Milchschokolade, mit feinen Streifen weißer Kuvertüre verziert. Irgendeine Art Trüffel, vermutete Paula. Einige der Kugeln sahen schon etwas ramponiert aus.

Paula nahm ein Beweismitteltütchen aus einer ihrer Schubladen und schob die Pralinenpackung vorsichtig hinein. Wenn sie

Glück hatten, war dies die vergiftete Schokolade, und wenn sie noch mehr Glück hatten, dann fanden sie die Fingerabdrücke des Mörders auf der Folie.

Nachdem Paula eines der beiden Innenfächer der Tasche leer geräumt hatte, wusste sie, woher das Gewicht kam: Fünf dicke Rollen Geldscheine, mit roten Haushaltsgummis zusammengehalten, lagen vor ihr. Jetzt war ihr klar, warum sie keine Kohle in Elisabeth Lauers Haus gefunden hatten, die alte Dame hatte offensichtlich ihre gesamten Geldvorräte mit sich herumgeschleppt, damit der ominöse Besucher sie sich nicht unter den Nagel reißen konnte.

Auch wenn Paula gern gewusst hätte, um wie viel Geld es sich dabei handelte, entschied sie sich dafür, zunächst auch noch den Rest der Tasche unter die Lupe zu nehmen.

Mit sanfter Gewalt entriss sie dem anderen Fach einen dicken, ebenfalls mit Gummis fixierten Packen aus mehrfach zusammengelegten Papieren und mehreren Briefumschlägen. Aufgrund der Eselsohren und angeschmutzten Kanten vermutete Paula, dass sich das Bündel schon länger in der Tasche befand.

Sie streifte die straff gespannten Gummis ab, penibel darauf bedacht, nichts zu zerreißen, und faltete die Blätter auseinander. Einige waren stark zerknittert und schienen in aller Eile zusammengepackt worden zu sein. Sorgsam strich sie einen der Briefumschläge mit Inhalt glatt. Nur Elisabeth Lauers Name war per Hand daraufgeschrieben – keine Adresse, keine Briefmarke, kein Absender. Dieser musste das Schreiben selbst in den Briefkasten geworfen haben.

Paula fand noch drei weitere, mit derselben Handschrift versehene Briefumschläge. Gähnend überlegte sie, welchen sie zuerst lesen sollte. Eine lächerliche Stunde Schlaf war definitiv nicht ausreichend, musste sie sich eingestehen.

Sie stand noch einmal auf, leerte den in der Zwischenzeit kalt gewordenen Kaffee ins Waschbecken und machte sich einen neuen. In der Hoffnung, ein bisschen frische Luft würde sie wach halten, riss sie das Fenster weit auf.

Nach zwei vorsichtigen Schlucken zog Paula den ersten Brief

aus einem der Umschläge. Er war ebenfalls mit der Hand geschrieben, die Buchstaben neigten sich gefährlich nach links. Sie sahen aus, als könnten sie jeden Moment umkippen.

Paula erinnerte sich an einen Artikel über Graphologie in der Polizeiarbeit, den sie vor ein paar Wochen gelesen hatte. Was eine extreme Rechtsneigung angeblich über die Psyche des Schreibers aussagte, wusste sie nicht mehr so genau, aber was eine auffällige Linksneigung bedeutete, schon: Diese Art des Schreibens bescheinigte – wenn man der nicht ganz unumstrittenen Handschriftanalyse Glauben schenken wollte – eine ausgeprägte Selbstbezogenheit. Wer so schreibt, lässt sich weniger vom Herzen, sondern eher vom Kopf leiten.

Paula begann zu lesen:

Oma Lissi, du musst mir das Haus überschreiben. Du weißt genau, dass ich da in was reingeschlittert bin, aus dem ich nur mit heiler Haut herauskomme, wenn ich das Haus liefere. Wenn nicht, dann wird mir etwas Schlimmes passieren, und nur du hast Schuld daran! Dein Frank

So richtig bedrohlich las sich das nicht, stellte Paula fest. Sie legte das Blatt beiseite und faltete das nächste Schreiben auseinander.

Liebe Oma, ich weiß, dass du mir schon so oft aus der Patsche geholfen hast, wofür ich dir ja auch ewig dankbar sein werde. Heute bitte ich dich ein allerletztes Mal – versprochen! – um deine Hilfe. Ich habe mich geschäftlich übernommen und musste mir Geld von jemandem leihen, weil die Bank mir nichts mehr geben wollte. Der, von dem ich die Kohle bekommen habe, will sein Geld jetzt früher zurückhaben als anfangs ausgemacht. Da ich es nicht habe, hat er mir eine andere Option eröffnet: Wenn er dein Haus bekommt, wird er mir meine Schulden erlassen. Ich weiß, das ist eine große Bitte, die ich an dich habe, aber ich bin wirklich verzweifelt. Mit diesem Kerl ist nicht zu spaßen. Ich weiß von jemandem, dem hat er die Kniescheiben zer-

trümmern lassen. Aber sieh es mal so: Du bist nicht mehr die Jüngste, früher oder später wirst du sowieso in ein Altersheim gehen müssen. Warum also nicht gleich jetzt? Liebe Grüße, dein Frank

Wow, dachte Paula, hatte Frank Bergmann da nicht etwas dick aufgetragen? Kniescheiben zertrümmern – das kam doch eher im Fernsehkrimi oder bei der Mafia vor und wohl kaum in der Südpfalz. Wahrscheinlich wollte er seine Oma mit derartigen Übertreibungen nur unter Druck setzen.

Aber was, wenn dem doch so sein sollte?, überlegte Paula. Was, wenn Frank Bergmann Elisabeth Lauers Haus jemandem als Pfand zugesagt hatte?

»Du hattest recht, die haben da oben wirklich Ladekabel für alle Geräte«, sagte Keeser unvermittelt direkt neben ihr.

Paula zuckte zusammen. Sie hatte ihn gar nicht kommen hören.

Als er sein Handy an den Strom angeschlossen hatte, musterte Keeser das Durcheinander auf Paulas Schreibtisch.

»Ist das deine Handtasche? *Shabby Chic* nennt man das wohl, oder ist die noch von deiner Oma?«

»Nein, das ist Elisabeth Lauers Tasche. Helma Gensheimer hat sie mir heute Nacht mitgegeben, als ich in Bergzabern war.«

»Der Ordnung nach zu urteilen, könnte es aber auch deine sein.« Er griff nach der Beweismitteltüte mit den Trüffeln und hielt sie gegen das Licht. »Waren die etwa auch in der Tasche?«

»Die, jede Menge Geld und ein Haufen Papierkram.«

»Vielleicht steckt in diesen Pralinen das tödliche Gift.« Keeser legte die Tüte mit spitzen Fingern zurück, als ob das Gift durch das Plastik wirken könnte. Er ergriff eine Geldscheinrolle und wog sie prüfend in der Hand. »Ziemlich schwer. Das Ganze mal fünf muss ein ordentliches Sümmchen ergeben. Elisabeth Lauer hat das alles mit sich herumgeschleppt? Verrückt. Und was sind das für Papiere?«

»Hier sind zum Beispiel die Briefe von ihrem reizenden Enkel Frank. Nach denen hat er wohl heute Nacht in Omas Haus gesucht. Ich bin gerade dabei, sie zu lesen.« Paula reichte Keeser den Brief, den sie zuletzt studiert hatte. »Das hier scheint der erste zu sein. Lies ihn und sag mir dann, was du davon hältst.«

Keeser ließ sich ihr gegenüber auf seinem Stuhl nieder, zog seine Lesebrille aus der Hemdtasche und setzte sie sich auf die Nase.

Paula faltete einen weiteren Brief auseinander und las:

Hallo Oma, du hast mir nicht auf meinen Brief geantwortet, und du gehst auch nicht ans Telefon. Heute Morgen wollte ich zu dir, um dir persönlich meine schwierige Lage zu schildern. Du hast jedoch nicht aufgemacht. Ich weiß aber ganz genau, dass du zu Hause warst, ich konnte dich nämlich hören. Du musst mir unbedingt helfen, sonst wird etwas Schlimmes passieren. Und wenn man demnächst meine Leiche findet, dann bist einzig und allein du dafür verantwortlich. Willst du etwa mit dieser Schuld leben? Ich werde heute Abend noch einmal bei dir vorbeikommen. Frank

Aus dem Ton des Briefes schloss Paula, dass Elisabeth Lauer nicht im Traum daran gedacht hatte, ihr Häuschen für ihren Enkel zu räumen.

»Gebrochene Kniescheiben? Sind wir hier in Neapel?«, fragte Keeser nach der Lektüre des ersten Briefes. »Wie dreist von dem Kerl, seiner Großmutter das Haus unter dem Hintern verschachern zu wollen.«

»Frank Bergmann ist ja auch ein richtig herziges Kerlchen.« Paula gab ihm den nächsten Brief. »Der hier scheint der zweite zu sein. Der Ton ist da schon ein bisschen schärfer, und aus den kaputten Kniescheiben ist inzwischen ein getöteter Enkel geworden.«

Während Keeser las, nahm sie sich den letzten Umschlag mit Bergmanns nach links kippender Schrift vor:

Oma, du hast es nicht anders gewollt. Mir steht das Wasser inzwischen bis zum Hals, und der Kerl, der mir das Geld geliehen hat, macht jetzt richtig Druck. Er weiß, dass du nicht mit mir kooperieren willst, und wird daher demnächst ein paar von seinen Jungs bei dir vorbeischicken, die dich notfalls schmerzhaft davon überzeugen werden, dass dein Haus ihm gehört. Ich weiß nicht, wann das sein wird, aber er wird ganz sicher Ernst machen. Wenn du keine Unannehmlichkeiten haben willst, dann überschreibe mir endlich das Haus!!! Wenn du wieder nicht reagierst, dann kann ich dir nicht mehr helfen.

Paula kam zu dem Schluss, dass die Graphologen nicht unrecht hatten mit dem Psychogramm für dieses Schriftbild. Frank Bergmann war in ihren Augen definitiv in hohem Maße selbstbezogen.

»Das hier scheint der Letzte zu sein. Hierin droht er der alten Dame massiv.« Sie reichte Keeser die übrigen Briefe.

Nach deren Lektüre nahm er seine Brille ab und rieb sich mit Daumen und Zeigefinger die Nasenwurzel.

»Ein wahres Schätzchen, dieser Frank. So einen Enkel wünscht sich doch jeder, oder? Eines wundert mich aber nach all den wüsten Drohungen seines angeblichen Geldgebers: Frank Bergmann ist noch immer munter auf seinen zwei Beinen unterwegs.«

»Du meinst, er hat das mit dem Geldverleiher nur erfunden?«

»Wäre doch möglich. Eine fast neunzigjährige Frau müsste das doch glauben. Ich sage nur ›Enkeltrick‹, darauf fallen Senioren trotz regelmäßiger Warnungen in den Medien schließlich immer wieder herein.«

Paula kaute nachdenklich auf ihrer Unterlippe. »Egal, ob das nun alles erfunden ist oder der Wahrheit entspricht, fest steht, dass Elisabeth Lauer sich nicht davon einschüchtern ließ.«

»Vergiss nicht, dass sie alle Türen verbarrikadiert hat. Eine gewisse Angst hatte sie wohl doch.«

»Warum ist sie dann aber nicht zur Polizei gegangen?« Paula nahm die Briefe nebst Umschlägen und steckte sie in eine Klarsichthülle. »Die Kollegen hätten diesen schriftlichen Drohungen doch auf jeden Fall Beachtung geschenkt. Ihrem Enkel wäre sicher auf den Zahn gefühlt und damit dem ganzen Spuk ein Ende gesetzt worden.«

Keeser hob abwehrend die Hände. »Frag mich nicht, was in Seniorenhirnen vorgeht, das liegt noch weit jenseits meines Erfahrungsschatzes.«

»Ob Frank Bergmann was mit der toten Ratte zu tun hat? Oder soll ich dich besser auch nicht fragen, was in den Hirnen von jungen Menschen vorgeht, weil das schon weit jenseits deines Erinnerungsvermögens liegt?«

»Haha, sehr originell, man könnte meinen, du hast mit einem Clown gefrühstückt.«

Nun, ein Clown ist es nicht gewesen, dachte Paula. Aber sie dachte nicht im Traum daran, Keeser zu verraten, mit wem sie wirklich gefrühstückt hatte.

»Nehmen wir doch mal an, es gibt diesen rabiaten Geldverleiher wirklich«, sagte sie stattdessen. »Dann könnte die Ratte auch von ihm dort platziert worden sein, um der alten Frau Angst einzujagen.«

»Am besten, wir gehen rüber und fragen Frank Bergmann das persönlich«, schlug Keeser vor. »Oder hast du schon etwas anderes auf dem Plan?«

»Der redet nur mit uns, wenn ein Anwalt dabei ist. Wir sollten zuerst nachfragen, ob das schon in die Wege geleitet ist. Eine andere Frage, liebster Bernd: Hast du heute etwa keine Vesperbox mitbekommen?«

Keesers Blick verdunkelte sich. »Warum willst du das wissen?«

»Ich könnte was zum Knabbern gebrauchen.«

Blitzschnell holte er eine hellblaue Plastikdose aus seiner untersten Schreibtischschublade und schob sie eifrig zu Paula hinüber. »Hier, bedien dich. Alles, was *du* von dem Hasenfutter isst, muss ich nicht essen.«

Paula öffnete amüsiert den Deckel und pickte sich nach kurzem Überlegen ein Stück geschälte Karotte heraus. Knabbernd und kauend blätterte sie durch den Papierhaufen. »Bevor wir irgendwohin gehen, will ich schnell noch die restlichen Papiere durchsehen. Ach, und dann müsstest du mich kurz zum Frauenarzt fahren … Sieh mal einer an, was haben wir denn hier?« Sie zog ein mehrseitiges, in der Mitte gefaltetes Dokument heraus und schwenkte es wie eine Trophäe. »Elisabeth Lauers Testament!«

»Schlaues altes Mädchen«, lobte Keeser die Verstorbene. »Sie hat demnach alles Wichtige in ihre Tasche gepackt, damit es nicht, auf welche Art auch immer, abhandenkommen kann.«

»Das erspart uns die Suche nach dem Notar.« Paula vertiefte sich in das handgeschriebene Dokument. Die Schrift war außerordentlich schön, schnörkelig zwar, aber mit kraftvollem, flüssigem Schwung ohne eine ausgeprägte Neigung in irgendeine Richtung. Paula erkannte darin die Schrift eines Menschen, der es trotz Computerzeitalter noch gewohnt war, mit der Hand zu schreiben.

Sie las das Testament nicht laut vor. Allerdings gab sie immer mal wieder laut ihr Erstaunen oder ihre Zustimmung kund, was Keeser an den Rand seiner Geduld zu bringen schien. Als Paula von ihrer Lektüre aufsah, blickte sie in sein ärgerlich verzogenes Gesicht.

»Würdest du mich eventuell an deinen Gefühlsausbrüchen hinsichtlich des Testaments teilhaben lassen?«, sagte er grantig.

Paula faltete das Dokument ordentlich zusammen und legte es auf den Tisch.

»Elisabeth Lauer hat, bis auf drei, nein vier Ausnahmen, ihre komplette Familie enterbt. Ausnahme Nummer eins ist der gerade geborene Urenkel Jakob, der Sohn ihrer Enkelin Marlene, dem sie einen Ausbildungsfonds eingerichtet hat, den ein Anwalt bis zu seiner Volljährigkeit verwaltet. Ausnahme Nummer zwei ist Marlene, Jakobs Mutter. Für sie hat sie ein Konto eingerichtet, über das sie verfügen kann, wenn sie ihr Studium mit Abschluss beendet. Dann wäre da noch Enkelin Marion, der hat sie ebenfalls ein Konto eingerichtet. An das Geld kann sie aber nur ran, wenn sie mit einem ärztlichen Gutachten beweisen kann, dass sie keine Drogen mehr nimmt. Ausnahme Nummer vier ist, du wirst es kaum glauben, tamtarata … der kleine knuffige Dr. Erwin Bollinger!«

»Warum soll ich das nicht glauben? Es ist nicht ungewöhnlich, dass jemand seinen Hausarzt als Erben einsetzt«, sagte Keeser unbeeindruckt.

»Das mag sein, und das ist es auch gar nicht, was mich so überrascht hat, sondern die Tatsache, dass Dr. Erwin Bollinger ihr Neffe ist. Genauer gesagt, der Sohn ihrer einzigen, vor ein paar Jahren verstorbenen Schwester.«

Keeser zog erstaunt die Stirn kraus. »Diese Information hat der gute Doktor uns leider vorenthalten. Wir werden ihm also noch einmal einen Besuch abstatten, denn damit reiht er sich in den Kreis der Verdächtigen ein. Was soll er erben?«

»Das Haus. Er soll damit seinen lang gehegten Traum erfüllen und ein Hospiz für Kinder darin einrichten.«

»Eine noble Geste.« Keeser dachte kurz nach. »Vielleicht wusste er von dem Testament und wollte nicht länger auf das Haus warten? Beim Schreiben seines Romans könnte er dann auf die Idee gekommen sein, dieses Eisenhutzeugs an seiner Tante auszuprobieren.«

Von diesem Szenario hielt Paula nichts. »Du weißt genau, dass jemand laut deutschem Erbrecht ausdrücklich vom Erbe ausgeschlossen wird, wenn er den Erblasser ermordet hat.«

»Das wissen *wir*, aber das heißt noch lange nicht, dass auch ein Mörder an so was denkt. Zumal die meisten Täter eh fest davon überzeugt sind, sie wären so geschickt, dass man sie nicht erwischt.«

Paula hatte da ihre Zweifel. »Hätte er uns dann aber so stolz von seinem Romanprojekt und dem darin verwendeten Gift erzählt? Noch dazu von einem Roman, an dem er gerade mal ein paar mickrige Zeilen geschrieben hat? Warum sollte er sich denn selbst in den Fokus der Ermittlungen bringen? Und komm mir jetzt bloß nicht wieder mit der Columbo-Theorie von den überheblichen Tätern.«

»Es könnte genauso gut reine Taktik sein, und er hofft, dass wir genau das denken – wie wir sehen, liegt er gar nicht so daneben damit: Du bezweifelst doch aufgrund dieser Romansache, dass er der Mörder seiner Tante ist, weil deiner Meinung nach kein Mörder so doof ist und sich selbst auf dem Silbertablett serviert.«

»Das ist jetzt aber ›Keesers Märchenstunde‹«, sagte Paula spöttisch. »Traust du den Menschen nicht ein bisschen zu viel an geistigen Glanzleistungen zu?«

Keeser stützte sich mit den Unterarmen auf dem Schreibtisch ab und beugte sich zu ihr herüber. »Lach mich nicht immer aus, du Küken. Grundsätzlich traue ich den Menschen alles zu, das lass dir von einem altgedienten Kripomann gesagt sein. Aber noch mal zurück zu dem Testament: die eigenen Kinder enterben – das geht doch gar nicht so einfach, da ist immer noch der Pflichtteil, der an die nahen Angehörigen geht.«

»Das hat Elisabeth Lauer offenbar auch gewusst und deshalb für jeden Einzelnen ihrer Verwandtschaft Gründe aufgeführt, warum derjenige vom Erbe ausgeschlossen ist. Ihren Enkel Frank Bergmann schließt sie zum Beispiel davon aus, weil er ihr nachweislich nach dem Leben trachtet – sie verweist dabei auf die Briefe. Für ihre komplette Sippe hat sie aufgelistet, was sie zeitlebens in jeden von ihnen investiert hat, Summen, die jeden Pflichtteil des zu erwartenden Erbes weit übersteigen. Ihrem Sohn zum Beispiel hat sie die Praxis eingerichtet, ihrer Tochter hat sie die Hälfte der Apotheke finanziert. Einer der Enkelinnen, Marion, hat sie mehrere Drogenentzüge in Privatkliniken bezahlt, die allesamt vorzeitig abgebrochen wurden. Die längste Liste an Zahlungen ist aber die von Frank. Es geht in die Hunderttausende, was sie für seine unzähligen Bruchlandungen gelöhnt hat. Aber der Hammergrund ist der, warum ihre zweite Schwiegertochter, Natalia, vom Erbe ausgeschlossen sein muss: Elisabeth Lauer beschuldigt Natalia, ihre erste Schwiegertochter aus Habgier getötet zu haben, mit dem Ziel, den so vorzeitig verwitweten und vermögenden Bernhard zu heiraten.«

»Das ist in der Tat ein Hammer. Meinst du, da ist was dran?«

Paula wiegte nachdenklich den Kopf. »Erinnerst du dich? Helma Gensheimer hat diesen Verdacht auch geäußert. Dem habe ich gestern nicht viel Gewicht gegeben, weil mir die alte Dame so übereifrig vorkam. Aber jetzt, da wir die Anschuldigung schwarz auf weiß haben …«

»Ich weiß nicht, Paula. Ich kann mir nicht vorstellen, dass da was Wahres dran ist.«

»Bernhard Lauers Frau war todkrank, und Natalia hatte die Mittel und, wie Elisabeth Lauer ja schreibt, womöglich auch ein Motiv. Nach dem Tod von Lauers krebskranker Frau hat sich doch logischerweise niemand darum geschert, woran sie in Wirklichkeit gestorben ist, oder? Was hat Knopp gestern gesagt? Wie viele Todesfälle durch Vergiften werden überhaupt nicht festgestellt?«

»Achtzig bis neunzig Prozent«, erinnerte sich Keeser.

»Da hast du es, achtzig bis neunzig Prozent. Wir sollten der Sache also mal nachgehen.«

»Das hat doch aber gar nichts mit unserem Fall zu tun ...«

»Da gebe ich dir recht«, sagte Paula. »Aber wir sind generell für Mord zuständig. Mord verjährt schließlich nicht, aber wem sage ich das. Wenn Lauers erste Frau eingeäschert wurde, hat sich die Sache eh erledigt.«

»Du willst Monika Lauer exhumieren lassen? Sonne wird ausflippen, das gebe ich dir schriftlich.«

»Und wenn schon«, sagte Paula leichthin. Ihr Blick fiel auf die Uhr an der Wand. Wie von der Tarantel gestochen sprang sie auf. »Kacke, ich hab in fünf Minuten einen Termin beim Frauenarzt.« Sie zerrte die Lederjacke von ihrer Stuhllehne und rief Keeser ein ungeduldiges »Hopp, hopp, ein bisschen mehr Wallung!« zu.

Keeser erhob sich in aller Seelenruhe, nahm mit der einen Hand sein Jackett und mit der anderen die Beweismitteltüte mit den Pralinen.

»Die bringe ich zu Knopp ins Labor, während du beim Arzt bist«, erklärte er auf Paulas fragenden Blick hin.

***

Paula verließ die Praxis des Gynäkologen später, als sie eingeplant hatte. Im Wartezimmer hatte sie ungewöhnlich lange warten müssen, und auch die Untersuchungen hatten eine kleine Ewigkeit gedauert.

Als sie jetzt hinaus auf den Gehsteig trat, war sie sich sicher, dass Keeser schon ungeduldig auf sie wartete. Aber von ihrem Dienstwagen war nichts zu sehen.

Paula überprüfte ihr Handy, das sie in der Praxis auf lautlos gestellt hatte, und fand tatsächlich drei verpasste Anrufe von Keeser, die kurz hintereinander eingegangen waren.

»Und, alles gut?«, fragte eine Stimme neben ihr. Paula schreckte zusammen.

Es war Matthias Weber, der lächelnd neben ihr stand.

»Verfolgst du mich?«, fragte sie überrascht.

»Nein, natürlich nicht. Dein reizender Kollege hat mich angerufen, ob ich dich hier abholen könnte, weil er es nicht schafft und dich telefonisch nicht erreichen konnte. Und hier bin ich.«

Toll, dachte Paula, ich will versuchen, Weber aus dem Weg zu gehen, und Keeser hat nichts Besseres zu tun, als ihn auf mich zu hetzen. »Was hat Keeser denn so Wichtiges zu tun?«

»Er hat was von einer Hausdurchsuchung in Bad Bergzabern erzählt, aber keine Einzelheiten.«

Paula konnte sich auch so zusammenreimen, dass die Durchsuchung in der Wohnung beziehungsweise im Maklerbüro von Frank Bergmann stattfand.

»Wohin jetzt? Soll ich dich zurück in den Westring bringen?«

»Die paar Meter durch die Stadt hätte ich auch laufen können, ich bin nur schwanger und nicht krank.«

»Das musst du Keeser sagen. Keine Ahnung, warum er das nicht per WhatsApp mit dir geklärt hat.«

Paula lachte auf. »WhatsApp? Machst du Witze? Der Gute besitzt nicht mal ein Smartphone.«

»Dann halt eine SMS.«

»Haha«, lachte Paula ein weiteres Mal. »Keeser behauptet steif und fest, dass die Tasten zu klein für seine Finger seien. Aber gut, wenn du schon mal da bist, dann kannst du mich auch ins Büro bringen.«

Weber ging voran zu einem dunkelblauen BMW Kombi und öffnete die Beifahrertür für Paula.

»Und?«, fragte er, als er auf der Fahrerseite eingestiegen war und sich anschnallte. »Mädchen oder Junge?«

Mit dieser Frage katapultierte er Paula aus der wohligen Normalität der Arbeit direkt zurück in ihr bedrückendes Schwangerschaftsdilemma.

»Mädchen«, brachte sie gerade noch heraus, bevor die ersten Tränen liefen. Aus dem Weinen wurde schnell ein heftiges Schluchzen. Paula hatte das Gefühl, dass auf einmal die so mühsam aufgebauten Dämme brachen und alles, was sich an Sorgen und Zukunftsängsten in ihr angestaut hatte, aus ihr herausquoll.

Sie sah nicht Webers erschrockenes Gesicht, sie bekam auch nicht mit, dass er sich wieder abschnallte. Als er sie zu sich hinüberzog und sie fest in den Arm nahm, wehrte sie sich nicht und ließ ihren Weltuntergangsgefühlen ungehemmt freien Lauf.

Matthias Weber wiegte sie sanft, streichelte dabei unablässig ihren Rücken und redete beruhigend auf sie ein wie auf ein kleines Kind.

Als Paula sich endlich ein wenig beruhigt hatte, setzte sie sich schniefend auf, rutschte zurück auf ihren Sitz und schnäuzte sich lautstark in das Papiertaschentuch, das Weber ihr gereicht hatte. Auch wenn er sie so nett getröstet hatte, fand sie es dennoch äußerst unangenehm, dass ausgerechnet er diesen Gefühlsausbruch mitbekommen hatte.

»Ich weiß, Jungs sind natürlich viel toller als Mädchen, aber deswegen musst du doch nicht so unglücklich darüber sein«, sagte Weber sanft.

Paula warf ihm einen vorsichtigen Seitenblick zu und erkannte an seinem Zwinkern, dass er sie nur aufheitern wollte.

»Da merkt man mal wieder, dass du keine Ahnung hast«, sagte sie und putzte sich noch einmal die Nase. »Mädchen sind nämlich viel, viel toller!«

Er schmunzelte und streichelte ihr über die tränennasse Wange. »Genau das wollte ich hören. Und *dein* kleines Mädchen wird mit Abstand das allertollste, du wirst sehen.«

Paula atmete tief durch. »Wenn ich nur wüsste, wie ich das anstellen soll«, sagte sie mehr zu sich selbst als zu Weber.

Zu ihm gewandt sagte sie: »Hast du schon mal so richtig Panik gehabt? Ich schiebe seit Wochen Panik, eine Scheiß-Panik sogar.«

»Was ist denn mit Sebastian? Der könnte doch auch ...« Weber verstummte, als er Paulas grimmiges Gesicht sah.

»Sebastian ist raus! Er wird nie von dem Kind erfahren, und ich werde somit auch keinen Unterhalt von ihm einfordern. Dieses Kind ist ganz allein mein Kind, auch wenn ich derzeit keinen Schimmer habe, wie ich das gebacken bekomme.«

»Aber du willst doch nicht tatsächlich nach Würzburg gehen?«, fragte Weber vorsichtig.

Paula hob hilflos die Schultern. »Anders wird es wohl nicht funktionieren. Babysitter, die vierzehn oder sechzehn Stunden am Stück auf ein Kind aufpassen, gibt es nicht – mal abgesehen davon, dass ich mir das gar nicht leisten könnte.«

Weber schnallte sich wieder an. »Wie wäre es mit einer Leih-Oma?«

»Leih-Oma? Noch nie gehört. Hast du dir das gerade ausgedacht?«

»Das sind Rentnerinnen, die viel Zeit haben, Kinder lieben und sich gern unentgeltlich um Leih-Enkel kümmern, weil sie keine eigenen haben.«

Paula sah ihn zweifelnd an.

»Ich kenne da zufällig so jemanden«, sagte er.

»Ach ja?«

»Ja, meine Mutter. Sie ist die ideale Oma schlechthin: Sie ist daheim und ganz vernarrt in kleine Kinder. Zudem nervt sie mich schon seit Jahren wegen eines Enkelchens. Als Leih-Oma könnte sie so die nötigen Erfahrungen sammeln, bis ich irgendwann selbst Vater werde.«

Paula lächelte schief. Sie war sich nicht im Klaren, ob er das ernst meinte oder sie noch immer aufheitern wollte.

»Deine Mutter wird begeistert von diesem Vorschlag sein«, sagte sie spöttisch.

»Das ist sie in der Tat – ich war gerade bei ihr, als Keeser mich anrief. Ich habe mit ihr über deine Situation gesprochen.«

»Du spinnst«, war alles, was Paula dazu sagen konnte. Jetzt war sie sich sicher, dass Weber sie auf den Arm nehmen wollte.

»Das nehme ich heute ausnahmsweise mal als Kompliment. Ich

soll dir einen schönen Gruß von ihr ausrichten, und du sollst so bald wie möglich mit mir zum Essen vorbeikommen. Sie will demnächst mal wieder Dampfnudeln machen.« Er startete den Motor und fuhr rückwärts aus der Parklücke. »Du sollst mir einfach Bescheid sagen, wann du Zeit hast. Da könnt ihr alles besprechen.«

Paula war sprachlos und blieb es, bis Weber vor der Dienststelle anhielt, um sie aussteigen zu lassen. Sie entfernte den Sicherheitsgurt und öffnete die Tür, blieb jedoch sitzen und sah Weber prüfend an. »Meinst du das wirklich ernst, das mit deiner Mutter?«

»Ich meine immer ernst, was ich sage. Die Essenseinladung steht«, sagte er trocken.

Paula spürte die altgewohnte Aggression gegen Weber in sich aufsteigen, versuchte aber, das nicht zu zeigen. »Du weißt genau, dass ich nicht von der Essenseinladung spreche.«

Webers Augenblau wurde eine Spur dunkler, aber sonst veränderte sich sein Gesichtsausdruck nicht. Er sollte Poker spielen, dachte Paula spontan. »Warum hast du überhaupt mit deiner Mutter über mich und mein Problem gesprochen?«

Er drehte sich mit dem Oberkörper zu Paula herum und lehnte sich dabei mit dem Rücken an die Fahrertür. »Ich habe mit ihr über dich und dein *Baby* gesprochen. Ich finde, das hört sich gleich viel freundlicher an. Vielleicht ist es dir ja vor lauter Antipathie mir gegenüber entgangen, aber ich mag dich nun mal. Keine Ahnung, warum, so eklig und abweisend, wie du immer zu mir bist.«

Er klang verletzt und schwieg einen Moment, als ob ihn das, was er dann sagen wollte, Überwindung kostete. »Damit kann ich jedoch leben. Die Vorstellung, dass du von Landau weggehst, macht mich dann doch traurig. Ich fürchte, mir würde sogar deine Kratzbürstigkeit fehlen.«

Paula war wie vor den Kopf gestoßen. Bisher hatte sie immer gedacht, Weber würde nur um sie herumscharwenzeln, um sie zu ärgern. Aber war das gerade nicht so eine Art Liebeserklärung gewesen? Dann hätte Keeser doch recht gehabt! Was sollte sie nur darauf antworten?

Ihr wurde schlagartig heiß in ihrer Lederjacke. Unfähig, aus dem Auto zu steigen, starrte sie Weber an. Er sah ihr direkt in die Augen.

»Ähm«, brachte Paula krächzend hervor. Nachdem sie sich geräuspert hatte, klang ihre Stimme wieder annähernd normal. »Ich muss jetzt rein. Vielleicht können wir ein andermal darüber reden …« Sie stieg hastig aus und warf die Tür zu.

»Ja, morgen Abend beim Essen«, rief Weber ihr durch das heruntergelassene Fenster nach. »Die Einladung steht. Ich melde mich bei dir.« Dann gab er Gas und fuhr mit quietschenden Reifen davon.

Paula sah dem Wagen nach, der bei Dunkelgelb, wie ihr Vater es immer nannte, wenn die Ampel gerade von Gelb auf Rot umschaltete, geradeaus über die Kreuzung jagte.

***

»Du siehst aus, als wäre dir ein Geist begegnet«, sagte Keeser, als Paula das Büro betrat und sich wortlos setzte. Er beendete abrupt die Pflege seines aus der Krankenzeit mitgebrachten Bogenhanfs auf dem Fensterbrett und musterte sie besorgt. »Mit Bazillus ist doch hoffentlich alles in Ordnung?«

»Keine Sorge, Bazill-a geht es gut«, sagte Paula matt.

»Des gebbt e Medsche? Hurra, das sind ja tolle Nachrichten!«, freute sich Keeser, als hätte er dieses Mädchen selbst zustande gebracht. »Und wann ist der Termin?«

»Ende März, so wie es aussieht.«

»Ein kleiner Widder also. Na, dann viel Freude mit der Süßen, Widder wollen immer mit dem Kopf durch die Wand, heißt es zumindest. Obwohl … welches Sternzeichen bist du noch mal?«

»Zwilling«, sagte Paula. »Warum?«

»Zwilling? Ich dachte Stier oder Widder, du willst ja auch immer mit dem Kopf durch die Wand.«

»Haha.« Mehr sagte Paula nicht zu Keesers Ausflug in die Welt der Horoskope.

»Was ist denn los mit dir? Du siehst nicht glücklich aus. Ist es wegen Bazilla?«

Paula schüttelte den Kopf.

»Dann kann es nur wegen Weber sein«, kombinierte Keeser blitzschnell. »Tut mir leid, er war der Einzige, der mir auf die Schnelle einfiel.«

»Stimmt ja, Weber ist der einzige Polizeibeamte in ganz Landau und Umgebung.«

»Hat er dich wieder geärgert?«

Paula wollte zu diesem Zeitpunkt alles andere als vor Keeser ihr durcheinandergebrachtes Gefühlsleben ausbreiten, weshalb sie in eine völlig andere Richtung umschwenkte: »Wie war die Hausdurchsuchung bei Frank Bergmann? Habt ihr was Interessantes gefunden?«

»Die Jungs von der Spurensicherung sind noch dran, ich hab mich mit dem Laptop und einem anderen Rechner davongemacht, damit die in der Technik schon mal loslegen können. Die Jungs da oben haben mir aber wenig Hoffnung gemacht, dass das schnell gehen könnte. Sie sagen, dass jede einzelne Datei doppelt und dreifach und noch dazu höchst kompliziert verschlüsselt ist.«

Paula inspizierte noch einmal den Inhalt von Keesers Vitaminvorrat, schob sich mehrere Scheiben Salatgurke in den Mund und schloss die Box wieder. »Was hat ein kleiner Immobilienmakler so Wichtiges auf dem PC, dass er es wie Fort Knox sichern muss?«, sagte sie mit vollem Mund.

Sie sah auf dem Aktenschrank neben dem Waschbecken die Beweismitteltüte mit den Trüffeln aus Elisabeth Lauers Handtasche.

»Was ist denn mit den Pralinen? Hast du etwa vergessen, sie ins Labor zu bringen?«, fragte sie, nachdem sie fertig gekaut hatte, und deutete mit dem Kinn in Richtung Aktenschrank.

»Nein, Frau Kommissarin, die hab ich nicht vergessen. Im Labor wurden erst die Fingerabdrücke auf der Tüte sichergestellt und danach die Trüffel fotografiert und Proben von jedem genommen. Den Rest durfte ich wieder mitnehmen, damit wir sie diesem Pralinenmacher zeigen können.«

»Das heißt ›Chocolatier‹«, verbesserte Paula ihren Kollegen.

»Ich weiß – ich wollte nur sehen, ob du das auch weißt. Ich würde also vorschlagen, wir setzen uns ins Auto und statten dem *Chocolatier* einen Besuch ab.«

Das Festnetztelefon auf dem Schreibtisch klingelte. Keeser nahm ab und lauschte kurz.

»Planänderung«, sagte er und legte auf. »Frank Bergmanns Anwalt ist da.«

***

Im Nebengebäude warteten Frank Bergmann und sein Anwalt schon in einem der Verhörräume.

»Ich konnte inzwischen in die Akten einsehen, die mir ehrlich gesagt recht dürftig erscheinen«, eröffnete Thomas Ritter nach kurzer Vorstellung und nachdem alle an dem kleinen Tisch mit dem laufenden Aufzeichnungsgerät Platz genommen hatten das Gespräch. »Mein Mandant hat mich zudem über alle Vorgänge in Kenntnis gesetzt. Ich habe ihm daraufhin geraten, mit Ihnen zu kooperieren.«

»Das ist lobenswert«, sagte Keeser.

»Gleich mal vorab: Wenn mein Mandant alles zu Protokoll gegeben hat, werde ich ihn mitnehmen, denn Sie werden selbst sehen, dass Sie nichts in der Hand haben, um ihn hierzubehalten.«

Das stimmt so aber nicht, Herr Anwalt, berichtigte Paula im Geiste. Noch sind die vierundzwanzig Stunden nicht vorüber, die wir deinen Mandanten auch ohne ausreichendes Belastungsmaterial hierbehalten dürfen. Und wenn du seine Unschuld nicht definitiv beweisen kannst, dann kann ich dir schon jetzt versprechen, dass wir ihn jede verdammte erlaubte Minute hierbehalten werden.

»Das werden wir ja sehen«, sagte Keeser unbeeindruckt. »Also, lassen Sie einfach mal hören, was Ihr Mandant zu erzählen hat.«

Ritter hob seinen Aktenkoffer vom Boden auf, legte ihn auf den Tisch und öffnete ihn wichtigtuerisch. Nach übertrieben langer Suche holte er einen dünnen Hefter aus blassblauem Karton hervor und legte ihn neben den Koffer, den er gewissenhaft wieder verschloss.

Paula betrachtete Thomas Ritter genauer und kam zu dem Schluss, dass er sicher kein Anwalt war, den sich ein erfolgloser kleiner Immobilienmakler wie Frank Bergmann leisten konnte. Der Kerl trug einen perfekt sitzenden Maßanzug, an jeder Hand prangte ein protziger goldener Siegelring, die Uhr war bestimmt auch nicht die billigste, die Rolex im Angebot hatte. Ganz zu schweigen von seinem Aktenkoffer, der nach echtem Krokodilleder aussah. Dieser Anwalt war mehrere Nummern zu groß für Frank Bergmann. Was also hat er mit einem Würstchen wie ihm zu schaffen?, fragte sich Paula.

Ritter stand auf, knöpfte in aller Ruhe sein edles Jackett zu, als stünde er im Gerichtssaal, nahm den Hefter zur Hand und schlug das Deckblatt auf.

Paula wusste genau, was er damit bezweckte: Er wollte größer als sie und Keeser sein, auf sie herabsehen und sie aus dieser Position einschüchtern.

Bei Keeser wirkte die Masche allerdings nicht, im Gegenteil: Er lehnte sich lässig zurück, rutschte mit seinem Hinterteil auf die vorderste Kante des Stuhles, streckte seine langen Beine weit von sich und verschränkte die Arme vor der Brust. Gelangweilt sah er zu dem Anwalt hoch.

Ritter setzte eine wichtige Miene auf. »Mein Mandant ist der Enkel von Elisabeth Lauer, in deren Haus Sie ihn irrtümlicherweise verhaftet haben. Als Enkel und somit enger Verwandter …«

»Könnte uns Ihr Mandant nicht etwas erzählen, was wir noch nicht wissen?«, unterbrach Keeser ihn träge.

»Als Enkel und somit enger Verwandter hat er das Recht, sich in dem Haus seiner Großmutter aufzuhalten«, fuhr Ritter nach einem strafenden Blick in Keesers Richtung unbeirrt fort. »Da er im Besitz eines Schlüssels war, können Sie davon ausgehen, dass das Betreten des Hauses mit dem Einverständnis seiner Großmutter geschah …«

»Sie haben dabei aber zwei wichtige Kleinigkeiten übersehen, Herr Anwalt«, unterbrach Keeser seelenruhig ein weiteres Mal, zog seine Beine an und setzte sich kerzengerade auf seinen Stuhl. »Erstens hat er dabei das Polizeisiegel gebrochen, was an sich schon strafbar ist. Das dürfte Ihnen ja gewiss bekannt sein. Und zweitens kann man eben nicht automatisch von dem Einverständnis seiner Großmutter ausgehen, bloß weil er einen Schlüssel hatte – nur leider ist die Frau tot und kann sich somit nicht mehr dazu äußern. Ach nein, es sind ja sogar drei Kleinigkeiten, beinahe hätte ich die überaus ansehnliche Liste an Verhaftungen und Vorstrafen Ihres angeblich so unschuldigen Mandanten vergessen.«

Ritter griff sich nervös an den perfekt gebundenen Knoten seiner seidenglänzenden Krawatte. »Wenn Sie sich so gut in der Polizeiakte meines Mandanten auskennen, dann ist Ihnen sicherlich nicht entgangen, dass alle diese Vorfälle viele Jahre zurückliegen. Man kann also getrost von Jugendsünden sprechen. Seither hat sich Herr Bergmann nichts mehr zuschulden kommen lassen. Was die Sache mit dem polizeilichen Siegel betrifft, das war wohl ein Versehen. Mein Mandat hat selbstverständlich nicht in böser Absicht gehandelt, zudem war es dunkel im Kellerabgang, er konnte das Siegel also gar nicht …«

»Mal abgesehen davon, dass am Einbruchsort eine Taschenlampe gefunden wurde, auf der die Fingerabdrücke von Herrn Bergmann sichergestellt wurden – in welcher Absicht ist Ihr Mandant denn dann in ein versiegeltes Haus einer Ermordeten eingestiegen, wenn nicht in böser?«, mischte sich Paula ein.

Ritter, der es offenbar nicht gewohnt war, so wenig Respekt entgegengebracht zu bekommen, sah Paula zornig an. »Wenn Sie mich vielleicht einmal ausreden lassen würden, dann …«

Paula dachte nicht daran. Zu Frank Bergmann geneigt, sagte sie: »Es war wegen der Drohbriefe, die Sie Ihrer Großmutter geschrieben haben, nicht wahr? Sie wollten sie unbedingt finden, bevor es jemand anderes tat, und sie verschwinden lassen, damit Sie auf gar keinen Fall mit dem Tod Ihrer Großmutter in Verbindung gebracht werden konnten. Dieses Thema haben wir ja heute Nacht schon kurz angesprochen.«

»Ach, kommen Sie, diese Briefe waren bestenfalls Bettelbriefe«, rief Ritter dazwischen.

Paula sah den Anwalt überrascht an. »Sind Sie da sicher? Haben Sie sie schon gelesen?«

»Mein Mandant hat mir den Inhalt geschildert …«, sagte Ritter nicht mehr ganz so forsch.

»Dann hat Ihr Mandant nur die halbe Wahrheit gesagt. Im Gegensatz zu Ihnen, Herr Anwalt, haben *wir* nämlich die Briefe inzwischen gelesen. Dem ersten könnte man eventuell, wenn man großzügig sein wollte, gerade noch so das Prädikat *Bettelbrief* geben, die anderen drei sind unverkennbar Drohbriefe. Wir lassen Ihnen gern Kopien davon zukommen.«

»Mein Mandant war in einer schweren finanziellen Notlage …«

»Wir haben auch ein Testament gefunden«, warf Keeser ein. »Und dem können wir zweifelsfrei entnehmen, dass Elisabeth Lauer keinesfalls erfreut über die Besuche Ihres Mandanten gewesen wäre. Sie hat ihn sogar enterbt, mit der Begründung, dass er ihr mit dem Tod gedroht habe, wenn sie ihm nicht ihr Haus überschreibe.«

»Ich bitte Sie«, begehrte Ritter mit höhnischem Gesichtsausdruck auf. »Die Frau war fast neunzig Jahre alt und hatte den Bezug zur Realität wohl schon verloren.«

Keeser war an der Reihe mit Höhnischsein: »Und Sie können das natürlich so gut beurteilen, weil Sie nicht nur ein brillanter Psychologe sind, sondern weil Sie die Frau zudem persönlich sehr gut kannten?«

»Haben Sie Ihre Großmutter getötet?«, fragte Paula Frank Bergmann direkt.

Der riss erschrocken die Augen auf.

Thomas Ritter stemmte sich mit beiden Armen auf den Tisch und sah Paula drohend an. »Was wollen Sie meinem Mandanten denn noch alles anhängen? Wenn Sie den Besuch im Haus seiner Großmutter unbedingt als Einbruch einstufen wollen – bitte schön, tun Sie das, damit können wir leben. Aber mein Mandant ist kein Mörder!«

Das glaubte Paula auch gar nicht, sie wollte schlicht und ergreifend Frank Bergmann aus der Reserve locken.

»Wussten Sie von diesem Testament, Herr Bergmann?«, fragte sie ihn und sah einfach an Ritter vorbei. »Hat Ihre Großmutter Ihnen, bevor sie jeglichen Kontakt mit Ihnen abgebrochen hat, von diesem Testament erzählt? Haben Sie möglicherweise nicht nur nach Ihren Briefen, sondern auch nach diesem Testament gesucht, als Sie das Haus durchstöberten? Um es verschwinden zu lassen und so wenigstens an Ihren normalen Erbteil zu kommen?« Paula hielt inne und machte ein mitfühlendes Gesicht. »Aber halt, wie dumm, dann hätten Sie ja auch nichts vom Erbschaftskuchen abbekommen, denn Ihre Mutter und Ihr Onkel hätten erst einmal geerbt.«

Thomas Ritter richtete sich wieder auf und fummelte erneut an seinem korrekt sitzenden Krawattenknoten herum. »Lassen wir doch die unhaltbaren Unterstellungen und reden wir über das, was Fakt ist«, sagte er bemüht ruhig. »Mein Mandant …«

Diesmal war es das Klingeln von Paulas Handy, das ihn mitten im Satz unterbrach.

»Tut mir leid«, sagte Paula, ihr Gesichtsausruck drückte aber das Gegenteil aus. Sie nahm das Gespräch im Sitzen an und machte keine Anstalten, den Raum zu verlassen, wie sie es normalerweise tat. Das war ihre Methode, dem Schickimicki-Anwalt auf subtile Weise zu zeigen, wie wenig auch sie von seinem geschniegelten Auftreten beeindruckt war.

Während sie telefonierte, beobachtete sie Frank Bergmann, der angespannt, blass und still dasaß. Wenn er nicht gerade seine Hände knetete, wischte er sich mit dem Ärmel seines nach einer Nacht im Knast riechenden Hemdes den Schweiß von der Stirn.

»Das war die Spurensicherung«, sagte sie, nachdem sie das Gespräch beendet hatte. »Es ging um die Fingerabdrücke Ihres Mandanten im Haus seiner Oma.«

»Wie schon gesagt, mein Mandant ist der Enkel der Besitzerin des Hauses, und somit ist es nicht ungewöhnlich, dass man seine Fingerabdrücke im Haus gefunden hat«, ereiferte sich Ritter. »Auch wenn das Verhältnis meines Mandanten zu seiner

Großmutter in letzter Zeit vielleicht nicht das beste gewesen sein sollte, so kann man doch davon ausgehen, dass er in der Zeit davor seine Abdrücke hinterlassen hat.«

Paula ignorierte den sich abstrampelnden Anwalt und sah Frank Bergmann direkt an. »Was können Sie uns zu den Wasseranschlüssen in der Waschküche, den Joghurtbechern zwischen den Büchern und der Ratte im Phonoschrank sagen, Herr Bergmann?«

Frank Bergmanns linkes Augenlid begann nervös zu zucken.

»Welche Ratte?«, fragte Ritter aufgebracht. »Von welchen Joghurtbechern sprechen Sie da, zum Teufel? Was soll denn das nun wieder? Wollen Sie etwa meinen Mandanten verunsichern?«

Paula schenkte ihm lediglich einen kühlen Blick. »Ihr Mandant scheint Ihnen wohl nicht alles erzählt zu haben. Es waren *seine* Fingerabdrücke, die auf den Joghurtbechern im Bücherregal sichergestellt wurden.« Das hatte ihr Dreißigacker gerade mitgeteilt, das mit der Ratte hatte sie aus dem Bauch heraus hinzugefügt und damit bei Bergmann wie erhofft einen Treffer gelandet.

Thomas Ritter sah seinen Mandanten vernichtend von oben herab an, was der gar nicht mitbekam, weil er nur Interesse für seine Hände zu haben schien.

»Ich wollte doch nur …«, setzte Frank Bergmann mit jammervoller Stimme an, doch Ritter fuhr ihm ungehalten dazwischen:

»Halten Sie um Himmels willen den Mund! Merken Sie denn nicht, dass diese zwei Hilfssheriffs Sie nur einschüchtern und dazu überrumpeln wollen, mehr zu sagen, als Ihnen guttun wird?«

»Aber …«, begehrte Frank Bergmann erfolglos auf.

»Nichts aber. Denken Sie etwa, ich bin zum Spaß hier?«, fauchte Ritter, dem Paula nur allzu gut anmerken konnte, was er von seinem Mandanten hielt: nämlich nicht viel.

Keeser räusperte sich. »Apropos, das bringt mich geradewegs zu meiner nächsten Frage: Warum sind Sie überhaupt hier? Ich hatte zwar noch nie mit Ihnen persönlich zu schaffen, aber Ihr

Name ist in Justizkreisen hinlänglich bekannt.« Keeser lächelte übertrieben nett. »Oder soll ich lieber in Kriminellenkreisen sagen? Davon abgesehen, dass sich Ihr Mandant sicherlich keinen Anwalt mit Ihrem Honorar leisten kann, könnte man aus Ihrer Anwesenheit noch ganz andere Schlüsse ziehen. Zum Beispiel, dass Sie von jemand anderem beauftragt wurden, Frank Bergmann zu vertreten und dazu zu bringen, die Klappe zu halten. Was halten Sie von meiner Theorie, Herr Ritter?«

»Das ist Nonsens. Ich bin einzig und allein hier, um Herrn Bergmann zu seinem Recht zu verhelfen«, insistierte Ritter wenig glaubhaft.

»Die Ratte«, sagte Paula an Frank Bergmann gewandt.

»Das war nicht meine Idee«, presste er hervor.

»Sie sollen verdammt noch mal den Mund halten!«, schrie Ritter ihn wütend an.

»Na, na, na, wie sprechen Sie denn mit Ihrem Mandanten?«, sagte Keeser spitz. »Ich denke, er hat etwas auf dem Herzen, das er unbedingt loswerden will. Herr Bergmann, wenn Sie auf die Hilfe Ihres Anwalts verzichten wollen, dann sagen Sie das laut und deutlich. Dann muss er unverzüglich den Raum verlassen.«

»Er soll gehen«, sagte Frank Bergmann schüchtern, ohne Thomas Ritter anzusehen.

Der raffte vor Wut schnaubend die mickrige Akte zusammen. Er machte sich jedoch nicht die Mühe, sie in den edlen Aktenkoffer zu packen, sondern klemmte sie sich unter den Arm. »Das werden Sie noch bereuen«, zischte er Frank Bergmann zu, nahm den Koffer und stürmte aus dem Raum.

Keeser lächelte zufrieden. »Dann werde ich uns drei Hübschen erst einmal einen Kaffee besorgen, bevor wir weitermachen.«

Nachdem er seinen Wunsch dem Beamten vor der Tür mitgeteilt hatte, setzte er sich wieder an den Tisch. Frank Bergmann war intensiv mit seinen Fingernägeln beschäftigt, Paula und Keeser wechselten schweigend Blicke.

Als es an der Tür klopfte, sprang Keeser auf, nahm die dampfenden Kaffeetassen in Empfang und verteilte sie.

»So, und jetzt erzählen Sie alles der Reihe nach«, sagte er aufmunternd. »Fangen wir doch bei den Briefen an.«

Frank Bergmann führte mit zitternder Hand seine Tasse zum Mund und trank vorsichtig.

»Mein Immobiliengeschäft läuft nicht gut«, begann er zu sprechen und klammerte sich dabei an der Tasse fest. »Beschissen, um ehrlich zu sein. Deswegen rief ich vor ein paar Monaten meine Oma an, in der Hoffnung, sie würde mir finanziell etwas unter die Arme greifen. Bisher hatte sie mir nämlich immer geholfen. Sie hat mir ja auch das Geld gegeben, damit ich das Geschäft überhaupt aufmachen konnte, und wenn ich den Laden dichtmachen müsste, wäre dieses Geld verloren gewesen. Aber sie schaltete auf stur und sagte, dass ich nie wieder auch nur einen Pfennig von ihr bekäme. Dass ich es endlich schaffen müsste, auf eigenen Füßen zu stehen und Verantwortung zu übernehmen.«

Er nahm einen weiteren Schluck von dem Kaffee, bevor er fortfuhr: »Und dann stand eines Tages Holger Neu in meinem Geschäft.«

»Der Baulöwe?«, hakte Keeser nach.

Frank Bergmann bestätigte und starrte gedankenverloren in seine Tasse.

Neu?, fragte sich Paula. War da nicht was gewesen? Neu … sie dachte angestrengt nach. »NEU-BAU«!, fiel es ihr wieder ein. Ein Kaufangebot von der Firma »NEU-BAU«, das auf Elisabeth Lauers Sekretär gelegen hatte.

Ein unverschämt niedriges Kaufangebot, das war sogar Paula aufgefallen, auch wenn sie sich mit den Grundstückspreisen in Bad Bergzabern nicht auskannte.

»Er bot mir Geld an, einfach so. Sagte, er wolle mir helfen und mit mir in Zukunft Geschäfte machen. Sein Vorschlag klang auch sehr vernünftig: *Er* würde bei mir investieren, und *ich* würde für ihn im Gegenzug seine neu gebauten Häuser und Wohnungen verkaufen.«

Paula hätte ihre Honda darauf gewettet, dass dieses dreiste Kaufangebot, das sich jetzt mit all den anderen Unterlagen aus Elisabeth Lauers Sekretär in ihrem Büro befand, weit vor dem

Angebot gemacht worden war, das Holger Neu Frank Bergmann unterbreitet hatte.

»Lassen Sie mich raten: Der edle Geldspender wollte nichts anderes, als über Sie an das Haus Ihrer Großmutter zu kommen?«, platzte Paula heraus.

Keeser und Frank Bergmann sahen sie überrascht an.

»Ja, genau so war es! Aber das wusste ich ja anfangs nicht. Wenn ich es nämlich vorher gewusst hätte, wäre ich bestimmt nicht auf den Deal eingegangen«, beteuerte Frank Bergmann.

Paula war jedoch überzeugt davon, dass er ohne mit der Wimper zu zucken seine Großmutter an den Baulöwen verkauft hat.

»Doch dann war auf einmal keine Rede mehr von einer Zusammenarbeit, plötzlich wollte er sein Geld wieder, und zwar alles auf einmal. Natürlich wusste er genau, dass ich nicht in der Lage war, zweihunderttausend Euro zurückzubezahlen. Und da bot er mir das Geschäft an: Wenn ich es schaffte, meine Oma und ihre Nachbarin dazu zu bringen, ihm ihre Häuser zu verkaufen, dann würde er mir meine Schulden erlassen.« Er sah Paula verständnisheischend an. »Sie haben die Briefe gelesen – ich habe Oma Lissi angefleht, mir zu helfen. Mit ihr selbst sprechen konnte ich nicht, sie machte nicht einmal die Tür auf, wenn ich bei ihr klingelte. Und ans Telefon ging sie auch seit Wochen nicht mehr.«

»Ihre Großmutter hatte den Stecker ihres Telefons aus der Anschlussdose gezogen. Ich habe mir lange den Kopf darüber zerbrochen, warum sie das wohl getan hat. Könnte es sein, dass sie das Ihretwegen gemacht hat?«

Frank Bergmann sah sie schuldbewusst an.

»Wie oft am Tag haben Sie angerufen? Dreimal? Fünfmal? Oder gar zehnmal? Haben Sie Telefonterror bei ihr gemacht, bis sie endlich den Stecker gezogen hat, um ihre Ruhe vor Ihnen zu haben?«

Frank Bergmann sah betreten auf seine Hände.

»Sie hätte mir doch nur das Geld geben müssen«, sagte er halblaut. »Ich hätte Neu alles zurückzahlen können, und er hätte kein Druckmittel mehr gegen mich gehabt. Oma Lissi hätte dann ihre Ruhe vor mir gehabt, und ihr Haus hätte sie auch behalten können.«

Paula machte der anklagende Unterton in seiner Stimme wütend. »Gehe ich recht in der Annahme, dass Sie der Meinung sind, dass es allein die Schuld Ihrer Großmutter war, dass Sie zu anderen Mitteln greifen mussten?«, sagte sie patzig.

Frank Bergmann zuckte hilflos mit den Schultern. »Na ja, schon irgendwie.«

»Sie finden also, dass es nicht genug war, dass sie Ihnen Ihr Geschäft finanziert hat? Sie sind echt davon überzeugt, dass Ihre Großmutter ein Leben lang weiter hätte für Sie bezahlen müssen?«, sagte Paula scharf.

»Die Joghurtbecher und die Ratte«, ging Keeser dazwischen. »Darüber wollten wir noch sprechen.«

Paula war froh, dass er sie gebremst hatte, und nickte ihm dankbar zu. Noch ein paar derartige Aussagen mehr, und sie wäre Frank Bergmann ganz sicher an den Kragen gegangen.

»Oma hat ja schon länger keinen mehr von der Familie ins Haus gelassen. Schon vor einem Jahr, bei einem meiner letzten Besuche bei ihr, habe ich vorsorglich den Schlüssel für die Kellertür mitgenommen. Sie war da ja schon so alt und hätte jederzeit stürzen können. Ich ... ich wollte einfach auf Nummer sicher gehen, dass wir ins Haus kommen könnten, falls ihr was passieren sollte.«

Paula konnte sich nicht zurückhalten. »Diesen Quatsch sollen wir Ihnen abnehmen? Sind Sie nicht vielmehr mit dem Schlüssel regelmäßig in das Haus Ihrer Großmutter eingedrungen, um sich wie in einem Selbstbedienungsladen mit Geld zu versorgen?«

Keeser warf ihr einen mahnenden Blick zu.

Frank Bergmann rutschte unbehaglich auf seinem Stuhl herum.

»Na ja, ab und zu vielleicht, aber immer nur ein paar Scheine ...«

»Doch nicht etwa aus Bescheidenheit?«, höhnte Paula. »Wohl eher, damit sie es nicht merkt, oder?«

»Kollegin Stern, wollten Sie nicht mir die weitere Befragung überlassen?«, sagte Keeser und knuffte Paula unter dem Tisch an den Oberschenkel.

Frank Bergmann nickte jedoch. »Sie hat es aber dann doch irgendwann gemerkt. Plötzlich waren ihre Geldverstecke leer geräumt. Ich war sauer darüber und auch verzweifelt, denn zu diesem Zeitpunkt fing Holger an, mir richtig Druck zu machen. Aber Oma hat mich und meine Sorgen einfach ignoriert. Im Frühjahr hab ich dann den Wasserschlauch von der Waschmaschine gelockert. Ich dachte, wenn der Keller unter Wasser steht, kommt Onkel Bernhard auf die Idee, dass Oma nicht mehr allein zurechtkommt und ins Altersheim muss. Auf ihn hat sie immer am meisten von uns allen gehört.«

»In der Hoffnung, dass das Haus dann verkauft wird«, schlussfolgerte Keeser.

»Genau, dann hätte ich gleich einen Käufer auf dem Silbertablett präsentiert, und alles wäre gut geworden.«

»Ihr Onkel hat aber anscheinend nicht reagiert?«

»Nein, er sagte, das könnte jedem mal passieren. Daraufhin habe ich zwei Mäusepaare in der Zoohandlung besorgt und im Obergeschoss ausgesetzt. Und mir kam auch die Idee mit den Joghurts. Ich habe ein paar Becher aus Omas Kühlschrank genommen und ohne Deckel in ihrem Bücherregal versteckt. Onkel Bernhard habe ich dann von den vielen Fliegen und dem Gestank in Omas Haus erzählt. Ich wollte, dass er sie für senil hält und endlich etwas unternimmt.«

»Aber?«, fragte Keeser, als Frank Bergmann abrupt innehielt.

»Sie ließ ihn gar nicht ins Haus.«

»Und dann deponierten Sie die Ratte?«, drängelte Paula.

»Holger wurde immer ungeduldiger. Er wollte endlich Ergebnisse und schlug vor, einen von *seinen Jungs* im Haus einbrechen und alles verwüsten zu lassen, damit Oma Angst bekommt und merkt, dass es nicht gut ist, allein zu wohnen. Ich wollte das aber nicht, ich hatte Sorge, dass ihr dabei etwas passieren könnte. Dann brachte mir Holger die tote Ratte. Er sagte, wenn nicht der Verwesungsgeruch die Alte aus dem Haus treiben würde, dann würde das notfalls eine anonym informierte Sozialarbeiterin erledigen.«

»Aber auch daraufhin geschah nichts«, sagte Keeser.

»Nur dass auf einmal die Tür vom Keller in die Diele nicht mehr aufzumachen ging.«

»Wessen Idee war das mit dem Vergiften? Ihre oder die von Holger Neu?«, fragte Paula ruhig.

»Ich war es nicht!« Frank Bergmann schüttelte heftig den Kopf. »Ich habe schon viel Mist in meinem Leben gebaut, aber zu einem Mord bin ich ehrlich nicht fähig – schon gar nicht an meiner eigenen Großmutter. Der Holger hat eine derartige Maßnahme zwar nie erwähnt, aber dem würde ich das schon zutrauen, der ist da knallhart. Also, natürlich nicht ihm persönlich, aber er hat auf jeden Fall die nötigen Connections, um so was erledigen zu lassen.«

»Sie sind ja wirklich schnell, wenn es darum geht, jemanden zu beschuldigen«, sagte Paula und drückte ihren Rücken durch. Das lange Sitzen tat ihr gar nicht gut. Sie stand auf und machte das Gleiche, was der Anwalt gemacht hatte: Sie sah einschüchternd auf Frank Bergmann herab. »Das würde Ihnen natürlich perfekt in den Kram passen, wenn man Holger Neu aus dem Verkehr ziehen würde, nicht wahr?«

»Wenn er es war, dann gehört er doch hinter Gitter, oder?«, stellte Frank Bergmann die Gegenfrage.

»Wie lauten die Passwörter für Ihre Computer?«, wechselte Paula unvermittelt das Thema. Sie hoffte, Bergmann mit dieser Taktik überrumpeln zu können.

Frank Bergmann wurde schlagartig blass. »M… meine Computer?«, stotterte er und sah irritiert von Paula zu Keeser.

»Ja, Ihre Computer, Herr Bergmann. Wir haben Ihren Aufenthalt hier bei uns natürlich nicht ungenutzt verstreichen lassen und sowohl Ihr Büro in der Marktstraße als auch Ihre Wohnung einer genaueren Überprüfung unterzogen. Selbstverständlich ganz legal mit offizieller Genehmigung vom Gericht. Unsere Techniker haben nur ein kleines Problem: Sie kommen nicht an Ihre Daten heran.«

Paula setzte sich lässig mit einer Pobacke auf eine Tischkante und sah Bergmann auffordernd an. »Verraten Sie uns also netterweise die Passwörter? Je eher wir nämlich Ihre PCs überprüft haben, desto eher bekommen Sie sie auch wieder zurück.«

Frank Bergmann hatte sich schnell wieder gefangen. Mit vor der Brust verschränkten Armen sah er trotzig zu Paula hoch.

»Meine Computer gehen Sie gar nichts an. Ich dachte, ich bin wegen meines angeblichen Einbruchs in Ihrem reizenden Etablissement hier?«

Weder Paula noch Keeser gaben ihm eine Antwort darauf.

»Eben. Ich werde also einen Dreck tun, um Ihnen den Zugang zu meinen persönlichen Unterlagen zu erleichtern.«

Keeser schnaufte genervt, beugte sich nach vorn und stützte die Unterarme auf den Tisch.

»Herr Bergmann«, sagte er eindringlich, »noch ist nicht einwandfrei bewiesen, dass Sie nichts mit der Ermordung Ihrer Großmutter zu tun haben. Die Daten auf Ihren Rechnern könnten Sie möglicherweise entlasten. E-Mails von Holger Neu zum Beispiel, die belegen, dass er Sie massiv unter Druck gesetzt und erpresst hat.«

Frank Bergmann lachte lustlos auf. »Sie glauben doch nicht im Ernst, dass Typen wie Holger Neu so doof sind, derartige Spuren zu hinterlassen?« Auch er beugte sich vor und sah Keeser direkt in die Augen. »Bei ihm läuft alles mündlich ab – keine Mails, keine schriftlichen Verträge, keine Notizen. Aber wissen Sie was?« Er lehnte sich zufrieden grinsend wieder zurück. »Ich bleibe gern noch bei Ihnen. Ist zwar nicht sonderlich gemütlich, aber zumindest sicherer als da draußen. Betrachten wir es einfach als eine Art Schutzhaft, denn Holger Neu wartet hundertprozentig schon sehnsüchtig auf mich. Stinksauer, wie Sie sich denken können. Sollte er mich erwischen, kann ich von Glück reden, wenn er mich nicht umbringen, sondern mir nur ein paar Knochen brechen lässt.«

»Gute Idee«, sagte Paula und stellte sich neben Keeser. »Ich wollte Sie eh noch hierbehalten. Mal sehen, was Ihr Freund Neu zu dieser Sache zu sagen hat.«

Mit Genugtuung sah sie Frank Bergmann erblassen und seine zuletzt zur Schau gestellte Coolness dahinscheiden. Sie ging zur

Tür und öffnete sie, um dem Beamten davor Bescheid zu sagen, dass er Bergmann zurück in die Zelle bringen solle.

»Wir sehen uns«, versprach sie Frank Bergmann im Hinausgehen.

»He«, rief er ihr hinterher, »was wird mit meinem Auto? Das steht doch jetzt die ganze Zeit in der Zeppelinstraße herum. Ich will nicht, dass es abgeschleppt wird.«

Paula blieb an der Tür stehen, um auf Keeser zu warten.

»Na und? Sie können es doch jederzeit gegen eine Gebühr abholen, wo liegt also das Problem?«, sagte der gerade unbeeindruckt.

»Wehe, ich finde auch nur eine einzige Macke an der Karre, das wird teuer, sage ich euch!«

»Ach ja? Was ist es denn für einer?«

»Ein 1962er Chevrolet.«

»Der gelbe Impala gehört Ihnen?«, fragte Keeser überrascht.

»Genau der. Also, was wird damit?«

»Sie könnten mir den Schlüssel geben und eine Vollmacht unterschreiben, dann hole ich den Wagen höchstpersönlich aus Bergzabern und stelle ihn hier auf dem nicht öffentlichen Dienststellenparkplatz ab. Dort wäre er so sicher aufgehoben wie in Abrahams Schoß.«

Frank Bergmann überlegte kurz. »Okay. Den Schlüssel bekommen Sie von den anderen Bull... ähm, Ihren netten Kollegen. Wo soll ich unterschreiben?«

Keesers Augen blitzten aufgeregt, als er Paula nach einem Zettel aus ihrem Notizblock und einen Stift bat. Damit setzte er sich zu Frank Bergmann an den Tisch.

»Hiermit erlaube ich, Frank Bergmann, dass Kriminalhauptkommissar Bernd Keeser meinen Wagen, einen 1962er Chevrolet Impala, von Bad Bergzabern, Zeppelinstraße, auf direktem Weg nach Landau, Westring, fährt und ihn dort für mich auf dem Polizeigelände abstellt«, las Keeser die Worte laut vor, die er aufschrieb.

Frank Bergmann kritzelte seine Unterschrift darunter, und Keeser trat strahlend zu Paula auf den Gang.

»Ich darf Impala fahren!«, sagte er überglücklich, als er die Tür des Verhörraumes hinter sich geschlossen hatte.

Von einem Beamten ließ Keeser sich nach Vorlage der Vollmacht den Autoschlüssel aus dem Fach mit Frank Bergmanns persönlichen Dingen geben und betrachtete ihn verzückt, als wäre er der Heilige Gral.

»Ich werde Impala fahren«, sagte er noch einmal zutiefst glücklich und steckte beim Verlassen der Polizeidienststelle die Vollmacht und den Schlüssel in eine Innentasche seines Jacketts.

Er wurde aber gleich wieder dienstlich: »Frank Bergmann ist zwar eine miese kleine Ratte, aber Elisabeth Lauer hat er meines Erachtens nicht auf dem Gewissen. Oder bist du da anderer Meinung?«

Paula blieb mitten auf dem Weg zwischen dem Polizeigebäude und ihrem Dezernat stehen. »Umgebracht hat er sie vielleicht nicht, aber monatelang gequält und in Angst versetzt.«

»Trotzdem werden wir ihn früher oder später laufen lassen müssen.«

»Nicht wenn die Staatsanwaltschaft Anzeige gegen ihn erhebt. Eine Anklage wegen Nötigung ist da doch allemal drin. Ich kann mir nicht vorstellen, dass deine Marianne solch fiese Machenschaften ungestraft durchgehen lässt.«

Keeser hielt Paula die schwere Eingangstür auf. Er setzte gerade zu einer Antwort an, als er Heribert Sonne von drinnen rufen hörte: »Ah, da sind Sie beide ja!«

Der massige Oberrat stand am oberen Ende der Treppe, wo er offenbar auf sie gewartet hatte. »Auf ein Wort in meinem Büro, meine Herrschaften«, sagte er schlecht gelaunt und verschwand aus ihrem Gesichtsfeld.

»Was haben wir denn jetzt wieder angestellt?«, flüsterte Paula. Sie war sich ausnahmsweise keiner Schuld bewusst.

Keeser stieg schnaufend die Treppe vor ihr hinauf. »Lass dich einfach überraschen.«

Oberrat Sonne stand am geöffneten Fenster seines Büros und paffte den Rauch seiner Zigarre in den sonnigen Mittag hinaus. Er bot Paula und Keeser keinen Platz an.

»Ich hatte gerade einen unangenehmen Anruf vom K 2«, sagte er, ohne sich zu den beiden umzudrehen.

Paula fragte sich, was das Kommissariat für Gewalt gegen Frauen und Kinder und für Sexualdelikte von Sonne gewollt, und vor allem, was es mit ihnen zu tun hatte. Das war doch hoffentlich nicht auf Matthias Webers Mist gewachsen, der nach seinem Gott sei Dank sehr kurzen Ausflug zur Mordkommission seinen alten Job wieder übernommen hatte?

Endlich drehte sich Sonne zu ihnen um und legte seine großen fleischigen Hände auf die hohe Lehne seines Schreibtischsessels.

»Sie haben in deren laufende Ermittlungen eingegriffen und diese dadurch erheblich gestört«, sagte er undeutlich mit der Zigarre zwischen den Zähnen. »Der Leiter des K 2 wollte dafür eine Erklärung haben. Die ich ihm leider nicht geben konnte, da ich ja mal wieder nicht auf dem Laufenden bin, was Sie so treiben.« Er nahm den Rest der Havanna aus dem Mund und drückte sie im Aschenbecher aus. »Nun, ich höre«, sagte er und setzte sich.

»Welche laufenden Ermittlungen meinen Sie? Wir wissen von nichts«, sagte Keeser wahrheitsgetreu.

»Haben Sie nicht heute Morgen eine Hausdurchsuchung durchgeführt? Büro- sowie Privaträume?«

»Ja, schon«, sagte Keeser verunsichert. »Frank Bergmann, Sie selbst haben das veranlasst, Herr Oberrat.«

»Ich soll …?« Sonne verstummte. Nach kurzem Nachdenken wischte er diesen Einwand mit einer hektischen Geste weg. »Da wusste ich ja auch noch nicht, dass Frank Bergmann Gegenstand einer Überwachung seitens der Sitte ist. Jedenfalls wurde ich angewiesen, den Mann zu überstellen und alles, was unsere Leute bei ihm mitgenommen haben, sofort dem K 2 auszuhändigen und dem leitenden Ermittler Einblick in sämtliche Ergebnisse zu gewähren, die wir bisher über ihn zusammengetragen haben.«

Paula kam das gerade recht, dann mussten sie sich nicht weiter mit Frank Bergmann herumschlagen.

»Es sei denn, Bergmann ist der Mörder unseres Opfers, dann haben wir natürlich den Vortritt«, fügte Sonne hinzu. »Wie weit sind Sie diesbezüglich mit Ihren Ermittlungen gekommen? Haben wir etwas gegen ihn in der Hand?«

Paula verneinte. »Außer des widerrechtlichen Betretens eines polizeilich versiegelten Hauses und eventuell Nötigung haben wir nichts.«

»Gut, dann übergeben Sie Bergmann und das sichergestellte Material umgehend den Kollegen vom K 2.«

»Wie heißt der leitende Ermittler?«

»Matthias Weber, den Sie ja bestens kennen. Setzen Sie sich bitte gleich im Anschluss an dieses Gespräch mit ihm in Verbindung und klären Sie diese leidige Angelegenheit.« Mit beiden Händen wedelte er sie wie lästige Fliegen hinaus.

Wieder in ihrem Büro angelangt, bot Keeser an, Weber anzurufen. Er wollte Paula wohl einen weiteren Kontakt mit ihm ersparen.

»Nein, ich mach das selbst. Ich habe nämlich eine Überraschung für ihn.«

Keeser beobachtete sie daraufhin argwöhnisch beim Wählen.

Es klingelte mehrfach am anderen Ende. Paula wollte gerade auflegen, als sich Weber mit verschlafener Stimme meldete.

»Du kannst dir die Fahndung nach deinem verschwundenen Kleinkriminellen sparen«, sagte Paula ohne Begrüßung.

»Was? Was für eine Fahndung? Wer spricht da überhaupt?«

»Ich bin's, Paula.«

»Paula?«, fragte er ungläubig und klang dabei, als sei er nach der langen Dienstnacht, dem Frühstück bei Paula und den Chauffeurdiensten, die er für Keeser erledigt hatte, direkt aus dem Tiefschlaf gerissen worden.

»Deine ergebnislose Observierung letzte Nacht, der Typ mit den Pornos, deine Befürchtung, er könne sich abgesetzt haben … du hast davon gesprochen, eine Fahndung rauszugeben.«

Je mehr Paula sagte, desto gespannter wurde Keesers Gesichtsausdruck.

Matthias Weber räusperte sich mehrmals, bis seine Stimme weniger kratzig klang. »Is ja gut, ich weiß, wovon du redest. Mir ist nur nicht klar, *warum* du anrufst.«

»Heißt dein Kleinkrimineller zufällig Frank Bergmann?«

»Hm ... ja, aber woher weißt du das?« Auf einmal hörte sich Weber hellwach an. »Was ist mit ihm?«

»Ich habe ihn für dich verhaftet«, sagte Paula fröhlich.

»Du hast was?«

»Mein Einbrecher, den ich heute Morgen in Bergzabern verhaftet habe, ist dein Kleinkrimineller, den du verloren hast.«

Paula hörte es bei Weber im Hintergrund rascheln. Vielleicht setzte er sich gerade im Bett auf ... vielleicht zog er sich aber auch etwas an. Die Vorstellung, dass sie womöglich mit einem nackten Weber telefonierte, störte sie komischerweise kein bisschen, im Gegenteil, sie versuchte sogar – und das irritierte sie erheblich –, sich seinen durchtrainierten Polizistenkörper vorzustellen. Doch sie schob das vor ihrem geistigen Auge entstandene Bild schnell beiseite.

»Die Hausdurchsuchung, die Keeser heute Morgen geleitet hat, war übrigens bei Frank Bergmann, weswegen sich dein Chef bei meinem Chef beschwert hat. Da Bergmann erst mal nicht mehr zu unseren Mordverdächtigen zählt, kannst du ihn gern haben.«

Weber lachte ihr ins Ohr. »Du weißt wirklich, wie man richtig gute Geschenke macht. Packst du ihn mir auch noch hübsch ein?«

»Es stört dich nicht, dass wir in eure Ermittlungen geplatzt sind?«

»Ist ja nun mal passiert, wir werden das Beste draus machen.«

»Gut, wie gesagt, Bergmann sitzt bei uns in Gewahrsam, alles, was wir aus der Wohnung und dem Büro geholt haben, ist bereits in der Kriminaltechnik, auch die PCs, die dich ja sicherlich am meisten interessieren.« Kaum dass sie die letzten Worte ausgesprochen hatte, wurde ihr plötzlich klar, warum Frank Bergmanns Daten so ungewöhnlich aufwendig abgesichert waren und dass es dabei bestimmt nicht um harmlose Immobiliengeschäfte ging.

Paula konnte hören, dass Weber umherlief. Eine Tür wurde geöffnet, und etwas klapperte. Sie kannte dieses Klappern, so klang es, wenn sie ihren Klodeckel aufmachte und er an die geflieste Wand stieß.

Dieser unmögliche Kerl will doch nicht etwa pinkeln, während er mit mir telefoniert?, durchfuhr es sie schockiert.

»Ich habe zwar heute frei, aber ich werde mich gleich persönlich darum kümmern. Wie sieht es aus? Essen wir heute Abend zusammen, und du erzählst mir dabei alles, was ihr über Bergmann herausgefunden habt?«

»Mal sehen, ich überlege es mir«, sagte Paula gegen ihre Überzeugung.

»Habe ich richtig gehört? Keine direkte Absage?«

»Aber auch keine direkte Zusage.«

»Für mich fühlt sich das trotzdem schon fast an wie der Hauptgewinn!«

Paula beendete wortlos das Telefonat.

»Woher weißt du so genau, was Matthias Weber heute Nacht und heute Morgen gemacht hat?« Keeser saß mit verschränkten Armen auf der anderen Seite des Schreibtisches und sah Paula erwartungsvoll an.

»Er hat mich vom Frauenarzt abgeholt, schon vergessen?«, wich Paula der Wahrheit geschickt aus, ohne dabei lügen zu müssen.

Enttäuschung machte sich in Keesers Gesicht breit. »Ach so, ich dachte schon …«

»Überlass das Denken den Pferden, die haben nämlich größere Köpfe«, schlug Paula keck vor.

Keesers Handy klingelte.

»Hallo, Knoppi«, sagte er und drückte die Mithörtaste.

»Ich ruf aa weche denne Praline, die du mir heit Morsche gebroocht hoscht«, kam Knopps Stimme unnatürlich krächzend aus dem Minilautsprecher.

»Uff Hochdeitsch, Knoppi, mir sin nit allänich.«

»Oh, hallo, Frau Stern, ich wusste ja nicht … na egal. Folgendes: Bei den Pralinen handelt es sich um zwei verschiedene Sorten. Beide sehen zwar aus wie vom Profi gemacht, aber die eine ist definitiv mit minderwertigeren Zutaten hergestellt worden. Natürlich würdest *du* das nicht merken, lieber Bernd, für dich ist Schokolade gleich Schokolade. Aber ein Kenner schmeckt das sofort.« Knopps Lachen klang wie ein Quäken. »Ich will damit sagen, dass der Kakaogehalt der Schokolade bei den einen Pralinen geringer ist. Und in ebendiesen Pralinen befindet sich das Aconitin, das wir in Elisabeth Lauers Mageninhalt gefunden haben. In einer sehr hohen Dosis noch dazu. Eine einzige dieser Pralinen würde ein Pferd umhauen. Ich hoffe, das hilft euch weiter.«

»Und was ist mit den Fingerabdrücken?«

»Du weißt doch ganz genau, dass das Dreißigackers Baustelle ist.« Ein Klicken in der Leitung verriet, dass Knopp aufgelegt hatte.

»Dir auch einen schönen Tag«, sagte Keeser knurrig und schaltete das Telefon aus.

Kaum dass er es weggelegt hatte, klingelte es erneut. Mit einem knappen »Ja?« nahm er das Gespräch an.

»Keeser, sind Sie das?«, kam Werner Dreißigackers Stimme aus dem Lautsprecher.

»Natürlich bin ich das, haben Sie denn nicht meine Nummer gewählt?«

»Ähm ja, natürlich hab ich Ihre Nummer gewählt, Sie haben sich nur so anders angehört. Ich rufe wegen der Fingerabdrücke auf der Pralinentüte an. Gleich mal vorneweg: Von Frank Bergmann sind keine drauf. Aber dafür jede Menge andere, von drei verschiedenen Personen, um genau zu sein. Die Abdrücke von Elisabeth Lauer haben wir bereits ausgeschlossen, bleiben noch zwei, zu denen ihr die Besitzer suchen müsst. Viel Spaß dabei. Ach, beinahe hätte ich es vergessen: Hier liegt der Einzelverbindungsnachweis von Elisabeth Lauers Telefonanschluss für das letzte halbe Jahr, den ihr beantragt habt.« Auch Dreißigacker beendete das Gespräch grußlos.

Paula sprang auf. »Bin schon unterwegs.«

»Wie ich es mir dachte«, sagte sie, als sie zurückkam, und warf Keeser die Liste auf den Schreibtisch. »Ich hab mir von einem der Technikfuzzis gleich mal die Nummer raussuchen lassen, von der aus die häufigsten Anrufe getätigt wurden. Halt dich fest: Bevor Elisabeth Lauer ihren Stecker zog, hat ihr reizender Enkel sie täglich bis zu fünfzig Mal angerufen. Manchmal fing er schon morgens vor sieben Uhr damit an, und oft ging das bis in die Nacht hinein.«

»Das ist echt starker Tobak. Da kannst du nur hoffen, dass du niemals so einen aufdringlichen Verehrer bekommst.«

»Hm, ich würde aber nicht den Stecker ziehen«, sagte Paula nach kurzem Überlegen. »Ich würde ihn einfach über den Haufen schießen und irgendwo verschwinden lassen.«

***

Ein Duftgemisch aus frisch gebrühtem Kaffee, Schokolade und Kuchen umfing sie, als Paula und Keeser um kurz nach halb drei das »Café Rebmann« betraten. Paula überfiel sofort ein unbändiges Heißhungergefühl. Während Keeser sich angestrengt bemühte, den Inhalt der Pralinen-und-Kuchen-Theke zu ignorieren, schwelgte sie ihrerseits im Anblick der vielfältigen Köstlichkeiten. Am liebsten hätte sie sich von links nach rechts durchgefressen – oder von rechts nach links, die Reihenfolge wäre ihr vollkommen egal gewesen.

»Kann ich Ihnen helfen?«, fragte die schwarz gekleidete Verkäuferin.

»Das hoffe ich doch.« Paula richtete sich auf und streckte ihren Dienstausweis über die Theke. »Kripo Landau, wir würden gern mit dem Geschäftsführer sprechen.«

»Das ist im Moment nicht so günstig, er rollt gerade Pralinen. Ich gehe schnell nach hinten und sage ihm Bescheid.« Sie eilte davon und überließ Paula ihrem Studium der Auslage. Eine mehrschichtige Schokoladentorte winkte ihr förmlich zu.

»Ohne mindestens ein Stück Torte gehe ich hier nicht raus«, sagte sie entschieden.

Keeser verzog leidvoll das Gesicht.

»Komm schon, ein kleines Stückchen Kuchen darfst du doch sicherlich auch essen. Ich verrate dich auch nicht.«

Sofort gab er seinen eh recht wackeligen Widerstand auf und betrachtete ebenfalls die süßen Leckereien.

»Schau mal, hier ist auch was ohne Sahne und Creme – auf dem Schildchen steht sogar Gesundheitskuchen. Wäre das nicht was für dich?«, fragte Paula.

»Vergiss es. Wenn ich schon sündige, dann muss es sich geschmacklich lohnen. Ich glaube, ich nehme ein Stück von der Mandarinen-Käsesahne. Die ist doch eher leicht, was meinst du?«

»Na logo, das mit der Sahne in ihrem Namen ist sicherlich nur Irreführung«, sagte Paula ernst. »Und wenn, ist es bestimmt nur Magersahne, nicht die fette mit den vielen Kalorien.«

»Magersahne, so was gibt's?« Ein Blick in Paulas vor Übermut funkelnde Augen belehrte Keeser eines Besseren. »Haha, sehr witzig!«

Ein jugendlich wirkender blonder Mann in schwarzer Kochjacke, der sich im Gehen mit einem Handtuch die Hände abtrocknete, näherte sich ihnen auf ihrer Seite der Theke.

»Sie wollten mich sprechen?«

Er reichte beiden die Hand, die sich für Paula trotz Handtuch noch fettig anfühlte. Reflexartig wischte sie sich die Hand an ihrem Hosenboden ab, was der Chocolatier natürlich mitbekam.

»Entschuldigen Sie meine Fettfinger, aber das geht schwer wieder ab. Andererseits brauche ich so keine Handcreme, die in der Schokolade enthaltenen Öle sind wie Balsam für die Haut. Nun, was will denn die Kripo von mir?«

»Mein Name ist Bernd Keeser, und das ist meine Kollegin, Oberkommissarin Paula Stern«, stellte Keeser sie ordentlich vor und holte die Tüte mit den ramponierten Trüffeln aus seiner Jackentasche. »Kommen Ihnen die Dinger bekannt vor, Herr Rebmann?«

»Oh nein, ich heiße nicht Rebmann, mein Name ist Koppenhöfer, Markus Koppenhöfer. Darf ich?« Er streckte die Hand nach der Tüte aus.

Keeser überließ ihm die Pralinen.

Markus Koppenhöfer drehte und wendete das Päckchen und sagte dann mit mitleidsvollem Blick: »Ach herrje, wie sehen die denn aus? Das ist ja ein Jammer. Was ist damit passiert? Sie wollen sie doch hoffentlich nicht umtauschen?«

»Nein, keine Sorge. Die Tüte inklusive Inhalt ist Beweismaterial. Sie war nur in letzter Zeit in diverse Taschen gequetscht«, sagte Paula und sah Keeser dabei strafend an. »Aber das ist eher nebensächlich. Was wir wissen möchten, ist, ob diese Pralinen aus Ihrem Laden kommen.«

»Beweismaterial also? Das ist ja aufregend. Dann wollen wir mal sehen, ob das meine Pralinen sind, die vielleicht helfen, einen Verbrecher zu überführen. Na ja, der Anhänger ist auf jeden Fall schon mal von uns.« Er öffnete den Clip und beäugte die Pralinen genauer. »Sehen aus wie unsere Riesling Auslesetrüffel, aber das müsste ich mir schon genauer anschauen.«

»Nur zu«, sagte Keeser.

»Wollen wir uns nicht setzen?«, fragte Koppenhöfer und strebte einem kleinen Tisch am Fenster zu. »Kann ich Sie zu etwas einladen? Ein Tässchen Kaffee? Kuchen oder Torte?«

»Die Schokotorte«, sagte Paula spontan, »davon würde ich gern ein Stück nehmen. Und eins von dem Käsekuchen mit Aprikosen und ein kleines Mineralwasser noch dazu. Wir zahlen das aber selbst, Herr Koppenhöfer.«

Er zwinkerte ihr durch die randlose Brille verschwörerisch zu. »Ah, ich verstehe. Das könnte sonst als Bestechung ausgelegt werden.«

»So ist es«, sagte Keeser. »Für mich bitte die Mandarinen-Käsesahne und eine Tasse Kaffee.«

»Nur *ein* Stück für Sie, Herr Kommissar?«

Keeser ignorierte den Blick, mit dem Koppenhöfer seine Leibesmitte inspizierte. »Anders als meine werte Kollegin bin ich nicht schwanger und kann mich deshalb beherrschen.«

»Sie sind schwanger?« Koppenhöfer klang erfreut. »Da hab ich was für Sie! Warten Sie kurz.« Er sprang auf und verschwand um die Ecke zur Theke.

Paula hörte, wie er ihre Bestellung an die Bedienung weitergab. Gleich darauf kam er zurück und legte ihr mit den Worten »Extra für Sie entwickelt« eine Tafel Schokolade hin.

Paula war irritiert. Dann las sie das Etikett: »Maresol – Dr. Edelmanns Stillschokolade«.

»Das ist doch wohl ein Scherz, oder?«, war alles, was ihr dazu einfiel.

»Ein Novum auf dem Markt und alles andere als ein Scherz. Diese Schokolade ist mit allem angereichert, was werdende und stillende Mütter brauchen, nämlich Vitamine und Mineralstoffe. Und natürlich hat sie auch einige Nebenwirkungen: Sie schmeckt vorzüglich und ist gut für die Nerven.«

Die Bedienung stellte die Getränke und die Teller mit dem Kuchen auf dem Tisch ab – das einzelne Stück landete automatisch bei Paula.

»Gibt es so was auch für Männer?«, fragte Keeser scherzhaft und tauschte die Teller aus.

»Aber ja!« Koppenhöfer sprang erneut auf und holte eine weitere Schokolade.

Keeser hielt die Tafel mit ausgestrecktem Arm weit von sich. »›Dr. Edelmanns Überlebensschokolade‹«, las er. Weil er den kleiner geschriebenen Text nicht entziffern konnte, setzte er seine Lesebrille auf. »›Mit lebenswichtigen Vitaminen und Spurenelementen‹. Hast du gehört, Paula? Gesunde Schokolade, ha, das ist doch endlich mal eine vernünftige Erfindung! Vielleicht sollte ich nur noch diese Schokolade essen und dafür auf das angeblich so gesunde Grünzeug verzichten …«

Koppenhöfer sah Keeser fragend an.

»Mein Kollege macht gerade Diät, daher diese Euphorie«, erklärte Paula und schob sich mit der Kuchengabel ein etwas zu groß geratenes Stück von der Schokoladentorte in den Mund.

»Ein paar kleine Kalorien hat sie trotzdem«, sagte Koppenhöfer lächelnd. »Aber jetzt zu den bedauernswürdigen Pralinen. Darf ich sie aus der Tüte nehmen?«

Keeser nickte ihm auffordernd zu.

Noch einmal stand der Chocolatier auf. Er kam mit einem großen weißen Teller zurück, auf den er die Pralinen aus der Packung kippte.

»Die haben vor allem zu viel Wärme und Druck abbekommen. Dabei sind sie doch so empfindlich.« Er nahm jede einzelne der Schokokugeln in Augenschein. Beim Zurücklegen bildete er auf dem Teller zwei getrennte Häufchen.

»Also, das hier sind zweifelsfrei Rieslingtrüffel von mir«, sagte er und deutete auf die Pralinen zu seiner Linken. Er rief nach der Bedienung und bat sie, ein paar von den Trüffeln aus der Theke zu holen. Einen davon legte er neben die Pralinen auf dem Teller.

»Sehen Sie, die Schokolade hat genau den gleichen Farbton, auch die hellere Schokolade der Verzierung stimmt mit denen hier links überein.«

Er nahm die Kuchengabel von Paulas inzwischen leer gegessenem Teller und teilte damit je einen der ramponierten Rieslingtrüffel und den frischen Trüffel. Dann zeigte er Paula und Keeser die Füllung. »Hier können Sie sehen, dass auch die Ganache der Füllung bei beiden die gleiche ist – einzigartig zart und cremig. Und riechen Sie nur mal, wie die duften ...« Er hielt ihnen den zerteilten Originaltrüffel unter die Nasen. »Wir verarbeiten darin eine ganz besondere Riesling Auslese.«

Jetzt, da die Pralinen fein säuberlich getrennt dalagen, erkannte auch Paula den optischen Unterschied.

Koppenhöfer deutete mit der Gabel auf die andere Trüffelabteilung. »Die hier sind nicht von mir, aber sie sind gut gemacht. Beinahe professionell, würde ich sagen, aber nicht aus ähnlich hochwertigen Zutaten hergestellt, wie ich sie verwende. Das sind Nullachtfünfzehn-Zutaten aus dem Supermarkt. Die sind bestimmt nicht schlecht, aber nichts Besonderes. Meiner Meinung nach hat sich da jemand viel Mühe gegeben, die Dinger aussehen zu lassen wie die aus meiner Produktion. Und die waren zusammen in einer Tüte?«

Keeser nickte bestätigend, während er das letzte Stück seiner Torte, die er sich im Gegensatz zu Paula gut eingeteilt hatte, auf der Zunge zergehen ließ.

Koppenhöfer schob den Teller mit den Pralinen in die Mitte des Tisches. »Sie sagten vorhin, die Trüffel seien Beweismaterial. Geht es hier etwa um Produktpiraterie?«

Keeser trank den letzten Schluck aus seiner Tasse. »Nein, dafür ist eine andere Abteilung zuständig.«

Koppenhöfer deutete auf die Löcher in den Trüffeln. »Warum fehlt bei allen ein Stück?«

»Das war das Labor«, sagte Paula.

»Labor?« Koppenhöfer kniff die Augen zusammen. »Wurden die etwa auf Gift untersucht? Hat jemand meine Trüffel vergiftet?« Er sah ungläubig von einem zum anderen, ehe es ihm plötzlich dämmerte: »Bin ich ein Verdächtiger?«

»Nun, Sie haben soeben bestätigt, dass ein Teil der Trüffel von Ihnen gemacht wurde ...«

Koppenhöfer war in heller Aufregung, er ließ Paula nicht ausreden: »Es ist doch hoffentlich niemand zu Schaden gekommen?«

Paula fand, dass es an der Zeit war, den Chocolatier einzuweihen. »Doch, es wurde jemand getötet, vergiftet, um genau zu sein. Sagt Ihnen der Name Elisabeth Lauer etwas?«

»Aber ja, Frau Lauer ist eine unserer treuesten Kundinnen. Sie kommt mehrmals die Woche mit ihrer Freundin Helma Gensheimer zum Kaffeetrinken zu uns. Sie ist ein großer Fan meiner Riesling Auslesetrüffel, beinahe jede Woche kauft sie eine Tüte davon.« Er wurde blass. »Ist sie es, die vergiftet wurde?« Er wartete jedoch keine Antwort ab. »Hören Sie, ich vergifte doch nicht meine Kundschaft. Ich vergifte überhaupt niemanden. Was sollte ich denn für einen Grund haben, die arme alte Frau Lauer zu töten? Die hat mir doch nie etwas getan. Ich habe sie gekannt, das stimmt, aber nicht näher – wie man halt einen Stammkunden kennt. Über ein ›Guten Tag‹, ›Schönes Wetter heute‹ und ›Auf Wiedersehen‹ ging das nicht hinaus. Da will mir bestimmt jemand was anhängen.«

Keeser tätschelte ihm beruhigend die Schulter. »Herr Koppenhöfer, es ist alles gut. Keiner verdächtigt Sie. Aber wir müssen jeder Spur nachgehen. Und die Pralinen sind nun mal die Mordwaffe.«

Markus Koppenhöfer starrte ungläubig auf die Trüffel vor sich. Auf einmal kräuselte er die Stirn. »Das ist aber schon seltsam … zuletzt hat Frau Lauer nämlich meines Wissens von den Weihnachtstrüffeln mitgenommen. In den Herbst- und Wintermonaten kauft sie normalerweise nie etwas anderes.«

Die Bedienung, die gerade die leeren Kuchenteller abräumte, bestätigte das.

»Stimmt, davon hatte sie eine Tüte im Kühlschrank«, sagte Paula. »Bitte machen Sie mir die Rechnung fertig, alles zusammen. Die Schokolade auch.«

»Und jetzt?«, fragte Koppenhöfer. »Wie geht es nun weiter? Immerhin ist da jemand unterwegs, der meine Pralinen nachmacht und damit Leute vergiftet. Es wäre nicht gut fürs Geschäft, wenn das bekannt wird.«

»Wir stecken mitten in den Ermittlungen und hoffen, dass wir denjenigen baldmöglichst schnappen werden. Und wir versuchen selbstverständlich, Ihren Namen da rauszuhalten.« Keeser schob seinen Stuhl zurück und stand auf.

»Wenn ich Ihnen irgendwie helfen kann …«, sagte Koppenhöfer eifrig.

Paula hatte da auch schon eine Idee: »Könnten Sie vielleicht eine Liste machen, wer diese Sorte Trüffel in letzter Zeit gekauft hat?«

»Machen Sie Witze? Natürlich weiß ich von einigen Stammkunden, welche Pralinen sie am liebsten essen, aber hier kommen täglich jede Menge Fremde, Touristen zum Beispiel, rein und kaufen Pralinen. So ziemlich jeder dieser Kunden zahlt in bar – also gibt es da auch keine Kartenabrechnungen. Außerdem haben wir noch einen Internetshop, die Pralinen werden somit in ganz Deutschland verschickt, nach Frankreich, Österreich und Holland ebenfalls. Unsere Produkte werden zudem auch von anderen Händlern weiterverkauft.«

Auch wenn Koppenhöfer ihre Idee mit seinen Worten in Grund und Boden gestampft hatte, gab Paula die Hoffnung noch nicht auf. »Die Liste Ihrer Internetkunden wäre doch schon mal ein Anfang. Könnten Sie uns die schnellstmöglich zukommen lassen?«

»Ja klar, das mache ich natürlich gern. Brauchen Sie sonst noch was? Meine Fingerabdrücke oder so?«

Paula entnahm der Innentasche ihrer Jacke einen Beweismittelbeutel und schob die Überlebensschokolade für Männer vorsichtig mit den Fingerspitzen hinein. »Schon erledigt.«

***

»Wohin fährst du denn?«, fragte Paula, als Keeser den Wagen entgegen ihrer Erwartung die Karl-Popp-Straße hinunter- und nicht hinauflenkte, wie er es hätten tun müssen, um es erneut in der Amberger Straße bei Natalia Lauer zu versuchen.

»Ich finde, wir sollten zuerst noch einmal bei Dr. Bollinger vorbeischauen und ihn fragen, warum er es nicht für wichtig erachtet hat, uns über seine Verwandtschaft zu Elisabeth Lauer in Kenntnis zu setzen. Die Tatsache, dass er von seiner Tante als Alleinerbe im Testament benannt wurde, lässt ihn doch unversehens in einem völlig anderen Licht erscheinen, oder bist du da anderer Meinung?«

»Da bin ich ganz bei dir, lieber Bernd. Aber danach knöpfen wir uns Natalia Lauer vor.«

Keeser parkte den Dienstwagen auf genau derselben Stelle wie tags zuvor. Er öffnete den Sicherheitsgurt, blieb aber sitzen und sah Paula grantig an.

»Warum hast du meine Schokolade als Beweismittel eingetütet und nicht deine?«

»Weil du Diät machst und nicht ich.« Paula stieg aus dem Wagen, beugte sich aber noch einmal zu Keeser hinein. »Und weil Marianne das mit der angeblich gesunden Schokolade sowieso nicht schlucken würde. Du hättest sie also eh nicht essen dürfen, deshalb.«

Keeser setzte zu einer Antwort an, doch Paula schlug einfach ihre Tür zu. Sie ging voraus zur Eingangstür und wartete dort auf ihn. Schweigend betraten sie die Praxis.

Die Sprechstundenhilfe an der Anmeldung erkannte sie sofort und führte sie ohne langes Reden in ein freies Behandlungszimmer.

»Na, hier ist es doch um einiges gemütlicher als in dem winzigen EKG-Kämmerchen«, stellte Keeser zufrieden fest und setzte sich auf einen der beiden Besucherstühle, dessen frei schwingende verchromte Stahlrohrkonstruktion sich unter seinem Gewicht gefährlich nach hinten bog. Keeser schien das zu gefallen, denn er wippte absichtlich unter Einsatz ebendieses Körpergewichtes auf und ab.

Paula machte sich ernsthafte Sorgen um den armen Stuhl. Sie selbst zog es vor, erst einmal stehen zu bleiben.

Die Verbindungstür zum Nachbarzimmer öffnete sich, und Dr. Erwin Bollinger betrat den Raum.

»Ich dachte mir schon, dass wir uns bald wiedersehen«, sagte er verlegen lächelnd und ließ sich auf dem Stuhl auf der anderen Seite des Schreibtisches nieder, der das gleiche Design hatte wie der, auf dem Keeser saß, aber zwei bis drei Nummern größer ausfiel.

»Tja, und schon sind wir zur Stelle«, sagte Keeser und stellte das Wippen ein. »Sie sind also der Neffe von Elisabeth Lauer – warum haben Sie uns das nicht schon gestern verraten?«

Erwin Bollinger verzog das Gesicht. »Ich dachte, Sie wollten mit mir als ihrem Hausarzt sprechen.«

»Das wollten wir ja auch, Herr Doktor, aber wir hätten gern auch mit dem Neffen gesprochen, weil wir im Zuge der Ermittlungen mit allen Verwandten der Verstorbenen sprechen müssen«, sagte Keeser gelassen.

»Nun, hier bin ich: der einzige Neffe von Elisabeth Lauer, der einzige Sohn ihrer einzigen Schwester. Ich kann also guten Gewissens behaupten, dass ich ihr Lieblingsneffe war.«

Paula setzte sich nun doch. »Dann erzählen Sie uns bitte erst einmal von Ihrem Verhältnis zu Ihrer Tante. Zum Beispiel, warum sie Sie als ihren Arzt auserwählt hat und nicht ihren Sohn.«

Erwin Bollinger zögerte. »Das ist eine längere Geschichte und nicht in ein paar kurzen Worten erklärt.«

»Nur zu, wir haben Zeit«, sagte Paula und schlug ein Bein über das andere.

Erwin Bollinger lehnte sich zurück und faltete die Hände über seinem runden Bauch wie zum Gebet. Aus seinem Doppelkinn wurde ein Dreifachkinn.

»Meine Mutter war Elisabeths drei Jahre jüngere Schwester. Ich bin das, was man früher einen Bastard nannte: ein uneheliches Kind. Heutzutage kräht da ja kein Hahn mehr nach, aber damals war das eine Schande. Dabei konnte meine Mutter gar nichts dafür, mein Vater ist einfach zu früh gestorben, er kam bei einem Unfall ums Leben, bevor er meine schwangere Mutter heiraten konnte. Sie hatte es dementsprechend schwer. Sie wurde nicht nur von ihren streng katholischen Eltern verstoßen, sondern musste sich und mich ganz allein durchbringen, ohne jemals eine anständige Ausbildung gemacht zu haben. Tante Lissi, also Elisabeth Lauer, war damals die Einzige, die uns immer wieder half. Meine Mutter starb an Krebs, als ich fünfzehn war.«

Er hielt kurz inne und starrte in Gedanken versunken an die Wand hinter Paula und Keeser.

»Tante Lissi und Onkel Justus wollten mich sofort adoptieren. Sie dachten, das würde hervorragend passen, da ihr Bernhard nur wenige Monate älter war als ich. Doch der liebe Bernhard wollte das nicht, er wollte keinen Bruder. Er ist damals sogar wegen der Adoption weggelaufen und wurde erst nach mehreren Tagen gefunden. Ich kam daraufhin in ein Internat, das Onkel Justus und Tante Lissi bezahlt haben. Und als ich nach dem Abitur genau wie Bernhard Medizin studieren wollte, haben die beiden auch das finanziert. Sie haben mir auch unter die Arme gegriffen, als es darum ging, diese Praxis von meinem Vorgänger zu übernehmen. Tante Lissi war vom ersten Tag an meine Patientin – sie erklärte das damit, dass sie mit herzlosen Menschen wie ihrem Bernhard nicht mehr zu tun haben wollte, als nötig war. Noch Fragen?«

»Jede Menge«, sagte Keeser. »Zum Beispiel die, die wir Ihnen gestern schon gestellt haben und die Sie eher unbefriedigend beantwortet haben: Von wem fühlte sich Ihre Tante bedroht? Und dieses Mal wollen wir Namen hören.«

Erwin Bollinger holte tief Luft, bevor er sprach. »Von Frank, der sie, seit er sprechen konnte, um Geld angebettelt hat. Von Natalia, der sie unbeirrbar unterstellte, am Tod von Bernhards erster Frau schuld zu sein, und von der sie behauptete, sie wolle sich ihr Haus für die polnische Verwandtschaft unter den Nagel reißen. Und von Bernhard selbst, der sie ins Altersheim stecken wollte.«

»Wir wissen inzwischen, dass Ihre Tante in zwei Fällen recht hatte: Frank Bergmann hat sie tatsächlich massiv bedrängt, und Bernhard Lauer hatte schon das Anmeldeformular ausgefüllt. Aber haben *Sie* ihr geglaubt? Haben *Sie* etwas unternommen, um ihr zu helfen?«

»Ja, ich habe ihr geglaubt. Na ja, das mit Natalia und Bernhards Frau ehrlich gesagt nicht unbedingt. Ich habe versucht, mit Bernhard zu reden, aber der hat mir gar nicht zugehört, hat mich als Erbschleicher und Schmarotzer beschimpft und gar nicht erst ins Haus reingelassen. Und Frank? Der hat mich in seinem lächerlichen Maklerbüro einfach nur ausgelacht und mir mit einer ordentlichen Tracht Prügel gedroht, wenn ich mich nicht aus Sachen raushalte, die mich nichts angehen. Ich hatte Tante Lissi sogar angeboten, zu mir zu ziehen, was sie jedoch abgelehnt hat.«

Paula interessierte noch etwas anderes: »Kennen Sie das Testament Ihrer Tante?«

»Nein, ich wusste nicht einmal, dass sie eins gemacht hat. Wieso fragen Sie mich das?«

»Weil sie Sie darin quasi als Alleinerben eingesetzt hat.«

Erwin Bollinger sah Paula ungläubig an. »Das ist nicht Ihr Ernst.«

»Oh doch, und wenn derartig überraschende Testamente auftauchen, wirft das immer Fragen auf.«

»Was für Fragen?«

»Ich dachte, Sie lesen leidenschaftlich gern Krimis?«, sagte Keeser.

Erwin Bollinger bestätigte das mit einem verhaltenen Nicken.

»Als Krimifan müssten Sie doch schon einiges zu diesem Thema erfahren haben und wissen, was für Fragen jetzt auf Sie zukommen. Zum Beispiel: Haben Sie die alte Dame eventuell beeinflusst oder unter Druck gesetzt? Man nennt das dann Erbschleicherei.«

»Aber nein, warum sollte ich so etwas tun?« Erwin Bollinger setzte sich kerzengerade hin und sah Keeser scharf an.

»Sagt das das Wort ›Erbschleicherei‹ nicht schon aus?«

»Ich verstehe sehr gut, was das Wort zu bedeuten hat«, sagte Erwin Bollinger mit eisiger Stimme. »Was ich sagen wollte, war, dass ich es finanziell nicht nötig habe, mir irgendetwas *erschleichen* zu müssen.«

»Das mag sein, aber vielleicht wollten Sie es Bernhard auf diese Art und Weise heimzahlen, dass Sie seinetwegen in einem Internat und nicht wie er in einer Familie aufwachsen durften?«, sagte Paula.

Erwin Bollinger lächelte milde. »Wissen Sie, was Bernhard Lauer für mich ist? Einer der unwichtigsten Menschen auf diesem Planeten. Ihre nächste Frage kann ich mir schon denken: Habe ich meine Tante getötet, weil ich eventuell doch von dem Testament wusste und es gar nicht mehr erwarten konnte, an ihr Geld zu kommen?«

»So oder so ähnlich hätte sie wohl gelautet«, bestätigte Paula.

»Dann hören Sie gut zu: Ich brauche dieses Erbe nicht, und ich will es auch gar nicht. Ich werde es ablehnen. Ich war meiner Tante von Herzen dankbar für alles, was sie für mich getan hat, ja, ich habe sie geliebt – und ich liebe sie auch jetzt noch wie eine zweite Mutter. Es gab für mich keinen einzigen Grund, warum ich sie hätte umbringen sollen. Und jetzt würde ich mich, wenn Sie nichts dagegen haben, gern wieder um meine Patienten kümmern.« Er ließ sich von der Sitzfläche des Stuhls gleiten und strebte der Verbindungstür zu. »Sie finden ja sicherlich selbst hinaus«, sagte er mit der Hand auf der Klinke und verließ den Raum, ohne eine Antwort abzuwarten.

Paula und Keeser sahen sich an.

»Ich denke nach wie vor nicht, dass er es war«, sagte Keeser.

Paula stand auf, um sich einen Wegwerfhandschuh aus einer offenen Schachtel auf einem Beistelltisch neben der Liege zu nehmen, und zog ihn über ihre linke Hand. Mit den behandschuhten Spitzen von Mittelfinger und Daumen hob sie Dr. Bollingers gebrauchte Kaffeetasse vom Schreibtisch hoch.

»Sicher ist sicher«, sagte sie und leerte den kalten Rest in das kleine Waschbecken neben der Verbindungstür. »Mal sehen, was uns die Fingerabdrücke darauf verraten werden.« Sie steckte die Tasse in die Beweismitteltüte, die Keeser für sie aufhielt.

***

Diesmal wurde ihnen sofort geöffnet, als sie bei Bernhard und Nathalia Lauer in der Amberger Straße klingelten. Und zwar von einer stark geschminkten Frau um die vierzig, eventuell auch ein paar Jahre jünger, was aber aufgrund der vielen Farbe auf ihren Wangen, Augenlidern und den aufgespritzt wirkenden Lippen nicht genau erkennbar war.

Der schlanke Körper der Frau steckte in einem figurbetonenden taubenblauen Strickkleid, das farblich zu ihrem Lidschatten passte und zweifelsohne ein Stück aus einer sündhaft teuren Boutique war. Auch das Blau ihrer langen, gestylten Fingernägel harmonierte mit dem Kleid.

Trotzdem sah die Frau in Paulas Augen keinesfalls elegant aus, eher billig, was vielleicht an ihren üppigen Brüsten lag, denen sie auf den ersten Blick ansah, dass sie ebenso wenig natürlich waren wie die Fingernägel und das Blond ihrer langen Haare, welche in weichen Wellen über ihre Schultern fielen.

Keeser schien der Anblick der Frau dennoch zu entzücken. Nicht zum ersten Mal fragte sich Paula, warum es Männern nicht möglich war, falsche Brüste von echten zu unterscheiden.

»Was Sie wollen?«, fragte die unechte Blondine mit typisch polnischem Akzent ungeduldig, als stünden zwei lästige Missionare der Zeugen Jehovas vor ihr.

»Natalia Lauer?«, schlussfolgerte Paula aus diesem Akzent.

»Ja, wer will wissen?«

»Kripo Landau, Mordkommission. Wir müssen mit Ihnen sprechen«, sagte Paula knapp.

»Ah so, ist wegen mein Schwiegermutter. Ich aber haben nicht viel Zeit.«

»Nur ein paar klitzekleine Fragen, Frau Lauer, dann sind wir auch gleich wieder weg«, sagte Keeser betont schmeichlerisch.

Was ihm ein kühles, aber nicht mehr ganz so abweisendes Lächeln auf Natalia Lauers Schmollmund einbrachte. Ihr Blick war jedoch unverändert eisig geblieben.

»Also gut, dann kommen rein.« Sie trat von der Tür weg, drehte sich um und stöckelte hüftschwingend auf gefährlich hohen Absätzen vor ihnen her durch die Diele.

Paula zwängte sich vor Keeser ins Haus, um ihm den lustvollen Blick auf Natalia Lauers wohlgeformten Po zu ruinieren.

Wie eine Pflegekraft für Alte und Kranke sieht diese Frau nicht aus, stellte Paula für sich fest. Auch nicht wie jemand, der der alten Elisabeth Lauer im Haushalt helfen sollte. Aber sie konnte sich nur zu gut vorstellen, dass der Mann einer von ihrer Krankheit schwer gezeichneten Frau bei einer derartigen Krankenpflegerin unweigerlich auf dumme Gedanken kommen musste.

Paula und Keeser betraten nach Natalia Lauer das Wohnzimmer, wo Bernhard Lauer vor einer breiten Fensterfront stand und nach draußen sah. Paula war beeindruckt von der phantastischen Aussicht auf endlose Weinberge, die sich bis nach Frankreich zu erstrecken schienen. Bei ihrem Eintreten drehte er sich zu ihnen um.

»Haben Sie denn keine Sprechstunde?«, fragte Paula überrascht. Es passte ihr gar nicht, dass sie nicht allein mit Natalia sprechen konnten.

»Die Praxis bleibt vorerst geschlossen. Meine geliebte Mutter ist gestorben, dafür haben meine Patienten sicher Verständnis.« Er setzte sich auf einen der beiden hochmodernen, nach teurem Designer aussehenden Sessel und gab Paula und Keeser mit einer Handbewegung zu verstehen, ihm gegenüber auf der zu den Sesseln passenden Couch Platz zu nehmen.

Ihre *geliebte* Mutter *wurde* gestorben, hätte Paula ihn am liebsten korrigiert, verkniff es sich aber vorsichtshalber.

»Nun, wie kann ich Ihnen heute helfen«, sagte Bernhard Lauer und rieb sich mit dem Ballen der rechten Hand das rechte Auge, das nach dieser Behandlung noch geröteter war als zuvor.

Er sah erschöpft und müde aus, fand Paula. Vielleicht war ihm der Tod seiner Mutter doch nicht so egal, wie sie bei ihrem ersten Gespräch gedacht hatte.

»Eigentlich sind wir hier, um Ihrer Frau ein paar Fragen zu stellen«, sagte Keeser merklich nervös. Er vermied es, Natalia Lauer anzusehen, denn die hatte sich dekorativ neben ihrem Mann auf der Sessellehne niedergelassen, ihr sowieso schon recht hoch sitzender Rocksaum war dabei noch ein Stück weiter nach oben gerutscht und gab so noch mehr Blick auf zwei unglaublich lange, schön geformte Beine frei.

Pah, dachte Paula nicht ganz neidlos, mit solchen High Heels sehen ja wohl die meisten Frauenbeine so unverschämt lang aus.

»Meiner Frau? Was soll das denn bringen? Natalia hatte so gut wie keinen Kontakt zu meiner Mutter«, sagte Bernhard Lauer abwehrend. »Was ich Ihnen meines Wissens schon gestern gesagt habe. Berichten Sie mir lieber, wie weit Sie mit Ihren Ermittlungen gekommen sind.«

»Ob ein Gespräch mit Ihrer Frau etwas bringt oder nicht, diese Entscheidung sollten Sie uns überlassen, Herr Lauer. Wir werden also mit ihr reden, und zwar allein. Wenn es sein muss, können wir sie dafür auch gern zu uns in die Dienststelle einbestellen«, sagte Keeser bemerkenswert gelassen.

Bernhard Lauer winkte unwirsch ab. »Is ja gut, is ja gut. Sie können selbstverständlich mit ihr allein sprechen. Ich werde nach oben gehen, sobald Sie mich ins Bild gesetzt haben, was Sie inzwischen herausgefunden haben.«

»Wir haben zum Beispiel heute Nacht Ihren Neffen im Haus Ihrer Mutter verhaftet«, sagte Paula.

Bernhard Lauer schnaubte laut. »Frank, diese kleine Kanalratte? Warum wundert mich das gar nicht? Bestimmt hat sich dieser miese Schmarotzer im Haus umgesehen, ob es da etwas gibt, das er zu Geld machen kann.«

»Dass er das Haus Ihrer Mutter haben wollte, wissen Sie ja schon. Unsere Ermittlungen haben inzwischen ergeben, dass er sie zuletzt sogar massiv unter Druck gesetzt und bedroht hat. Wussten Sie etwas davon?«

»Frank wollte haben die Haus? Diese Schuft!«, fauchte Natalia auf ihrer Sessellehne.

Bernhard Lauer legte ihr besänftigend eine Hand auf den Oberschenkel und musterte Paula nachdenklich. »Bedroht, sagen Sie? Nein, davon wusste ich nichts. Wenn ich es nämlich gewusst hätte, dann hätte ich mir das zwielichtige Bürschchen schon vorgeknöpft. Was hat er mit ihr angestellt?«

»Er war es zum Beispiel, der den Keller unter Wasser gesetzt hat, das hat er bereits gestanden. Und auch für den Gestank, den Sie mitbekommen haben, als Sie bei Ihrer Mutter waren, um sie die Anmeldung für das Altersheim unterschreiben zu lassen, war er verantwortlich. Er hatte neben ein paar vermehrungsfreudigen Mäusen auch eine tote Ratte im Obergeschoss platziert.«

»Deswegen war er so erpicht darauf, dass ich zu ihr gehe!« In Bernhard Lauers Gesicht zeichnete sich Erkenntnis ab. »Dieser Mistkerl wollte, dass ich sehe, in welch verheerenden Umständen meine Mutter lebt, und mich so dazu bringen, sie in ein Heim einweisen zu lassen.«

Paula sah ihn kritisch an. »Sie hatten die Anmeldung aber doch schon ausgefüllt, bevor Sie wussten, was in ihrem Haus los war. Haben Sie dafür eine Erklärung?«

»Meine Mutter war fast neunzig Jahre alt«, sagte er nach kurzer Überlegung. »Das ist sehr alt, das müssen Sie zugeben. Zudem lehnte sie jegliche Hilfe, die man ihr anbot, kategorisch ab. Auch wenn sie noch ausgesprochen fit war, hätte sich das jederzeit ändern können – über kurz oder lang hätte sie diesen Schritt gehen müssen, ob sie das nun gewollt hätte oder nicht. Einen Platz in einem Altersheim bekommt man nicht auf die Schnelle, da gibt es lange Wartelisten. Stimmt, ich habe vorsorglich ein Anmeldeformular für sie besorgt. Ich habe es nur gut mit ihr gemeint, das müssen Sie mir glauben.«

»Das hatten Sie ja schon gesagt«, sagte Keeser. »Was Sie uns allerdings noch nicht erzählt haben, ist, wie Ihre Mutter darauf reagiert hat.«

Bernhard Lauers Lachen klang bitter. »Sie hat mich einen miesen Verräter genannt und mir die Tür vor der Nase zugeschlagen. Ich bin also mit meiner schon fix und fertig ausgefüllten Anmeldung für das ›Pro Seniore‹ unverrichteter Dinge wieder abgezogen. Seitdem habe ich nicht mehr mit ihr gesprochen, weil sie jeglichen Kontakt mit mir verweigerte.« Zornig starrte er auf die Rauchglasplatte des Couchtisches.

»Wie war das Verhältnis Ihrer Mutter zu Ihrem Cousin, Dr. Erwin Bollinger?«

Paulas Frage brachte Bernhard Lauer wieder in das Hier und Jetzt zurück.

»Erwin? Wie kommen Sie ausgerechnet auf ihn?«

»Ihre Mutter hat *ihn* zu ihrem Hausarzt erkoren und nicht Sie. Hat Sie das nicht geärgert?«

»Pff, was heißt da geärgert? Dieser kleine Emporkömmling hat sich, seit er ein kleiner Junge war, bei ihr eingeschleimt. Als ob meine Eltern nicht schon genug für ihn getan hätten, wollte er dann auch noch bei uns wohnen und sich so in unsere Familie drängen.«

Paula konnte nur zu gut erkennen, dass auch in dem erwachsenen Bernhard Lauer noch tiefe Abscheu gegen seinen vermeintlichen Rivalen wucherte.

»Er war ein kleiner Junge, der völlig allein in der Welt stand und sich nach einem Zuhause sehnte«, sagte sie eindringlich.

»Er wollte meine Mutter für sich, wollte mich ausbooten«, sagte Bernhard Lauer hasserfüllt. »Aber da habe ich nicht mitgespielt, und er wurde in ein Internat gesteckt. Nach dem Abitur hat er ausgerechnet das Gleiche studieren müssen wie ich, und wer hat es finanziert? Meine Eltern!«

»Wurden Sie denn nicht unterstützt?«

Bernhard Lauer verstand nicht, worauf Paula hinauswollte. »Selbstverständlich wurde ich von ihnen unterstützt, aber das ist doch gar nicht relevant. Relevant ist, dass Erwin nach dem Studium nicht den Anstand besaß, von hier wegzugehen. Nein, er musste unbedingt hier in Bergzabern seine Praxis aufmachen – die natürlich auch meine Eltern finanziert haben, er selbst war ja ein kleiner Habenichts. Sogar im Berufsleben war er in ständiger Konkurrenz zu mir. Was für ein guter Schleimer er ist, sehen Sie ja daran, dass meine Mutter sich von mir abgewandt hat, aber regelmäßig zu ihm in die Praxis marschierte.«

Paula lag so einiges auf der Zunge, zum Beispiel, dass seine Eifersucht gegenüber dem Kind Erwin absurd war, weil in einem Menschen- und insbesondere in einem Mutterherz genug Liebe für mehrere Kinder vorhanden ist. Oder auch das abgedroschene Sprichwort, dass es ebenso aus dem Wald herausschallt, wie man hineinruft. Sie sagte jedoch gar nichts. Sie konnte sich aber gut vorstellen, wie er auf die nächste Offenbarung reagieren würde.

»Wir haben zwischenzeitlich das Testament Ihrer Mutter gefunden.«

»Sie hat tatsächlich ein Testament gemacht? Nun, wen hat Sie alles enterbt?« Er sah Paula spöttisch an. »Lassen Sie mich raten: Natalia natürlich und wahrscheinlich Frank, diese kleine Laus in ihrem Pelz. Ich traue ihr zu, dass sie alles dem Tierschutzverein vermacht hat.«

»Sie sind nah dran. Aber nicht der Tierschutz bekommt einen Großteil, sondern Ihr Cousin, Dr. Erwin Bollinger«, sagte sie kühl. »Sie und Ihre Schwester gehen darin leer aus.«

Bernhard Lauer lief purpurrot an und ballte seine Hände zu Fäusten. »Dann hat er es also geschafft!«, stieß er zornig hervor. »Dieser skrupellose Schleimer hat es geschafft, meine Mutter derart zu beeinflussen, dass sie unsere Familie fallen lassen hat!«

»Und was ist mit die Haus?«, fragte Natalia, die das Ausmaß des in dem Testament festgehaltenen Letzten Willens ihrer Schwiegermutter nicht verstanden hatte.

»Du hast es doch gerade gehört: Das und noch so einiges andere bekommt Erwin«, pflaumte Bernhard Lauer seine Frau an.

»Aber du bist doch die Sohn!« Sie sah ihn verständnislos an.

»Lern doch endlich mal richtig Deutsch, dann verstehst du auch alles!«, maulte Bernhard Lauer, sprang aus seinem Sessel, nickte Paula und Keeser zu und verließ wutschnaubend das Wohnzimmer.

Natalia Lauer blieb weiterhin dekorativ, wenn auch mit beleidigt nach unten gezogenen Mundwinkeln auf der Sessellehne sitzen. Hilfesuchend sah sie Keeser an. »Elisabeth doch jetzt tot, warum nicht wir bekommen Haus?«

»Was hatten Sie denn mit dem Haus vor?«, fragte Paula, die Verwirrung der Frau nutzend.

»Für mein Papa und mein Mama«, sagte Natalia Lauer trotzig. »Elisabeth zu alt für leben allein in große Haus, mein Eltern noch jinger, sie sich schon freuen auf die schöne Haus. Was ich ihnen soll sagen jetzt?«

»Haben Sie bei Elisabeth Lauers Tod nachgeholfen?«

Ah! Paula freute sich, dass die Wirkung der dicken Titten und endlosen Beine auf Keeser endlich nachgelassen hatte.

»Was bedeuten *nachgeholfen*? Ich nicht verstehen.«

Paula musste Bernhard Lauer recht geben. Natalia sollte in der Tat an ihren Deutschkenntnissen arbeiten. Vielleicht stellte sie sich aber auch absichtlich dumm.

»Haben *Sie* Elisabeth Lauer vergiftet«, übersetzte sie Keesers Worte in ein unmissverständliches Deutsch. »Haben Sie gedacht, dass Ihre Eltern in das Haus einziehen können, wenn Ihre Schwiegermutter nicht mehr lebt?«

Natalia zeigte darauf keine sichtbare Regung. »Ich Elisabeth töten? Sie verrickt! War Mama von mein Mann, ich doch nicht töten«, sagte sie vollkommen ruhig.

Entweder war sie so abgebrüht und noch dazu eine begnadete Schauspielerin, oder sie war wirklich unschuldig – Paula konnte es beim besten Willen nicht erkennen.

»Sie hatten ein Motiv und als Krankenpflegerin die Möglichkeit, an Gift heranzukommen«, insistierte sie.

»Gift?«, stieß Natalia hervor. »Ich nur arbeite mit Medikamente, nix mit Gift. Können gern untersuchen meine Schrank fier Medizin.«

»Genau das werden wir auch tun«, sagte Keeser und hatte schon das Handy in der Hand.

»Und Sie bestehen nicht auf einen gerichtlichen Hausdurchsuchungsbeschluss?«, fragte er vorsichtig nach. »Ein Schreiben vom Gericht, dass wir Ihr Haus durchsuchen dürfen?«, wiederholte er seine Frage mit einfacheren Vokabeln, als er Natalia Lauers verständnisloses Gesicht sah.

Sie schüttelte verneinend die blonde Mähne. »Nix Gericht.«

Mit wenigen Worten forderte Keeser die Kriminaltechnik an und ließ das Telefon wieder in seiner Jackentasche verschwinden.

Paula war klar, dass sie bis zum Eintreffen der Kollegen vor Ort bleiben mussten, um Natalia keine Möglichkeit zu geben, eventuelle Spuren zu beseitigen. Sie hatten also jede Menge Zeit.

»Wie verstanden Sie sich mit Ihrer Schwiegermutter?«

»Nicht verstehen«, sagte Natalia.

Paula überlegte, wie sie ihre Frage verständlicher ausdrücken konnte.

»Sie und Ihre Schwiegermutter – haben Sie sich gemocht?«

Natalia klimperte genervt mit den dick getuschten Wimpern. »Ich doch schon sagen: ieberhaupt nicht verstehen.«

Keeser kapierte zuerst, was sie ihnen mitzuteilen versuchte: »Sie haben sich also nicht mit ihr verstanden?«

Natalia nickte ihm dankbar zu. »Elisabeth mich nicht mögen, von erste Tag an nicht mögen. Sie nicht wollte, dass ich und ihre geliebte Bernhard heiraten. Hat schlimme Sachen gesagt ieber mich.«

»Dass Sie Monika Lauer getötet haben, zum Beispiel?«, fragte Paula, um ihre Reaktion zu sehen.

»Das auch und noch viel andere hässliche Dinge«, sagte Natalia ohne jegliche verdächtige Regung.

»Hat Sie das nicht gestört? Haben Sie nichts dagegen unternommen?«, fragte Paula verwundert.

»Gestört? Ja, hat mich gestört, natierlich. Aber niemand hat alte Elisabeth geglaubt. Bernhard auch nicht, er immer hat zu mir gehalten.«

»Es gab damals also keine genauere Untersuchung zu Monikas Tod?«

»Nix Untersuchung. Monika lange sehr krank, Krebs, nix mehr konnte helfen. Ist sich normal, dass sie sterben irgendwann.«

Keeser war an einem ihrer Sätze hängen geblieben: »Sie sagten gerade, dass Elisabeth Lauer nicht wollte, dass Sie ihren *geliebten* Bernhard heiraten – hat sie ihn denn damals noch geliebt? In letzter Zeit war da ja wohl keine Rede mehr von Liebe zu ihrem Sohn.«

»Jaja, Elisabeth frieher hat ihre Bernhard sehr geliebt, sie war so stolz auf ihre Doktorsohn.«

»Und was war mit Erwin Bollinger?«

»Oh, den sie hat auch geliebt, wie eigene Sohn, was hat Bernhard immer gemacht ganz verrickt.«

»Und ab welchem Zeitpunkt hat Frau Lauer ihren Sohn Bernhard nicht mehr geliebt?«

Paula wusste die Antwort schon, bevor Natalia den Mund aufmachte.

»Als ich gekommen, für Monika zu pflegen. Ich schon gesagt: Elisabeth mich nicht gemocht hat von Anfang – warum, ich nicht weiß.«

Paula konnte von ihrem Platz aus in ein Kaminzimmer schauen, das zwei Stufen tiefer lag als das Wohnzimmer. Auf dem Kaminsims sah sie ein gerahmtes Foto stehen, das aussah wie ein Hochzeitsfoto, was aber auf die Entfernung nicht genau zu erkennen war. Sie stand auf und ging, verfolgt von Natalias kritischen Blicken, hinunter und deutete auf das Foto. »Darf ich?«

Natalia nickte.

Es war ein Hochzeitsfoto: Bernhard Lauer im feinen Anzug, mit Seideneinstecktuch passend zur cremefarbenen Krawatte und einer altrosa Rose am Revers. Daneben eine schlanke Braut im langen, farblich ebenfalls zur Krawatte passenden, schlichten Hochzeitskleid, mit einem Strauß aus altrosa und cremefarbenen Rosen.

Paula hatte Natalia auf diesem Bild erwartet, aber die dunkelhaarige Frau hatte wenig Ähnlichkeit mit ihr. Die Frau auf der Fotografie konnte sie nicht als wirklich hübsch bezeichnen, eher als unscheinbar. Das musste demnach Monika sein, Bernhard Lauers erste Frau, schlussfolgerte sie. Ein bisschen seltsam fand sie das aber schon. Sie selbst würde niemals dulden, dass ihr Mann das Hochzeitsbild mit der Vorgängerin aufstellen würde.

Paula betrachtete die Braut genauer, etwas an der Augenpartie kam ihr seltsam bekannt vor …

»Das ist Foto von Hochzeit von mir und meine Mann!«, rief Natalia von ihrer Sessellehne aus.

Ach herrje, dachte Paula, mit der unscheinbaren Frau auf dem Bild hatte Natalia optisch inzwischen nicht mehr viel gemeinsam. Von der Raupe zum Schmetterling, dachte sie. Obwohl diese Art von aufgetakeltem Schmetterling überhaupt nicht ihr Geschmack war.

»War armes einfaches Mädchen von Land«, sagte Natalia wie zur Entschuldigung. Warum plötzlich reich gewordene Mädchen unbedingt hellblond und silikonbusig sein mussten, sagte sie nicht.

Paula stellte das Bild zurück auf seinen Platz.

Es klingelte an der Haustür, woraufhin Natalia hinaus in die Diele stöckelte.

Paula ging wieder nach oben zu Keeser.

»Fällt das eigentlich unter die Kategorie Hausfrauenunfall, wenn sie sich jetzt den Fuß brechen würde«, flüsterte sie ihm zynisch zu.

Bevor er ihr antworten konnte, kam Natalia zurück. Im Schlepptau hatte sie drei Leute von der Spurensicherung, vorneweg Werner Dreißigacker, dessen Augen genussvoll am Hinterteil der Hausherrin hafteten. Sichtbar ungern riss er sich von dem für Männeraugen offenbar überaus verlockenden Anblick los und schenkte seine Aufmerksamkeit Paula und Keeser, während Natalia Lauer die ihre gelangweilt der Natur jenseits der Terrassentür widmete.

»Worum geht's?«

Keeser ging mit ihm hinaus in die Diele und gab ihm die nötigen Instruktionen. »Und vergesst die Fingerabdrücke der Eheleute nicht«, hörte Paula ihn sagen, als sie zu ihnen aufschloss.

Schritte näherten sich von der Kellertreppe her. Eine Frau kam die Stufen hoch und sah sich fragend um. Ihr braunes Haar war raspelkurz geschnitten, so kurz, dass die Kopfhaut durchschimmerte. Sie war sehr hager, und ihrer Haut war anzusehen, dass sie schon lange kein Sonnenlicht mehr abbekommen hatte. Dadurch wirkte sie müde und erschöpft, ihre tief liegenden, mit schwarzem Kajal umrandeten Augen unterstrichen diesen Anschein. Sie war der kranken Monika Lauer wie aus dem Gesicht geschnitten.

Paula vermutete, dass es sich um eine der Zwillingstöchter handelte. Sie tippte auf Marion, deren Drogenentzüge Elisabeth Lauer mehrmals bezahlt hatte. Mit einem Blick erkannte Paula, dass sie noch immer nicht clean war.

»Was issn hier für'n Aufstand?«, sagte die Frau, die ungefähr in Paulas Alter sein musste, aber durch den exzessiven Drogenkonsum mindestens zehn Jahre älter aussah als sie, mit brüchiger Stimme.

»*Wir* sind von der Kripo«, sagte Keeser. »Und wer sind Sie?«

Bei dem Wort »Kripo« erschrak die Frau. Hektisch huschten ihre Blicke von links nach rechts, als würde sie über einen Fluchtversuch nachdenken. Nervös leckte sie sich die aufgesprungenen Lippen und spielte dabei mit dem dicken silbernen Ring, mit dem ihre Unterlippe mittig durchstochen war. Auch an beiden Augenbrauen befanden sich mehrere solcher Ringe, die Ohren waren vom Ohrläppchen bis hoch in den knorpeligen Teil voller Piercings. Auch die Nase war beringt. Paula wusste, dass man in diesem Fall von einem Septum-Piercing sprach, bei dem die Nasenscheidewand durchstochen wird. Mit ihren drei Ohrringen pro Ohrläppchen hatte sie sich immer irgendwie exotisch gefühlt, aber gegen diese Piercings war das natürlich lächerlich.

»Ich bin Marion Lauer, ich wohne hier.« Beim Sprechen klickte etwas leise an ihre Zähne, was auf ein Zungenpiercing hindeutete.

Aus Marion Lauers Nervosität schloss Paula, dass sie Drogen im Haus hatte. Der Geruch nach Cannabis, der aus dem Keller heraufwehte, sprach schon mal dafür, und das war wohl noch die harmloseste Sache.

»Wir sind nicht Ihretwegen hier«, sagte Keeser mit seiner altbewährten Wird-alles-wieder-gut-Stimme. Natürlich hatte er als alter Hase im Geschäft die Situation ebenso erkannt wie Paula.

»Wegen wem denn dann?«, fragte Marion Lauer argwöhnisch.

»Es geht um Ihre Oma.«

»Meine Oma? Was ist mit meiner Oma?« Sie sah fragend zu ihrem Vater, der gerade aus dem ersten Stock die Treppe herunterkam. »Kann mir mal einer verklickern, was hier los ist?«

Bernhard Lauer legte beschützend einen Arm um seine Tochter und führte sie ins Wohnzimmer.

Keeser gab Werner Dreißigacker und seinen Leuten Zeichen, mit ihrer Arbeit in den oberen Räumen anzufangen. Er selbst blieb beobachtend an der Wohnzimmertür stehen.

»Ich wollte es dir erst später sagen, mein Spätzchen, später, wenn dein Gesundheitszustand sich gebessert hat«, sagte Bernhard Lauer vorsichtig und setzte sich mit seiner Tochter auf die Couch, auf der kurz zuvor noch Paula und Keeser gesessen hatten.

»Was sagen? Herrgott noch mal, ich bin doch kein kleines Kind mehr. Und krank bin ich auch nicht, das weißt *du* doch am allerbesten! Also, raus mit der Sprache: Was ist mit Oma?«

Natalia Lauer drehte sich zu ihnen um und trat mit verschränkten Armen neben die Couch. Ihre abfällig nach unten gezogenen Mundwinkel waren ein untrügliches Zeichen dafür, dass sie ihre Stieftochter verachtete.

»Sie ist tot, Spätzchen«, sagte Bernhard Lauer mit gedämpfter Stimme.

Marion Lauer brauchte einen Moment, um die Nachricht zu verdauen.

»Seit wann?«, presste sie kraftlos hervor.

»Seit vorgestern, mein Spätzchen.«

»Und wann hattest du vor, mir das zu sagen?«, brauste das *Spätzchen* wütend und sehr unspatzenhaft auf und rückte von ihrem Vater ab. »Bei ihrer Beerdigung oder erst danach?«

»Ich wollte nicht, dass du dich aufregst, mein Spätz…«

Weiter kam er nicht. Marion Lauer war aufgesprungen und sah zornig auf ihn hinab. »Hör endlich auf mit diesem saublöden Spätzchen. Ich bin erwachsen, wann kapierst du das endlich? Und hör auf, mich immerzu in Watte packen zu wollen, das kotzt mich an!«

»Siehst du, du regst dich auf – genau das wollte ich verhindern«, sagte Bernhard Lauer in dem Ton größter Hilflosigkeit und griff nach ihrer Hand.

Marion Lauer schüttelte ihn ab und wollte davonstürmen, doch Natalia stand ihr im Weg.

»Und dann noch du. Geh mir einfach aus den Augen!«, spuckte Marion die Worte hasserfüllt aus.

Natalia machte emotionslos einen Schritt zur Seite.

Marion Lauer stampfte mit einer Energie, die Paula dem abgemagerten Ding gar nicht zugetraut hatte, aus dem Raum und lief die Kellertreppe hinunter. Kurz darauf fiel eine Tür mit einem lauten Rums ins Schloss.

»Tut mir leid«, sagte Bernhard Lauer betreten. »Es ist nicht immer einfach mit meiner Tochter. Vor allem Natalia hat sehr unter ihren Launen und Anwandlungen zu leiden.«

Paula wollte zu gern wissen, warum Marion Lauer ihre Stiefmutter so sehr verabscheute. Sie tauschte einen Blick mit Keeser und folgte ihr die Treppe hinunter.

Da sie vom Hellen ins Dunkle kam, konnte sie sich erst einmal überhaupt nicht orientieren. Bevor sie jedoch den Lichtschalter fand, hatten sich ihre Augen schon so weit an die Sichtverhältnisse gewöhnt, dass sie zumindest vier Türen erkennen konnte, die von einem großzügigen Vorraum abgingen.

Sie ging auf die Tür zu, hinter der plötzlich ohrenbetäubende Musik einsetzte, und musste spontan lächeln – laute Musik war auch ihr Allheilmittel gewesen, wenn sie sich über ihre Eltern und die ganze Welt geärgert hatte. Zum Leidwesen ihrer Nachbarn wirkte das auch heute noch bestens.

Sie verzichtete auf ein höfliches Klopfen, das hätte Marion Lauer sowieso nicht gehört.

Eigentlich hatte Paula erwartet, dass die Tür abgeschlossen war, doch zu ihrer Überraschung schwang sie auf, nachdem sie die Klinke gedrückt hatte. Ungedämpft wummerten ihr tiefe Bässe und hämmerndes Schlagzeug entgegen, sie konnte die Musik in ihrem Unterleib spüren.

Was Bazilla wohl davon hält?, dachte sie kurz, trat dann aber in den cannabisgeschwängerten Nebel, der das Zimmer erfüllte, und schloss die Tür hinter sich.

Die Musik verstummte schlagartig. Marion Lauer saß mit angezogenen Beinen auf etwas, das wie eine Notpritsche aussah, auf der das Auflagepolster einer Gartenliege und eine zerknüllte Bettdecke lagen, und sah ihr emotionslos entgegen. Ungeniert sog sie an einem großzügig gedrehten Joint und blies nach kurzem Innehalten noch mehr Qualm aus ihrer Lunge in den kleinen Kellerraum.

»Ich wusste, dass Sie kommen«, sagte sie mit rauer Stimme.

Paula sah sich um und musste feststellen, dass dieser Raum mehr von einer Klosterzelle hatte als von einem Zimmer eines Familienangehörigen. Die Wände bestanden aus kahlem grauen Beton, niemand hatte sich die Mühe gemacht, sie wenigstens mit irgendeiner Farbe zu streichen. Ein winziges, völlig verdrecktes Kellerfenster ließ so gut wie gar kein Licht herein. Einzige Einrichtungsstücke waren besagte Pritsche, ein Campingtisch, auf dem neben einer altmodischen Schreibtischlampe ein Wasserkocher und zwei umgedrehte Kaffeehumpen standen, und ein orangefarbener Plastikstuhl, der an Hässlichkeit kaum zu überbieten war, aber zumindest ein wenig Farbe in das graue Einerlei brachte.

An der Wand gegenüber der Pritsche stand ein Regal aus unbearbeitetem Holz, wie Paulas Oma früher mal eines im Keller gehabt hatte, um Äpfel und Kartoffeln darin zu lagern. Hier lagerten jedoch ein paar schlampig zusammengelegte Kleidungsstücke und mehrere Teile einer Stereoanlage, die der einzige Luxus der Bewohnerin zu sein schien.

Auf dem obersten Regalbrett war eine Pyramide aus bunten Teedosen aufgebaut, wie man sie im Teeladen zu kaufen bekam. Sie waren das Hübscheste in diesem Raum.

»Na, wie gefällt Ihnen mein Kerker?« Marion Lauer stieß ein trockenes höhnisches Lachen aus. »So tief ist Papas *Spätzchen* also gesunken. Natalia war der Meinung, dass das für mich völlig ausreichend wäre.« Sie zog erneut an dem Joint und ließ den Rauch in Form von perfekt geformten Kringeln aus ihrem zu einem O geformten Mund entweichen.

Marion Lauer hatte sie zwar nicht eingeladen, aber auch nicht wieder hinausgeworfen, also setzte sich Paula ohne zu fragen auf den Stuhl im Raum. »Was ist mit Ihrem früheren Zimmer?«

»Das ist jetzt Natalias Ankleidezimmer, und bevor Sie weiterfragen: das Zimmer meiner Schwester ebenfalls. Für mich gab es somit kein anderes Eckchen mehr in diesem Haus.«

»Kein Gästezimmer?«

Noch einmal lachte Marion Lauer freudlos. »Was für eine doofe Frage, ich bin doch kein *Gast*. Ich gehöre doch zur Familie. Das Gästezimmer ist für Natalias bekloppte polnische Sippe, die hier immerzu rumlungert.«

»Sie mögen Natalia nicht besonders?«

Marion Lauer bekam einen Hustenanfall. »Sie sind … echt witzig, Frau Kommissarin! … Ich hasse dieses Miststück. Sie hat … meine Familie kaputtgemacht.« Gierig nahm sie noch einen tiefen Zug.

Paula wartete so lange, bis sie ausgeatmet hatte. »Wie meinen Sie das?«

»Diese dämliche polnische Gans kam ins Haus, weil sie meine kranke Mutter betreuen sollte. Am meisten betreut hat sie dann wohl meinen Vater, diesen miesen Heuchler. Mama ging es schnell immer schlechter, und kaum dass sie gestorben und beerdigt war, verlobte er sich mit diesem Weib. Wollen Sie wissen, wie er uns das verkauft hat? ›Mama hätte das so gewollt‹, das war sein Standardspruch.«

»Wie lange ist Ihre Mutter schon tot?«

»Ziemlich genau sechs Jahre. Nicht mal ein halbes Jahr nach ihrer Beerdigung hat Natalia meinen Vater vor den Traualtar gezerrt.«

»Könnte es sein, dass Sie Ihrem Vater dieses zweite Glück nur nicht gönnen?«

Marion Lauer schnaubte verächtlich. »Wenn so Glück aussieht, na danke. Haben Sie sich diese unechte Barbiepuppe mal genauer angesehen?«

Paula bemühte sich, neutral zu bleiben. »Es soll durchaus

Männer geben, denen das gefällt.« Mein Kollege hat schließlich auch Stielaugen bekommen, fügte sie in Gedanken hinzu.

»Manchen Männern vielleicht, meinem Vater jedoch ganz sicher nicht.« Marion Lauer zog ein Buch unter der Gartenauflage hervor und blätterte darin.

»Zwei Jahre Ferien«, entzifferte Paula. Ein Buch von Jules Verne in einer ledergebundenen Sonderausgabe. Sie kannte die Geschichte, sie handelte von einem Segelschiff voller Schüler, die auf einer einsamen Insel strandeten und dort zwei Jahre überleben mussten, bis sie endlich gerettet wurden. Paula hatte dieses Buch als junges Mädchen mehrmals gelesen und am Ende jedes Mal gedacht, dass sie niemals von dieser tollen Insel weggegangen wäre.

Marion Lauer fand das, wonach sie gesucht hatte: eine Fotografie. Sie hielt sie Paula hin. »Auf solche Frauen steht Papa normalerweise.«

Eine hübsche brünette Frau lachte Paula an. Ihre Haare kringelten sich in dicken Locken um ihr junges Gesicht, die braunen Augen blitzten vor Übermut und Lebensfreude, ein Eindruck, der von einem kecken Grübchen in der linken Wange unterstrichen wurde. Eine entzückende junge Frau, die ganz ohne Schminke auskam.

»Ihre Mutter?«

Marion Lauer nickte. Sie nahm Paula das Bild ab und versenkte sich in den Anblick. »So sah sie aus, als die beiden sich kennenlernten. Papa war total vernarrt in sie, das hat er uns immer erzählt, als wir noch Kinder waren.« Sie schob das Bild zurück ins Buch und legte es neben sich. »Also sagen Sie mir nicht, dass er auf Silikon und Schminke steht.«

»Auf dem Hochzeitsbild unten im Kaminzimmer sieht Natalia noch ganz anders aus – vielleicht hat er sich ja in diese Variante verliebt.«

»Möglich, das Bild wurde kurz vor der ersten Brustvergrößerung gemacht. Und vor dem Fettabsaugen und vor dem Lippenaufspritzen und vor der Erblondung und vor was weiß ich noch alles. Inzwischen liebt er sie nicht mehr, davon bin ich überzeugt. Die beiden gehen schon lange nicht mehr wie zwei verliebte

Turteltäubchen miteinander um.« Sie nahm einen weiteren tiefen Zug und hielt Paula den Joint einladend hin.

Paula lehnte mit dem filmerprobten Zitat »Nein danke, ich bin im Dienst« ab.

Marion Lauer grinste sie an. »Sie sind echt klasse, Frau Kommissarin. Und ich kann das wirklich beurteilen, denn ich hab schon viel mit der Polizei zu tun gehabt.«

»Vielen Dank für das Kompliment«, sagte Paula.

»Ich könnte Ihnen einen Tee anbieten, es stehen diverse Sorten zur Verfügung, wie Wildkirsche, Passionsfrucht, Orange oder Mandel-Sahne, das ist im Moment meine Lieblingssorte. Und falls Sie das aromatisierte Zeugs nicht mögen, hätte ich auch einen normalen Assam da. Ich müsste nur schnell rüber in meine Küche gehen …« Sie deutete mit dem Kinn hinüber zum Campingtisch mit dem Wasserkocher.

Paula, die kaum noch Luft bekam und sich nur vom normalen Atmen schon high fühlte, lehnte auch das dankend ab. »Darf ich das Panoramafenster ein Stück öffnen?«

»Aber ja, tun Sie sich keinen Zwang an.«

Während Paula mit dem Fenster zu kämpfen hatte, das wohl jahrzehntelang nicht mehr geöffnet worden war und daher klemmte, erzählte Marion Lauer weiter.

»Oma Lissi war die Einzige, die sofort erkannt hat, was diese polnische Gans im Schilde führte, aber Papa hat Oma natürlich nicht geglaubt. Ein Wimpernklimpern von Natalia genügte, und er war wie verhext.«

Marion Lauer tupfte mit der Glut so lange in einen Blumenuntersetzer aus Plastik, den sie als Aschenbecher benutzte, bis diese erloschen war, und legte den angerauchten Joint beiseite.

»Oma hat das Gehirnwäsche genannt. Irgendwas in der Art war es ja wohl auch. Womöglich hat Natalia ihm irgendein Mittelchen untergejubelt, das ihn derart willenlos gemacht hat. Aber vielleicht war sie auch einfach nur so dermaßen gut im Bett, dass er ihr hörig wurde.«

Sie schwang die Füße, die in schweren Springerstiefeln steckten, vom Bett und sah Paula direkt in die Augen.

»Sie war auch der festen Überzeugung, dass Natalia bei Mamas Tod nachgeholfen hat. Sie verglich Natalia manchmal mit einem dicken fetten Kuckuckskind, das sich in einem hübschen fremden Nest breitgemacht und alle anderen aus diesem Nest geschmissen hat: zuerst Mama und hinterher Marlene und mich. Aber wie gesagt: Niemand hat dem Glauben geschenkt.«

»Und was denken Sie?«

»Ich kenne Natalia inzwischen von ihrer *allerbesten* Seite«, sagte Marion Lauer zutiefst zynisch. »Der traue ich alles zu. Würde mich echt nicht wundern, wenn sie es war, die Oma in die ewigen Jagdgründe geschickt hat.«

»Warum hätte sie das tun sollen? Um Ihre Großmutter mundtot zu machen?«

»Das wäre aber nur einer der Gründe. Seit ich wieder im Haus«, sie deutete mit den Zeige- und Mittelfingern ihrer beiden Hände Anführungszeichen an, *»wohne*, bekomme ich regelmäßig mit, dass sich Papa und Natalia streiten. Sie hat ihm in den letzten Wochen immerzu in den Ohren gelegen, dass er Oma endlich dazu bringen soll, in ein Heim zu ziehen, damit sie ihre geliebte *Mamusia* und ihren *Tata* zu sich nach Deutschland holen kann.«

»Wie war denn Ihr Verhältnis zu Ihrer Oma?«

»Bis vor ein paar Monaten gut. Marlene und ich waren als kleine Mädchen oft bei ihr. In den Ferien manchmal sogar über Nacht. Wir hatten immer viel Spaß mit ihr.« Marion Lauers Blick wanderte in die Ferne, und ihren sonst meist höhnisch verzogenen Mund umspielte ein weiches Lächeln. »Sie hat dann nur gekocht, was wir gern aßen; einmal gab es sogar Fischstäbchen mit Erdbeermarmelade, und sie hat so getan, als würde es ihr schmecken.« Ihr Blick wurde schlagartig wieder hart, und auch das Lächeln versiegte. »Aber das ist schon lange her. Marlene und ich wurden erwachsen, und wir hatten beide immer weniger Zeit für Oma. Meine Schwester zog nach dem Abi zum Studium nach Trier. Ich ging nach Heidelberg, um Medizin zu studieren. Leider kam ich aber nur drei Semester weit. Ich suchte mir die falschen Freunde und kam, wie mein Papa es zu sagen pflegt, auf die schiefe Bahn. Auf der ich ja, wie man unschwer erkennen kann, immer noch bin.«

»Und Ihre Oma?«

»Die war immer für mich da. Sie hat mir sogar drei Mal die Entziehungskur bezahlt, weil die Kasse das nach dem ersten Abbruch nicht mehr übernehmen wollte. Geplant war auch, dass ich zu ihr ziehe, wenn ich clean bleibe. Tja, außer Spesen nix gewesen: Ich bin leider nicht clean geblieben. Oma war enttäuscht von mir – ich bin es ehrlich gesagt auch –, und aus dem Deal, dass ich bei ihr wohnen kann, wurde nichts.«

Paula durfte gar nicht darüber nachdenken, dass Elisabeth Lauer eventuell noch leben könnte, wenn Marion die Finger von den Drogen gelassen und bei ihr gewohnt hätte. Dann wäre Frank Bergmann bestimmt nicht annähernd so weit gegangen, und vielleicht hätte auch Elisabeths Mörder von diesem endgültigen Schritt abgesehen. Sie sagte aber nichts.

Sie erwähnte auch nicht, dass Marion Lauers Großmutter laut Testament sogar noch immer für sie da war und ihr mit einem Konto einen Anreiz bieten wollte, von den Drogen wegzukommen.

»Was ist mit Ihrer Schwester? Wir haben in Erfahrung gebracht, dass sie auch gern bei Ihrer Großmutter eingezogen wäre.«

»Wie schnell sich doch alles rumspricht. Ja, das war ursprünglich der Plan. Marlene, ihr Knirps und ich sollten bei Oma ins obere Stockwerk einziehen – aber dann hab ich Scheiße gebaut, und Oma war auf einmal irgendwie komisch. Sie gab auch Marlene einen Korb, hat immer neue Ausreden gebracht, von wegen sie müsse erst Ordnung machen und da oben seien Mäuse.«

»Wo wohnt Marlene jetzt? Ich muss auch mit ihr reden.«

»In Landau in der Meerweibchenstraße, bei irgendeinem Typen in ’ner WG. Ist aber nicht der Vater von dem Kleinen.«

Paula notierte sich die Adresse.

»Ihr Cousin Frank hatte auch großes Interesse an dem Haus Ihrer Großmutter.«

»Das wundert mich gar nicht. Der hätte wahrscheinlich sogar

Oma selbst verkauft, wenn es irgendwie lukrativ gewesen wäre.« Marion Lauer kniff die Augen zusammen. »Sie glauben doch nicht etwa, dass *er* ihr etwas angetan hat? Nie und nimmer. Er hat zwar ähnliche Loser-Gene abbekommen wie ich, aber für einen Mord ist Frank viel zu feige.«

»Wir wissen inzwischen, dass *er* es nicht war.«

»Was ist mit Natalia?«

»Das untersuchen wir in diesem Moment«, sagte Paula. »Es wäre hilfreich, wenn wir auch Ihre Fingerabdrücke für einen Abgleich haben könnten.«

»Sie glauben, dass ich …?« Marion Lauer sah Paula giftig an. Nachdem sie kurz nachgedacht hatte, veränderte sich ihr schneidender Blick jedoch. »Ist ja logisch, dass ich superverdächtig bin. Mein Motiv hätte schließlich sein können, dass ich wütend auf Oma war, weil sie mich nicht bei sich hat einziehen lassen. Ich hätte sie aber auch wegen des Hauses töten können, in der Hoffnung, dass ich nach ihrem Tod freie Bahn gehabt hätte. Würden Sie mir glauben, wenn ich Ihnen sage, dass ich wahlweise eher meine böse Stiefmutter aus dem Weg geschafft hätte?«

Und wie Paula ihr das glaubte. »Die böse Stiefmutter lebt ja aber noch – es geht hier also nur um Ihre Großmutter.«

»Okay, was muss ich machen?«

»Wir gehen einfach kurz nach oben, wo gerade die Kriminaltechnik beschäftigt ist, und lassen von einem Kollegen Ihre Abdrücke nehmen.«

»Die kommen also nicht runter in meinen Kerker?«, fragte Marion Lauer argwöhnisch.

Paula ließ noch einmal ihren Blick durch den Raum gleiten. »Nein, das ist nicht nötig. Ich kann den Kollegen guten Gewissens bestätigen, dass es hier keine Möglichkeit gibt, etwas zu verstecken.« Und falls du in einer der Teedosen dein Gras deponiert haben solltest, dann geht uns das auch nichts an, fügte Paula in Gedanken hinzu.

»Vielleicht ist ja was im Gartenpolster eingenäht«, sagte Marion Lauer amüsiert.

»Drogen interessieren uns nicht.« Paula reichte ihr eine ihrer Visitenkarten. »Damit Sie mich erreichen können, wenn was sein sollte.«

Marion Lauer nahm die Karte, las sie und erhob sich von ihrem kargen Lager. »Sie sind echt cool, Frau Kriminaloberkommissarin. Darf ich Sie was fragen?«

»Fragen Sie.«

»Wie ist meine Oma eigentlich gestorben?«

»Sie wurde vergiftet.«

»Scheiße!«

***

»Na, hast du nett mit der Junkiebraut geplaudert?«

»Keeser, manchmal bist du echt ein blöder Arsch!«

Sie saßen im Dienstwagen und waren auf dem Weg zu Regina Bergmann, die sich bei ihrem Bruder zurückgemeldet hatte, während Paula mit Marion Lauer im Keller gesprochen hatte.

»Dann mal anders ausgedrückt: Hast du etwas Relevantes in Erfahrung bringen können?«

»Ja, Herr Kollege, das habe ich in der Tat. Marion Lauer hasst ihre Stiefmutter wie die Pest, und wenn sie jemanden umgebracht hätte, dann allen voran Natalia. Du hättest mal sehen sollen, wie sie als Tochter des Hauses da unten vegetieren muss – eine Gefängniszelle ist um einiges gemütlicher, kann ich dir sagen.«

»Wie alt ist sie? Achtundzwanzig? Neunundzwanzig? Meiner Meinung nach sollte sie in diesem Alter längst auf eigenen Füßen stehen. Wenn *ich* Vater wäre, würde ich auch nicht ein Leben lang für meine Kinder verantwortlich sein wollen.«

»Das mag stimmen, aber Marion ist fraglos ein Sonderfall und bräuchte dringend Hilfe von ihrem Vater. Ich könnte ja auch jederzeit bei meinen Eltern unterkriechen, wenn ich Probleme hätte. Und ein kaltes Kellerloch hilft einer Drogenabhängigen, die, wie ich aus dem Gespräch heraushören konnte, schon gern weg von dem Zeug kommen möchte, eher in die falsche Richtung. Ihrem Vater ist seine zweite Frau wichtiger als das eigene

Kind, und Natalia sind ihre zwei Ankleidezimmer wichtiger als das Kind ihres Mannes. Da sind die Prioritäten ganz klar gesetzt. Marion hat außerdem klipp und klar gesagt, dass sie Natalia den Mord an ihrer Großmutter zutrauen würde. Ich komme immer mehr zu dem Schluss, dass wir unbedingt den Tod von Bernhard Lauers erster Frau genauer untersuchen sollten.«

Paula erzählte Keeser in Kurzform von dem Gespräch, auch wie Marions Einzug bei ihrer Großmutter geplant gewesen war. »Die beiden hätten sich also gegenseitig retten können.«

»Dumm gelaufen, würde ich sagen. Es wird sich ja bald herausstellen, ob Marion Lauer nicht doch ihre Großmutter vor Natalia getötet hat.«

Sie wurden vom Klingelton von Keesers Handy unterbrochen. Er holte es aus der Jackentasche und übergab es Paula.

»Hier bei Keeser – Geigerlein, was gibt's?« Sie aktivierte den Lautsprecher.

»Ich hab hier eine Mail mit Lieferscheinen und Lieferadressen von einer Konditorei reinbekommen, mit dem Betreff ›Rieslingtrüffel‹. Allein beim Lesen ist mir das Wasser im Munde zusammengelaufen. Wisst ihr, was das soll?«

»Wissen wir«, sagte Keeser in Richtung Telefon. »Könntest du die Liste bitte mal durchgehen und uns die Kunden rausfiltern, die nicht allzu weit weg sind. Sagen wir mal, alle in einem Radius von fünfzig Kilometern?«

»Kann ich, sagt ihr mir auch, wozu?«

»Damit du als Nächstes umgehend überprüfen kannst, ob es irgendwelche Verbindungen zwischen den Belieferten und unserer toten alten Dame beziehungsweise deren Familie gibt.«

»Hmm, *umgehend* bedeutet Überstunden. Für eine Tüte Trüffel würde ich das aber klaglos für euch erledigen.«

Keeser bremste ohne ersichtlichen Grund so scharf, dass Paula nach vorn in den Sicherheitsgurt geschleudert wurde und ihr ein erschrockenes »Verdammt, Keeser!« herausrutschte.

»Ist was passiert?«, fragte Martina Geiger besorgt.

»Alles bestens«, flötete Keeser, setzte zwei Meter zurück und bog von der Friedrich-Ebert-Straße nach rechts in die Petronellastraße ab. »Ich musste nur kurz die Richtung korrigieren, um meiner Lieblingssekretärin ein paar Trüffel jagen zu können.«

»Ich hab mir fast das Genick gebrochen«, maulte Paula.

»Nur fast? Was regst du dich dann so auf?«

»Ich lass euch besser mal allein«, sagte Martina Geiger und beendete die Verbindung.

Paula ließ vorsichtig den Kopf kreisen. »Wenn ich dich doch auch manchmal so einfach wegdrücken könnte.«

Keeser fuhr schwungvoll auf einen freien Parkplatz vor der Rebmann Manufaktur. »Mach du, ich will nicht in Versuchung geführt werden.« Er holte seine Brieftasche hervor und drückte Paula einen Zwanzig-Euro-Schein in die Hand. »Ich spendiere die Trüffel für Geigerlein.«

Paula nahm das Geld und verschwand in der Konditorei.

Als sie nach einer Viertelstunde wieder aus dem Laden kam und ins Auto stieg, kaute sie mit vollen Backen. In der einen Hand hielt sie ein angebissenes Obsttörtchen, in der anderen drei Tüten mit Pralinen.

»Warum hat denn das so lange gedauert?« Keeser musterte das Arrangement kritisch. »Was soll das?«

»Ich hab Hunger.« Paula legte die Pralinen vorsichtig in ihren Schoß.

»Du hast doch vorhin erst zwei große Stück Kuchen verdrückt«, bemerkte er vorwurfsvoll.

»Ich hab nun mal einen kleinen Untermieter zu ernähren.« Paula biss genussvoll in ihr Törtchen, mit der anderen Hand versuchte sie den Gurt anzulegen.

»Pass doch auf, du krümelst mir ja alles voll«, meckerte Keeser und half ihr beim Anschnallen. »Und wo ist mein Wechselgeld?«

»Was für Wechselgeld? Ich hab dreihundert Gramm Pralinen und ein Obsttörtchen gekauft, da gab es kein Geld mehr zurück.«

»Du solltest *eine* Tüte für Geigerlein kaufen und nicht mehr. Mit den anderen Sachen hab ich nichts zu tun. Also rück mein Restgeld raus.«

»Du hast mir mit deiner wilden Fahrerei beinahe das Genick

gebrochen, ich dachte, eine kleine Entschädigung wäre angebracht.« Frech grinsend schob sich Paula das letzte Stück Törtchen in den Mund.

»Eine *kleine* Entschädigung nennst du das also?«

Paula nickte und entfernte den Verschluss von einer Pralinentüte. Mit Zeigefinger und Mittelfinger angelte sie eine weiße Kugel heraus.

»Ich hatte gerade einen Pralinen-Crashkurs bei Herrn Koppenhöfer: Das hier zum Beispiel ist ein Mangotrüffel mit weißer Schokolade.« Sie hielt Keeser die Praline kurz vor die Nase und steckte sie sich dann in den Mund. »Hmmm, göttlich«, stöhnte sie und hatte schon die nächste Praline in der Hand. Sie war länglich und hatte zwei kleine Höcker unter dem Vollmilchüberzug.

»Nussduo heißt diese hier; mit Marzipan und ganzen Haselnüssen.« Wieder wedelte sie damit vor Keesers Gesicht herum.

Der griff blitzschnell zu und ließ das Nussduo zwischen seinen Zähnen verschwinden.

»He, das sind meine Pralinen!«

»Ich hab sie bezahlt, also sind es meine Pralinen«, entschied Keeser und startete den Motor.

Dank Navi fanden sie die Wiesenstraße problemlos. Ein Mann öffnete ihnen auf ihr Klingeln hin die Tür. Er trug ein hellblaues Hemd unter einem dunkelblauen Strickpullunder und dazu eine hellbraune Breitcordhose mit Bundfalten – ein Modell, von dem Paula immer gedacht hatte, es sei längst ausgestorben.

Der Türöffner stellte sich als Paul Bergmann vor und führte sie in die Küche, in der seine Frau, Regina Bergmann, gerade heißes Wasser in eine Teekanne goss. Sie sah übermüdet aus, ihre Augen waren rot geweint.

Paula schätzte sie auf Anfang sechzig, ihren Mann ein paar Jahre älter.

Regina Bergmann war von der gleichen zierlichen Statur wie ihre Mutter, auch an der Gesichtsform, besonders an Nase und Mund, konnte man die Verwandtschaft erkennen. Sie hatte sogar den gleichen Haarschnitt wie Elisabeth Lauer, nur war ihr Haar noch nicht weiß, sondern dunkelgrau und mit vereinzelten silbernen Strähnen durchzogen. In zwanzig Jahren wird sie genau wie ihre Mutter aussehen, vermutete Paula.

Keeser lehnte das Angebot, einen Tee mitzutrinken, dankend ab. Paula nahm es jedoch gern an, ihr eben verspeistes Obsttörtchen wollte schwimmen.

Regina Bergmann ging ihnen mit der Teekanne in der Hand voran ins Esszimmer. Paula und Keeser nahmen auf einer südtirolerisch angehauchten Eckbank Platz, während die Dame des Hauses geschäftig Tassen, Untertassen und eine Zuckerdose aus einem Sideboard Marke »Eiche rustikal« holte und auf dem Tisch verteilte.

Noch einmal verschwand Regina Bergmann in der Küche, aus der sie mit drei Kaffeelöffeln zurückkam.

»Paul, kommst du?«, rief sie nach ihrem Mann und setzte sich den Beamten gegenüber an den Tisch, den eine wild gemusterte Wachstuchtischdecke vor Flecken und anderen Schäden schützen sollte.

»Wir müssen erst einmal ankommen«, sagte Regina Bergmann entschuldigend mit einem Blick auf die aufgeklappten Koffer, die im angrenzenden Wohnzimmer auf sämtlichen Sitzgelegenheiten ausgebreitet waren und auf das Auspacken warteten.

Paul Bergmann kam mit einer Flasche Schnaps und vier kleinen Gläsern an den Tisch. »Ich brauche jetzt dringend was Stärkeres als Tee. Auch einen Willi für die Herrschaften?«

»Die beiden sind doch im Dienst, Paul, da dürfen sie keinen Alkohol trinken«, tadelte Regina Bergmann ihren Mann.

»Man wird ja mal fragen dürfen«, antwortete er gereizt, stellte die Gläser in der Mitte des Tisches ab und füllte eines davon bis zum Rand.

»Zum Wohl«, sagte er und kippte im Stehen den Inhalt mit einem Schluck hinunter.

»Muss das sein?«, nörgelte Regina Bergmann, als er das Glas erneut füllte.

»Ja, das muss sein«, sagte er trotzig und trank.

Regina Bergmann nahm sich nun doch ein Glas und hielt es ihm hin. »Also gut, aber nur einen Kleinen.«

Ihr Mann setzte sich zu ihnen und füllte ihr Glas bis zur Hälfte. Regina Bergmann nippte daran und verzog angewidert das Gesicht. Sie sah abwechselnd zu Paula und zu Keeser. »Sie untersuchen also den Tod meiner Mutter?«

Paula bejahte.

»Haben Sie schon eine Spur?«

»Mensch, Regina, die Herrschaften sind hier, um *dir* Fragen zu stellen, und nicht umgekehrt.« Paul Bergmann schickte den dritten doppelten Schnaps seine Kehle hinunter.

»Das ist mir schon klar, aber erst einmal muss ich doch wissen, was sie schon rausgefunden haben.« Regina Bergmann sah ihren Mann beleidigt an.

Paula und Keeser wechselten vielsagende Blicke. Besonders liebevoll ging es in dieser Ehe nicht zu, das war beiden klar.

»Es kann sich ja nicht jeder so wie du in einer Schnapsflasche verkriechen. Ich will genau wissen, was passiert ist.« Sie wandte ihre Aufmerksamkeit wieder den Beamten zu. »Mein Bruder hat mir natürlich bereits mitgeteilt, was mit Mutter passiert ist, aber von Ihnen bekomme ich doch sicher genauere Details?« Geschäftig goss sie den dampfenden Tee in die bereitstehenden Tassen.

»Nun, ich weiß nicht, was Ihr Bruder Ihnen erzählt hat, Fakt ist jedoch, dass Ihre Mutter vergiftet worden ist«, sagte Keeser.

Paula war froh, dass er vorerst das Reden übernommen hatte. Sie fühlte sich plötzlich sehr müde und hätte im Sitzen einschlafen können. Der Schlafmangel der letzten Nacht schien sie ausgerechnet auf dieser spießigen Eckbank einzuholen. Tapfer griff sie nach der Tasse wie nach einem Strohhalm und nahm vorsichtig einen Schluck. Der Tee war so heiß, dass sie keinen Geschmack erkennen konnte, doch dem Geruch nach zu urteilen, musste es ein Kräutertee sein.

»Das hat er allerdings erst in seinem dritten oder vierten aufgeregten Anruf erwähnt. Am Anfang hat er sich nur maßlos über die übereifrige Polizei aufgeregt.«

Keeser nickte wissend. »Sie nehmen den Tod Ihrer Mutter sehr gefasst.«

»Hören Sie, es ist nicht meine Art, große Trauer zu heucheln. Der Kontakt zu meiner Mutter war seit Langem mehr als unterkühlt, ich könnte Ihnen nicht einmal sagen, wann ich sie das letzte Mal gesehen habe. Was jedoch nicht an mir lag, sondern an ihr.« Sie warf einen strafenden Blick hinüber zu ihrem Mann, der sich eben einen weiteren Schnaps genehmigte.

»Sie sind Apothekerin, Frau Bergmann, was sagt Ihnen Aconitin?«

»Das ist das Gift des Eisenhuts«, antwortete Paul Bergmann für seine Frau, während er umständlich den Verschluss auf die Flasche schraubte. »Ich war Biologielehrer, müssen Sie wissen.«

»*Damit* ist meine Mutter umgebracht worden?« Regina Bergmann war nun doch bestürzt. »Was für eine fiese und schmerzhafte Art zu sterben!«

»Sie beide kennen sich berufsbedingt mit Toxinen aus ...«, setzte Keeser an.

»Wollen Sie damit etwa sagen, dass einer von uns meine Mutter getötet hat?«, unterbrach ihn Regina Bergmann rüde. »Das ist ja wohl die Höhe! Nur weil ich meiner Mutter nicht die aufopfernde und immerzu dankbare Tochter war, die sie gern gehabt hätte, habe ich sie doch nicht vergiftet. Meine Mutter war mir nämlich inzwischen vollkommen egal!«

»So egal, dass es dir wurst war, ob sie mutterseelenallein oder krank, tot oder lebendig war«, sagte Paul Bergmann mit schwerer Zunge.

»Was willst du damit sagen?«

»Ja, was will ich damit bloß sagen? Dass *du* ihr womöglich das Gift verabreicht hast, um mit ihr endlich auch deine Schuldgefühle ihr gegenüber loszuwerden? Vielleicht aber auch, weil du deinem über alles geliebten und verwöhnten Versager von Sohn zum hundertsten Mal aus der Scheiße helfen und dafür sorgen wolltest, dass er doch noch an das hübsche Häuschen in bester Lage kommt?«

»Du bist ja betrunken, sonst würdest du nicht solchen Unsinn reden«, fauchte Regina Bergmann. »Und hack nicht immerzu auf dem Jungen herum, er hatte halt oft Pech.«

»Vor allem das Pech, dass er bei seinen Tricksereien und kriminellen Machenschaften meistens erwischt wurde«, höhnte Paul Bergmann.

»Dass er so ist, wie er ist, dafür gibst du natürlich wie immer mir die Schuld, aber du warst genauso an seiner Erziehung beteiligt wie ich, mein Lieber.« Sie hielt kurz inne und fügte dann eisig hinzu: »Wenn ich's recht bedenke, dann hast vielleicht *du* Mutter auf dem Gewissen, weil sie dich von Anfang an für einen langweiligen, erfolglosen Furz gehalten hat. Womit sie ausnahmsweise sogar mal recht hatte.«

Oh, oh, dachte Paula, wo sind wir da bloß hineingeraten?

Regina Bergmann ließ noch nicht locker. »Darf ich dich außerdem darauf hinweisen, dass ich gar nicht hier war, als Mutter starb?«

»Abgesehen davon, dass ich auch nicht da war, darf ich *dich* darauf hinweisen, dass Gift kein Verfallsdatum hat? Du hättest sie sehr wohl vergiften können, während wir in Dänemark waren, indem du ihr vorher etwas entsprechend Präpariertes vorbeigebracht hast.«

»Hast du nicht zugehört? Ich habe gerade erzählt, dass ich sie seit einer Ewigkeit nicht mehr gesehen habe.«

»Erzählen kann man viel«, sagte Paul Bergmann gelassen. Er hatte es sich mit dem Schnaps wohl anders überlegt, denn er schraubte die Flasche wieder auf und füllte sein Glas erneut. Nachdem er seiner Frau zugeprostet hatte, trank er es in einem Zug aus.

Keeser räusperte sich. »Dürfte ich auch mal etwas sagen?«, fragte er.

Als hätten sie die Anwesenheit der Beamten völlig ausgeblendet, sahen beide Bergmanns ihn zornig an, stellten aber ihre Streitereien ein.

»Sie wussten also davon, dass Ihr Sohn Frank das Haus seiner Großmutter in seinen Besitz bringen wollte?«, fragte Keeser.

Zum ersten Mal einer Meinung, nickten Regina und Paul Bergmann synchron.

Paula kam zu dem Schluss, dass sie diese beiden Menschen

nicht mochte. »Wussten Sie auch, warum er das wollte? Oder finden Sie es normal, dass ein Enkel seine Großmutter aus ihrem Häuschen vertreiben will?«, fragte sie.

»Er ist Immobilienmakler«, sagte Regina Bergmann vorwurfsvoll, als ob das alles erklären würde. »Meines Wissens hatte er einen Interessenten, der nicht nur Mutters Haus kaufen wollte, sondern auch das von der alten Gensheimer und vom Alfons. Alfons Hartmann. Ihm gehört das Haus rechts von meiner Mutter. Alfons, also der Herr Hartmann, wollte ja verkaufen, nur die zwei sturen alten Frauen nicht.«

Paula platzte fast der Kragen. »Würden Sie Ihrem Sohn auch *Ihr* Haus überlassen, wenn er einen Interessenten dafür hätte?«, fragte sie provokativ.

»Unser Haus? Natürlich nicht, wir leben doch hier drin!« Regina Bergmann sah Paula an, als zweifle sie an ihrer Zurechnungsfähigkeit.

»Aber Ihre Mutter sollte ihr Haus hergeben, verstehe ich das richtig?«

»Das ist doch wohl etwas vollkommen anderes. Mutter war alt, im Seniorenheim wäre sie viel besser aufgehoben gewesen als allein in einem großen Haus.«

»Ihre beiden Nichten, Marion und Marlene, sollten bei ihr einziehen. Dann wäre sie nicht mehr allein gewesen«, sagte Paula kühl.

»Ist das Ihr Ernst? Von denen ist doch eine so missraten wie die andere«, echauffierte sich Regina Bergmann. »Die eine lässt sich einen Balg aufhängen, weil sie zu doof ist, um zu verhüten, und die andere ist ein Junkie.«

Paul Bergmann gab ein albernes Kichern von sich. »Scheint in der Familie zu liegen. Und zwar in deiner, mein Schatz, auf meiner Seite hat es noch nie derartige Entgleisungen gegeben.« Wie zur Bekräftigung seiner Worte hob er sein frisch gefülltes Schnapsglas, trank es aus und setzte es mit einem zutiefst zufriedenen Lächeln auf der Wachstuchdecke ab.

»Kein Wunder, so langweilig und phantasielos, wie ihr alle seid.«

»Lieber langweilig und phantasielos als drogenabhängig oder im Knast, meine Liebe.«

»Ach, halt doch den Mund!«, blaffte Regina ihren Mann wütend an. »Außerdem wird Frank früher oder später eh Mutters Haus bekommen, zumindest einen Teil davon, denn ich werde ihm natürlich meinen Erbteil überlassen.«

»Daraus wird aber nichts«, sagte Paula bestimmt. Ihr ging diese selbstherrliche Frau mächtig auf den Geist. »Sie erben nämlich nichts, auch Ihr Bruder nicht.«

Regina Bergmann sah Paula verständnislos an. Ihre Selbstsicherheit schien zu bröckeln.

»Wir haben das Testament Ihrer Mutter gefunden«, sagte Paula ungerührt. »Dieses besagt, dass Ihr Cousin, Erwin Bollinger, mehr oder weniger Alleinerbe ist.«

»Erwin? Dieser Mistzwerg soll alles bekommen?«, rief Regina Bergmann empört aus. »Das kann nicht sein. Das ist unmöglich! Dieser miese Schleimer muss sie unter Drogen gesetzt oder einer Gehirnwäsche unterzogen haben! Ich werde das anfechten; mein Bruder und ich werden das anfechten. So kann man schließlich nicht mit uns umspringen!«

»Haha, ich lach mich tot … deine Mutter hat euch gierigen Haufen enterbt! Da wird mir die alte Schachtel doch noch richtig sympathisch«, sagte Paul Bergmann und rülpste laut. »'tschuldigung.«

Regina Bergmann entriss ihm zornig die fast leere Flasche und hielt sie mit beiden Händen fest.

»Apropos Knast«, sagte Keeser, der sich bei diesen Szenen einer unglücklichen Ehe sichtlich unwohl fühlte. »Ihr Sohn wurde letzte Nacht verhaftet.«

Paul Bergmann kicherte erneut. »Hat *er* etwa meine geliebte Schwiegermutter ins Jenseits befördert?«

»Du Scheusal, du … du …« Regina Bergmann fehlten die Worte. Vielleicht riss sie sich auch nur vor der Polizei zusammen.

Sie rang mit sich, bevor sie zögernd fragte: »Er hat aber doch nichts mit dem Tod meiner Mutter zu tun, oder?«

»Wir stecken zwar noch mitten in den Ermittlungen, aber wir

gehen davon aus, dass er nicht für ihren Tod verantwortlich ist«, sagte Keeser.

»Da siehst du's, Paul, der Junge ist unschuldig. *Ich* hab das ja gleich gewusst«, fauchte Regina Bergmann ihrem Mann schnippisch zu.

»Die Staatsanwaltschaft wird ihn jedoch sicherlich wegen Nötigung anklagen«, fügte Keeser hinzu.

Regina Bergmann sah ihn ungläubig an.

»Und das ist noch lange nicht alles. Wir haben Ihren Sohn inzwischen einer anderen Abteilung übergeben, die gegen ihn wegen weiterer Delikte ermittelt«, ergänzte Paula.

»Nötigung? Mein Junge? Und was denn für weitere Delikte? Das muss ein Irrtum sein. Da will doch jemand meinem Frank was anhängen ...«

Paul Bergmann verschränkte seine Arme auf der Tischplatte. Er konnte sich kaum noch gerade halten. »Pf, dem will bestimmt keiner was anhängen, Reginchen, das hat er doch schon immer ganz al...lein geschafft«, sagte er und ließ seinen Kopf auf die Unterarme sinken. Gleich darauf war ein gleichmäßiges Atmen zu hören.

»Tja«, sagte Keeser, erhob sich und strebte zum Ausgang. »Das war's fürs Erste. Wenn sich noch Fragen ergeben sollten, melden wir uns bei Ihnen.«

»Was für Delikte? Sie können mich doch nicht so im Unklaren lassen«, bedrängte Regina Bergmann Keeser, während sie ihm folgte.

Paula nutzte den Moment, in dem sie unbeobachtet war, holte ein unbenutztes Papiertaschentuch aus ihrer Jackentasche, faltete es auseinander und legte es um die Flasche, die Regina Bergmann auf dem Tisch stehen lassen hatte. Vorsichtig versteckte sie das illegal beschaffte Beweismittel unter ihrer Jacke.

Als sie zur Haustür kam, erklärte Keeser Regina Bergmann gerade, dass er ihr keine weiteren Auskünfte über die Verhaftung ihres Sohnes geben dürfe und auch gar nicht könne, da er über die Arbeit der Kollegen aus der anderen Abteilung nicht in Kenntnis gesetzt worden sei.

»Wussten Sie eigentlich, dass Ihre Mutter gern naschte?«, fragte Paula.

Regina Bergmann sah sie irritiert an. »Ja. Sie war schon immer ein Fan von Kuchen und Torten, wenn Sie das meinen.«

»Nein, ich rede von Pralinen.«

»Das ist mir neu, aber wie gesagt, ich hatte längere Zeit keinen Kontakt zu ihr.«

»Sie kannten also ihre Lieblingspralinen nicht?«

»Nein, das sagte ich doch schon. Warum fragen Sie?«

»Nur so. Vielen Dank für Ihre Hilfe, Frau Bergmann.«

Die Flasche unter der Jacke fest an den Körper gepresst, drückte sich Paula an Regina Bergmann vorbei ins Freie.

***

Keeser saß im Auto und starrte betroffen auf das Haus, das sie gerade verlassen hatten. »Was sich manche Menschen gegenseitig antun. Dieser Bergmann scheint seine Frau nur im Suff ertragen zu können. Warum lassen sich die beiden nicht einfach scheiden, wenn sie nur noch Verachtung füreinander empfinden?«

»Keine Ahnung, aber ich bin ja auch keine Fachfrau für Eheangelegenheiten. Weil du gerade Suff sagst …« Paula holte mit spitzen Fingern die Schnapsflasche unter ihrer Jacke hervor. »Hast du noch eine Beweismitteltüte?«

»Du hast sie einfach mitgenommen?«, sagte Keeser tadelnd und deutete auf das Handschuhfach.

Paula holte eine der größeren Tüten aus Keesers Vorrat und verstaute die Flasche darin. Mit einem Kugelschreiber, der in einem Fach in der Mittelkonsole lag, schrieb sie die Namen der Bergmanns darauf. »Ich habe heute schon eine Tasse mitgehen lassen, da kommt es darauf auch nicht mehr an. Außerdem ist sie so gut wie leer.« Sie deponierte ihre Beute auf dem Rücksitz.

»Ich werde auf jeden Fall niemals heiraten«, schwor Keeser. Er sah Paula eindringlich an. »Und wenn ich dir doch eines Tages aus irgendeiner gefühlsduseligen Laune heraus erzählen sollte, dass ich Marianne einen Heiratsantrag machen möchte, dann erinnere mich bitte an dieses grauenhafte Ehepaar. Das musst du mir fest versprechen.«

»Du und Marianne, ihr seid doch ganz anders«, sagte Paula zuversichtlich und genehmigte sich die letzte Praline aus ihrer Tüte. Sie zerknüllte das Zellophan und stopfte es in das Fach in ihrer Tür.

»Entsorge deinen Müll bitte woanders«, meckerte Keeser sie von der Seite an.

»Mann, Keeser, mit deinem übertriebenen Ordnungsfimmel gehst du mir echt auf die Nerven.« Paula musterte ihn kritisch. »Okay, ich verspreche dir was, allerdings etwas anderes: Bevor ich dich im Falle von unkontrollierter Heiratswut an die Bergmanns erinnere, werde ich Marianne abraten, dich komischen Kauz zu heiraten.«

Keeser startete den Motor. »Egal wie, Hauptsache, ich lande nicht im Hafen der Ehe.«

Paula rechnete kurz nach. »Meine Eltern sind jetzt seit etwa vierzig Jahren glücklich verheiratet.«

»Das soll ja ab und zu vorkommen – ich werde das Risiko aber trotzdem nicht eingehen. Thema beendet. Anderes Thema: Kannst du dich an den Namen von Elisabeth Lauers Nachbarn erinnern, von dem Regina Bergmann gesprochen hat? Der, der im Gegensatz zu den alten Damen angeblich sein Haus an Frank Bergmann verkaufen wollte?«

»Irgendwas mit H, glaube ich, Hellmann oder Hausmann, genau weiß ich es aber nicht mehr. Wieso?«

»Lass uns doch schnell mal bei dem Mann vorbeischauen und mit ihm sprechen, bevor wir ins Büro zurückfahren. Vielleicht hat er uns ja was Interessantes zu erzählen.«

»Du hast manchmal richtig gute Ideen, Herr Kollege. Und worauf wartest du dann noch?«

»Nicht vergessen: erst gurten, dann spurten«, sagte Keeser lehrmeisterhaft. Dabei klang er wie der Sprecher der uralten und seit vielen Jahren abgesetzten Verkehrssendung »Der 7. Sinn«.

Paula kam seiner Aufforderung nach. »Besser, Herr Polizeiwachtmeister Dippelschisser?«

»Viel besser«, sagte Keeser und fuhr los. »Aber das heißt nicht *Dippelschisser*, sondern *Dibbelschisser*, werte unterfränkische Kollegin. An deinem Pfälzisch musst du echt noch arbeiten.«

Wenige Minuten später hielten sie vor Elisabeth Lauers Haus. Keeser warf einen prüfenden Blick auf das Gebäude rechts davon. »Waren die Fensterläden gestern auch schon geschlossen?«

Paula musste sich eingestehen, dass sie genauso wenig wie er darauf geachtet hatte. »Sieht aus, als wären die Bewohner im Urlaub.« Sie stieg aus und ging zum Briefkasten. »A. Hartmann«, las sie laut vor. »So daneben lag ich also nicht.«

Keeser gesellte sich zu ihr und öffnete das Gartentürchen. Sie gingen über einen betonierten Weg, aus dessen Rissen diverse Unkräuter quollen, zur Haustür. Keeser betätigte den Klingelknopf.

»Keiner da«, sagte er nach dem dritten ergebnislosen Versuch.

»Ich hab gar keine Klingel gehört, vielleicht ist sie abgestellt«, sagte Paula und hämmerte mit der Faust an die Holztür, die nach ihrem Dafürhalten schon bessere Zeiten erlebt hatte. Aber auch auf ihr energisches Klopfen hin blieb im Haus alles ruhig und die Tür verschlossen.

Paula ging um das Haus herum auf die Gartenseite. Aber auch da waren alle blaugrau gestrichenen Läden geschlossen. Es bot sich ihr keine Möglichkeit, ins Haus hineinsehen zu können.

»Definitiv ausgeflogen«, teilte sie Keeser mit, als sie wieder zu ihm stieß.

»Der Alfons ist schon seit letztem Wochenende bei seiner Tochter in der Nähe von Speyer.« Die Stimme kam von der Straße her.

Dort saß Helma Gensheimer lässig auf der Sitzfläche ihres Rollators und winkte Paula und Keeser zu.

»Hallo, Frau Gensheimer«, begrüßte Paula die alte Dame, während sie zu ihr auf den Gehsteig ging. »Wissen Sie auch, wann er zurückkommt?«

»Keine Ahnung, was wollen Sie denn von ihm?«

»Wir haben in Erfahrung gebracht, dass er, im Gegensatz zu Ihnen und Frau Lauer, sein Haus verkaufen wollte. Darüber hätten wir gern mit ihm gesprochen.« Keeser war Paula gefolgt und schloss das Gartentürchen.

»Das stimmt, Alfons wollte unbedingt verkaufen. Das haben Lissi und ich natürlich sehr gut verstanden. Was soll ein alter Mann schließlich allein in einem großen Haus? Seit seine Tochter vor zwei Jahren mit ihrer Familie in Römerberg gebaut hat, wollte er hier weg und in ihre Nähe ziehen. Er sprach immerzu davon, und als dann dieses Angebot von Frank ins Haus flatterte, war er sofort hellauf begeistert. Er war richtig sauer auf uns, weil wir seine Begeisterung nicht teilen wollten. Immer wieder hat er davon angefangen, dass wir doch endlich unsere Bruchbuden – ja, er hat unsere schönen Häuser ›Bruchbuden‹ genannt! – an Frank verkaufen sollten. Alfons versuchte uns einzureden, dass wir nie wieder so ein gutes Angebot bekämen und froh sein sollten, wenn wir die alten Kästen überhaupt loswürden. *Ein gutes Angebot*, dass ich nicht lache! Das grenzte an Verschenken und hatte mit Verkaufen nun wirklich nichts zu tun.« Helma Gensheimer hatte sich so in Rage geredet, dass ihre Wangen rot glühten und ihre Augen hinter den dicken Brillengläsern angriffslustig funkelten.

»Das Haus und der Garten sehen verlassen aus, vielleicht hat er ja doch inzwischen verkauft«, sagte Paula nach kurzem Überlegen.

»Nee, das glaube ich nicht. Und wenn doch, dann nicht an Frank, der wollte alle drei Grundstücke am Stück, das war immer seine Bedingung.«

»Kennen Sie zufällig die Adresse seiner Tochter?«, fragte Keeser.

»Die Adresse kenne ich nicht, aber ich weiß, wie sie mit Nachnamen heißt: Elke Wüst-Hartmann. Tss, die jungen Leute heutzutage mit diesen idiotischen Doppelnamen – als ob sie sich lieber doch nicht ganz auf ihren Ehepartner einlassen wollten. Sie wohnt, wie schon gesagt, in Römerberg bei Speyer.« Sie sah Paula und Keeser mit pfiffigem Gesichtsausdruck an. »Das müsste doch jemandem von der Kripo genügen, um die Adresse herauszufinden, oder?«

»Das sollte wohl reichen, Frau Gensheimer«, sagte Keeser schmunzelnd, während Paula sich den Namen und den Wohnort notierte. »Sie haben uns wie immer sehr geholfen.«

»Man tut, was man kann, junger Mann«, sagte Helma Gensheimer geschmeichelt. »Was ist überhaupt aus Frank geworden?«

»Der sitzt in einer hübschen kleinen Zelle«, sagte Paula, schwer um Ernsthaftigkeit bemüht.

»Hat er Lissi auf dem Gewissen?«

»So, wie es aussieht, nicht.«

»Aber müssen Sie ihn dann nicht nach vierundzwanzig Stunden laufen lassen?«, fragte Helma Gensheimer fachmännisch.

»Keine Sorge, er hat genug auf dem Kerbholz, um ihn für längere Zeit hinter Gittern zu behalten«, sagte Paula amüsiert.

»Gut so«, sagte Helma Gensheimer zufrieden und stemmte sich hoch. »Dann will ich Sie nicht länger von der Arbeit abhalten. Einen schönen Abend noch.« Sprach's und schob ihren Rollator zielstrebig in Richtung ihres Zuhauses.

***

Gerade als sie auf den Hof der Dienststelle fuhren, klingelte Paulas Handy. Es war Kriminaloberrat Sonne, der sich erkundigte, wann sie endlich zum Rapport kämen.

»Wir sind in zwei Minuten bei Ihnen, Chef«, versprach Paula und verließ das Auto.

Sie betraten das Dienstgebäude und stiegen die Stufen ins erste Stockwerk hinauf.

Während Keeser an Sonnes Tür klopfte, ging Paula mit der Schnapsflasche ein paar Türen weiter zur Kriminaltechnik. Als sie sie abgeliefert hatte, folgte sie Keeser, der die Tür zu Sonnes Büro für sie offen gelassen hatte.

Es herrschte ausnahmsweise klare Luft. Sonne hatte wohl noch keinen Grund für eine seiner Siegeszigarren gefunden. Paula war sich sicher, dass das, was sie und Keeser ihm von den Ermittlungen berichten konnten, diesen Umstand nicht ändern würde.

»Und, wie sieht es im Fall Lauer aus?«, fragte Heribert Sonne dann auch gleich ohne Umschweife.

»Viel hat sich nicht getan«, gab Keeser zu. »Fest steht jedoch inzwischen, dass sich die komplette Familie der Toten nicht grün ist und die alte Dame zu Lebzeiten nichts mehr mit ihren Angehörigen zu tun haben wollte.« Er schilderte kurz, was sie mit Elisabeth Lauers Verwandtschaft erlebt hatten.

»Jaja, die liebe Familie eben«, sagte Sonne mit wissendem Blick. »Jemand Verdächtiges dabei?«

»Jeder und auch keiner, wir warten auf die Ergebnisse der Kriminaltechnik bezüglich der Fingerabdrücke, die wir im Laufe des Tages gesammelt haben. Wir hoffen, dass sich da etwas ergibt.«

Es klopfte an der Tür hinter Paula und Keeser.

»Herein«, rief Sonne grantig.

Die Tür öffnete sich, und Werner Dreißigacker betrat den Raum. Er nickte Sonne zu und überreichte ihm seinen Bericht.

»Guten Abend, Chef, nur ganz kurz, bin gleich wieder weg. Ich will bloß schnell Bescheid geben, was wir bisher rausgefunden haben. Viel ist es nicht, und es wird Ihnen sicherlich nicht gefallen: Bis auf die Abdrücke des Konditors gibt es leider keine Übereinstimmungen mit denen auf der Pralinentüte«, sagte er. Er sah Paula an. »Auch die von der Flasche, die Sie mir zuletzt gebracht haben, passen nicht zu denen auf der Tüte. Sorry, Leute, ich hätte gern etwas anderes erzählt.«

»Hm«, sagte Heribert Sonne gedankenverloren. Er holte sich eine Zigarre aus der Kiste mit aufwendigen Intarsien auf seinem Schreibtisch, steckte sie sich zwischen die wulstigen Lippen und kaute darauf herum, ohne sie anzuzünden. Unschlüssig betrachtete er Dreißigackers Bericht und legte ihn dann auf einen Stapel Aktenmappen.

»Ist wenigstens bei Ihrem Einsatz im Haus von Elisabeth Lauers Sohn irgendetwas Brauchbares herausgekommen?«, erkundigte er sich.

Dreißigacker schüttelte den Kopf. »Überhaupt nichts. Es gab dort zwar eine ausgesprochen gut ausgestattete Hausapotheke, die enthielt aber nur handelsübliche Medikamente. Wenn sich in dem Haus jemals Gift, insbesondere Aconitin, befunden haben sollte, dann wurde es längst entsorgt. Wir haben jedenfalls nicht die kleinste Spur einer gefährlichen Substanz feststellen können.«

»Wäre ja auch zu schön gewesen«, nuschelte Sonne mit der Zigarre im Mund. Er klatschte mit seinen dicken Pranken auf die Schreibtischplatte, wo er feuchte Abdrücke hinterließ. »Gut«, sagte er abschließend und wuchtete seinen Körper aus dem Stuhl. »Dann sollten wir für heute Feierabend machen, meine Herrschaften. Wollen wir hoffen, dass uns der morgige Tag mehr Erkenntnisse bringt. Ich wünsche Ihnen allen einen schönen Abend.« Er nahm seinen sandfarbenen Trenchcoat in Großraumzeltgröße vom Kleiderständer und schlüpfte hinein.

Als er aus einer seiner Manteltaschen ein Feuerzeug hervorholte, floh Paula auf den Gang hinaus, bevor er seine nass gekaute Zigarre anzündete.

***

Mitten auf Paulas Schreibtisch lag ein Stapel Papiere mit einem gelben Post-it-Zettel obendrauf.

»Konnte nicht länger warten – Probeessen für die Hochzeit. Legt mir meine sauer verdienten Pralinen einfach in mein Büro – Danke! Gruß, Geigerlein«, stand darauf.

Paula blätterte die Lieferadressen der Konditorei durch und war überrascht über die weiten Entfernungen. »Würdest du Pralinen in der Südpfalz bestellen, wenn du in Bremen wohnen würdest?«

»Wenn sie mir besonders gut schmecken – schon möglich«, sagte Keeser.

»Dort oben gibt es doch sicherlich auch gute Confiserien.«

»Das schon, aber bestimmt keine Riesling Auslese. Was ist mit Käufern hier in der Nähe?«, fragte Keeser.

»Geigerlein hat ein paar angestrichen, Neustadt an der Weinstraße, Karlsruhe, Mannheim, Grünstadt … und, halt, hier ist noch eine Adresse in Landau: ›Annas Landpartie‹, sagt dir das was?«

»Hab drüber gelesen, das ist ein kleiner Laden in der Theaterstraße, der sich auf Pfälzer Produkte spezialisiert hat. Logisch, dass die auch Rebmann-Produkte im Sortiment haben. Und das wird sicher nicht der einzige Händler sein, bei dem man diese Pralinen kaufen kann.«

»Wenn ich die traurig aussehenden Smileys, die Geigerlein an die Ränder gemalt hat, richtig deute, dann hat ihre Überprüfung der Besteller keine Verbindung zu Elisabeth Lauer ergeben.«

Keeser schien das nicht zu wundern. »Hast du denn etwas anderes erwartet? Es ist doch niemand so doof und bestellt sein Mordwerkzeug im Internet. Jeder weiß doch, dass man das zurückverfolgen kann. Unser Mörder hat die Pralinen also bestimmt direkt im Laden gekauft – entweder hier oder in Pleisweiler, und wenn nicht da, dann in einem anderen Geschäft, wie in ›Annas Landdingens‹.«

»›Annas Landpartie‹«, verbesserte Paula ihn.

Keeser fuhr fort: »Auf dem Weihnachtsmarkt in Landau gibt es auch immer einen Rebmann-Stand.« Er deutete auf die Liste in Paulas Händen. »Diese Übung hätten wir uns also getrost sparen können. Dann hätte ich auch noch die zwanzig Euro in meinem Geldbeutel, die du in dem Café sinnlos verpulvert hast.«

»Den Versuch war es meiner Meinung nach trotzdem wert«, sagte Paula und grinste spitzbübisch. »Besonders hinsichtlich des leckeren Obsttörtchens und der Pralinen.«

»Weil du gerade dein Obsttörtchen erwähnst: Ich habe Hunger«, sagte Keeser und sah auf seine Armbanduhr. »Wenn wir mit dem Bericht fertig sind, könnten wir eine Kleinigkeit essen gehen. Natürlich nur, falls du für heute Abend noch nichts vorhast.«

»Was ist mit Marianne?«

»Was soll mit ihr sein?«

»Esst ihr nicht zusammen zu Abend?«

»Diesbezüglich ist nichts geplant. Ich habe auch nicht vor, jetzt noch zu kochen«, sagte Keeser ausweichend.

»Wieso du? Was ist mit ihr? Kocht sie nicht gern?«

»Sagen wir es mal so: Sie ist nicht unbedingt das typische Heimchen am Herd.«

»Na dann, ich könnte auch was zwischen den Zähnen vertragen. Ruf sie doch an, vielleicht geht sie ja mit.«

Keeser sah alles andere als begeistert aus. »Muss das sein?«, sagte er matt. »Sie meckert dann nur an meinem Essen herum – zu fett, zu ungesund und vor allem zu viel.«

Genau das war es, was Paula vorschwebte: etwas Fettiges und Ungesundes und jede Menge davon.

Als sie wenig später die Schreibarbeit erledigt hatten und die Dienststelle verließen, kam ihnen auf dem Hof unerwartet Staatsanwältin Marianne Renner entgegen.

»Seid ihr fertig oder noch im Dienst?« Sie hakte sich bei Keeser ein und sah ihn verliebt an.

»Fertig«, antwortete Paula.

»Noch im Dienst«, sagte Keeser gleichzeitig.

Marianne nahm Keeser ins Visier. »Tja, mein Lieber, da hättet ihr euch wohl besser absprechen sollen. Lass mich raten: Ihr wolltet gerade heimlich zum Essen gehen?«

Keeser nickte verlegen.

»Denk immer daran, Bernd Fridolin Keeser: *Mir* kannst du nichts vormachen. Wir gehen jetzt zu mir nach Hause, und da koche ich uns was Feines. Ich war nämlich extra in meiner Mittagspause auf dem Markt und habe jede Menge frisches Gemüse gekauft. Paula, du bist natürlich eingeladen.«

Keeser machte ein unglückliches Gesicht.

Er tat Paula wirklich leid. »Danke für das reizende Angebot, aber ich habe schon eine Verabredung«, sagte sie schnell.

»Was für eine Verabredung?«, fragte Keeser erstaunt. »Ich dachte, du hast nichts vor?«

»Ich werde mich später mit diesem Hamburger treffen, über den wir im Büro gesprochen haben.«

»Du hast einen Mann kennengelernt? Mensch, Bernd, warum hast du mir nichts davon erzählt? Wie schön für dich«, sagte Marianne erfreut. »Ich hoffe nur, dass er nett ist und nicht so ein Feigling wie Sebastian.«

Der amüsierte Blick, den Paula und Keeser wechselten, brachte sie schnell auf die richtige Fährte. »Haha, sehr witzig.

Ich hätte mir ja denken können, dass ihr *so einen* Hamburger meint. Aber damit ist für dich jetzt erst einmal Schluss, mein Lieber!« Sie tätschelte Keeser liebevoll den Bauch. »Da bin ich ja gerade noch rechtzeitig gekommen, um dich vor einer derartigen Sünde zu bewahren.«

»Das ist doch aber nur mageres Rindfleisch, Salatblätter, Tomatenscheiben, Gürkchen …«, sagte Keeser mit Bettelblick.

»*Keine Hamburger* für den dicken Kommissar«, sagte Marianne mit Nachdruck.

»Ich bin nicht dick«, begehrte er schwach auf, »ich bin nur zu klein für mein Gewicht.«

Marianne musterte ihn mit einem spöttischen Blick. »Was du nicht sagst. Kannst du mir auch sagen, was ich mit einem drei Meter großen Keeser anfangen sollte?«

»Ich geh dann mal, wir sehen uns morgen früh«, sagte Paula und ergriff die Flucht.

Amor braucht keinen Waffenschein

Mittwoch, 19. September

Nachdem Paula am Abend zuvor ausnahmsweise früh ins Bett gegangen war, fühlte sie sich seit Langem mal wieder ausgeschlafen und dementsprechend fit. Fröhlich pfeifend betrat sie um halb acht Uhr die Dienststelle. Ihr erster Weg führte sie zur Kaffeemaschine, ihr zweiter – ausgestattet mit einer dampfenden Kaffeetasse – in Martina Geigers Büro.

Nicht minder fröhlich wurde sie begrüßt. »Guten Morgen, Paulalein. Danke übrigens für die Pralinen. Ich habe ehrlich gesagt nicht zu hoffen gewagt, dass ihr daran denkt. Ich kann mich doch darauf verlassen, dass das nicht diese vergifteten Todestrüffel sind?« Sie zwinkerte verschwörerisch mit einem ihrer in drei Grüntönen geschminkten Augenlider.

»Todestrüffel?«, wiederholte Paula spöttisch. »Das hört sich nach einem richtig miesen Filmchen auf Tele 5 an.«

»Ist nicht von mir, stand so in der heutigen Zeitung.« Martina Geiger nahm ihre Riesentasche von der Garderobe, wühlte kurz darin und hielt Paula dann einen zerknitterten Zeitungsausschnitt entgegen. »Du hast es also noch gar nicht gelesen? Der Artikel ist – einmal darfst du raten – von der Spezialfreundin unseres allseits beliebten und wertgeschätzten Commissarios«, verriet sie umschweifig blumig, ohne Paula auch nur ansatzweise die Möglichkeit zum Raten zu geben.

»Die Mertens hat etwas über unseren Fall geschrieben?« Ungläubig nahm Paula den Artikel, strich ihn glatt und las:

Sind noch mehr Todestrüffel im Umlauf?

BAD BERGZABERN. Tod einer 89-jährigen Frau war Mord
Die 89-jährige Frau, die am Montag auf dem Friedhof in Bad Bergzabern tot zusammengebrochen ist, wurde vergiftet.

Elisabeth L., die am Montagnachmittag auf dem Friedhof in Bad Bergzabern zusammengebrochen ist und trotz herbeigerufenem Notarzt kurz darauf dort verstarb, wurde Opfer einer Vergiftung. Das hat die rechtsmedizinische Untersuchung zweifelsfrei ergeben. Das tödliche Gift soll sich in Schokoladentrüffeln befunden haben, die in der Tasche der Verstorbenen sichergestellt wurden. Die Polizei hält sich derzeit noch mit Informationen zu dem Fall zurück. Unklar ist auch, ob sich noch mehr der mit Gift versetzten Trüffel im Umlauf befinden. (bem)

Martina Geiger hatte recht, »bem« war das Kürzel von Bettina Mertens.

»Ich glaub es nicht«, zischte Paula wütend, als sie hinter sich Schritte hörte.

»Ah, du hast es also schon gelesen«, sagte Keeser. »Woher hat dieses Weib bloß wieder die Informationen? Sonne hat doch noch gar nichts an die Presse weitergegeben.«

Paula legte seufzend den Artikel auf den Schreibtisch. »Das gibt sicherlich gleich was auf die Ohren.«

»Was meinst du, könnte diese verhinderte Miss Marple geplaudert haben?«

Paula überlegte kurz, schüttelte dann aber den Kopf. »Nein, Frau Gensheimer war das nicht. Mag sein, dass sie ihr kriminalistisches Wissen …«

»Halbwissen«, unterbrach Keeser sie.

»Ihr Halbwissen, meinetwegen. Wenn sie dieses kriminalistische Halbwissen auch nur aus Büchern und aus dem Fernsehen zusammengetragen hat, dann weiß sie trotzdem, oder vielleicht sogar genau deswegen, dass sie damit unsere Ermittlungen beeinträchtigen würde. Nein, dafür ist sie viel zu gewieft. Weiß sie überhaupt, wo das Gift drin war?«

»Keine Ahnung, von mir hat sie es nicht«, sagte Keeser.

»Schau mich nicht so vorwurfsvoll an, ich hab ihr auch nichts gesagt. Wer wusste denn sonst noch von den Trüffeln?«

»Mir fällt da auf Anhieb nur der Konditor ein.«

»Das schon, aber würde er es riskieren, dass die Leute vor lauter Angst keine Pralinen mehr bei ihm kaufen? Wohl eher nicht.«

»Ist ja jetzt auch egal und nicht mehr zu ändern«, sagte Keeser, um das leidige Thema zu beenden, und deutete auf die Uhr an der Wand. »Wir sollten nach oben gehen, die Besprechung geht gleich los.«

»Geigerlein, könntest du inzwischen eine Adresse für uns ausfindig machen?« Paula nahm ihren Notizblock aus der Jackentasche und blätterte darin, bis sie den letzten Eintrag gefunden hatte. »Elke Wüst-Hartmann, wohnhaft in Römerberg.«

Paula war schon fast draußen, als ihr noch etwas einfiel. »Ach, Lieblings-Geigerlein«, sagte sie mit gedämpfter Stimme, »ich habe noch eine Bitte: Kannst du für mich überprüfen, ob eine gewisse Monika Lauer aus Bad Bergzabern nach ihrem Tod beerdigt oder verbrannt wurde? Das war vor ungefähr sechs Jahren. Keeser braucht davon aber erst einmal nichts zu wissen.«

Martina Geiger legte militärisch akkurat die Hand an die Stirn. »Wird sofort erledigt!«

»Wie war dein Hamburger?«, fragte Keeser auf dem Weg nach oben.

»Ausgesprochen köstlich. Und dein Gemüse?«

»Gesund, was sonst? Reis und Gemüse, kein Fleisch dazu, auch keinen Fisch. Nur eine riesige Pfanne voller Reis und unendlich viel Gemüse. Wie soll ein erwachsener Mann davon bitte schön satt werden? Aber damit nicht genug, hab ich zum Frühstück zwei armselige Äpfel serviert bekommen. *Zwei Äpfel* für einen ausgewachsenen Mann, wenn das kein perfekter Trennungsgrund ist …«, echauffierte sich Keeser. »Und du? Warst du beim Mäckes?«

»Nein, ich war im ›LEMON‹, da konnte ich bequem hinlaufen.«

»›LEMON‹? Ah, das Lokal in der Reiterstraße, hieß davor, glaube ich, mal ›Englischer Garten‹. Ist der Laden nicht eher was für junge Leute?«

Paula blieb mitten auf der Treppe stehen und sah Keeser scharf an.

»Hey, alter Mann, ich gehöre zu diesen eher jungen Leuten, schon vergessen?«

Darauf ging Keeser gar nicht ein. »Ich dachte immer, das ist so was wie 'ne Cocktailbar.«

»Es gibt Cocktails dort, aber eben auch richtig leckere Burger. Endlich weiß ich mal mehr als du.«

»Was war es denn für einer?«

»Willst du dir das echt antun?«

Keeser nickte. »Gib mir was zum Träumen.«

»Okay, wenn du unbedingt willst, aber wehe, du fängst an zu sabbern.«

Während sie die letzten Stufen hinaufstiegen, beschrieb Paula den Western-Burger, den sie verspeist hatte.

Keeser schluckte schwer. »Das klingt wirklich göttlich«, stöhnte er.

»Aber das war natürlich noch nicht alles. Soll ich dir auch noch sagen, was ich sonst noch hatte?« Paula blieb vor der offenen Tür des Besprechungszimmers stehen.

Keeser sah sie erwartungsvoll an.

»LEMON Cheesy Fries. Das sind Pommes mit geschmorten Zwiebeln und gebratenem Speck, überbacken mit einem Chester-Mozzarella-Mix und einem Berg Sour Cream dazu. Saulecker, kann ich dir sagen.«

»Du würdest nicht zufällig heute Mittag noch einmal dorthin gehen wollen?«

»Soll ich Ihnen beiden eine Extraeinladung schicken?«, rief Kriminaloberrat Sonne unfreundlich aus dem Besprechungszimmer heraus. Keesers Frage blieb somit vorerst unbeantwortet.

»Jetzt, da wir endlich vollzählig sind, gleich vorneweg: Wer hat *das* verbockt?« Heribert Sonne tippte mit seinem fleischigen Zeigefinger auf die aufgeschlagene »Rheinpfalz«. Sein Blick blieb an Polizeianwärter Hartmut Berger hängen, der bis unter die Haarwurzeln rot anlief. Alles, was er zustande brachte, war ein gekrächztes »Ich nicht, ich schwör's!«.

Paula tat der arme Kerl leid. Außerdem war sie sich sicher, dass nicht er das Vögelchen gewesen war, das bei der Presse gezwitschert hatte. Okay, bei ihrem letzten Fall hatte er sich von Bettina Mertens ein paar Informationen herauslocken lassen, aber nach dem Rüffel, den Sonne ihm deswegen verabreicht hatte, würde er sich wohl lieber den Mund zunähen, als irgendwelche Interna preisgeben.

»Wenn nicht Sie, wer dann?« Sonne ließ seinen Blick über die Anwesenden streifen.

Paula kam es so vor, als würden sich alle ein bisschen ducken. Sie mit eingeschlossen. Man mochte von Oberrat Sonne denken, was man wollte – eine furchteinflößende Respektsperson war er allemal.

»Gut, wenn wir das also geklärt haben«, sagte er, ohne dass etwas geklärt worden war, »dann zur Tagesordnung: Wie Sie alle wissen, wissen wir noch so gut wie nichts – oder hat sich in der Zwischenzeit irgendetwas ergeben, von dem ich noch nicht in Kenntnis gesetzt wurde?«

Sonne bekam außer einem Grummeln, das Paula Keesers Magen zuordnen konnte und welches für allgemeine Erheiterung sorgte, nur kollektives Kopfschütteln als Antwort.

»Was grundsätzlich nichts Ungewöhnliches ist nach nur zwei Ermittlungstagen«, kommentierte Sonne. »Normalerweise würde ich ja nicht drängeln, aber da die Presse den Fall jetzt an die große Glocke gehängt hat, muss ich wohl nicht erwähnen, dass wir schnellstmöglich Ergebnisse brauchen. Gleich im Anschluss werde ich der Presse Rede und Antwort stehen müssen, damit nicht noch mehr Unsinn verbreitet wird.«

Er sah zu Paula und Keeser. »Wie sieht Ihr weiteres Vorgehen aus?«

»Mit der Familie von Elisabeth Lauer haben wir, bis auf eine Enkelin, gesprochen. Mit der versuchen wir noch heute, in Kontakt zu treten«, sagte Paula. »Es gibt da zudem einen weiteren Nachbarn von Frau Lauer, den wir nicht angetroffen haben. Ihm soll ebenfalls ein Kaufangebot für sein Haus unterbreitet worden sein. Angeblich hält er sich derzeit bei seiner Tochter in Speyer auf. Frau Geiger ist gerade dabei, die Adresse für uns herauszufinden.«

»Gut, machen Sie das«, sagte Sonne.

»Wir haben außerdem noch den Bauunternehmer auf unserer Liste, einen Holger Neu, der Frank Bergmann überhaupt erst auf seine Großmutter und ihre Nachbarn angesetzt hat, um an die Grundstücke zu kommen. Dem sollten wir zwingend auf den Zahn fühlen. Frank Bergmann hat zwar nichts Konkretes über den Mann gesagt, aber er hat doch heraushören lassen, dass mit diesem Menschen nicht zu spaßen ist.«

»Hat der zufällig mit der Firma ›NEU-BAU‹ zu tun?«, fragte Sonne interessiert.

»Er ist laut Frank Bergmann der Chef dieser Firma«, bestätigte Paula.

»Dann erwarten Sie sich von dem Gespräch am besten nicht allzu viel, der Kerl ist schlüpfrig wie ein Aal. Die Steuerfahndung beschäftigt sich schon seit Jahren mit ihm, aber die zuständigen Ermittler kriegen ihn einfach nicht zu packen. Der Zoll kontrolliert zudem regelmäßig seine Baustellen, aber wundersamerweise finden sie nie auch nur einen einzigen Schwarzarbeiter. Es wird gemunkelt, er hätte Verbindungen zur Unterwelt, was man ihm aber genauso wenig nachweisen kann. Die zuständigen Behörden gehen davon aus, dass er in allen wichtigen Positionen Leute schmiert, die ihn immer rechtzeitig warnen. Ich befürchte daher, das trifft für unsere Abteilung ebenfalls zu. Holger Neu ist mit allen Wassern gewaschen.«

Paula konnte nicht behaupten, dass sie sich besonders auf dieses Gespräch freute.

»Was ist mit dem Konditor, könnte der nicht doch etwas mit dem Tod der alten Dame zu tun haben?«, fragte Heribert Sonne.

Paula sah erst Keeser und dann Sonne überrascht an. »Das halten wir für unwahrscheinlich. Aus unserer Sicht hatte er kein Motiv, eine seiner treuesten Kundinnen zu töten.«

»Wir sollten trotzdem auf Nummer sicher gehen. Ich möchte unbedingt vermeiden, dass uns die Presse irgendwelche Versäumnisse vorwerfen kann. Herr Dreißigacker, Sie werden den Laden gründlich unter die Lupe nehmen. Ich besorge Ihnen den Durchsuchungsbeschluss.« Sonne schob seinen Stuhl zurück und gab somit Zeichen zum Aufbruch. »Also dann, meine Herrschaften, es gibt genügend zu tun. Ich hoffe doch sehr, dass wir diesen Fall bald abschließen können.«

Martina Geiger winkte mit einem Zettel, als Paula und Keeser an ihrer offenen Bürotür vorbeikamen. »Hier ist die gewünschte Adresse in Römerberg. Kann ich sonst noch etwas für euch zwei Hübschen tun?«

Die beiden Hübschen verneinten.

»Commissario, magst du was von meinem belegten Brot abhaben?«

»Was?« Keeser sah Martina Geiger argwöhnisch an.

»Nun, mir wurde von einer Quelle, deren Identität ich natürlich nicht preisgeben werde, zugetragen, dass dein Magen während der Besprechung wie ein wilder Tiger geknurrt haben soll.«

»Richte deiner Hansi-Quelle aus, sie soll sich um ihren eigenen Magen kümmern«, sagte Keeser übellaunig und verzog sich in sein eigenes Büro.

Martina Geiger schaute ihm besorgt nach. »Was ist denn mit dem los? Hat er seinen Humor unterwegs verloren?«

»Er macht Diät«, erwiderte Paula knapp.

Martina Geiger nickte wissend. »Du Ärmste!«

»Du sagst es. Hast du schon etwas in dieser anderen Sache herausgefunden?«

»Hab ich, die Frau wurde nicht eingeäschert, sie wurde auf dem Friedhof in Bad Bergzabern beigesetzt.«

Perfekt, dachte Paula, auch wenn sie nicht wusste, ob sie dieses Wissen jemals brauchen würde.

***

»Marianne macht mich zum Gespött der gesamten Mordkommission!«, maulte Keeser, als sie vom Hof fuhren. Sie hätten die kurze Strecke vom Büro bis in die Meerweibchenstraße auch laufen können, doch von dort aus wollten sie gleich weiter nach Speyer fahren.

Paula konnte Keesers Logik nicht folgen. »Wieso Marianne? Wenn ich mich recht erinnere, dann war es dein Magen, der zur Freude aller so herzallerliebst geknurrt hat.«

»Und warum hat er geknurrt? Weil *sie* will, dass ich abnehme, und weil ich deswegen seit Tagen so gut wie nichts zu essen bekommen habe.«

»Du müsstest nur regelmäßig an dem Gemüse knabbern, das sie dir so liebevoll schnippelt, dann hätte dein Magen gar keinen Grund zum Knurren.«

»Ich bin doch kein Mann geworden, um an Gemüse zu knabbern«, blaffte Keeser und hielt Ausschau nach einem Parkplatz. In der Reiterstraße, genau vor dem »LEMON«, wurde er fündig.

»Na toll, ausgerechnet vor einem Laden, von dem ich jetzt weiß, was es dort zu essen gibt. Am liebstem würde ich da reinmarschieren und mir so einen Western-Burger einverleiben. Und eine doppelte Portion von den überbackenen Pommes noch dazu.«

»Die haben aber noch geschlossen«, sagte Paula ruhig.

»Das ist eine Verschwörung!«, rief Keeser theatralisch. »Das kann nur eine Verschwörung sein!«

»Nein, das ist keine Verschwörung – man nennt das Öffnungszeiten«, bemerkte Paula beim Aussteigen trocken.

Keeser schickte ihr einen vernichtenden Blick hinterher. »Ihr Weiber haltet wohl immer zusammen.«

»Du hast es erfasst, mein lieber, gut genährter Freund«, sagte Paula und schlug die Autotür zu.

Keeser stieg ebenfalls aus und eilte ihr schnaufend, aber wortlos hinterher. Nach wenigen Schritten bogen sie nach rechts in die Meerweibchenstraße ein. Das Haus, das sie suchten, war genau gegenüber einer Metzgerei, die unglücklicherweise schon geöffnet hatte. In die stürmte Keeser jetzt wie ein ausgehungerter Wolf hinein und kam kurz darauf mit einem großzügig belegten Brötchen in jeder Hand wieder heraus. Herzhaft biss er in das erste hinein.

»Ihr kömmt miff alle mal mit eum idiotiffen Flankheitswahn!«, nuschelte er mit vollem Mund.

»Eins hätte doch sicherlich auch genügt«, tadelte Paula, womit sie Keeser jedoch nicht zu bremsen vermochte: Mit nur drei Bissen hatte er das erste Brötchen verschlungen und widmete sich gierig dem zweiten.

»Von mir aus«, sagte Paula unbeeindruckt. »Ist ja deine Figur und nicht meine.«

Sie studierte die Klingelleiste des hell verklinkerten Hauses. Auf dem obersten Klingelschild fand sie den Namen des Freundes, bei dem Marlene Lauer nach Aussage ihrer Schwester untergekommen sein sollte.

»Freu dich«, sagte sie und drückte prüfend gegen die Haustür, die sofort nach innen aufsprang. »Wir müssen in den dritten Stock hinauf.«

Einen Aufzug gab es nicht, aber Paula wusste aus Erfahrung, dass Keeser den sowieso nicht benutzt hätte. Um seinem Herzen etwas Gutes zu tun, war stets seine zweifelhafte Begründung – Paula nannte es Platzangst.

Schon nach drei Treppen rang Keeser unüberhörbar nach Luft, nach fünf Treppen gab er nur noch ein bedenkliches Japsen von sich. Mit scheinbar letzter Kraft schleppte er sich die restlichen paar Stufen hinauf bis unter das Dach, wo Paula schon ungeduldig auf ihn wartete.

Sie empfing ihn mit den ironischen Worten: »Du hast recht, Kollege Keeser, warum solltest ausgerechnet *du* etwas für deine Figur und somit etwas für deine Gesundheit tun? Mein Lieber, wenn du so weitermachst, wirst du unter der Erde liegen, bevor du in Rente gehst.«

Hinter der Tür setzte das Weinen eines Babys ein. Paula drückte auf den Klingelknopf, ohne darauf zu warten, dass sich Keeser zumindest halbwegs von den Strapazen des Aufstiegs erholt hatte.

Die Tür wurde von einer jungen Frau in einem hellblauen Frotteeschlafanzug mit einem Kleinkind auf dem Arm geöffnet. Der kleine Wurm hatte das Weinen eingestellt und sah ihnen mit großen Augen neugierig entgegen.

Paula zeigte ihren Dienstausweis vor. »Marlene Lauer?«

Bevor die Frau antwortete, wusste Paula schon, dass sie es war. Die Ähnlichkeit mit ihrer Schwester Marion war frappierend, auch wenn sie ein paar Kilos mehr auf den Rippen hatte und dadurch im Vergleich zu ihrer Zwillingsschwester wie das blühende Leben aussah. Aufgrund der großen dunklen Locken, die sich um ihr hübsches Gesicht kringelten, wirkte sie um einiges weiblicher und weicher als die ausgemergelte und knabenhafte Marion. Sie ähnelte ihrer Mutter als junge Frau.

»Ja …«, sagte Marlene Lauer verunsichert.

»Mein Name ist Paula Stern, ich bin Kriminaloberkommissarin bei der Mordkommission, und das hier ist mein Kollege Bernd Keeser.«

Der war wieder halbwegs bei Atem und nickte zum Gruß.

»Wir würden Ihnen gern ein paar Fragen stellen, Frau Lauer. Dürfen wir reinkommen?«

»Mordkommission?«, sagte Marlene Lauer erschrocken. »Wer wurde denn ermordet? Oh Gott, ist was mit Marion passiert?«

»Marion geht es gut«, sagte Paula beruhigend. »Von ihr haben wir diese Adresse bekommen. Was ist jetzt? Dürfen wir reinkommen?«

»Ähm, ja natürlich, kommen Sie.« Marlene Lauer machte einen Schritt zur Seite, das Baby schenkte Paula ein strahlendes Lächeln.

Sie erinnerte sich, dass in Elisabeth Lauers Testament von einem Urenkel namens Jakob die Rede gewesen war.

»Hallo, Jakob, du bist aber ein Süßer«, sagte sie deshalb und strich dem Kleinen mit ihrem Zeigefinger über eine seiner Pausbacken, worauf er ein vergnügtes Giggeln von sich gab.

Bald habe ich auch so einen kleinen Windelscheißer auf dem Arm, dachte sie.

Marlene Lauer ging in eine unaufgeräumte Küche voran, wo sie sich setzte und ihr Kind mit beiden Armen fest umschlang, als würde sie Halt an ihm suchen.

Keeser setzte sich ebenfalls, Paula blieb lieber stehen. Sie sah sich in der Küche um, die alles andere als nobel eingerichtet war. Kein Stuhl glich dem anderen, woraus Paula schloss, dass sie beim Sperrmüll zusammengetragen worden waren. Unter der Dachschräge, die gesamte Länge der Wand entlang, befand sich ein aus alten Weinkisten zusammengesetztes Regal, in dem sich Töpfe, Pfannen und Plastikschüsseln in allen Farben des Regenbogens stapelten. In der Spüle türmte sich dreckiges Geschirr. Einziges Schmuckstück in diesem Raum war ein altes Küchenbüfett mit Vitrinenaufsatz.

Der neueste Einrichtungsgegenstand war die Waschmaschine neben der Spüle, die angenehm leise arbeitete und hinter deren gläsernem Bullauge unentwegt bunte Wäschestücke vorbeihuschten. Auf dem Boden davor lag ein großer Haufen Dreckwäsche, heute war wohl Waschtag. Paula hatte nie in einer Wohngemeinschaft gewohnt, aber sie war sich sicher, in einer gelandet zu sein.

»Sagen Sie mir jetzt endlich, was passiert ist?«, fragte Marlene Lauer mit brüchiger Stimme, wodurch sie ängstlich wirkte.

»Ihre Großmutter ist vorgestern gestorben«, sagte Paula so sanft wie möglich.

Dem kleinen Jakob schien Paulas Tonlage zu gefallen, er krähte vergnügt und patschte vor Begeisterung mit seinen kleinen Händen auf die nackte, arg ramponierte Holzplatte des Esstisches.

Seine Mutter hingegen starrte Paula mit gequältem Blick an, dann begann sie still zu weinen.

Paula und Keeser ließen die Nachricht erst einmal auf die junge Frau wirken, die schniefend vor ihnen saß, ihren Sohn an sich drückte und die laufende Nase mit dem Ärmel ihres Schlafanzugoberteils abwischte.

Keeser zog wortlos ein frisches, ordentlich zusammengefaltetes Stofftaschentuch aus seiner Jacke und reichte es ihr.

Marlene Lauer nahm es nach kurzem Zögern und schnäuzte sich hinein.

»Okay«, sagte sie schließlich, wischte sich ein letztes Mal die Nase und sah Paula etwas gefasster an. »Oma hatte ein schönes langes Leben. In ihrem Alter muss man nun mal damit rechnen, dass es irgendwann zu Ende ist. Wenn sie jedoch einfach nur gestorben wäre, dann wären Sie nicht hier, richtig?«

»Richtig.«

»Wie ist sie denn … Ich meine, wie wurde sie …«

»Sie wurde vergiftet.«

Marlene Lauer sah Paula mit versteinertem Gesicht an. »Haben Sie schon mit Natalia gesprochen?«, sagte sie mit kalter Stimme.

»Das haben wir. Wir haben inzwischen mit allen Mitgliedern Ihrer Familie gesprochen. Warum fragen Sie ausgerechnet nach Ihrer Stiefmutter, Frau Lauer? Hat das einen bestimmten Grund?«

»Wenn Sie schon mit allen gesprochen haben, dann dürfte Sie das eigentlich nicht wundern. Insbesondere, wenn Sie sich mit Marion unterhalten haben«, sagte Marlene Lauer vorsichtig.

»Ihre Schwester kann Natalia nicht so gut leiden, so viel wissen wir«, sagte Paula, um Neutralität bemüht.

Marlene Lauer lachte freudlos. »*Nicht mögen* ist ja wohl maßlos untertrieben. Sie hasst die polnische Gans, noch mehr, als ich es tue.«

Jakob zuckte bei dem negativen Gefühlsausbruch seiner Mutter zusammen.

»Alles gut, mein Kleiner«, sagte sie beschwichtigend und küsste ihn liebevoll auf die dunklen Löckchen. Prüfend sah sie Paula und Keeser an. »Sie hat Ihnen doch von ihrem Verdacht erzählt?«

Paula tat, als wüsste sie von nichts.

»Na, dass Natalia unsere Mutter aus dem Weg geräumt hat, um Papa heiraten zu können. Ich kann mir nicht vorstellen, dass sie diese Chance ungenutzt verstreichen ließ, als Sie bei ihr waren.«

»Ja, sie hat da so was erwähnt. Eine Anschuldigung, der Ihr Vater empört widersprochen hat.«

»Was bleibt ihm denn anderes übrig? Er kann ja schlecht nach so vielen Jahren mit irgendwelchen Zweifeln kommen.«

»Das könnte er grundsätzlich schon«, sagte Paula. »Davon mal abgesehen, gibt es sowieso keinerlei Hinweis darauf, dass Ihre Stiefmutter etwas mit dem Tod Ihrer Großmutter zu tun hat …«

»Sagen Sie doch nicht immer *Stiefmutter*«, fiel ihr Marlene Lauer ins Wort. »Natalia hat sich uns gegenüber niemals in irgendeiner Art mütterlich verhalten, noch nicht einmal freundschaftlich. Wenn sie gekonnt hätte, dann hätte sie uns gelöscht. Na ja, in gewisser Weise hat sie das ja auch, wenn ich es recht überlege, zumindest aus dem Leben unseres Vaters. Sie haben doch gesehen, in welchem Zustand Marion ist. Natalia und mein Vater sind in hohem Maße mit schuld an ihrem Absturz, auch wenn er das nicht wahrhaben will. Wir haben damals nicht nur unsere Mutter verloren – egal, ob Natalia nun etwas mit ihrem Tod zu tun hatte oder nicht. Wir haben auch gleich noch den Vater verloren, den wir nach Mamas Tod so dringend gebraucht hätten, denn der hatte nur noch Natalia im Sinn. Er war wie im Rausch – Oma nannte es immer Gehirnwäsche, und rückwirkend betrachtet kam es dem sehr nahe.«

Erneut verunsicherte der scharfe Ton seiner Mutter den kleinen Jakob, er fing an zu weinen. Marlene Lauer stand auf, ging mit ihm auf und ab und sprach dabei beruhigend auf ihn ein.

»Jakob ist jetzt sieben Monate alt, und mein Vater hat ihn noch nicht einmal gesehen. Und bevor Sie etwas zu seiner Entschuldigung sagen wollen: Das liegt nicht an mir. Er hat seit Langem kein Interesse mehr an seinen Kindern, und noch weniger Interesse hat er an seinem einzigen Enkelkind.«

»Marion wohnt immerhin im Moment wieder zu Hause«, sagte Paula unüberlegt. Wenn es gegangen wäre, hätte sie die Worte sofort rückgängig gemacht.

»*Wohnen* nennen Sie das?«, höhnte Marlene Lauer dann auch prompt. »Ich würde sie ja gern hier bei uns unterbringen, aber ich wohne selbst gar nicht fest in dieser WG, ich bin hier nur vorübergehend geduldet, bis ich was anderes gefunden habe.«

Sie füllte kalten Tee aus einer Kanne in eine leere Babyflasche und drehte einen Sauger darauf. Jakob sperrte sofort den Schnabel auf wie ein kleines hungriges Vögelchen und nuckelte gierig. Marlene Lauer setzte sich wieder auf ihren Stuhl.

Keeser räusperte sich. »Sie und Marion sollten bei Ihrer Großmutter einziehen – waren Sie sauer, als sie dann doch noch einen Rückzieher gemacht hat?«

»So sauer, dass ich sie umgebracht habe, meinen Sie? Sind Sie deswegen hier? Weil Sie mich verdächtigen?«

»Wir sind hier, weil wir den Mörder Ihrer Großmutter finden wollen und auf dem Weg dorthin alle befragen, die etwas mit ihr zu tun hatten«, sagte Keeser begütigend. »Also: Waren Sie so sauer, dass Sie sie umgebracht haben? Nur der Vollständigkeit halber.«

»Nein, das war ich nicht. Gegenfrage: Warum hätte ich dann bis vorgestern damit warten sollen? Schließlich hätte ich schon vor sieben Monaten dringend eine Wohnung gebraucht. Marion und ich waren natürlich enttäuscht, wir haben es ehrlich gesagt nie so richtig verstanden.«

Paula erklärte ihr in Kurzform, was in den letzten Monaten im Leben und im Haus ihrer Großmutter los gewesen war. Jakobs Augen wurden unterdessen immer kleiner, bis er schließlich eingeschlafen war.

Marlene Lauer entwand die Flasche seinen Fingerchen und stellte sie auf dem Tisch ab.

»Armes Omchen«, sagte sie betrübt. »Frank war schon immer ein mieses Arschloch. Schon als er im Kindergarten war, hat er sich regelmäßig aus dem Geldbeutel seiner Mutter bedient. Anfangs hat er seine Kumpels mit Naschzeug aus dem Bäckerladen versorgt, später dann mit Alkohol und Zigaretten. Ich weiß das, weil er sich immer damit gebrüstet hat. Aber warum hat Oma uns das nicht gesagt? Zusammen wären wir mit dem Kerl doch fertiggeworden.«

Diese Frage hatte sich Paula so oder ähnlich auch gestellt, aber keine Antwort darauf gewusst. Sie überlegte nicht zum ersten Mal, ob Menschen im hohen Alter eventuell nicht mehr rational und logisch denken konnten. Warum sonst fielen allen Warnungen zum Trotz immer wieder alte Leute auf den sogenannten Enkeltrick herein?

»Hat Frank etwas mit ihrem Tod zu tun?«, fragte Marlene Lauer.

»Das untersuchen wir noch …«, sagte Paula.

»Was ist mit Tante Regina?«

»Was soll mit ihr sein?«

»Die macht doch immer alles, um ihrem missratenen Sohn zu helfen.« Marlene Lauer überlegte einen Moment und lächelte Paula dann säuerlich an. »Echt tolle Familie, mit der Sie es da zu tun haben.«

Paula äußerte sich nicht dazu. Sie war jedoch heilfroh, dass ihre eigene Familie ganz anders geartet war. »Wann waren Sie zuletzt im Haus Ihrer Großmutter?«

»Ach herrje, das ist lange her. Da war ich noch schwanger … um Weihnachten herum, würde ich sagen. Ich war allein dort, Marion war zu dieser Zeit auf Entzug. Oma schmiedete die tollsten Pläne für unseren Einzug, wollte eine Firma kommen lassen, die das Bad modernisieren sollte. Wanne raus, Dusche rein, Durchlauferhitzer einbauen und so. Und die Zimmer sollten auch leer geräumt werden. Es sollte alles fertig sein, wenn ich mit dem Baby aus der Klinik komme. Im September sollte ich dann wieder zur Uni und endlich mein Studium beenden. Tja, und jetzt? Bestimmt wird das Haus verkauft, so geldgeil, wie der Bergmann- und der Lauer-Clan nun mal sind.«

»Das wird wohl das Testament regeln«, sagte Keeser ausweichend.

»Oma hat ein Testament gemacht? Schlaues altes Mädchen. Ich nehme mal an, da werden einige von unserer reizenden Familie in die Röhre schauen. Wenn nicht sogar alle. Es würde mich nämlich nicht wundern, wenn Oma Lissi alles dem Tierschutzverein vermacht hätte.«

»Wir würden trotzdem gern Ihre Fingerabdrücke zum Abgleich nehmen«, sagte Keeser und stand auf. »Wir könnten gleich mit Ihnen in die Kriminaltechnik fahren, oder wollen Sie lieber später selbst in unsere Dienststelle kommen?«

Marlene Lauer griff hinter sich in das Weinkistenregal und entnahm ihm ein frisches Glas, das auf der Karriereleiter vom Senfglas zum Trinkglas aufgestiegen war. Sie umschloss es fest mit allen fünf Fingern einer Hand und hielt es Keeser hin. »Geht das auch so? Mit dem Baby ist im Moment alles etwas umständlich für mich.«

Keeser nickte und entnahm seiner Jackentasche eine Beweismitteltüte, von denen er einen genauso großen Vorrat zu haben schien wie von karierten Stofftaschentüchern.

»Sie und Marion hatten erwiesenermaßen bis zum Frühjahr den regelmäßigsten Kontakt mit Elisabeth Lauer. Wissen Sie von jemandem im Umfeld Ihrer Großmutter, der sie angefeindet oder ihr sogar Ärger gemacht hat?«

»Nein, Oma Lissi kam immer mit allen Leuten gut aus. Sie war meines Wissens bei allen beliebt. Da müsste Krimi-Helma, Omas Nachbarin und enge Freundin, besser Bescheid wissen. Die ist so krimibegeistert, dass sie hinter jedem und allem ein Verbrechen oder eine Verschwörung vermutet.«

»Mit Frau Gensheimer haben wir bereits gesprochen, sie konnte uns da auch nicht weiterhelfen. Gut, das war es dann wohl fürs Erste. Danke, dass Sie sich die Zeit genommen haben«, sagte Paula und legte eine ihrer Visitenkarten auf den Tisch. »Wenn Ihnen doch noch etwas einfallen sollte, und wenn es Ihnen noch so unwichtig erscheint, dann melden Sie sich bitte bei uns.« Sie strich dem schlafenden Jakob zart über den Kopf. Insgeheim freute sie sich, dass seine Uroma für ihn vorgesorgt hatte. Und für seine Mutter. »Was wird mit Ihrem Studium?«

»Wird mit Baby nicht so einfach werden, aber ich habe schon vor, es durchzuziehen. Nicht nur, weil ich es Oma versprochen habe. Als Lehrerin hätte ich dann auch endlich ein regelmäßiges Einkommen und dadurch Sicherheit für Jakob und mich.«

»Ich drücke Ihnen die Daumen«, sagte Paula aufrichtig und wandte sich zum Gehen.

***

»Was für eine schreckliche Familie«, sagte Keeser, als sie auf der B 272 in Richtung Speyer unterwegs waren. »Jeder hasst jeden. Jeder traut jedem einen Mord zu. Wie krank ist das denn? Da bin ich ausnahmsweise richtig froh, dass ich allein auf der Welt bin.«

»So allein bist du ja gar nicht, du hast Marianne, und du hast mich ...«

»Und *ihr* geht mir schon manchmal gehörig auf den Zeiger«, unterbrach er Paula breit grinsend. »Ist deine Familie auch so?«

»Nein, meine Sippe ist ausgesucht nett – allen voran natürlich ich.«

»Natürlich«, sagte Keeser mit spöttischem Seitenblick. »So viel Neid, Missgunst und Eifersucht – woher kommt das nur? Bernhard und Regina, die haben doch ausgesorgt, und trotzdem sind sie raffgierig.«

»Da siehst du mal wieder: Geld macht nicht glücklich. So reich, wie die sind, sind sie dennoch arme Würstchen.«

»Hoffentlich haben wir den Fall bald abgeschlossen, damit wir nichts mehr mit diesen unangenehmen Leuten zu tun haben müssen«, sagte Keeser, als er die Abfahrt nach Römerberg nahm.

»Die sind zwar alle unmöglich, aber ich denke trotzdem nicht, dass einer von ihnen Elisabeth Lauer getötet hat. Nehmen wir Marlene. Sie geht davon aus, dass ihre Oma alles dem Tierschutzverein vermacht hat. Sie fände das sogar richtig gut, weil dann alle – inklusive sie selbst – dumm gucken würden. Wenn sie also mit einem solchen Ausgang rechnet, was hätte sie vom Tod ihrer Oma? Und jetzt sag ja nicht, dass nicht jeder Mörder an die Konsequenzen seiner Tat denkt. Denn der Mörder von Elisabeth Lauer hat seine Tat genau geplant und eiskalt ausgeführt, das war nichts Spontanes.«

»Das heißt, wir müssen unsere eifrige Miss Marple noch einmal besuchen«, sagte Keeser wenig begeistert und sah immer wieder auf das Navi. »Muss ich jetzt hier schon rechts oder erst die Nächste?«

»Die Nächste. Du erinnerst mich ehrlich gesagt sehr an Inspector Craddock, der war von Miss Marples kriminalistischem Einsatz auch immer genervt.«

»Im Oberen Berg, da ist es ja«, sagte Keeser und blieb kurz darauf vor einem schmucken und recht neuen Einfamilienhaus stehen. Er zog den Schlüssel ab und hatte schon die Tür in der

Hand, als er stutzte. »Inspector Craddock? War der nicht ein bisschen doof?«

»Sag ich doch: Du erinnerst mich kolossal an ihn.«

Keeser war empört. »Junges Fräulein, ich bin dein Vorgesetzter. Da erwarte ich ein bisschen mehr Respekt!«

»Aber ich habe doch jede Menge Respekt. Soll ich dir ein Beispiel nennen?«

Skeptisch zog Keeser die Augenbrauen zusammen. »Lass hören.«

»Respekt, wie schnell du zwei belegte Brötchen essen kannst, das war weltrekordverdächtig.«

Keesers Augenbrauen zogen sich noch ein Stückchen enger zusammen, was ihm eine bedrohliche Note verlieh. Doch dann entspannte er die Muskeln seiner Stirnpartie und sagte mit lässigem Tonfall: »Dann war das jahrelange harte Training ja doch zu was gut.«

Die weiß lackierte Eingangstür wurde von einer Frau um die fünfzig mit bunter Kittelschürze geöffnet.

Paula konnte es kaum glauben. Dass Helma Gensheimer noch eine trug, hatte sie deren Alter zugeschrieben, aber diese Frau war viel jünger. Abgesehen davon, dass Paula nie im Leben freiwillig ein solches Kleidungsstück anziehen würde, wusste sie nicht einmal, wo sie es hätte kaufen können.

Zu der Schürze hatte sich die Frau kunstvoll ein Tuch um den Kopf gebunden, ihre Hände steckten in gelben Gummihandschuhen, bewaffnet war sie mit einem Schrubber. Frischer Zitrusduft schlug den Kommissaren entgegen, mitten in der nass glänzenden Diele sah Paula einen Putzeimer stehen. Hoffentlich spricht die Putzfrau Deutsch, dachte sie spontan, denn ihre und Keesers Russisch- beziehungsweise Polnischkenntnisse gingen gegen null.

»Ja?« Die Frau sah ihnen ungeduldig entgegen.

»Wir möchten mit Frau Elke Wüst-Hartmann sprechen«, sagte Keeser langsam und übertrieben deutlich. Auch er schien von einer nicht deutschen Mitbürgerin auszugehen.

»Das bin ich, was kann ich für Sie tun?«, sagte die Frau abweisend. »Ich sag Ihnen gleich: Ich kaufe generell nichts an der Tür.«

»Oh, nein, wir wollen nichts verkaufen«, sagte Keeser schnell und nestelte seinen Dienstausweis hervor. »Bernd Keeser, von der Kripo Landau, und das hier ist meine Kollegin, Paula Stern.«

Elke Wüst-Hartmann wischte sich mit einer behandschuhten Hand eine blonde Haarsträhne aus dem Gesicht. »Kripo? Sind Sie sicher, dass Sie zu mir wollen?«

»Sie sind doch die Tochter von Alfons Hartmann aus Bad Bergzabern?«

Elke Wüst-Hartmanns Gesichtsausdruck wechselte schlagartig von genervt zu bestürzt. »Ist etwas mit meinem Vater?«

»Ähm, nein ...« Keeser sah Paula irritiert an. »Wir würden aber gern mit ihm sprechen.«

»Und was wollen Sie dann bei mir?«

»Ist er denn nicht hier? Eine seiner Nachbarinnen sagte uns, dass er für ein paar Tage zu Ihnen nach Römerberg fahren wollte.«

»Das muss ein Irrtum sein, ich habe seit Mitte letzter Woche nichts von meinem Vater gehört. Haben Sie es schon bei ihm zu Hause versucht?«

»Auf unser Klingeln hat niemand reagiert ...«, setzte Paula an.

»Er hat nicht immer sein Hörgerät im Ohr. Mein Vater ist noch recht agil und viel unterwegs, womöglich war er gerade einkaufen oder beim Wandern. Hier ist er jedenfalls nicht.«

»Schließt er jedes Mal alle Fensterläden, wenn er einkaufen oder wandern geht?«, fragte Paula.

Elke Wüst-Hartmann wirkte überrascht. »Nein, natürlich nicht.« Sie betrachtete prüfend ihren frisch gewischten Boden, der noch nicht ganz getrocknet war. »Vielleicht sollten Sie doch besser hereinkommen. Könnten Sie Ihre Schuhe ausziehen?«

Während Paula und Keeser sich ihres Schuhwerks entledigten, zog die Dame des Hauses ihre Gummihandschuhe aus und schob den Eimer mit dem Wischwasser aus dem Weg. »Tut mir leid, aber Mittwoch ist mein freier Tag, und da putze ich immer durch.«

Sie führte Paula und Keeser in ein großes Wohnzimmer mit weiß gestrichenen Wänden, weißen Fliesen und einer Kompaktschrankwand aus hellem Holz. Dort breitete sie schnell die beiden farbenprächtigen orientalischen Brücken aus, die sie zum Wischen zusammengerollt hatte.

»Alle Fensterläden sind zu?«, vergewisserte sie sich, nachdem sie auf einem cognacfarbenen Ledersessel Platz genommen hatte. Paula und Keeser saßen ihr auf der dazu passenden Couch gegenüber.

»Ja, und das schon seit mehreren Tagen, wie uns Frau Gensheimer sagte.«

»Dann stimmt das wohl. Aber wo könnte er sein?«, fragte Elke Wüst-Hartmann beunruhigt.

»Genau das versuchen wir herauszufinden«, sagte Paula. »Vielleicht hat Frau Gensheimer das mit dem Besuch bei Ihnen nur falsch verstanden. Könnte Ihr Vater in den Urlaub gefahren sein?«

»Im September? Niemals, er würde doch jetzt seinen Garten nicht allein lassen. Da ist im Moment viel zu viel zu tun und zu ernten. Außerdem hätte er mir das sicher gesagt.«

Paula dachte an die leer geräumten Beete hinter Alfons Hartmanns Haus, wo es überhaupt nichts zu ernten gab. »Hat er einen Schrebergarten?«

»Einen Schrebergarten? Wie kommen Sie denn darauf? Er schafft es mit seinen neunundsiebzig Jahren gerade so, sein Grundstück um das Haus herum in Ordnung zu halten.« Elke Wüst-Hartmann wurde ungehaltener. »Was soll das alles? Erst tauchen Sie hier unangemeldet auf, und dann fragen Sie solche Dinge. Was ist mit meinem Vater? Ist er etwa in Gefahr? Worum geht es überhaupt?«

Paula berichtete in groben Zügen von dem Mord an der Nachbarin. »Bei unseren Ermittlungen haben wir in Erfahrung gebracht, dass Elisabeth Lauer und Helma Gensheimer seit Monaten bedrängt wurden, ihre Häuser zu einem Spottpreis zu verkaufen. Angeblich wollte Ihr Vater auf das Angebot eingehen, die beiden alten Damen nicht. Das ist es, worüber wir mit ihm sprechen wollen«, sagte sie abschließend.

»Das ist ja ganz was Neues. Mein Vater hat nie etwas Derartiges erwähnt, weder das Angebot noch dass er vorhatte, sein Haus zu verkaufen. Das muss ein Irrtum sein. Wo hätte er denn wohnen sollen?«

Paula erwähnte nicht, dass er vorgehabt haben könnte, zu ihr, seiner Tochter, zu ziehen.

»Wissen Sie, Helma Gensheimer ist zwar noch recht fit im Kopf, aber sie hat auch eine rege Phantasie. Bestimmt hat sie sich das nur ausgedacht, um wichtig zu erscheinen«, sagte Elke Wüst-Hartmann.

Für Paula klang es eher so, als wolle sie nicht sie, Paula und Keeser, von Helma Gensheimers eingeschränkter Glaubwürdigkeit überzeugen, sondern vielmehr sich selbst.

Was jedoch nicht gelang. »Jetzt bin ich aber doch besorgt«, sagte Elke Wüst-Hartmann, stand auf und kam mit dem Telefon in der Hand zurück. »Ich rufe ihn gleich mal an.«

In Paulas Gehirn begann es fieberhaft zu arbeiten: Bisher waren sie davon ausgegangen, dass es bei Elisabeth Lauers Ermordung einzig und allein um den Verkauf *ihres* Hauses ging. Doch es waren *drei* Häuser, die Frank Bergmann und sein Auftraggeber haben wollten. War es dann nicht denkbar, dass auch die anderen beiden Hausbesitzer in Gefahr waren? Was, wenn Alfons Hartmann sein Haus letztendlich doch nicht hergeben wollte und sich genauso dem Verkauf widersetzt hatte wie die beiden alten Damen?

»Nichts, er geht nicht ran«, unterbrach Elke Wüst-Hartmann Paulas Gedanken.

»Versuchen Sie es doch mal auf seinem Handy«, schlug Keeser vor.

»Er hat kein Handy. Also, er hat schon eines, das hab ich ihm vor ein paar Jahren geschenkt. Aber da ist schon ewig die SIM-Karte abgelaufen, weil er es nie benutzt hat.«

Typisch alte Leute, dachte Paula und warf einen Seitenblick zu Keeser. Bloß nicht auf die neue Technik einlassen.

»Ihm wird doch hoffentlich nichts passiert sein?«, sagte Elke Wüst-Hartmann sorgenvoll.

Genau das befürchtete Paula inzwischen auch: Vielleicht war Alfons Hartmann schon seit Tagen tot … Aus dem Weg geschafft wie Elisabeth Lauer.

Sie sprang auf. »Wir müssen zurück zu seinem Haus!«

Keeser verstand sofort und folgte nicht ganz so schwungvoll Paulas Beispiel.

»Wenn es nicht längst zu spät ist«, bemerkte er leise, um Elke Wüst-Hartmann nicht noch mehr zu beunruhigen.

Doch die war bereits in die Diele geeilt, wo sie ihre Hausschuhe gegen Lederhalbschuhe tauschte. »Ich habe einen Schlüssel!«, rief sie.

»Das dauert womöglich zu lange«, sagte Paula. Sie hatte schon das Handy in der Hand und wählte über Kurzwahlspeicher ihren Chef an.

Sonne war nach dem ersten Klingeln am Apparat. Ohne lange nachzufragen, sagte er zu, alles Notwendige in die Wege zu leiten.

»Er schickt ein paar Kollegen in die Zeppelinstraße, die die Tür aufbrechen werden, falls er auch dieses Mal nicht öffnet«, berichtete sie Keeser im Hinausgehen. »Frau Wüst-Hartmann, es ist also nicht notwendig, dass Sie mit nach Bergzabern kommen.«

»Machen Sie Witze? Natürlich ist das notwendig. Wenn meinem Vater etwas passiert ist, wenn er gestürzt ist oder einen Herzanfall hatte, dann braucht er mich doch!« Sie riss eine Handtasche vom Haken der Garderobe, warf einen Geldbeutel und ihre Papiere hinein und stürmte aus dem Haus, ungeachtet der Tatsache, dass sie noch in ihrer Kittelschürze steckte und das Kopftuch trug. Letzteres zerrte sie sich dann doch noch ungeduldig vom Kopf und steckte es in die Tasche. Sie fuchtelte mit ihrem Schlüsselbund wild durch die Luft, bis endlich die Blinker des dunkelblauen Peugeots, der in der Einfahrt stand, auf die Fernbedienung reagierten.

Keeser zog hinter sich und Paula die Haustür ins Schloss. »So aufgeregt, wie Sie im Moment sind, können Sie unmöglich selbst fahren«, sagte er bestimmt, nahm Elke Wüst-Hartmann die Schlüssel ab und schloss mit Nachdruck die Fahrertür des

Peugeots, die sie gerade aufgerissen hatte. »Sie fahren bei uns mit.«

Ohne zu widersprechen, ließ sie sich von Keeser zum Dienstwagen dirigieren und auf den Rücksitz verfrachten.

Schweigend fuhren sie zurück nach Bad Bergzabern. Elke Wüst-Hartmann starrte gedankenverloren aus dem Fenster. Paula vermied es, mit Keeser über den Fall zu sprechen, denn die Frau hinter ihr auf dem Rücksitz machte sich auch so schon genug Sorgen um ihren Vater. Am liebsten wäre es Paula gewesen, sie wäre gar nicht mitgekommen. Wenn sich ihre Befürchtungen nämlich bewahrheiten sollten, dann wäre das, was sie in Alfons Hartmanns Haus erwartete, alles andere als angenehm für seine Tochter.

Als sie in der Zeppelinstraße ankamen, parkten zwei Streifenwagen vor Alfons Hartmanns Haus. Vier Polizeibeamte standen vor der offenen Haustür und unterhielten sich. Zwei davon kannte Paula, es waren Hans Becker und Hartmut Berger. Kein Rettungswagen, stellte sie besorgt fest, und ging deshalb vom Schlimmsten aus: Waren sie etwa zu spät gekommen?

Sie stieg aus und konnte Elke Wüst-Hartmann gerade noch davon abhalten, zum Haus ihres Vaters zu laufen.

»Warten Sie bitte hier draußen, bis mein Kollege und ich uns drinnen umgesehen haben«, sagte sie eindringlich.

Elke Wüst-Hartmann nickte ergeben und klammerte sich haltsuchend an der geöffneten Autotür fest.

Die beiden Paula unbekannten Beamten grüßten, gingen dann aber zurück zu ihrem Einsatzwagen, stiegen ein und fuhren weg. Becker und Berger blieben ihnen erhalten.

»Und, Becker, was ist da los?«, fragte Keeser und deutete auf die offene Haustür.

»Alles leer, känner im Haus«, berichtete Becker knapp.

»Sie waren in allen Räumen?«, vergewisserte sich Paula.

»Ei, naddierlich, unne im Keller, owwe unnerm Dach un im Erdg'schoss«, bestätigte Becker. »Mer hänn sogar des Gaadeheisel kondrolliert. Wonach suuche mer dann iwwerhaupt?«

»Nach Alfons Hartmann«, sagte Paula fürs Erste erleichtert.

Dass sie ihn nicht auf seinem Grundstück gefunden hatten, hieß aber noch lange nicht, dass es ihm auch gut ging. Elisabeth Lauer war schließlich auch nicht daheim gestorben.

»Was ist mit meinem Vater? Ist ihm etwas zugestoßen?« Elke Wüst-Hartmann hatte es nicht länger ausgehalten und drängte sich an ihnen vorbei in die Diele. »Papa? Papa, bist du da?«, rief sie.

»Er ist nicht da«, teilte sie den Beamten mit, als sie ihre Begehung beendet hatte und wieder aus dem Haus kam.

Das hätte ich dir auch sagen können, dachte Paula, schwieg aber.

»Die geschlossenen Läden – das macht er sonst nur, wenn er verreist. Das hätte er mir aber doch gesagt, er würde doch nie einfach so wegfahren. Wo könnte er bloß sein?« In Elke Wüst-Hartmanns Gesicht stand jetzt tiefste Besorgnis geschrieben. »Ich geh mal rüber zu Helma, vielleicht weiß die ja was.«

Paula sah ihr nach. Unruhe überkam sie. Es war ungewöhnlich, dass sich Helma Gensheimer noch nicht hatte blicken lassen. Normalerweise würde sie es sich doch niemals freiwillig entgehen lassen, der Polizei mit Rat und Tat zur Seite zu stehen.

Paula hörte den Big Ben in Helma Gensheimers Haus schlagen, als Elke Wüst-Hartmann die Türglocke betätigte – und das zwei Häuser weiter. Ein Geläute, das Tote aufwecken würde, dachte sie.

Doch die Haustür blieb geschlossen.

Bestimmt ist Helma Gensheimer nur beim Einkaufen, versuchte sich Paula einzureden. Doch vor ihrem geistigen Auge sah sie die alte Dame leblos zwischen ihren Kriminalromanen in ihrem Wohnzimmer liegen. Schnell löschte sie dieses grässliche Bild wieder aus ihren Gedanken.

Keeser schien nichts dergleichen zu denken oder zu befürchten – er unterhielt sich seelenruhig mit Becker und Berger und lachte gerade lauthals über etwas, das einer der beiden gesagt hatte.

Paula folgte Elke Wüst-Hartmann hinüber zu Helma Gensheimers Haus.

»Sie scheint auch nicht da zu sein«, sagte Elke Wüst-Hartmann mit hilflosem Blick zu Paula. »Was machen wir denn jetzt?«

Paula überlegte bereits, die Tür aufbrechen zu lassen, als sie ein Geräusch dahinter hörte.

»Wer ist da?«, erklang Helma Gensheimers Stimme aus dem Inneren des Hauses.

Paula fiel ein riesengroßer Stein vom Herzen. »Paula Stern von der Kripo!«, rief sie.

Augenblicklich drehte sich der Schlüssel im Schloss, und die Tür wurde geöffnet. Eine verschlafene, leicht derangiert aussehende Helma Gensheimer stand vor ihnen und sah sie durch ihre dicken Brillengläser überrascht an. »Ich muss wohl eingenickt sein. Elke, bist du das? Ich hab dich ja ewig nicht gesehen. Gut schaust du aus.«

»Helma, weißt du, wo Papa ist?«, fragte Elke Wüst-Hartmann ungeduldig.

Helma Gensheimer winkte ab. »Ach, Kind, ich hör dich gar nicht. Warte, ich mach mir meine Hörmaschine ins Ohr.« Sie ging mit kleinen schlürfenden Schritten davon.

Elke Wüst-Hartmann und Paula folgten ihr ins Wohnzimmer, wo sie ihre beiden Geräte aus einer Bleikristallschale nahm und in die Ohren steckte.

»So, meine Liebe, jetzt bin ich online. Was hast du gesagt?«

»Ob du weißt, wo Papa ist.«

»Bei dir, dachte ich. Das hat er zumindest gesagt. Aber warum sind *Sie* denn hier, Frau Stern? Ist was mit dem Alfons?«

»Genau das versuchen wir herauszufinden, Frau Gensheimer«, sagte Paula. »Können Sie sich erinnern, wann er zuletzt mit Ihnen gesprochen hat?«

»Da muss ich kurz überlegen … hm, am Montag war das mit Lissi … seitdem hab ich Alfons nicht mehr gesehen. Das muss dann also vorher gewesen sein, am Sonntag vielleicht. Nein, es war am Samstag, ich bin mir sicher. Da hab ich ihn gesehen, genau. Vormittags, so gegen neun, würde ich sagen. Auf der Straße wartete ein Taxi, und er ist mit einem Koffer aus dem Haus gekommen. ›Fährst du in Urlaub?‹, hab ich ihm zugerufen. ›Nein‹, hat er gesagt, ›ein paar Tage zu Elke.‹« Helma Gensheimers Gesicht verdüsterte sich. »Ist er denn nicht bei dir angekommen?«

»Es war nie die Rede davon, dass er zu mir kommt«, sagte Elke Wüst-Hartmann voller Unruhe. »Und wenn, dann wäre er doch mit seinem Auto gekommen und nicht mit dem Taxi. Das hätte er schon aus Sparsamkeit nicht gemacht. Da stimmt doch etwas nicht …«

Davon war Paula inzwischen auch überzeugt.

»Kommen Sie, wir gehen rüber und sehen uns erst einmal in aller Ruhe im Haus Ihres Vaters um. Bestimmt finden wir Hinweise darauf, wo er sich aufhält. Es wird sich bald alles aufklären«, sagte sie so ruhig wie möglich. Das konnte sie Elke Wüst-Hartmann guten Gewissens versprechen. Was sie jedoch nicht versprechen konnte, war, dass es ihrem Vater gut ging.

»Wenn ich's recht bedenke, dann war dein Vater in letzter Zeit überhaupt ein wenig seltsam«, sagte Helma Gensheimer nachdenklich. »Schon allein, was er mit dem Garten angestellt hat. Aber vielleicht ist ihm die ganze Arbeit einfach zu viel geworden.«

»Was ist mit dem Garten?«

»Na, er hat alles rausgerissen. Alle Stauden, alles Gemüse – Kahlschlag hat er gemacht. Die Beete hat er komplett leer geräumt, hat alles eimerweise zur Deponie gefahren. Schau's dir mal an, nur die Sträucher und den Rasen hat er gelassen.«

Ein paar Minuten später stand Elke Wüst-Hartmann auf der Terrasse ihres Vaters und betrachtete fassungslos das kahle Bild, das sich ihr bot.

»Könnte es sein, dass Paps dement geworden ist?«

Darauf konnte weder Paula noch Keeser eine Antwort geben.

»Nie im Leben hätte er seinen Garten so zugerichtet, wenn er noch normal im Kopf wäre. Hier war vor ein paar Wochen noch ein kleines blühendes Paradies. Und jetzt das hier.« Sie sah Paula und Keeser traurig an. »In seinem Kopf muss es drunter und drüber gehen. Er hat sich doch hoffentlich nichts angetan?«

Paula bezweifelte das. »Hätte er sich dann die Mühe gemacht, einen Koffer zu packen?«, sagte sie. Das hatte er ja zweifelsohne getan – seine Tochter hatte das Fehlen einiger Kleidungsstücke und seines Kulturbeutels bestätigt.

»Und wenn er entführt wurde?«

Eine Entführung schloss Paula aus demselben Grund aus – ein Entführer würde nicht lange warten, bis sein Opfer seinen Koffer und seine Waschsachen gepackt hat. Sie konnte sich auch nicht vorstellen, warum jemand einen alten Mann entführen sollte, es sei denn …

»Ist Ihr Vater vermögend? Oder Sie und Ihr Mann?«

»Nein, mein Vater war ein Verwaltungsangestellter. Meine Mutter und er haben immer sehr sparsam leben müssen, um das Haus abbezahlen zu können. Und mein Mann und ich sind nach dem Hausbau auch ziemlich verschuldet.«

Dann also keine Entführung, schloss Paula in Gedanken ab, mögliche Entführer hätten sich sowieso schon längst gemeldet und Geld gefordert.

Paula versuchte, sich zu konzentrieren. Alfons Hartmann war neunundsiebzig Jahre alt und besaß ein Auto. Er benutzte es auch, laut Helma Gensheimer hatte er damit in den letzten Wochen die Gartenabfälle zur Deponie gefahren. Warum lässt er also ein Taxi kommen, wenn er ein Auto hat? Wohin lässt man sich mit dem Taxi fahren? Zum Bahnhof zum Beispiel. Oder zum Flughafen. Oder aber auch …

»Wie steht es um die Gesundheit Ihres Vaters?« Keeser kam mit seiner Frage Paula zuvor. »War er in letzter Zeit in ärztlicher Behandlung? Könnte er ins Krankenhaus gegangen sein?«

»Nicht dass ich wüsste. Zumindest hat er mir nichts davon erzählt«, sagte Elka Wüst-Hartmann kläglich. »Mein Gott, womöglich ist er schwer krank und wollte mich nicht beunruhigen?«

»Ich lass das gleich überprüfen«, sagte Keeser. »Und wenn dabei nichts herauskommt, werden wir eine Fahndung nach Ihrem Vater herausgeben.« Mit dem Handy in der Hand ging er ins Haus.

»Haben Sie ein aktuelles Foto von ihm, das Sie uns überlassen könnten? Nur für den Fall, dass es wirklich zu einer Fahndung kommen sollte?«, fragte Paula.

Elke Wüst-Hartmann griff in ihre Handtasche und zog eine Brieftasche hervor. Sie entnahm ihr eine Fotografie und reichte sie Paula. »Das wurde letztes Jahr im Mai bei der Abiturfeier meines Sohnes aufgenommen.«

Zwei Männer strahlten Paula an, beide steckten in einem dunklen Anzug. Der ältere hatte stolz den Arm um den jüngeren gelegt. Alfons Hartmann sah nett aus, fand Paula. Er war groß, schlank und hatte volles weißes Haar. Ein buschiger, ebenfalls weißer Schnauzer wucherte unter seiner Nase, wodurch er sie an Albert Einstein erinnerte.

»Gut«, sagte Paula. »Ich werde Sie jetzt von den Kollegen nach Römerberg bringen lassen.«

»Aber ich muss doch …«, begehrte Elke Wüst-Hartmann auf.

Paula nahm sie am Arm und dirigierte sie durch das Haus zur Eingangstür. »*Sie* müssen uns jetzt einfach nur unsere Arbeit machen lassen. Wir werden uns um die Suche nach Ihrem Vater kümmern, und sobald wir etwas über ihn in Erfahrung bringen, das verspreche ich Ihnen, geben wir Ihnen Bescheid.«

Elke Wüst-Hartmann blieb an der Tür stehen. »Sollte ich nicht zuerst eine Vermisstenanzeige aufgeben?«

»Das ist nicht nötig, wir suchen ja schon nach Ihrem Vater«, sagte Paula besänftigend.

»Und was wird mit der Tür? Die muss doch repariert werden …«

»Auch darum kümmern wir uns. Sie können jetzt beruhigt nach Hause fahren und dort warten, bis wir uns melden.«

Elke Wüst-Hartmann war noch nicht überzeugt. »Aber sollte ich nicht doch lieber hierbleiben?«

Paula gingen langsam die Argumente aus. »Es besteht jederzeit die Möglichkeit, dass sich Ihr Vater bei Ihnen meldet. Sie sollten unbedingt zu Hause erreichbar sein.«

Das sah Elke Wüst-Hartmann ein und gab ihren Widerstand auf.

»Hier ist meine Karte mit allen Nummern, unter denen Sie

mich immer erreichen können«, sagte Paula und gab ihr eine Visitenkarte. »Vielleicht fällt Ihnen ja doch noch etwas ein, das uns weiterhelfen könnte.« Bevor sie Elke Wüst-Hartmann von Becker zum Streifenwagen bringen ließ, notierte sich Paula im Gegenzug ihre Telefonnummern.

»So, die hätten wir los«, sagte sie zu Keeser, der gerade sein Telefonat beendete, als sie in Alfons Hartmanns Küche trat. »Wie soll man da vernünftig arbeiten, wenn man nicht laut sagen darf, was man denkt?«

»Was denkst du denn?«

»Zum Beispiel, dass Alfons Hartmann geflohen sein könnte.«

»Geflohen?«, sagte Keeser ungläubig. »Und aus welchem Grund? Denkst du etwa, Frank Bergmann und sein Auftraggeber, dieser Neu, haben mit ihm das gleiche Spiel gespielt wie mit Elisabeth Lauer?«

»Liegt das nicht nahe?«

»Regina Bergmann hat doch aber gesagt, Alfons Hartmann wollte an ihren Sohn verkaufen ...«, gab Keeser zu bedenken.

»Frank könnte das ihr gegenüber nur behauptet haben, um sich bei ihr wichtigzumachen. Wie wir inzwischen wissen, hat er es nicht so mit der Wahrheit.«

»Helma Gensheimer hat uns doch auch erzählt, dass ihr Nachbar verkaufen wollte – und dass er immer wieder versucht habe, sie und Elisabeth Lauer zum Verkaufen zu überreden.«

»Das mag ja sein«, sagte Paula. »Die beiden Mädels ließen sich, wie wir ja inzwischen auch wissen, nicht überreden. Das könnte ihn dann vielleicht doch umgestimmt haben.«

»Im Haus deutet aber nichts darauf hin, dass er auf die gleiche Art und Weise unter Druck gesetzt wurde wie Elisabeth Lauer.«

»Er könnte anderweitig unter Druck gesetzt worden sein. Wie du weißt, gibt es da diverse Möglichkeiten. Man könnte ihm zum Beispiel angedroht haben, seiner Familie etwas anzutun.« Paula trat ans Fenster und ließ ihren Blick über die leer geräumten, ordentlich mit Betonrabatten eingefassten Beete gleiten. »Sein schwacher Punkt könnte auch der Garten gewesen sein. Vielleicht musste er das Grünzeug entfernen, weil es kaputtgegangen ist.«

Keeser stellte sich neben sie. »Weil es *kaputtgegangen wurde*, meinst du? Nach dem Motto: Wenn du mir dein Haus nicht gibst, ermorde ich deine Rosen? Nicht die übliche Vorgehensweise von Erpressern, aber trotzdem möglich. Ich hab vorhin auch schon mal in diese Richtung gedacht. Ich war sogar noch einen Schritt weiter mit meinen Überlegungen.«

»Du hast nicht zufällig in Erwägung gezogen, dass Alfons Hartmann genauso aus dem Weg geschafft wurde wie seine Nachbarin?«

»Genau diese Befürchtung hatte ich, als wir hier ankamen. Da er aber nicht tot im Haus herumliegt, besteht noch die Hoffnung, dass er am Leben ist«, sagte Keeser, dessen Handy in der Jackentasche zu klingeln begann. »Das ist Geigerlein, vielleicht hat sie ja was herausgefunden.«

Hatte sie nicht.

»Sie hat alle Kliniken im näheren und weiteren Umkreis abgeklappert. Heidelberg, Karlsruhe et cetera, jedoch ohne Erfolg: Seit letztem Samstag ist kein neunundsiebzigjähriger Mann namens Alfons Hartmann aufgenommen worden«, berichtete Keeser nach dem Telefonat. »Dann also zurück zum Thema Flucht: Wo könnte er sich verkrochen haben?« Er betrachtete erneut nachdenklich die frisch umgegrabene Erde. »Ich hoffe nur, dass er nicht in einem seiner Beete verbuddelt wurde.«

Paula kam eine Idee. »Ruf doch noch mal bei Geigerlein an und sag ihr, sie soll versuchen herauszufinden, welches Taxiunternehmen letzten Samstag einen alten Mann in der Zeppelinstraße abgeholt und wohin es ihn gebracht hat. Ich schau mich inzwischen noch einmal genauer im Haus um.«

Paula fing gleich mit der Küche an. Aber auch auf den zweiten Blick sah für sie alles normal aus. Für einen alleinstehenden älteren Mann war es hier extrem ordentlich und sauber. Sie konnte sich nicht vorstellen, dass es bei ihrem Vater auch so aufgeräumt aussähe, wenn ihre Mutter nicht mehr wäre. Die jammerte jetzt schon, dass er, wo er ging und stand, immer alles liegen ließ.

Vielleicht hat Alfons Hartmann ja eine Putzfrau, die das anstelle einer Ehefrau für ihn erledigt, dachte Paula. Sie öffnete noch einmal alle Küchenschränke, entdeckte jedoch, genau wie beim ersten Mal, nichts Auffälliges. Dem Inhalt des Kühlschranks widmete sie sich jetzt etwas genauer als zuvor. Auf den ersten Blick sah es ähnlich übersichtlich aus wie in ihrem eigenen: eine angebrochene Milchtüte in der Tür, der Inhalt roch sauer, als sie den Verschluss aufdrehte und ihre Nase darüberhielt. Auch das kam bei ihr regelmäßig vor. Daneben eine halb volle Flasche Riesling. Drei verschiedene Sorten Marmelade, selbst eingekocht, wie Paula den handgeschriebenen Etiketten entnahm. Vier Scheiben Mischbrot mit schimmeligen Stellen in Folie. Eine aufgerissene Plastikpackung mit Bierschinken aus dem Supermarkt, die nicht wieder richtig geschlossen worden war, weshalb die oberste Scheibe braun angetrocknet war.

Paula ging in die Hocke und zog das linke Gemüsefach heraus, in dem sich eine Tüte mit mehreren angefaulten Karotten befand.

Okay, dachte sie, so oder so ähnlich sieht es in meinem Kühlschrank meistens auch aus, aber sieht so ein Kühlschrank von jemandem aus, der verreist war? Sogar sie hätte die verderblichen Sachen entsorgt.

Keeser kam in die Küche. »Und?«

»Nichts«, sagte Paula. Der Vollständigkeit halber sah sie auch noch in das rechte Fach. Bis auf eine kleine Vorratsdose war es leer.

Paula holte sie heraus und nahm den Deckel ab. Das, was sich darin befand, quittierte sie mit einem vielsagenden »Oh, oh«.

Sie stand auf und zeigte Keeser den Inhalt.

»Pralinen, na und?«

»Riesling Auslesetrüffel, mein blinder Kollege. Wozu hast du bitte schön eine Brille?«

Keeser zog besagte Sehhilfe aus der Brusttasche seines Hemdes und setzte sie auf. »Die sehen aus wie die, die Elisabeth Lauer in der Tasche hatte«, bestätigte er nach kurzer Musterung der fünf Schokoladenkugeln. »Was für ein seltsamer Zufall. Die Nachgemachten oder die Originale? Was meinst du?«

»Ich würde sagen, die Originale, aber ganz sicher bin ich mir nicht. Das soll die Kriminaltechnik herausfinden.« Paula schloss den Deckel und drückte Keeser die Dose in die Hand. »Tüte das doch bitte ein, danke.«

Keeser tat wie ihm geheißen. Nachdenklich betrachtete er die Beweismitteltüte in seiner Hand. »Das sind viel weniger Trüffel als in einer dieser Tüten. Wie es aussieht, hat Herr Hartmann schon ein paar davon gegessen. Wenn sie vergiftet waren, hätten wir ihn hier tot vorgefunden, meinst du nicht auch?«

»Nicht unbedingt, er könnte genauso außer Haus zusammengebrochen sein wie Elisabeth Lauer. Wenn er mehr Glück als sie gehabt haben sollte, wäre er in irgendeinem Krankenhaus gelandet, was Geigerlein aber nicht bestätigen konnte. Eine andere Möglichkeit gäbe es noch …«

»… nämlich die, dass er gleich bei Knoppi auf dem Tisch gelandet wäre oder zumindest in einem hübschen kühlen Leichenschauhaus«, ergänzte Keeser. »Was er aber auch nicht ist, sonst wäre seine Tochter längst informiert worden. Ich bin echt gespannt, wo wir den Mann finden. Kaum jemand verschwindet einfach so und für immer. Sogar Ötzi ist eines Tages wieder aufgetaucht.«

»Der halb vergammelte Inhalt des Kühlschranks passt ehrlich gesagt so gar nicht zu dem ansonsten sehr ordentlichen Alfons Hartmann. Er passt aber umso besser zu deiner Theorie von einer spontanen Flucht.«

»Ich sag doch immer, dass ich ein Genie bin«, sagte Keeser mit zufriedenem Gesichtsausdruck.

»Gut gemacht, Brauner«, lobte Paula mit ironischem Unterton und tätschelte ihm im Hinausgehen gönnerhaft die Schulter.

Vor der Telefonstation in der Diele blieb sie stehen. »He, du Genie, hast du schon das Telefon überprüft, um festzustellen, wen Hartmann zuletzt angerufen hat?«

Keeser erschien in der Küchentür. »Das wollte ich gerade …«

»Soso …« Paula nahm schmunzelnd das schnurlose Telefon aus der Ladestation. Sie betätigte die Taste für die Wahlwiederholung und stellte auf Lautsprecher.

Es tutete dreimal, dann wurde am anderen Ende abgenommen. »Taxiunternehmen Pfalzgraf, was kann ich für Sie tun?«

»Wer ist hier das Genie?«, zischte Paula Keeser zu und schaltete den Lautsprecher aus. Ein paar Minuten später wusste sie, wohin Alfons Hartmann mit dem Taxi gebracht worden war.

Bevor sie Keeser informieren konnte, klingelte dessen Handy.

»Stopp!«, rief Paula, was ihn mit dem Telefon in der Hand innehalten ließ.

Mit skeptisch gekräuselter Stirn beobachtete er, wie Paula ihre Augen schloss, den Kopf leicht in den Nacken legte und ihre Hände wie eine billige Kirmes-Hellseherin über dem Handy kreisen ließ.

»Das ist Geigerlein«, sagte sie theatralisch. »Sie ruft an, weil sie dir mitteilen will, dass sich Alfons Hartmann mit dem Taxi nach Landau zum Bahnhof fahren ließ.«

»Spinnerin!«, erwiderte Keeser und beendete damit jegliche Magie. »Ja?«, bellte er den Anrufer durch sein Handy an. »Geigerlein?«, entfuhr es ihm ungläubig. Er ließ die feixende Paula während des Telefonates nicht aus den Augen.

»Wie hast du das gemacht?«, fragte er nach Beendigung des Gespräches.

»Reine Magie, was denn sonst?« Paula lachte ihn frech an.

»Na ja, fast. Die Dame in der Taxizentrale hat mir gesagt, dass ihr kurz vorher schon jemand von der Kripo die gleiche Frage gestellt habe.«

»Dann also zum Bahnhof. Über den Fahrkartenschalter bekommen wir hoffentlich heraus, wohin er gefahren ist.«

»Hast du schon mal davon gehört, dass man Zugtickets auch über das Internet kaufen und ausdrucken kann?«

»Kann man das wirklich, oder verkohlst du mich nur wieder?«

»Mann, Keeser, natürlich kann man das. Warum muss ausgerechnet ich mit einem Typen aus der Steinzeit zusammenarbeiten?«

»Im Haus haben wir aber keinen Computer gefunden«, sagte Keeser schnippisch.

Paula stellte das Telefon zurück in die Station. Erst jetzt sah sie, dass darunter ein zusammengefaltetes Papier klemmte, und zog es hervor. Auf den ersten Blick sah es aus wie eine Seite aus einer Tageszeitung, aber beim Auseinanderfalten erkannte sie, dass das Blatt erheblich kleiner war als eine Seite aus der »Rheinpfalz«. Flüchtig überflog Paula die Artikel. Es handelte sich überwiegend um Werbung.

»Das ist aus dem ›Südpfalz Kurier‹«, sagte Keeser. »Dreh doch mal um, da ist was angestrichen.«

Jetzt sah Paula es auch, jemand hatte ein großes »X« neben die Anzeige eines Reiseveranstalters gemacht. »Friedmann Reisen«, las sie laut vor. »Sechs-Tage-Reise, südliches Flair am Lago Maggiore, Last-Minute-Angebot, fünfhundertfünfundachtzig Euro. Nur noch wenige Plätze frei! – Vielleicht ist unser verschwundener Herr Hartmann doch einfach nur verreist …«

»Ist da ein Reisetermin angegeben?«

»Ja, vom 15. bis 20. September.«

Keeser rechnete mit den Fingern nach. »Heute ist der 19., am Samstag war folglich der 15. und exakt der Tag, an dem Helma Gensheimer ihn mit dem Koffer gesehen hat. Das würde also passen.«

»Wenn Hartmann diese Reise angetreten ist, würde er morgen zurückkommen …«, ergänzte Paula und griff erneut zu Alfons Hartmanns Telefon.

In der Liste der zuletzt gewählten Nummern fand sie tatsächlich die Telefonnummer, die in der Friedmann-Anzeige abgedruckt war. Und zwar genau vor der Nummer des Taxiunternehmens.

»Bingo, Hartmann hat dort angerufen. Wollen wir doch mal hören, ob er auch gebucht hat.«

Einen kurzen Anruf später konnte sie Keeser mitteilen, dass Alfons Hartmann am Freitagabend den letzten Platz für diese Reise ergattert hatte. Einer der Abholpunkte für die Reisenden war unter anderem der Landauer Bahnhof gewesen, was seine Taxifahrt dorthin erklärte. Da der Busfahrer des Reiseveranstalters der Zentrale bei der Abfahrt einen voll besetzten Bus gemeldet hatte, stand fest: Alfons Hartmann hielt sich derzeit am Lago Maggiore auf.

Paula hatte auch in Erfahrung gebracht, dass der Busfahrer nichts von irgendwelchen gesundheitlichen Problemen seiner Fahrgäste während der Fahrt oder in der Zeit ihres Aufenthaltes in Italien gemeldet hatte.

»Er macht also einfach nur Urlaub im schönen Italien«, sagte Keeser mit einem Anflug von Neid. »Dann ist meine schöne Fluchttheorie wohl hinfällig.«

»Du brauchst nicht neidisch sein. In wenigen Stunden muss er in einen engen Bus steigen, dann wird er eine halbe Nacht und einen halben Tag durch die Gegend geschaukelt, und morgen gegen fünfzehn Uhr wird er erschöpft und zerknautscht in Landau abgesetzt. Das ist so gar nicht die Art von Urlaub, die ich bevorzuge.«

»Was gibt es daran auszusetzen?«, fragte Keeser verwundert. »Man sitzt im Trockenen und Warmen auf einem schönen weichen Sitz, muss sich um nichts kümmern, kann während der Fahrt schlafen oder lesen. Das könnte mir gefallen, denn es ist meiner Meinung nach allemal besser, als bei Wind und Wetter Hunderte von Kilometern auf einem unbequemen Motorrad zu sitzen.«

»Davon abgesehen, dass ich es liebe, auf einem unbequemen Motorrad zu sitzen, können wir die Kollegen zurückpfeifen«, sagte Paula. »Übernimmst du das?«

Während Keeser nach draußen ging, um die Suche nach Alfons Hartmann per Telefon zu stoppen, begutachtete Paula das aufgebrochene Schloss genauer. Wie sie vermutet hatte, war ein vernünftiges Schließen nicht mehr möglich.

»Was machen wir mit der kaputten Tür?«, sagte sie, als Keeser aufgelegt hatte. »Auch wenn wir den Schaden gleich melden, wird es ein bisschen dauern, bis sie repariert wird.«

»Bleibt nur versiegeln, in der Hoffnung, dass das eventuelle Einbrecher abschreckt. Alles Weitere können wir morgen mit Herrn Hartmann klären, wenn er wieder da ist.«

Paula überließ Keeser das Anbringen des polizeilichen Siegels und ging noch einmal hinüber zu Helma Gensheimer. Diesmal öffnete sie gleich nach dem ersten Läuten.

»Entschuldigen Sie, dass ich noch einmal störe, aber ich habe da eine Frage wegen der Lieblingspralinen von Frau Lauer. Vielleicht können Sie mir weiterhelfen.«

»Welche meinen Sie denn? Die Weihnachtstrüffel oder die Riesling Auslesetrüffel? Aber halt ... warum fragen Sie überhaupt danach?« Helma Gensheimers Augen hinter den dicken Brillengläsern musterten Paula aufmerksam. »Heißt das, sie wurde mit Pralinen vergiftet?«

Paula folgerte, dass Helma Gensheimer die Tageszeitung noch nicht gelesen hatte.

»Frage eins: die Rieslingtrüffel, Frage zwei: ja.«

»Soviel ich weiß, hat sie aber zuletzt Weihnachtstrüffel gekauft«, sagte Helma Gensheimer nachdenklich.

»Sie könnte die Trüffel geschenkt bekommen haben. Hat sie Ihnen gegenüber so etwas erwähnt?«

Helma Gensheimer verneinte.

»Im Kühlschrank Ihres Nachbarn haben wir gerade die gleichen Trüffel gefunden ...«

»Auch vergiftet?«, fuhr Helma Gensheimer ihr in den Satz. »Ist Alfons etwa auch tot?«

»Nein, Herrn Hartmann geht es, soweit wir wissen, gut. Er hat sich einen Kurzurlaub gegönnt, von dem er niemandem etwas erzählt hat. Die Trüffel, die wir gefunden haben, müssen noch untersucht werden. Was ich aber von Ihnen wissen möchte: Haben Sie auch diese Rieslingtrüffel im Haus? Vielleicht haben Sie sie von jemandem geschenkt bekommen?«

Helma Gensheimer bekam vor Rührung rote Wangen. »Sie machen sich Sorgen um mich, wie nett. Aber Ihre Sorge ist völlig unnötig, junge Frau, ich habe seit Ewigkeiten mit hohem Zucker zu kämpfen und nasche deshalb nie.«

Paula atmete erleichtert auf.

»Ich schließe aus Ihren Fragen, dass Sie es für möglich halten, dass jemand nicht nur Lissi, sondern auch Alfons und mich ins Jenseits befördern möchte?«

Paula äußerte sich nicht dazu.

»Spontan fällt mir da nur Frank ein, der unsere Häuser unbedingt haben wollte. Steckt er etwa doch hinter Lissis Tod? Der eigene Enkel? Das wäre ja furchtbar!«

Sie ist wirklich auf Draht, dachte Paula, bevor sie antwortete. »Wir müssen schließlich in alle Richtungen ermitteln. Und natürlich wollen wir vermeiden, dass noch mehr Menschen etwas zustößt.«

Helma Gensheimer lächelte wissend. »Da haben Sie aber sehr schön nicht auf meine Frage geantwortet, Frau Stern. Einen angenehmen Tag noch für Sie.«

»Keine Trüffel bei Frau Gensheimer«, teilte Paula Keeser mit, der schon im Auto auf sie wartete. »Ich hab übrigens Hunger.«

»Willkommen im Club«, sagte Keeser grantig. »Seit ich diese blöde Diät mache, habe ich ständig Hunger.«

»Demnach hast du also seit zweieinhalb Tagen ständig Hunger – und was war das dann vor dieser *blöden Diät*?«

»Deinen Sarkasmus kannst du dir sparen. Also, welche Schwangerschaftsgelüste sind es heute? Nur nicht schon wieder zum Konditor am Friedhof, da streike ich.«

»Keine Sorge, dorthin traue ich mich in der nächsten Zeit sowieso nicht. Ich kann mir nämlich gut vorstellen, dass Herr Koppenhöfer wegen der kriminaltechnischen Untersuchung nicht so gut auf uns zu sprechen ist. Mir ist nach etwas Herzhaftem zumute.«

»Fleeschkäsweck?«, sagte Keeser hoffnungsvoll.

»Eher etwas Soßiges, Scharfes oder besser noch Süßsaures mit scharf – chinesisch! Genau, lass uns chinesisch essen gehen.«

Keeser sah nicht begeistert aus. »Muss das sein? Ich stehe nicht so auf Hund oder Katze.«

»Diese klischeehaften Mythen dienen doch nur als Ausrede für deine kulinarische Engstirnigkeit. Außerdem ist die chinesische Küche ausgesprochen gesund: leichtes, kurz gegartes Gemüse, mageres Fleisch, entwässernder Reis … Es gibt auch rein vegetarisches Gerichte, falls du auf Nummer sicher gehen möchtest.«

Keesers Gesicht hatte sich mehr und mehr verdunkelt. »Kulinarische Engstirnigkeit!«, platzte es aus ihm heraus. »*Ich?* Ausgerechnet *ich*? Das ist ja die Höhe!«

»Nur getretene Hunde bellen«, neckte Paula ihn weiter.

»Pass bloß auf, dass der Hund dich nicht beißt«, sagte Keeser knurrig und fuhr los.

»Und, Bello, wohin fährst du jetzt?«

»Wart's einfach ab.«

Schweigend ließ sich Paula durch Bad Bergzabern kutschieren. Ehe sie sich's versah, parkte Keeser direkt neben einem Restaurant namens »China Town«.

Sie sah ihn überrascht an. »Doch Appetit auf Katze?«

Keeser öffnete den Sicherheitsgurt. »Es lag einfach auf dem Weg. Außerdem hab ich mal gelesen, dass man Schwangeren ihre Essenswünsche erfüllen soll, damit sie nicht unausstehlich werden. Und jetzt steig aus, bevor ich es mir anders überlege.«

Schneller, als Keeser gucken konnte, hatte Paula ihren Sitz verlassen und die Autotür zugeschlagen. Der Duft nach Reis und süßsaurer Soße empfing sie, als sie das Lokal betraten. Paulas Blick strich begehrlich über das reichlich gefüllte Büfett.

Es waren nur noch wenige Tische frei, Keeser deutete auf einen in direkter Nähe zu den aufgebauten Köstlichkeiten.

Paula erspähte jedoch ein Stück weiter weg einen kleinen Tisch am Fenster.

»Nichts da«, sagte sie und ging zielstrebig darauf zu. »So bekommst du wenigstens ein bisschen Bewegung, wenn du dir dein Essen holst. Und je öfter du gehst, desto mehr Bewegung bekommst du.«

Allerdings konnte sich Keeser nicht so leicht durch die engen Zwischenräume schlängeln, wie Paula es ihm vormachte. Aus diesem Grund bestellte er, anders als sie, das dreigängige Mittagsmenü.

Während er mit seiner Frühlingsrolle und nachfolgenden gebratenen Ente mit fünf Köstlichkeiten beschäftigt war, pendelte Paula munter zwischen der Essenstheke und ihrem Platz hin und her.

»Ich platze gleich«, stellte sie irgendwann fest und lehnte sich erschöpft zurück.

Keeser betrachtete enttäuscht sein Dessert, das aus einem Schälchen Obstsalat bestand. »Würde mich nicht wundern bei der Menge, die du in dich hineingeschaufelt hast.«

»So viel war das nun auch wieder nicht«, verteidigte sich Paula und ließ schnell das letzte Stück gebackene Banane mit Honig in ihrem Mund verschwinden.

»Du warst achtmal am Büfett«, stellte er vorwurfsvoll fest.

»So oft? Du hast mitgezählt? Das heißt dann aber auch, dass ich während des Essens mindestens einen Kilometer gelaufen bin und du nicht.« Paula stand auf.

»Du gehst doch nicht etwa noch einmal?«

»Nein, jetzt gehe ich zur Toilette, das ist dann noch knapp ein Viertelkilometer dazu.«

Als sie an den Tisch zurückkam, rührte Keeser in einem Espresso. »Wolltest du auch einen?«

»Nein, lieber nicht. Bazilla tritt heute eh schon ziemlich viel, da braucht sie nicht noch Aufputschmittel. Du sagtest vorhin, der Chinese liege eh auf dem Weg – auf dem Weg wohin?«

»Nach Böllenborn, zum Firmensitz von ›NEU-BAU‹. Ich denke, es ist an der Zeit, dass wir Holger Neu mal einen Besuch abstatten.«

Paula stimmte ihm zu.

»Wir sollten der Tochter von Alfons Hartmann mitteilen, dass es ihrem Vater gut geht«, schlug Keeser vor. »Sie sitzt bestimmt daheim und macht sich unnötige Sorgen. Du hast doch ihre Nummer, oder?«

»Die hab ich, ich erledige das gleich während der Fahrt. Ich hatte ohnehin versprochen, ihr sofort Bescheid zu geben, wenn wir etwas über ihren Vater herausfinden. Mist, das hab ich total vergessen.«

Sobald sie im Auto saß, durchsuchte sie ihren Notizblock nach der Telefonnummer und tippte sie in ihr Handy ein.

»Mein Vater soll in Italien sein?«, fragte Elke Wüst-Hartmann ungläubig, als Paula sie nach dem zweiten erfolglosen Versuch endlich am Telefon hatte. »Sind Sie ganz sicher? Wo hat er dann das Geld dafür her?«

Paula berichtete ihr von dem Telefonat mit dem Reiseveranstalter, bei dem sowohl seine Buchung als auch sein Antritt der Reise bestätigt worden waren. Woher er das Geld für diese Reise hatte, konnte sie ihr jedoch nicht sagen.

»Das ist natürlich sehr beruhigend, aber verstehen kann ich trotzdem nicht, warum er mir nichts davon erzählt hat«, sagte Elke Wüst-Hartmann vorwurfsvoll, als ob Paula etwas dafür könnte.

»Morgen kommt er zurück, da können Sie das ja mit ihm klären.«

»Wissen Sie, wann das sein wird? Ich könnte ihn vom Landauer Bahnhof abholen und nach Hause fahren.«

»Mein Kollege und ich werden ihn abholen«, sagte Paula. »Wir haben schließlich auch ein paar Fragen an Ihren Vater. Natürlich werden wir dafür sorgen, dass er danach nach Hause gebracht wird.«

»Sie wundert sich, wo ihr Vater das Geld für die Reise herhat«, sagte Paula nach dem Telefonat und knabberte nachdenklich an ihrer Unterlippe. »Vielleicht hat er ja Geld von Frank Bergmann bekommen, was meinst du?«, sagte sie schließlich.

»Schon möglich, aber reine Spekulation. Das werden wir ihn morgen einfach fragen. Aber ist Bergmann nicht selbst finanziell viel zu schlecht aufgestellt, als dass er anderen großzügig Geld geben könnte?«

Keeser war mit dem Dienstwagen gleich hinter Bad Bergzabern nach links abgebogen. Nach einer kurzen, wunderschön kurvigen Strecke durch den Wald, die Paula schon mehrmals mit dem Motorrad gefahren war, erreichten sie Böllenborn.

»Weißt du die Adresse?«

»Nein, aber ich habe einen Mund zum Fragen«, sagte Keeser, während sie in Schrittgeschwindigkeit die menschenleere Hauptstraße entlangfuhren.

»Und wenn keiner da ist, den man fragen könnte?«

»Dann habe ich einen Finger, mit dem ich auf Klingelknöpfe

drücken kann. Und wenn auf mein Klingeln hin jemand aufmacht, kann ich ihn mit meinem Mund fragen«, sagte er gelassen. »Oder ich lasse einfach dich klingeln und fragen.«

Was dann aber doch nicht notwendig war, da ihnen ein älterer Mann auf Keesers Seite entgegenkam. Der schickte sie zum Dorfende, wo sie nach links in die Waldstraße abbogen, in der unübersehbar ein Schild der Firma »NEU-BAU« stand.

»Siehst du, auch ohne Navi und anderen Technik-Schnickschnack sind wir genau dort angekommen, wo wir hinwollten«, sagte Keeser, als er auf dem gepflegten Hof des Firmenanwesens parkte.

Sie stiegen aus und ließen den überwältigenden Anblick auf sich wirken. Paula vermutete aufgrund der u-förmigen Anordnung der Gebäude, dass es sich um einen ehemaligen Bauernhof handelte. Das, was früher die Scheune gewesen sein musste, war sehr modern saniert worden und diente, dem Schild neben der Tür nach zu urteilen, der »NEU-BAU«-Immobilien GmbH als Bürogebäude. Hinter den zahlreichen Fensterflächen, die anstelle von Außenmauern zwischen den Fachwerkbalken eingesetzt worden waren, brannte Licht.

»Das ist also die wunderschöne Höhle des Baulöwen«, sagte Paula beeindruckt. »Könnte mir auch gefallen.«

Ein dreckverkrusteter Pick-up fuhr röhrend auf den Hof und blieb neben ihrem Dienstwagen stehen. Ein Mann im gut sitzenden grauen Anzug stieg aus und kam auf sie zu. Das Lächeln in seinem braun gebrannten Gesicht war das, was man hinlänglich ein Haifischlächeln nennt: kalt und nicht echt.

Zu dem Anzug, der nicht wie von der Stange aussah, trug der Mann Cowboystiefel mit goldenen Metallkappen. Die obersten drei Knöpfe seines ebenfalls grauen Hemdes standen offen und gaben den Blick frei auf eine dichte Brustbehaarung, die genauso mit hellgrauen Fäden durchsetzt war wie sein welliges, kinnlang geschnittenes Haupthaar, das er sich gerade gewollt lässig mit der mit einem auffälligen Siegelring geschmückten rechten Hand hinter sein Ohr schob. Paula schätzte ihn auf etwas über fünfzig. Mit der dicken goldenen Kette, die über seiner Brustwolle hing, sah er für sie aus wie ein Zuhälter par excellence.

Der Blick, mit dem er Paula von oben bis unten musterte, gab ihr das unangenehme Gefühl, nackt in diesem Hof zu stehen.

»Kann ich Ihnen helfen?«, fragte der Mann schließlich demonstrativ an Keeser gewandt.

Nichts anderes hatte Paula von diesem Typ Mann, dem das Wort »Macho« förmlich auf die Stirn geschrieben stand, erwartet. Frauen waren für solche Kerle nichts anderes als hübscher Zierrat, mit dem man sich schmücken und angeben konnte.

»Wir möchten zu Holger Neu«, sagte Paula und reckte angriffslustig das Kinn in die Höhe. Solche schmierigen Typen hatte sie gefressen.

Paula ignorierend, sagte der Mann zu Keeser: »Der bin ich. Und wer sind Sie? Suchen Sie nach einer Immobilie für das Töchterchen hier?« Er war genauso groß wie Keeser, aber mindestens fünfzehn Kilo schlanker.

»Das *Töchterchen* ist meine Kollegin, Kriminaloberkommissarin Stern«, sagte Keeser kühl. »Ich bin Kriminalhauptkommissar Bernd Keeser. Und nein, wir suchen keine Immobilie, sondern einen Mörder, denn wir sind von der Mordkommission. Können wir irgendwo ungestört mit Ihnen sprechen?«

Holger Neu sah sie überrascht an. »Mordkommission? Das ist ja mal was ganz Neues, bisher hatte ich immer nur mit der Steuerfahndung und dem Zoll zu tun. Ach, nicht zu vergessen die Ausländerbehörde. Bislang jedoch immer ergebnislos für die fleißigen, unermüdlichen Ermittler, wenn ich das noch hinzufügen darf.« Er hatte beide Daumen links und rechts von einer klobigen Gürtelschnalle eingehakt und wippte auf den abgeschrägten Absätzen seiner Cowboystiefel.

Das sollte wohl cool aussehen, doch Paula erkannte in dieser Körpersprache eine gewisse Nervosität.

»Und jetzt die Mordkommission. Sind Sie sicher, dass Sie da bei mir richtig sind? Womöglich handelt es sich um eine Verwechslung.« Seine Stimme troff vor Sarkasmus.

Paula stellte sich neben Keeser und zwang Holger Neu somit, sie anzusehen. »Keine Verwechslung, davon bin ich überzeugt.«

Holger Neu beugte sich ein Stück zu ihr herab und zischte: »Hör zu, Süße, wenn Erwachsene sich unterhalten, haben kleine Mädchen wie du Sendepause, kapiert?«

»Herr Neu, das ist vollkommen …«

Holger Neu legte ihr seinen Zeigefinger auf die Lippen und sah sie ärgerlich an. »Was hab ich dir gerade gesagt, Kleine? Klappe halten. Ich rede nur mit dem Bäcker, nicht mit dem Brötchen!«

Paula war wahrhaftig nicht auf den Mund gefallen, aber diese Unverschämtheit verschlug ihr dann doch die Sprache.

»Hören Sie mir gut zu, Herr Neu«, sagte Keeser scharf. »Es gibt jetzt zwei Möglichkeiten: Entweder Sie behandeln meine Kollegin mit dem nötigen Respekt, und wir reden hier in aller Ruhe. Oder aber wir packen Sie auf der Stelle ein und nehmen Sie mit in unsere Dienststelle, wo wir dann in einem gemütlichen Verhörraum miteinander plauschen können. Aber unabhängig davon, für welche Variante Sie sich entscheiden werden, sollten Sie darauf hoffen, dass meine Kollegin Sie nicht wegen Beleidigung anzeigt. Haben *Sie* das kapiert?«

Holger Neu hob abwehrend die Hände. »Is ja gut, is ja gut, wird nicht wieder vorkommen. Gehen wir in mein Büro.« Mit großen Schritten ging er auf die ausgebaute Scheune zu. Paula und Keeser folgten ihm.

»Was für ein widerlicher Arsch«, raunte Paula Keeser auf einer freitragenden Metalltreppe zu, die in den ersten Stock führte. »Danke für die Schützenhilfe.«

»Immer wieder gern.«

Holger Neu, der ihnen vorausgeeilt war, erwartete sie in seinem lichtdurchfluteten Büro, das das halbe Stockwerk einnahm. Ein Teil des Lichtes fiel durch die Glasflächen, die entlang der Außenwand die gemauerten Wände im Fachwerk ersetzten. Paula hatte sie schon von außen bewundert. Das meiste Licht kam jedoch von oben, wo ein Großteil des Daches aus Glas bestand. Paula sah staunend hinauf – sie konnte sich nur zu gut vorstellen, wie toll es sein musste, vom Schreibtisch aus die Wolken über sich ziehen zu sehen.

Holger Neu saß hinter einem überdimensional großen Tisch mit klobigen Füßen aus schlichtem Vierkantstahl und einer dicken Platte, die der Länge nach und mitsamt der Rinde aus einem Baumstamm geschnitten und mit klarem Lack versiegelt worden war. Er deutete auf zwei Stühle davor. Als Paula und Keeser saßen, klatschte er in die Hände.

»Also denn, bringen wir es schnell hinter uns, ich habe schließlich nicht den ganzen Tag Zeit, um mit Ihnen zu plaudern. Vorab eine kleine Frage: Wer wurde überhaupt ermordet?«

»Elisabeth Lauer aus Bad Bergzabern«, sagte Keeser.

Holger Neu dachte übertrieben angestrengt nach. »Lauer, sagten Sie? Nein, der Name sagt mir nichts.«

»Sie haben Elisabeth Lauer vor ein paar Monaten ein Angebot für ihr Haus unterbreitet«, sagte Paula.

»So, habe ich das? Soll ich Ihnen mal was sagen, Kindchen? … Oh, Entschuldigung, Frau Oberkommissarin?«, sagte Holger Neu herablassend. »Ich schreibe nicht jeden Brief selbst. Ich schreibe überhaupt keine Briefe selbst, um genau zu sein, dafür habe ich Angestellte. Mag ja sein, dass einer meiner Leute den Namen mal in einer Besprechung erwähnt hat, aber grundsätzlich erinnere ich mich nicht an solche Kleinigkeiten.«

»Es geht nicht nur um das Haus von Elisabeth Lauer, sondern auch um zwei weitere, direkt daneben. Sagen Ihnen dann vielleicht die Namen Helma Gensheimer und Alfons Hartmann etwas?«

»Nein, nie gehört. Haben Sie keine besseren Fragen?«, sagte er genervt.

»Zeppelinstraße? Klingelt da was bei Ihnen?« Paula war nicht minder genervt. Dieser Kerl raffte rücksichtslos alles an sich, um sich selbst zu bereichern. Er übervorteilte alte, hilflose Menschen ohne jegliche Skrupel. Außerdem war sie sich sicher, dass er nur den Unwissenden spielte.

»Bevorzugte Wohnlage in Bad Bergzabern, warum?«

»Dort stehen die drei Häuser der eben genannten Personen. Häuser, die *Sie* unbedingt haben wollten, um alles plattzumachen und teure Reihenhäuser darauf zu errichten«, sagte Keeser.

»Ja und? Wohnraum ist knapp. Ich finde, man sollte mir einen Orden dafür geben, dass ich aus drei lumpigen Einfamilienhäuschen, in denen jeweils nur ein einzelner Mensch lebt, acht oder zehn oder sogar zwölf Eigenheime für junge Familien mache. Wenn ich es nicht tue, dann tut's ein anderer.«

»Frank Bergmann«, warf Paula zusammenhanglos in den Raum.

Holger Neu wirkte einen kurzen Moment lang irritiert, fing sich jedoch schnell wieder.

»Ein weiterer Name, mit dem ich nichts anfangen kann. Das wird langsam ermüdend, finden Sie nicht auch?«, sagte er für Paulas Geschmack etwas zu gelangweilt.

Sie sah ihn herausfordernd an. »Dieser Frank Bergmann, den Sie überhaupt nicht kennen, hat uns aber in den schillerndsten Farben von seiner engen und glückbringenden Geschäftsbeziehung zu Ihnen erzählt. Auch dass Sie ihm Geld geliehen haben, das er jedoch nicht zurückzahlen konnte, ließ er nicht unerwähnt. Ebenso wie den Deal, dass er Ihnen die drei Häuser in der Zeppelinstraße besorgt und er dann dafür quasi Ihr Partner wird. Auch daran erinnern Sie sich nicht? Er hat uns sogar verraten, dass Sie es waren, der ihm den Tipp mit der toten Ratte gegeben hat, als seine diversen Versuche, seine Großmutter aus dem Haus zu verjagen, nicht fruchteten.«

Holger Neu lachte höhnisch auf. »Das hat er gesagt? Dass er mein *Partner* wird? Dieser kleine, schmierige und zudem völlig unfähige Möchtegernhäusermakler? Der hat ja wohl nicht mehr alle Latten am Zaun. Lieber hacke ich mir selbst einen kleinen Finger ab, als ihn zum Partner zu nehmen. Ich wollte ihm die Schulden erlassen, das war der Deal, von Partnerschaft war nie die Rede.«

»Ach stimmt ja, da hab ich wohl was durcheinandergebracht. Mein Fehler«, sagte Paula mit unschuldigem Augenaufschlag. Sie hatte es geschafft, ihn aus der Reserve zu locken. »Umso schöner ist es, dass Sie so plötzlich von Ihrer zeitweisen Amnesie genesen sind.«

Holger Neu bedachte sie mit einem wütenden Blick.

»Frank Bergmann hat uns im Vertrauen gesteckt, dass Sie noch ganz andere Mittel anwenden wollten, um seine Oma einzuschüchtern. Ich glaube, er sprach von Gewalt, war es nicht so?« Paula sah Keeser fragend an, worauf der nickte. »Das ist aber nicht die feine englische Art, Herr Neu.«

Das Gesicht ihres Gegenübers wurde zornesrot.

Keesers hingegen strahlte Zufriedenheit aus. »Lassen Sie mich raten: *Sie* waren es, der den Anwalt für Frank Bergmann besorgt hat. Dieses kleine Würstchen könnte sich nämlich nie und nimmer diesen Thomas Ritter leisten.«

»Ja, ich habe ihm den Anwalt besorgt«, presste Holger Neu hervor.

»Sagen Sie uns auch, warum Sie das taten? Wo Sie doch eigentlich nichts von Frank Bergmann halten und nichts mit ihm zu tun haben wollen?«

»Weil er ein armer kleiner Versager ist, dem ich in einem Anflug von Freundlichkeit den Arsch retten wollte. Und natürlich, um zu verhindern, dass er vor lauter blinder Panik derartige phantastische Lügengeschichten über mich in die Welt setzt, wie er es ja nun doch getan hat.«

»War es nicht eher, um ihn daran zu hindern, dass er zu viel über Ihre … wie soll ich sagen … zwielichtigen Machenschaften ausplaudert?«

»Sie haben eine blühende Phantasie, Frau Kommissarin«, sagte Holger Neu. »Typische Frauenkrankheit.«

»Dann haben Sie also nichts mit dem Tod von Elisabeth Lauer zu tun?«

»Nein, selbstverständlich nicht. Ich bin Bauunternehmer, und ich handle mit Immobilien, aber ich bin nicht so einflussreich und schon gar nicht der König der Unterwelt, wie Bergmann Ihnen das glaubhaft machen will. Abgesehen davon, dass ich es überhaupt nicht nötig habe, irgendwelche Leute umbringen zu lassen, ist es auch nicht mein Stil. Sind wir dann fertig?«

Nach einem kurzen Blickwechsel mit Paula erhob sich Keeser. »Gut, das war es erst einmal. Danke für Ihre Geduld, Herr Neu. Wir finden den Weg hinaus.«

Paula hatte schon einen Fuß auf der Treppe, als sie sich noch einmal umdrehte. »Sie haben nicht zufällig Alfons Hartmann einen kleinen Vorschuss gezahlt, als Anreiz quasi, Ihnen sein Haus zu verkaufen?«

»Nein, ich zahle grundsätzlich erst, wenn ein Geschäft abgewickelt ist«, sagte Holger Neu unfreundlich.

Zum ersten Mal glaubte Paula ihm.

***

»Der sieht aber genauso aus wie der König der Unterwelt«, sagte Paula, als sie wieder im Auto saßen und aus Böllenborn hinausfuhren.

»Ist er wohl auch. Holger Neu ist bekanntermaßen nicht der Prototyp eines gesetzestreuen Geschäftsmannes, er hat seine Finger in vielen dubiosen Geschäften drinstecken, wie Sonne ja schon angedeutet hat. Alle wissen es, nur dummerweise kann man ihm nie etwas nachweisen. Ritter ist nur einer aus einer Armada von Anwälten und Winkeladvokaten, die ihn aus allem immer mit reiner Weste heraustricksen.«

»Der hat Ritter doch sicher nicht aus reiner Nettigkeit geschickt, der sollte auf jeden Fall verhindern, dass Bergmann zu viel ausplaudert. So ein erfolgloser, intelligenzmäßig eher unterentwickelter Kleinkrimineller wie er kann schließlich nicht nur sich um Kopf und Kragen reden, sondern auch einen Oberboss wie Neu in Schwierigkeiten bringen.«

»Ach was, so ein kleines Licht wie Frank Bergmann kann Neu gar nichts. Ohne todsichere Beweise sowieso nicht. Glaub mir, Holger Neu ist mit allen Wassern gewaschen, der wird einen Teufel tun und ausgerechnet einem wie Bergmann irgendwelche Beweise in die Hand geben.«

»Auch der beste Verbrecher macht irgendwann einen Fehler. Meistens, weil er sich zu sicher fühlt«, sagte Paula. »Genau dieses Thema hatten wir doch erst. Vielleicht war es ja Holger Neus Fehler, dass er Elisabeth Lauer aus dem Weg schaffen ließ. Wäre es nicht witzig, wenn er sich ausgerechnet wegen seines Kontaktes zu Frank Bergmann das Genick brechen würde?«

Keeser wiegte zweifelnd den Kopf. »Ich weiß nicht, Paula, ich glaube, da bist du auf dem Holzweg. Mag sein, dass Neu Verbindungen zu Leuten hat, die unliebsame Konkurrenten oder lästige Geschäftspartner für ihn ausschalten – aber alte Damen? Mag auch sein, dass er sich für die Grundstücke interessiert und Angebote macht, bevor andere ihm die Immobilien vor der Nase wegschnappen können, aber so viel wert sind die Grundstücke auch wieder nicht, dass man dafür Gefängnis riskiert. Ich tendiere bei der Täterfrage immer noch zu Elisabeth Lauers überaus reizender Familie. Vielleicht haben sie das ja sogar zusammen ausgeheckt.«

»Klar, bestimmt haben sie einen Kredit aufgenommen, um den Killer zu bezahlen«, spöttelte Paula.

Keeser war nicht über Bad Bergzabern gefahren, sondern hatte sich für den Weg über Birkenhördt entschieden. Gerade fuhren sie bei dem Yamaha-Händler hinter Silz vorbei.

Jetzt eine Runde Motorrad fahren, dachte Paula sehnsüchtig. Sie warf einen Blick auf die Uhr im Armaturenbrett. Es war kurz vor vier, und sie hatten nichts Wichtiges mehr auf dem Plan. Wenn sie also gleich ihre Berichte schreiben und eventuell etwas früher als gewöhnlich bei Sonne antreten würden und wenn nichts mehr dazwischenkommen würde, dann könnte sie endlich mal wieder eine ausgedehnte Tour durch den Pfälzer Wald machen …

»He, träumst du?« Keeser stupste sie an und holte sie in das Hier und Jetzt zurück.

»Ja, von einer Welt ohne Arbeit und ohne Rechnungen. Und ohne dich. Wieso?«

»Weil du mir keine Antwort gegeben hast.«

»Antwort worauf?«

»Auf meine Frage, was du gegen meine wunderbare Theorie mit der Familienverschwörung einzuwenden hast.«

»Da gibt es vor allem einzuwenden, dass die allesamt viel zu zerstritten, viel zu missgünstig und viel zu egoistisch sind, um sich auf einen gemeinsamen Mordplan zu einigen. Wenn, dann war es einer allein, aber frag mich nicht, wen ich von dieser unangenehmen Sippe bevorzuge.«

Keeser schwieg nachdenklich. Erst als er an der Kreuzung in Klingenmünster nach links abgebogen war, sagte er: »Okay, gehen wir sie doch alle noch mal der Reihe nach durch. Was ist mit Marion? Sie ist drogenabhängig, hat keinen Job und keine Perspektive. Sie könnte sich eine Erbschaft erhofft haben, mit der sie eine Zeit lang sorgenfrei hätte high sein können.«

»Nein, dafür war ihr erstens ihre Oma zu wichtig, und zweitens will sie unbedingt clean werden«, widersprach Paula. »So gesehen hat sie durch den Tod ihrer Großmutter erst recht keine Perspektive mehr. Bei Marlene sieht es ähnlich aus. Ich bin sogar davon überzeugt, dass sich die Sache mit der Ratte und dem ganzen anderen Kram irgendwann geklärt hätte, wenn die Lauer nicht vergiftet worden wäre. Dann hätten die beiden bei ihr einziehen können.«

»Dann war es vielleicht doch Frank Bergmann, der mit dem Mord verhindern wollte, dass er auffliegt.«

»Du traust diesem Würstchen einen Mord zu?«

Keeser sagte weder Ja noch Nein.

»Dazu ist er meiner Meinung nach und auch nach Meinung der anderen Familienangehörigen viel zu feige«, beantwortete Paula ihre Frage selbst. »Und dann auch noch ein raffinierter Giftmord mit nachgemachten Pralinen? Das glaubst du doch selbst nicht.«

»Dann eben Regina Bergmann«, sagte Keeser. »Als Apothekerin kennt sie sich mit Giften aus. Als Hausfrau kann sie kochen, backen und sicherlich auch Pralinen machen. Sie hätte also sowohl die Fähigkeiten als auch die Mittel.«

»Und welches Motiv? Wäre dann nicht doch Natalia am motiviertesten gewesen? Nach dem Motto: Eklige Schwiegermutter aus dem Haus raus, die lieben Eltern in das frei gewordene Haus rein. Sie hatte keinerlei emotionale Bindung zu Elisabeth

Lauer, was es viel leichter macht, einen Mord zu planen. Außerdem wurde sie von ihrer Schwiegermutter gemieden, schlimmer noch, sie wurde von ihr als Mörderin bezichtigt. Natalia ist somit meine erklärte Favoritin.«

»Vergiss nicht Bernhard und den kleinen Doktor«, sagte Keeser, nicht von Paulas Theorie überzeugt. »Beide sind Ärzte und ebenfalls mit Giften bewandert. Fangen wir mit Bernhard an – er könnte es für Natalia getan haben.«

»So sehr verliebt scheint er mir ehrlich gesagt nicht mehr zu sein, dass er für sie mordet. Schon gar nicht seine Mama«, hielt Paula dagegen.

»Warum sonst hat er sich so über die Obduktion seiner Mutter aufgeregt? Für mich gibt es da nur eine Erklärung: Er wusste genau, dass man herausfinden würde, dass sie vergiftet wurde.«

»Nettes Argument, Keeser, ich halte ihn aber trotzdem nicht für den Mörder.«

»Dann eben Ernst Bollinger – er schreibt schließlich an einem Kriminalroman, in dem ausgerechnet das Gift vorkommt, mit dem Elisabeth Lauer getötet wurde. Was, wenn das kein Zufall ist?«

»Elisabeth war seine Mentorin, sein Muttersatz. Sie war immer gut zu ihm, hat ihn gefördert und finanziell unterstützt. Er hatte keinen Grund, sie zu töten.«

»Sie hat jedoch ihren Bernhard ihm immer vorgezogen«, bemerkte Keeser.

»Der war aber auch ihr leiblicher Sohn, das war vollkommen normal.«

»Für einen vernünftigen Menschen mit gesundem Denkvermögen mag das normal sein, für einen Psychopathen nicht.«

»Kam dir Ernst Bollinger wie ein Psychopath vor?«

»Nein, ich bin ja auch kein Fachmann für Geistesstörungen. Und selbst wenn er kein Psychopath sein sollte, wäre da immer noch das Haus, das er erben und in dem er ein Kinderhospiz einrichten sollte. Das zumindest könnte ihn angetrieben haben.«

»Könnte und könnte genauso gut nicht. Solange uns jedoch keine stichhaltigen Beweise vorliegen, können wir unendlich weiter darüber streiten.«

Am Bahnübergang in der Landauer Schlossstraße mussten sie warten, bis der Regionalzug durchgefahren war und die Schranken sich nach endlos langen Minuten wieder hoben. Sie schwiegen.

»Da wäre noch der Konditor, dieser Koppenhöfer«, sagte Keeser unvermittelt, als sie durch den Südringkreisel fuhren.

»Dreißigacker hätte uns längst informiert, wenn sie was Verdächtiges bei ihm gefunden hätten«, hakte Paula den nächsten Kandidaten auf der Liste der potenziellen Mörder ab.

»Das mag sein, aber er könnte in der Zwischenzeit alle Spuren beseitigt haben, er hatte immerhin einen Tag Zeit dafür.«

»Kein Motiv.«

»Er könnte ein heimlicher Serienmörder sein, da braucht er kein Motiv.«

Paula sah Keeser prüfend von der Seite an. »Das kann nicht dein Ernst sein.« Sie erkannte ein gut verstecktes Schmunzeln unter seinem Fünftagebart. »Es ist zum Glück nicht dein Ernst. Ich bleibe bei Natalia als Verdächtige Nummer eins, und ich werde alles daransetzen, eine Exhumierung von Monika Lauer zu erwirken. Das hätte ich schon längst machen sollen.«

***

Marianne Renner saß auf Keesers Stuhl, als sie ins Büro kamen. Der Blick, den sie Keeser entgegenschleuderte, war nicht sehr freundlich. Mitten auf dem Tisch stand demonstrativ die Vesperdose mit dem liebevoll geschnippelten Gemüse. Sie tippte vielsagend darauf.

»Du hast sie nicht mal angerührt. Und erzähl mir jetzt nicht, dass du Nulldiät machst!«

Sie stand auf und kam um den Tisch herum auf Keeser zu. Energisch ergriff sie seinen Schlips und hielt ihn prüfend unter ihre Nase. »Chinesisch, würde ich sagen. Du solltest echt mal lernen, dich beim Essen nicht immer vollzukleckern.«

Keeser entriss ihr die verräterische Krawatte. »Na und? Von irgendwas muss ich schließlich leben. Es war nur Reis, Hühnchen und Gemüse, du kannst dich also wieder abregen.«

Er deutete auf den Fleck: »Ich geh das mal rauswaschen. Und bei der Gelegenheit bringe ich noch unsere gesammelten Beweismittel hoch in die Kriminaltechnik.«

Während er das Büro verließ, nickte Paula Marianne Renner anerkennend zu. »Nicht schlecht, Frau Staatsanwältin. Du solltest Ermittlerin werden, du hast im wahrsten Sinn des Wortes einen guten Riecher.«

Marianne winkte ab. »Männer sind ja so einfach zu durchschauen – und Keeser sowieso. Ich liebe es, ihn zu überführen, er sieht dann immer aus wie ein ertappter kleiner Junge.« Sie nahm wieder hinter seinem Schreibtisch Platz. »Wie weit seid ihr im Mordfall Elisabeth Lauer?«

»Ehrlich gesagt tappen wir noch völlig im Dunkeln. Wir haben jetzt mit allen Mitgliedern der Familie gesprochen. Die sind sich spinnefeind. Nur in einem Punkt sind sich alle, bis auf einen, einig: Sie glauben, dass die Frau dieses einen, Natalia Lauer, den Mord begangen hat.«

»Und, gibt es irgendwas Handfestes, womit wir ihr die Tat nachweisen können?«

»Nein, nur Spekulationen und Verdächtigungen. Natalia ist vor ein paar Jahren aus Polen gekommen und hat die schwer krebskranke Schwiegertochter der Toten gepflegt. Zu Tode gepflegt, wie alle, bis auf ihren Mann, behaupten.«

Marianne Renner sah Paula skeptisch an. »Du sagst selbst, dass das alles nur Vermutungen sind. Warum erzählst du mir das dann überhaupt?«

Paula wusste nicht so recht, wie sie ihr Anliegen vorbringen sollte. »Vielleicht ist ja an der Sache was dran, und wir sollten Bernhard Lauers erste Frau exhumieren lassen ...«

»Paula, ich würde euch wirklich gern helfen, aber du weißt genau, dass ich nicht aufgrund von haltlosen Verdächtigungen eine Exhumierung beantragen kann. Womöglich wurde sie eingeäschert und dann ...«

»Nein, sie wurde ganz normal beerdigt, das habe ich schon überprüfen lassen.«

»Ist das nicht schon ein dicker Punkt gegen deine Theorie?

Ein gewiefter Mörder würde doch dafür sorgen, dass sein Opfer und somit alle Spuren beseitigt werden, und nichts eignet sich da besser als eine Einäscherung.«

»Nicht wenn sich der Mörder sicher fühlte«, sagte Paula.

»Bringt mir stichhaltige Beweise dafür, dass Natalia etwas mit Elisabeth Lauers Ermordung zu tun hat, dann kann ich damit zu einem Richter. Aber so? Keine Chance, tut mir leid.«

Paula ließ sich enttäuscht auf ihren Stuhl sinken. »Das hatte ich schon befürchtet.«

»Hat er wirklich nur Hühnchen und Gemüse gegessen?«, wechselte Marianne unelegant das Thema.

»Könnten wir uns auf den Oberbegriff Geflügel einigen?«, sagte Paula.

Marianne sah sie anklagend an. »Also gebackene Ente. Bestimmt aus der Fritteuse, eine Cholesterinbombe schlechthin. Hab ich dich nicht gebeten, auf ihn aufzupassen?«

»Mensch, Marianne, ich bin doch nicht sein Kindermädchen. Hast du vergessen, dass ich schwanger bin? Ich hab Fressattacken ohne Ende, da kann ich wohl kaum Rücksicht auf deinen zu dicken Freund nehmen.«

»Das hab ich gehört, Frau Kollegin, und das war gar nicht nett.« Keeser stand plötzlich im Büro.

Marianne erhob sich und stellte sich direkt vor ihn. »Ich sage nur *Ente*, mein Lieber! Vergiss deine Box nicht, denn du wirst heute nichts anderes mehr zu essen bekommen.« Mit energischem Absatzklackern rauschte sie von dannen.

»Petze«, zischte Keeser verächtlich.

»Fresssack«, zischte Paula zurück.

»Hinterhältiges Aas.«

»Gierschlund.«

»Gut, das wäre also geklärt«, meinte Keeser abschließend.

»Dann können wir uns ja endlich hinsetzen und unsere Berichte schreiben.«

***

Oberrat Sonne hörte konzentriert zu, als Paula und Keeser ihm eine Stunde früher als sonst Bericht über die Ermittlungsergebnisse des Tages erstatteten.

»Dieser Holger Neu ist wie ein nasses Stück Seife – wir kriegen ihn einfach nicht zu fassen. Wenn er hier seine Finger im Spiel haben sollte, wird er es auch dieses Mal so geschickt angestellt haben, dass man ihm nichts nachweisen kann. Ansonsten ist das, was Sie bisher herausgefunden haben, zwar recht interessant, aber es bringt uns der Lösung des Falls kein bisschen näher.«

Das war zwar grundsätzlich nicht gut, aber für Paula hatte es den Vorteil, dass Sonne heute keinen Grund hatte, eine seiner stinkenden Siegeszigarren zu rauchen.

»Dann hoffen wir mal, dass uns das Gespräch mit Alfons Hartmann ein Stück weiterbringen wird. Oder die Pralinen, die Sie bei ihm gefunden haben. Wenn nicht, sollten wir den Kreis der Ermittlungen ausweiten und auch die andere Nachbarschaft unter die Lupe nehmen. Womöglich haben wir das Ganze von der falschen Seite angepackt, und der Tod von Elisabeth Lauer hat gar nichts mit ihrem Haus und ihrer Familie zu tun. Ich denke, das war's für heut, machen Sie Feierabend.«

Dem kamen Paula und Keeser nur zu gern nach.

Auf der Treppe nach unten klingelte Paulas Handy. Da eine unbekannte Nummer angezeigt wurde, meldete sie sich mit vollem Namen: »Paula Stern.«

Als sie hörte, wer der Anrufer war, schaltete sie den Lautsprecher ein, damit Keeser mithören konnte.

»Frau Stern? Sind Sie dran?« Marlene Lauers Stimme war zwar etwas verzerrt, aber ihre Verzweiflung war unüberhörbar.

»Ja, Marlene, ich höre Sie. Was ist los?«

»Marion ist heute Nachmittag ins Krankenhaus gekommen, es geht ihr richtig mies.« Ein Schluchzen unterbrach sie.

»Beruhigen Sie sich, Marlene, und erzählen Sie mir ganz genau, was passiert ist. Was ist mit Marion?«, fragte Paula und dachte unwillkürlich an eine Überdosis.

»Sie ist zusammengebrochen und wäre fast gestorben, wenn

der Notarzt nicht so schnell gekommen wäre. Neben ihr lag eine leere Packung Schlaftabletten. Alle denken, sie wollte sich umbringen.«

Paula sah Marion Lauer vor sich: Sehr dünn war sie gewesen und sehr blass, aber nichts an ihrem Verhalten hatte auf Paula so gewirkt, als wolle Marion nicht mehr weiterleben. Im Gegenteil, Paula hatte nach dem Gespräch eher das Gefühl gehabt, sie sei fest entschlossen gewesen, von den Drogen loszukommen – für ihre Oma, auch wenn die das nicht mehr mitbekommen würde.

»Und was denken Sie?«

Marlene schwieg einen Moment, als ob sie noch einmal darüber nachdachte, was sie sagen sollte. Paula hörte sie tief Luft holen, bevor sie antwortete: »Dass das nicht stimmt. Außerdem hat mir Marion, als sie endlich wieder wach war, hoch und heilig geschworen, dass sie weder Tabletten noch irgendwelche härteren Drogen genommen habe. Hören Sie, ich kenne meine Schwester fast so gut wie mich selbst: Sie ist kein Mensch, der sich das Leben nimmt, das würde sie mir nicht antun. Sie hat darauf bestanden, dass ich Sie anrufe.«

»Ist Ihre Schwester außer Gefahr?«

»Ja, ich glaube schon, aber es war sehr knapp. Könnten Sie vielleicht kommen? Sie will Sie unbedingt sehen.«

Paula sah ihre geplante Runde mit dem Motorrad dahinschwinden. »Natürlich komme ich. Wo liegt sie denn?«

»In Klingenmünster, in der Abteilung für Abhängigkeitserkrankungen.«

»Wieso das? Ich dachte, die Ärzte gehen von einem Suizidversuch aus?«

»Na ja, das liegt wohl an Marions Vorgeschichte – sie ist nicht zum ersten Mal hier, müssen Sie wissen.«

»Alles klar, sagen Sie Ihrer Schwester, dass ich zu ihr komme, so schnell ich kann.«

»Danke, Frau Stern«, sagte Marlene Lauer mit belegter Stimme, dann brach die Verbindung ab.

»Soll ich mitkommen?«, fragte Keeser.

»Nein, das ist *meine* Junkiebraut, geh du nach Hause zu deiner Staatsanwältin. Ich sag dir Bescheid, sobald ich weiß, was da los war.«

Als sie auf den Hof kamen, sah Paula Matthias Weber, der lässig an seiner schwarzen Yamaha lehnte. Der hatte ihr gerade noch gefehlt.

»Was willst du denn hier?«

»Wir haben eine Verabredung zum Essen, schon vergessen? After-Work-Dinner in der Buschmühle?«

Paula hatte gehofft, dass *er* das inzwischen vergessen hatte. »Tut mir leid, aber ich habe keine Zeit.«

»Der Fall?«

»Genau, der Fall. Ich muss in die Klinik zu einer Zeugin.«

»Mit dem Moped?«

Das war eine richtig gute Idee, fand Paula.

»Ja, mit dem Moped«, sagte sie kurz angebunden.

»Kein Problem, ich begleite dich. Und wenn du mit der Zeugin fertig bist, gehen wir essen«, schlug Weber vor.

Paula wollte nicht länger herumdiskutieren und gab nach. »Ich muss aber erst nach Hause, mich umziehen und das Motorrad holen«, sagte sie in der Hoffnung, er würde doch noch einen Rückzieher machen.

»Perfekt«, sagte Weber stattdessen. »Inzwischen fahre ich zur Bank, ich brauche noch ein bisschen Geld. In einer halben Stunde hol ich dich bei dir ab.«

Er setzte den Helm auf, schwang sich auf sein Motorrad und fuhr winkend vom Hof.

»Sehr interessant«, sagte Keeser, dessen Anwesenheit Paula total vergessen hatte. »Du gehst also mit Matthias essen?«

»Was dagegen?«

»Nö. Ich sag doch schon immer, dass ihr zwei perfekt zusammenpasst.«

»Wir gehen nur essen«, sagte Paula eindringlich.

»Jaja, natürlich geht ihr nur essen, was anderes habe ich nie behauptet. Viel Spaß beim Nur-Essen!« Keeser zwinkerte ihr zu und machte sich auf den Weg zu seinem Auto.

Blödmann, dachte Paula und begab sich ihrerseits zu Fuß auf den Nachhauseweg.

***

Natürlich werde ich meine Lederkombi anziehen, doch was soll ich als Oberteil darunter tragen?, fragte sich Paula. Eine Bluse oder doch nur ein T-Shirt?

Sie stand jetzt schon eine halbe Ewigkeit vor ihrem Kleiderschrank und konnte sich nicht entscheiden. Obwohl es ihr egal sein sollte, war ihr klar, dass das, was sie gleich mit Weber hatte, ein Date war, nicht nur ein normales Essen mit einem Kollegen. Dazu klopfte ihr Herz nämlich viel zu aufgeregt in ihrer Brust.

Letztendlich zog sie ein schlichtes langärmeliges schwarzes T-Shirt an und darüber einen knallroten Pullover, denn von ihrer letzten nächtlichen Fahrt vor zwei Tagen wusste sie nur zu gut, dass es abends und vor allem nachts empfindlich kalt werden würde.

Sie bürstete sich gerade die Haare, als es klingelte. Hatte Weber nicht von einer halben Stunde gesprochen? Er war viel zu früh und sie noch nicht fertig. Oder hatte sie zu lange unentschlossen vor dem Schrank gestanden?

Gereizt ging sie in die Diele und drückte auf den Knopf der Sprechanlage: »Komm hoch, ich brauche noch einen Moment.« Ohne eine Antwort abzuwarten, ging sie zurück ins Bad.

Eilig flocht sie sich einen Mozartzopf, doch bevor sie ihn mit einem Haargummi fixieren konnte, klopfte es schon an der Wohnungstür. Mit dem offenen Zopfende in der Hand ging sie zur Tür und öffnete sie.

Es traf sie beinahe der Schlag!

Nicht Weber war es, der da stand, sondern Sebastian Kornmann. Fassungslos starrte Paula ihn an.

»Hallo, Paula«, sagte der Vater ihres Kindes, der von seinem Glück gar nichts wusste, eine Spur verlegen. »Ich dachte, wir sollten uns mal unterhalten.«

In Paulas Kopf überschlugen sich die Gedanken: Was wollte

er hier? Plötzlich, nach fast vier Monaten ohne das geringste Lebenszeichen. Wollte er sich endlich entschuldigen? Ihr alles erklären? Wollte er am Ende zu ihr zurückkommen? *Wollte* sie ihn überhaupt noch? Sie war unfähig, irgendwelche Worte von sich zu geben.

Sebastian sah an ihr herunter. »Kommst du, oder willst du gerade gehen?«

»Ja, ich … ich muss gleich weg«, stammelte sie.

»Ich hätte wohl besser vorher anrufen sollen«, sagte er enttäuscht.

Dann hätte ich sowieso aufgelegt, dachte Paula. Hurra, meine Fassung kommt langsam wieder zurück!

»Gut siehst du aus«, raspelte Sebastian fleißig Süßholz. »Hast du ein bisschen zugenommen? Steht dir wirklich gut.«

Reflexartig zog Paula den Babybauch ein, der für einen nicht Eingeweihten eigentlich noch nicht als solcher zu erkennen war.

»Keeser füttert mich regelmäßig«, sagte sie kühl. »Ich muss dann los.«

»Ja klar, ich will dich gar nicht länger aufhalten. Können wir uns morgen sehen? Zum Abendessen vielleicht?«

»Ich glaube eher nicht«, sagte Paula, ohne ihn anzusehen.

So viele Wochen hatte sie sich genau diesen Moment immer und immer wieder vorgestellt und herbeigesehnt, doch auf einmal wusste sie, dass sie keine Lust mehr auf Sebastian und irgendwelche Erklärungen hatte. Es war vorbei, sie empfand nichts mehr für ihn.

Der zärtliche Blick aus seinen hellgrauen Augen, die dunklen wilden Locken, der schön geformte Mund, den sie früher so gern geküsst hatte, die lustigen Lachfältchen, die niedlichen Grübchen – das alles hatte keine Wirkung mehr auf sie. Zu tief hatte er sie verletzt.

Ein Stockwerk unter ihnen wurde die Eingangstür geöffnet. Schritte näherten sich auf der Treppe. Matthias Weber tauchte hinter Sebastian auf.

»Bist du fertig?«, fragte er, bevor er gewahr wurde, wer vor Paulas Tür stand. »Herr Kornmann?«, stieß er unangenehm überrascht aus und sah Paula verunsichert an. »Soll ich besser gehen?«

Sebastian erstarrte sprichwörtlich zur Salzsäule, als ihm klar wurde, wer da die Treppe heraufgekommen war. »Das ist nicht dein Ernst«, fauchte er Paula an. »Du triffst dich mit diesem Kerl?«

Paula verspürte plötzlich eine unbändige Lust, Sebastian eins auszuwischen.

»Ja, ich treffe mich schon seit Längerem mit ihm«, sagte sie deshalb.

»Ausgerechnet mit *ihm*? Wo du genau weißt, was er mir angetan hat?«

Paula konnte nur an das denken, was Sebastian *ihr* angetan hatte: Er war bei Nacht und Nebel und ohne jegliche Erklärung vor vier Monaten einfach so aus ihrem Leben verschwunden.

»Das ist ja wohl allein meine Angelegenheit. Du solltest jetzt besser gehen. Zum Reden ist es nach so langer Zeit sowieso zu spät. Leb wohl.«

Sie zog Weber am Ärmel seiner Lederjacke in ihre Wohnung, schlug die Tür vor Sebastians Nase zu und lehnte sich von innen dagegen. Mit geschlossenen Augen atmete sie mehrmals tief durch.

»Du hast ihm nichts von dem Kind gesagt?«, flüsterte Weber, als sie sich wieder beruhigt hatte.

»Nein.«

»Aber er ist der Vater, er hat ein Recht darauf, es zu erfahren.«

Paula sah ihn missbilligend an. »Warum hat er bitte schön ein Recht darauf?« Sie zählte an den Fingern ab: »Er hat einfach nur ein paarmal sein Ding in mich reingesteckt – dann hat er *mich* verlassen und nicht ich ihn – ich will keine Kohle oder sonst was von ihm – ich löffle diese Suppe ganz allein aus. Fazit: Ich ermögliche ihm mit meiner Entscheidung ein völlig unbelastetes Leben.«

»Er ist Vater eines Kindes«, insistierte Weber.

»Sebastian hat lediglich ein paar Spermien losgeschickt, mehr nicht. Den daraus resultierenden anderen Scheiß hab ich an der

Backe. Es ist also allein mein Kind. Dass ihr Männer das mit eurem Spritzer Samen immer so wichtig nehmt!«

Weber hob kapitulierend die Hände. »Ich gebe auf. Ich habe nämlich keine Lust, mich wegen der Spermien eines anderen Mannes mit dir zu streiten.«

***

Paula klopfte leise an das Türblatt der offen stehenden Tür des Krankenhauszimmers. Marlene Lauer sprang sofort vom Stuhl auf und eilte ihr entgegen.

»Wie geht es Ihrer Schwester?« Paula warf einen prüfenden Blick in Richtung Bett.

»Sie ist jetzt stabil und wieder klar im Kopf. Aber um ein Haar wäre sie gestorben.«

»Weiß man schon, was sie eingenommen hat?«

Marlene schüttelte den Kopf.

»Ist das die coole Kommissarin?«, meldetet sich eine schwache Stimme aus dem Krankenbett.

Paula trat zu ihr und erschrak zutiefst. Marion Lauer hatte tags zuvor schon schlecht ausgesehen, aber jetzt war sie nur noch ein Schatten ihrer selbst. Sie war beinahe so weiß wie das Bettzeug, das sie umhüllte, und ihre Augen lagen in tiefen dunklen Höhlen. Sie sah mehr tot als lebendig aus.

Mit eiskalten Fingern griff Marion nach Paulas Hand.

»Wow, in Motorradklamotten? Sie sind ja wirklich cool! Danke, dass Sie gekommen sind«, sagte sie kraftlos.

»Ich hab ja gesagt, dass Sie mich jederzeit erreichen können, wenn was ist. Was ist passiert?«

»Ich hab nur was geraucht, ich schwör's. Ich habe auch keine Tabletten genommen. *Sie* würde ich nie anlügen, das müssen Sie mir glauben.« Marion Lauer sah Paula flehend an.

»Ich glaube Ihnen ja«, sagte Paula – und das war ehrlich gemeint.

»Aber dann wurde ich so unsagbar müde«, sagte Marion Lauer leise. Paula musste sich zu ihr hinunterbeugen, um sie verstehen zu können. »Mein ganzer Körper wurde so schwer, und ich konnte mich kaum noch bewegen. Es war wie ein echt mieser Horrortrip. Ich hab's gerade noch fertiggebracht, meine Schwester anzurufen, die hat dann den Notarzt zu Papas Haus geschickt. Die sagen immerzu, dass ich mir das Leben nehmen wollte, aber ich habe wirklich nur was geraucht. Bitte sagen Sie das meinem Vater. Der war so aufgebracht und so enttäuscht von mir, als sie mich abholten.«

Paula drückte sanft ihre kalte Hand. »Ich werde es ihm sagen. Jetzt werde ich mit dem zuständigen Arzt sprechen, vielleicht weiß man ja inzwischen schon, was mit Ihnen passiert ist. Ich bin gleich wieder da.«

Paula nickte Marlene zu und trat auf den Gang hinaus. Die Gummisohlen ihrer Motorradstiefel quietschten bei jedem Schritt auf dem glänzenden Linoleum.

Im Schwesternzimmer traf sie endlich auf Klinikpersonal.

»Hallo?«, sagte Paula zu den drei Schwestern, die gerade Kaffeepause machten.

Keine der Frauen reagierte darauf.

»Ich bin hier wegen Marion Lauer«, sagte sie um einiges nachdrücklicher. »Sie wurde heute eingeliefert, und ich möchte wissen, ob inzwischen schon Ergebnisse darüber vorliegen, was sie eingenommen hat.«

»Sind Sie eine Verwandte? Ansonsten dürfen wir Ihnen nämlich keine Auskunft über die Patientin geben«, sagte eine rundliche Schwester mit Pferdeschwanz gelangweilt, ohne Paula wirklich zu beachten.

»Nein, ich bin keine Verwandte«, sagte Paula und zog ihren Dienstausweis aus der Innentasche ihrer Jacke. »Ich bin von der Kripo.«

Die drei Krankenschwestern sahen synchron und auf einmal sehr interessiert von ihren Kaffeetassen auf. »Kripo? Wieso das denn?«

»Marion Lauer ist eine wichtige Zeugin in einer Mordermittlung«, schmückte Paula die Tatsachen etwas aus, um an die gewünschte Information zu kommen. »Ich muss auf Nummer sicher gehen, dass wir es bei diesem Vorfall nicht mit einem Mordanschlag zu tun haben.«

Die Pummelige schluckte schwer und machte große Augen. »Mordanschlag? Bisher war immer nur die Rede von Selbstmord.«

Paula kam Holger Neus Spruch mit dem Bäcker und dem Brötchen in den Sinn, aber sie war zu gut erzogen, um ihn hier anzubringen. »Ich würde gern mit dem zuständigen Arzt sprechen.«

Die dünne Brünette mit der Brille griff zum Telefon und bat die Zentrale, einen Dr. Gerber ausrufen zu lassen. Gleich darauf ertönte eine weibliche Stimme aus den Lautsprechern auf dem Gang, die Dr. Gerber bat, sich umgehend auf Station A3 zu melden.

Keine fünf Minuten später eilte der Doktor mit wehendem Arztkittel, ebenso wehenden grauen langen Haaren und quietschenden Schrittes über den Gang herbei. Vor Paula blieb er stehen und sah sie überrascht mit seinen wasserblauen Augen über den Rand seiner auf der Nasenspitze sitzenden Nickelbrille an. »Sie schon wieder? Sind Sie nicht bei der Mordkommission?«

Paula erkannte ihn sofort als den Arzt, der sich vor nicht allzu langer Zeit um Keesers leicht durchgedrehte Ex gekümmert hatte.

»Ja, ich schon wieder«, sagte sie und gab ihm die Hand. »Es geht um Marion Lauer.«

Er nickte wissend. »Ah, der vermeintliche Selbstmordversuch. Was wollen Sie wissen?«

Paula gefiel, dass er nicht lange rummachte und gleich zum Punkt kam.

»Wissen Sie schon, was zu dem Zusammenbruch geführt hat?«

»In der Tat, das wissen wir. Wegen des Befundes hätte ich mich sowieso noch bei der Polizei gemeldet. Kommen Sie doch bitte mit in mein Büro.« Er machte auf dem Absatz kehrt und eilte davon. Paula hatte Mühe, mit ihm Schritt zu halten.

Am Ende des Ganges angekommen, holte Dr. Gerber einen

Schlüsselbund aus seiner rechten Kitteltasche und schloss die Tür zu seinem Büro auf. Galant ließ er Paula den Vortritt und trat nach ihr ein.

Dr. Gerber griff nach einer dünnen Akte, die mitten auf seinem Schreibtisch lag. Er schlug sie auf und überflog den Inhalt, ohne sich die Mühe zu machen, sich hinzusetzen.

»Da vom Notarzt eine leere Tablettenpackung neben der nicht mehr ansprechbaren Patientin vorgefunden wurde, haben wir ihr den Magen ausgepumpt. Nach gründlichen Untersuchungen kann ich Ihnen Folgendes sagen: Es konnte in der Tat eine größere Menge Schlafmittel in ihrem Magen festgestellt werden. Allerdings waren die Tabletten vollkommen aufgelöst. Wenn man vom restlichen Mageninhalt ausgeht, wurden sie der Patientin vermutlich zusammen mit einer Cremesuppe verabreicht – Lauchsuppe, steht hier explizit.«

»Moment, verstehe ich das richtig? Sie sagen, die Tabletten *wurden ihr verabreicht*? Das heißt also, Marion Lauer hat sie nicht selbst und nicht bewusst zu sich genommen?«

»Da die Patientin beteuert, keinerlei Tabletten eingenommen zu haben, könnte sie sie mit der Suppe zu sich genommen haben.«

»Dann war es also definitiv kein Selbstmord?«

Dr. Gerber klappte die Akte zu und reichte sie Paula. »Grundsätzlich könnte es schon ein Selbstmord gewesen sein, auch wenn die Patientin das abstreitet. Sie selbst könnte sich die Tabletten in der Suppe aufgelöst haben. Ich weiß von vielen Menschen, die keine ganzen Tabletten schlucken können. Aber wir haben noch eine andere Substanz gefunden, sowohl im Mageninhalt der Patientin als auch in ihrem Blut. Eine Substanz, die da auf gar keinen Fall hingehört.«

Paula schlug das Deckblatt auf und fand nach ein paar Zeilen, wovon er sprach.

»Arsen?«, fragte sie ungläubig.

»Arsen«, bestätigte Dr. Gerber und nahm ihr die Akte wieder ab. »Und so, wie es aussieht, wurde ihr das seit einiger Zeit in kleinen Dosen zugeführt. Wollen Sie meine Meinung dazu hören?«

Paula sah ihn erwartungsvoll an, obwohl sie genau wusste, was kommen würde.

»Marion Lauer sollte langsam getötet werden.«

»Aber warum dann die Schlaftabletten?« Paula überlegt kurz, ehe sie sich die Frage selbst beantwortete: »Womöglich ging es dem Mörder mit dem Arsen am Ende doch ein bisschen zu langsam.«

***

»In Marion Lauers Körper wurde Arsen festgestellt«, platzte es aus Paula heraus, als sich Marianne Renner am anderen Ende der Leitung meldete. Schon auf der Treppe nach unten hatte sie die Nummer der Staatsanwältin gewählt, weil sie es nicht erwarten konnte, ihr diese alles verändernde Nachricht zu übermitteln.

»Wovon redest du?«

»Mensch, Marianne, wir haben doch vorhin über die Exhumierung von Monika Lauer gesprochen.« Paula ging mit dem Telefon am Ohr zu Weber, der neben ihren Motorrädern auf sie wartete.

»Ich kann dir nicht folgen. Was hat das mit Marion Lauer zu tun?« Marianne klang genervt.

»Marion Lauer wohnt derzeit bei ihrem Vater und somit auch bei Natalia, die, wie schon gesagt, möglicherweise für den Tod von Marions leiblicher Mutter verantwortlich ist. Vor ein paar Stunden wurde Marion dort vom Notarzt abgeholt, mit Verdacht auf Selbstmord.«

Paula hielt kurz inne. Als sich Marianne aber nicht dazu äußerte, fuhr sie fort: »Sie wurde als Selbstmordversuch eingeliefert, aber bei den Untersuchungen wurde nicht nur eine Überdosis Schlafmittel festgestellt, sondern eben auch Arsen, mit dem sie systematisch vergiftet wurde. Marianne, siehst du denn den Zusammenhang nicht?«

»Ist Marion Lauer nicht drogenabhängig? Sie könnte das Arsen mit ihren diversen Drogen zu sich genommen haben.«

»Das ist doch Unsinn! Aber du kannst jetzt Marions ärztlich

belegte Arsenvergiftung als perfekte Begründung für den Antrag der Exhumierung von Monika Lauer nutzen. Du musst es nur geschickt formulieren.«

Am anderen Ende war es eine Zeit lang still.

»Okay, ich werde es versuchen«, sagte Marianne Renner schließlich. »Versprechen kann ich dir aber nichts.«

»Danke dir, du bist die Beste!«

Paula nahm das Telefon vom Ohr und wollte gerade das Gespräch beenden, als Marianne Renner sie zurückhielt.

»Paula, bist du noch da?«

»Ja, ich bin noch da. Ist noch was?«

»Das Haus von Bernhard Lauer wurde doch komplett auf den Kopf gestellt. Dabei wurden keinerlei giftige Substanzen gefunden, wenn man von Spülmittel, WC-Reiniger und Blumendünger mal absieht. Der Inhalt jeder Zuckerdose und jedes Salzstreuers wurde genau überprüft. Wie bitte schön soll Natalia das mit dem Arsen angestellt haben?«

Paula musste zugeben, dass das eine wirklich gute Frage war. Dennoch – sie war so nah dran an dieser Exhumierung, es musste einfach klappen. Im Geiste ging sie den Besuch im Hause Lauer noch einmal durch.

»Ich hab's!«, rief sie so plötzlich aus, dass Weber neben ihr zusammenzuckte. »Besorg du den richterlichen Beschluss, ich kümmere mich um den Rest.«

»Welchen Rest?«, sagte Marianne zögerlich.

»Ich weiß, wo wir das Arsen finden werden. Bis dann!« Paula beendete das Gespräch und steckte das Handy ein. Lieber Gott, lass mich nicht schuld sein an dem, was mit Marion passiert ist, hoffte sie inständig. Denn sie war es gewesen, die die Durchsuchung von Marion Lauers Kellerloch verhindert hatte.

»Ich muss schnell noch mal rein«, sagte sie zu Weber und rannte ohne eine Erklärung über den Parkplatz zurück zum Eingang der Klinik.

Atemlos kam sie beim Krankenzimmer an. Als sie sah, dass Marion Lauer eingeschlafen war, winkte sie ihre Schwester zu sich auf den Gang.

»Marlene, könnten Sie zu Ihrem Vater fahren und dort etwas für mich erledigen?«

»Jetzt gleich?«

»Jetzt gleich, es ist dringend.«

»Warum machen Sie das nicht selbst, wenn es so dringend ist?«, fragte Marlene Lauer verwundert.

»Ganz einfach: Ich bräuchte dafür eine richterliche Verfügung und Sie nicht.«

»Okay, was soll ich tun?«

»Ich brauche etwas aus dem Zimmer Ihrer Schwester. Am einfachsten wird es gehen, wenn Sie Ihrem Vater und Natalia sagen, dass Sie ein paar Sachen für Marion holen wollen, die sie im Krankenhaus braucht.«

Marlene verstand sofort. »Und was soll ich wirklich holen?«

»Die Teedosen, die auf dem Regal stehen, und zwar alle.«

»Das geht ja richtig wild bei euch zu«, sagte Weber mit anerkennender Miene, als Paula zurück auf den Parkplatz kam. »Arsenvergiftung, Exhumierung, vergiftete Trüffel – vielleicht hätte ich doch bei der Mordkommission bleiben sollen.«

Paula verstaute ihr Handy in der Motorradjacke und zog den Reißverschluss hoch. »Vergiss nicht die Verhaftung eines Einbrechers und Kleinkriminellen – *deines* Kleinkriminellen.«

Weber machte ein säuerliches Gesicht. »Wie könnte ich das vergessen …«

»Was deinen Kleinkriminellen betrifft: Ich würde gern noch einmal mit ihm sprechen.« Paula zog ihr Halstuch über Mund und Nase und setzte ihren Helm auf.

»Kein Problem, er sitzt momentan in der JVA Frankenthal in U-Haft. Ich kann dir einen Termin besorgen.« Auch Weber setzte seinen Helm auf. »Erzählst du mir auch, was du von ihm willst?«

»Später beim Essen«, vertröstete ihn Paula, stieg auf ihr Motorrad und startete den Motor.

Weber tat es ihr gleich, nickte ihr zu und fuhr vor ihr her vom Parkplatz. Als sie das Gelände des Klinikums verließen, bog er nach links ab. Danach fuhr er durch Eschbach und Leinsweiler, eine Strecke, die Paula inzwischen auch schon gut kannte. In Siebeldingen bog er erneut nach links ab und folgte der Alten Weinstraße.

Paula genoss die Fahrt, und es machte ihr richtig Spaß, mit Weber unterwegs zu sein. Kurz nach Burrweiler bog er scharf nach links ab. Auch diese Strecke war Paula schon öfter gefahren, doch die kleine Straße, in die er mitten auf der Strecke nach rechts einbog, war ihr bisher noch nie aufgefallen.

Nach kurzer, langsamer Fahrt erreichten sie ein imposantes Anwesen, das von einer hohen Mauer umgeben war. Den ganzen Zufahrtsweg entlang waren Autos abgestellt, aber Weber fuhr einfach durch das Tor und stellte sein Motorrad gleich dahinter ab. Paula fuhr neben ihn, klappte den Seitenständer nach unten und schaltete den Motor aus.

»Das ist ja der Hammer«, stellte sie fasziniert fest.

»Freut mich, dass es dir gefällt. Ich hab uns einen Tisch auf der Terrasse reserviert.«

Und wie es Paula gefiel! Als sie knirschenden Schrittes über einen gekiesten Platz auf das Restaurant zugingen, konnte sie sich gar nicht sattsehen.

»Hier würde ich sofort einziehen«, sagte sie mit träumerischem Blick und stieg neben Weber eine ausgetretene Sandsteintreppe zu einer glyzinienumrankten Terrasse hinauf.

»Wir können gern auch drinnen sitzen, wenn es dir zu kühl sein sollte«, bot Weber an.

»Nein, hier draußen ist es perfekt.«

Ein Kellner führte sie zu einem lauschigen Tisch für zwei.

»Nicht zu fassen«, sagte Paula begeistert. »Ich bin schon so oft hier vorbeigefahren, ohne zu wissen, dass sich nur ein paar Meter von der Straße entfernt so etwas Zauberhaftes versteckt.«

»Ja, ich bin auch gern hier. Manchmal drehe ich nach dem Dienst noch eine Runde und esse dann das After-Work-Menü. Allein ist es jedoch nicht so prickelnd.« Er warf Paula einen strahlend blauen und sehr intensiven Blick zu. »Zu zweit, so wie heute, macht es natürlich viel mehr Spaß.«

»After-Work-Menü klingt gut«, sagte Paula. Menü bedeutete mehrere Gänge, und dafür hatte sie genau den richtigen Hunger.

Beim Lesen der Karte, die ihnen gebracht wurde, stellte sie zufrieden fest, dass es sogar vier Gänge waren: Suppe, Salat, einer von fünf verschiedenen Hauptgängen und ein Überraschungsdessert.

Sie entschied sich nach langem Überlegen für die im Ofen geschmorte Lammkeule mit Ratatouille und Rosmarinkartoffeln. Weber bestellte das Filet vom Haiwels im Bananenblatt mit Kokos-Zitronengras-Soße und Mandelreis. Zum Trinken nahm sie eine große Flasche Wasser, Weber eine große Rieslingschorle.

»Trinkt ihr Pfälzer denn immer nur Rieslingschorle?«

»Aber ja, das ist unser Nationalgetränk. Und jetzt sag mir, was du von Frank Bergmann willst.«

»Ach, das ist kompliziert. Als Mörder von Elisabeth Lauer haben wir ihn ja inzwischen ausgeschlossen. Aber da gibt es einen Nachbarn der Toten, der normalerweise nur über eine kleine Rente verfügt, der sich aber derzeit auf einer mehrtägigen Reise befindet, die er sich laut Aussage seiner Tochter eigentlich nicht leisten könnte. Da wir mittlerweile wissen, dass er sein Haus an Bergmann oder genauer gesagt an Holger Neu verkaufen wollte, möchte ich von Bergmann wissen, ob er ihm einen Vorschuss gezahlt hat.«

»Ihr habt also eine Verbindung von Frank Bergmann zu Holger Neu nachweisen können?« Weber sah Paula ungläubig an.

»Du kennst den Typen?«

Die Suppe wurde serviert, und Weber wartete mit der Antwort, bis der Kellner sich wieder entfernt hatte.

»Hajo, klar kenne ich ihn. Er ist quasi der Kopf des organisierten Verbrechens hier in der Region, was aber keiner beweisen kann. Beinahe alle Abteilungen der Kripo haben ihn auf dem Schirm, vorneweg wir von der Sitte, nicht zu vergessen das Finanzamt und der Zoll.«

Paula nahm den ersten Löffel von ihrem Samtsüppchen von Zitronengras und Kokosmilch mit Chili und Ingwer und erlebte eine wahre Geschmacksexplosion.

»Hmmmm«, stöhnte sie zufrieden. »Neu ist doch aber im Baugewerbe tätig, was will denn deine Abteilung von ihm?«

»Die Bau- und Immobilienfirma ist nicht sein Hauptgeschäft, ich würde sogar sagen, das macht er vor allem zur Tarnung. Wir sind überzeugt davon, dass er seine Finger in diversen Puffs hat, für die vor allem Frauen aus dem Osten verschleppt werden. Und er ist dick im Kinderporno-Geschäft, was wir ihm natürlich nicht nachweisen können. Aber …«, er grinste Paula breit an, »… dank deiner hervorragenden Arbeit können wir Letzteres deinem, meinem, unserem Frank Bergmann nachweisen.«

»Habt ihr seinen Rechner knacken können?«

»In ein paar der verschlüsselten Dateien sind wir inzwischen reingekommen, und was wir da sehen mussten, war schockierend. Jede Menge Material, um Frank Bergmann lange hinter Gitter zu bringen. Und ich bin mir sicher, das war erst die Spitze des Eisberges.«

Paula hob abwehrend die Hände. »Verschone mich bitte mit Details. Meiner Meinung nach ist Bergmann aber viel zu doof, um so was allein zu machen.«

»Genau das denke ich auch. Deshalb hoffen wir, dass wir in den Dateien, die wir bisher noch nicht öffnen konnten, doch noch eine Verbindung zu Neu finden.«

»Für mich sieht er genau so aus, wie man sich einen Zuhälter vorstellt«, sagte Paula und lehnte sich zurück. Am liebsten hätte sie ihren leeren Suppenteller ausgeschleckt.

»Du hast schon mit ihm gesprochen?«

»Ja, heute Nachmittag. Ein unangenehmer Zeitgenosse, der nicht viel von Frauen hält.«

»Frauen sind für den Kerl nur eine Einnahmequelle und …«

Weber wurde mitten im Satz vom Klingeln seines Handys unterbrochen. »Entschuldige, ich hätte es ausschalten sollen.«

»Nein, geh ran, ich hab meins ja auch an.«

Während Paula ihren Salat entgegennahm, meldete sich Weber so leise wie möglich.

»Verdammte Kacke, wie konnte das passieren?«, pflaumte er den Anrufer kurz darauf zwar gedämpft, aber ungehalten an.

»Stellen Sie zwei Beamte vor seine Tür, keiner darf rein oder raus, der sich nicht ausweisen kann.«

»Ärger?«

»Frank Bergmann wurde vor einer Viertelstunde tätlich angegriffen und schwer verwundet. Ob er überlebt, ist fraglich. Dein Gespräch mit ihm muss also erst einmal warten.«

Paula zählte eins und eins zusammen. »Findest du es nicht auch komisch, dass ein Anschlag auf Bergmann verübt wird, kurz nachdem ich mit Holger Neu gesprochen habe?«

»Hast du denn Bergmann ihm gegenüber erwähnt?«

»Ja klar, immerhin hat Frank Bergmann ja ausgesagt, dass er im Auftrag von Neu seiner Oma das Haus abnehmen sollte.«

»Du hast recht, das sieht ganz so aus, als ob Bergmann mundtot gemacht werden sollte, bevor er noch mehr Interna ausplaudert.«

»Oder als Strafe, weil er schon zu viel erzählt hat«, ergänzte Paula. »Egal wie, Neu ist womöglich der Drahtzieher in der Pornosache, und bei der Sache mit den Häusern in Bergzabern hat er auch seine Finger im Spiel. Vielleicht hat er den Mord an Elisabeth Lauer in Auftrag gegeben, vielleicht aber auch nicht. Ich hoffe, Frank Bergmann nimmt dieses Wissen nicht mit ins Grab.«

»Sein Zustand ist derzeit stabil, er ist aber nicht ansprechbar. Sonst hätte ich gesagt, wir fahren gleich zu ihm.«

Paula fand es viel wichtiger, sich erst einmal dem Hauptgang zu widmen, der in diesem Moment serviert wurde.

Als sie sich bis zum Dessert vorgearbeitet hatten, begann sie zu frösteln. Während sie ihre Motorradjacke überzog, klingelte ihr Handy.

»Das ist Marianne Renner«, sagte sie nach einem Blick auf das Display. »Drück mir die Daumen, dass sie gute Nachrichten für mich hat.«

»Morgen früh um sieben auf dem Friedhof in Bad Bergzabern«, sagte Marianne ohne Einleitung. »Ich hoffe sehr, dass ich das nicht bereuen werde. Hast du die Beweise, die du mir versprochen hast?«

»Noch nicht direkt, aber die Sache läuft«, sagte Paula. Sie sandte ein Stoßgebet gen Himmel, dass dem auch tatsächlich so war und Natalia die Tees samt Dosen zwischenzeitlich nicht entsorgt hatte.

»Echt toll von dir, dass du das gemacht hast, Marianne. Vielen, vielen Dank. Kann ich kurz mit Keeser sprechen?«

»Der ist bei sich zu Hause und ich bei mir. Ich lasse ihn ein bisschen schmoren, bis er das mit dem Abnehmen endlich schafft. Wir sehen uns dann morgen früh«, sagte Marianne und beendete das Gespräch.

»Hurra, ich habe meine Exhumierung«, freute sich Paula und löffelte zufrieden ihren Dessertteller leer.

Weber sah ihr amüsiert zu. »Dein Job ist dir sehr wichtig, stimmt's?«

»Das ist richtig. Dir doch aber auch.«

»Ja, und manchmal erschreckt mich das, weil ich dadurch kein echtes Privatleben habe.«

»Privatleben? Keine Ahnung, wovon du sprichst.«

»Genau, sieh uns beide doch an: Wir zwei sitzen hier auf einer wunderschönen Terrasse mitten in den Weinbergen, haben ein leckeres Essen vor uns, und was machen wir? Wir reden immerzu über unsere Arbeit und telefonieren zwischendurch dienstlich, anstatt einfach nur den Moment zu genießen.«

»Da ist was dran«, sagte Paula. Demonstrativ steckte sie ihr Handy weg, legte den Kopf in den Nacken und sah in einen dämmerigen Himmel, an dem sich bereits die ersten Sterne zeigten. Sie fragte sich, wann sie das letzte Mal bewusst nach Sternen Ausschau gehalten hatte, ohne zu einem befriedigenden Ergebnis zu kommen.

Ein Geräusch ließ sie herumfahren. Als sie die Geräuschquelle mitten auf dem Kiesplatz ausmachte, glaubte sie, ihren Augen nicht zu trauen. »Ist das ein Pfau?«

»Hier laufen ein paar von den Viechern rum.«

»Warst du schon mal bei einer Exhumierung dabei?«, fragte Paula, ohne den Blick von dem Vogel abzuwenden.

»Frau Stern, Ihre Gedanken sind ja schon wieder bei der Arbeit«, tadelte Weber spaßhaft.

»Das hat gar nichts mit der Arbeit zu tun … na ja, vielleicht doch ein bisschen. Es interessiert mich einfach, was mich wohl in dem Sarg erwartet.«

»Wie lange liegt die Leiche schon da drin?«

»Sechs Jahre oder so. Ist da überhaupt noch was übrig?«

»Kommt auf den Sarg an, auch auf das Erdreich, in dem er vergraben wurde. Ist die Leiche damals einbalsamiert worden oder nicht? Das kann man also nicht so pauschal sagen. Hübsch wird der Anblick gewiss nicht sein.«

»Dann lass ich mich einfach überraschen. Mir wird langsam kalt, lass uns nach Hause fahren.« Paula winkte dem Kellner und suchte in ihrer Jacke nach dem Geldbeutel.

»Ich zahle, das war so besprochen«, sagte Weber.

»Quatsch, ich kann für mich selbst zahlen.«

»Kein Quatsch, ich lade immer die Leute ein, die meine Verbrecher einfangen, das ist ein ungeschriebenes Gesetz«, insistierte Weber.

Paula kapitulierte lachend. »Also gut, aber nicht dass du mir jetzt eine Liste deiner Verdächtigen gibst, damit ich sie für dich einfange.«

»Ich gehe auch jederzeit mit dir essen, wenn du niemanden für mich verhaftest.«

Paula antwortete nichts darauf.

»Das war richtig schön«, sagte Matthias Weber und legte seine Hand auf ihre, ganz kurz nur.

Bestimmt hat er Angst, dass ich ihn wieder anfauche und die Hand wegziehe, dachte Paula. Doch das hätte sie vermutlich nicht getan, denn die Berührung hatte sich richtig gut angefühlt.

»Das stimmt, es war sehr schön. Danke für die Einladung.«

Weber sah sie skeptisch an, als warte er noch auf einen negativen Nachschlag. Aber Paula verspürte im Moment nichts von dem ansonsten allgegenwärtigen Zwang, gemein zu ihm zu sein. Sie schob diesen Umstand darauf, dass sie einfach zu satt und zu müde war – auch wenn sie im Grunde genau wusste, dass es an etwas völlig anderem lag: Sie hatte sich tatsächlich in Matthias Weber verliebt!

Das Klingeln ihres Handys ertönte in das einvernehmliche Schweigen hinein.

»Geh ruhig ran«, sagte Weber und stand auf. »Ich statte in der Zwischenzeit der Toilette einen kurzen Besuch ab.«

»Ich hab die Dosen«, teilte Marlene Lauer Paula mit, nachdem sie sich gemeldet hatte. »Was soll ich jetzt damit machen?«

»Wo sind Sie gerade?«

»Noch in Bergzabern.«

Das passt perfekt, dachte Paula. Sie würde etwa genau so lange für die Fahrt nach Landau brauchen wie Marlene von Bad Bergzabern aus.

»Treffen wir uns doch auf dem Parkplatz vor dem Klinikum Landau in der Bodelschwinghstraße. Sagen wir, in einer halben Stunde?«, schlug Paula vor und verstaute zufrieden ihr Handy in der Jacke.

Als Weber über die Terrasse auf sie zukam, merkte sie, dass sie die letzten Gäste waren. Die Sonne war schon länger hinter einem Berg verschwunden, es wurde zusehends dunkler. »Lass mich raten«, sagte Weber, ohne sich wieder zu setzen. »Wir müssen sofort los?«

»Gut geraten, in einer halben Stunde muss ich auf dem Parkplatz der Rechtsmedizin sein.«

»Ich habe drinnen schon bezahlt, weil ich mir genau so was gedacht habe.« Er reichte Paula den Helm, der neben seinem auf einem Stuhl gelegen hatte.

***

Marlene Lauer war bereits vor Ort, als Paula mit Weber beim Klinikum ankam. Sie saß in einem alten VW Vento. Paula fand sie im Dunkeln nur, weil das Display von Marlenes Handy ihr Gesicht beleuchtete.

Als Paula die Honda hinter dem VW abstellte, stieg Marlene Lauer sofort aus dem Wagen.

»Endlich sind Sie da«, sagte sie erleichtert und sah sich furchtsam um, als ob sie einen Verfolger vermutete.

»Gab es Probleme mit Ihren Eltern, ich meine, mit Ihrem Vater und Natalia?«, erkundigte sich Paula besorgt.

»Nein, nein, alles gut. Es war nur mein Vater da. Er hatte schon mit Marions Arzt gesprochen und wusste über den Befund Bescheid. Er ist nicht einmal mit in den Keller gegangen, ich konnte also alles ungestört einpacken. Ich glaube, er ist mal wieder stinksauer auf meine Schwester.«

»Wie geht es Marion inzwischen?«, fragte Paula ehrlich interessiert.

»Langsam besser. Ihr Arzt ist zuversichtlich, dass keine akuten Folgeschäden auftreten werden, da die Arsenaufnahme wohl nur über einen kurzen Zeitraum erfolgte. Er sprach von wenigen Wochen.«

»Und seit wann wohnt Ihre Schwester wieder bei Ihrem Vater im Haus?«

»Seit ein paar Wochen, warum fragen Sie das?«, antwortet Marlene Lauer unbedarft.

»Nur so.«

Marlene öffnete den Kofferraum und entnahm ihm eine große Sporttasche, neben der ein zusammengeknüllter Berg aus gebrauchten Handtüchern und Sportkleidung lag. Sie hatte wohl den Inhalt der Tasche einfach ausgekippt, um die Sachen ihrer Schwester darin verstauen zu können.

»Haben Sie alle Dosen mitgenommen?«

»Ja, genau wie Sie gesagt haben.« Marlene zog den Reißverschluss auf.

Paula konnte dank der Kofferraumbeleuchtung die bunten Blechdosen erkennen. Sie nahm eine in die Hand und schüttelte sie neben ihrem Ohr.

»Gott sei Dank, es ist noch was drin«, sagte sie erleichtert. Auch in den nächsten beiden Dosen hörte sie die durchgeschüttelten Teeblätter rascheln.

»Glauben Sie denn, dass das Arsen in einer dieser Dosen ist?«, fragte Marlene Lauer, der sich erst jetzt der Sinn der Aktion zu erschließen schien, überrascht.

»Sagen wir so: Es ist durchaus möglich.«

»Und wer soll es da reingemischt haben? Natalia?« Marlenes Augen wurden groß, mit brüchiger Stimme fragte sie: »Ist es das, was Sie vermuten?«

»Lassen Sie uns erst einmal herausfinden, was wirklich in den Dosen ist, dann reden wir weiter«, sagte Paula. »Wenn Sie mir hier die Telefonnummer draufschreiben, unter der ich Sie erreichen kann, dann melde ich mich bei Ihnen, sobald sich etwas Neues ergeben sollte.«

Sie zog eine Visitenkarte aus der Jacke, nach einem Stift suchte sie aber vergeblich. Den reichte ihr Weber, der an sein Motorrad gelehnt alles verfolgt hatte.

»Bevor ich es vergesse: Ich soll Sie von Marion grüßen und Ihnen sagen, dass sie vorerst im Pfalzklinikum bleibt. Sie wird dort einen Entzug machen und ist diesmal fest entschlossen, es durchzuziehen«, sagte Marlene, während sie mit zitternder Hand die Nummer auf die unbedruckte Rückseite schrieb.

Paula nahm Stift und Karte entgegen. »Das freut mich sehr. Richten Sie Ihrer Schwester bitte aus, dass ich ihr ganz fest die Daumen drücke.«

»Ich soll Ihnen auch sagen, dass sie mit dem Gedanken spielt, danach zur Polizei zu gehen – sie würde gern auch so eine coole ›Bullentussi‹ werden, wie Sie es sind. Das ist Originalton Marion, wie Sie sich unschwer denken können.«

Paula fühlte sich ehrlich geschmeichelt. Deshalb erwähnte sie nicht, dass dieses Ziel für jemanden mit einer Drogenvergangenheit, wie Marion sie vorzuweisen hatte, etwas hochgesteckt sein könnte. Unmöglich war es jedoch nicht.

»Und was haben *Sie* vor?«

»Wenn Marion es schafft, clean zu werden, nehmen wir zusammen eine Wohnung, das haben wir vorhin besprochen. Dann können wir nämlich besser aufeinander aufpassen.«

»Das hört sich nach einem richtig guten Plan an. Grüßen Sie Ihre Schwester herzlich von mir. Sie kann sich gern bei mir melden, falls sie diesen Plan mit der Polizei wirklich in die Tat umsetzen will. Und jetzt fahren Sie am besten zu Ihrem süßen kleinen Sohn.«

Marlene Lauer wirkte unschlüssig. Dann schloss sie den Kofferraum, stieg ins Auto und fuhr davon.

»Ich bring das schnell runter zu Knopp. Kommst du mit?«

»Nein danke«, sagte Weber. »Schon gar nicht auf vollen Magen. Du willst mich bloß wieder mal umkippen sehen. Ich warte hier.«

Dr. Andreas Knopp war nicht da. Paula konnte sich nicht erinnern, dass sie jemals in seinen »Katakomben des Grauens« gewesen war und er keinen Dienst hatte. Sein Assistent, Sven Armbrüster, hielt allein die Stellung in der ansonsten verlassenen und dadurch noch gruseliger wirkenden Abteilung. Er nahm die Teedosen entgegen, quittierte den Empfang und notierte für seinen Chef, worauf sie bei der Untersuchung des Inhaltes zu achten hatten. Paula nahm ihm den Stift ab und schrieb mit großen Buchstaben darunter: »EILT SEHR!! Gruß, KOK Stern«. Vorsichtshalber malte sie noch einen dicken Kringel darum, damit Knopp die Nachricht auf gar keinen Fall übersehen konnte.

»Das wäre erledigt«, sagte Paula, als sie zu Weber und den Motorrädern zurückkam. »Danke, dass du das alles mitgemacht hast. Jetzt kannst du aber nach Hause fahren, zu meiner Wohnung finde ich von hier aus allein zurück.«

Weber schüttelte den behelmten Kopf. »Nix da, ein Gentleman begleitet sein Date immer bis zur Haustür, das hat mir mein Papa irgendwann mal beigebracht.«

Vor ihrem Haus angekommen, hielt Weber an und stellte den Motor ab, blieb aber auf seinem Motorrad sitzen.

Paula parkte ihre Honda auf dem Gehsteig. Sie nahm den Helm ab und ging unsicher zu Weber an den Straßenrand.

»Also dann«, sagte sie zögerlich. Sie hatte das Gefühl, dass er sie unter dem hochgeklappten Visier abwartend ansah. Hätte er nicht den Helm aufgehabt, hätte sie ihn vermutlich geküsst. Nein, sie hätte ihn ganz sicher geküsst!

»Hast du vielleicht noch ’nen Kaffee für mich?«, kam er ihr zuvor.

Pauls Herz machte einen Hüpfer. Wenn Weber jetzt mit reinkam, dann …

Unfähig, ein Wort zu erwidern, nickte sie nur und ging voraus zur Haustür. Mit zittriger Hand versuchte sie, den Schlüssel ins Schloss zu stecken. Als Weber sich hinter sie stellte, spürte sie seinen Atem in ihrem Nacken.

»Du riechst gut«, flüsterte er ihr ins Ohr.

Vor Schreck fiel Paula der Schlüsselbund aus der Hand.

Weber bückte sich blitzschnell und hob ihn auf. »Frau Kommissarin scheint ein bisschen aufgeregt zu sein«, neckte er sie und schloss die Tür mit ruhiger Hand auf.

Paula schluckte ihren Ärger darüber, dass er sie durchschaut hatte und auch noch damit aufzog, hinunter. Als sie nach dem Lichtschalter tastete, zog Weber sie in seine Arme und küsste sie. Erst zart und vorsichtig und dann, als sie sich nicht wehrte, fordernder.

»Wow«, sagte er, als er sie wieder freigab, »du hast ja gar nicht gekratzt und gebissen.«

Er fand den Lichtschalter direkt neben ihr. Über ihren Köpfen flammte die Deckenbeleuchtung auf.

»Darf ich das eventuell noch mal machen?«

Paula zog ihn an sich, und der nächste Kuss war fünf Lichtintervalle lang.

Der Tag danach

Donnerstag, 20. September

Als Paulas Wecker um halb sechs Uhr in der Früh klingelte, hatte sie große Mühe, sich in den jungen Morgen und ins Wachsein hineinzufinden. Etwas lag schwer auf ihrer Leibesmitte.

Mit geschlossenen Augen ertastete sie einen behaarten Arm, einen Männerarm … gleichmäßiges Atmen drang an ihr Ohr. Langsam sickerte die Erinnerung an den vergangenen Abend und die anschließende Nacht in ihre müden Gehirnzellen.

Sie öffnete die Augen und drehte den Kopf zu Matthias Weber hinüber. Sie war nackt, er ebenfalls – zumindest das, was aus der Decke herausragte, war nackt. Er hatte seinen Arm besitzergreifend um sie gelegt.

Sie konnte es kaum glauben, aber der hartnäckige Mistkerl hatte sie doch noch rumgekriegt!

Und jetzt?, fragte sie sich. Vielleicht war sie ja doch nur eine Trophäe in seiner Sammlung, und er würde gleich aufstehen, sich anziehen und zum Abschied »Tschüss, war echt nett mit dir, aber ich liebe meine Freiheit« sagen.

Der hartnäckige Mistkerl regte sich und öffnete die Augen. Sofort verhakte sich sein blauer Blick in ihrem. Er lächelte.

»Guten Morgen, Frau Kommissarin. Gut geschlafen?«

»Ganz hervorragend«, sagte Paula, unsicher, wie sie mit der Situation umgehen sollte.

Weber setzte sich auf und strich ihr eine lange Strähne hinters Ohr. Prüfend betrachtete er ihr Gesicht. »Alles in Ordnung?«

»Keine Ahnung, es ist einfach komisch – du und ich in einem Bett … und diese Nacht …«

Seine Stirn kräuselte sich. »Willst du mir jetzt etwa sagen, dass du einen Fehler gemacht hast und ich mich vom Acker machen soll?«

»Ähm, nein, das hatte ich nicht vor. Ich dachte eher, das wäre dein Spruch.«

Weber lachte erleichtert. »Glaubst du im Ernst, dass ich dir monatelang hinterherrenne, um dir nach dieser Nacht – die meiner Meinung nach sensationell war, wenn ich das mal so sagen darf –, um dir nach dieser Nacht zu sagen, dass ich mich leider geirrt habe?« Er zog sie an sich und küsste sie auf die Nasenspitze. »Du bist mir vielleicht ein Dummchen. Es sind schließlich nicht alle Männer solche Trottel wie dieser Obertrottel Kornmann.«

Paula kuschelte sich in seine Arme, was sich ungemein gut anfühlte.

»Wenn du willst, hast du mich die nächsten Jahre an der Backe«, redete er weiter, während er ihren Rücken streichelte.

Paula hob den Kopf und grinste süffisant. »Ist das eine Drohung?«

»Nein, meine süße kleine Kommissarin, das ist ein Versprechen. Und jetzt solltest du aufstehen, sonst …«

»Du hast recht, ich verpasse sonst meine erste Exhumierung.« Paula riss sich von ihm los und schwang die Beine aus dem Bett.

»Ich wollte eigentlich sagen, dass ich dich sonst auf der Stelle noch einmal vernasche.«

Paula huschte ins Bad, steckte sich die Haare hoch und stieg in die Dusche.

»Hast du zufällig eine Zahnbürste für mich?«, hörte sie Weber jenseits der Duschwand fragen.

Bevor Paula antworten konnte, öffnete sich die Glastür, und Weber stieg zu ihr herein.

»Wusstest du, dass man Unmengen Wasser spart, wenn man zu zweit duscht?«

Sie sparten zwar Unmengen von Wasser, verloren dabei aber jede Menge Minuten. Weber konnte das egal sein, er hatte erst um acht Uhr Dienst, aber Paula musste um sieben Uhr in Bad Bergzabern sein. Das würde knapp werden.

Während sie sich die Haare machte, kochte Weber Kaffee. Hektisch schlüpfte Paula in ihre Motorradklamotten, trank zwei vorsichtige heiße Schlucke aus der Tasse, die Weber ihr hinhielt, und schnappte sich Helm und Handschuhe.

»Sehen wir uns?«, fragte sie zwischen Tür und Angel.

»Ich ruf dich an, Baby«, sagte Weber grinsend mit verstellter Stimme.

Dann jagte Paula die Treppe hinunter, schwang sich aufs Motorrad und fuhr viel zu schnell nach Bad Bergzabern.

***

Staatsanwältin Marianne Renner tippte mit vielsagendem Blick auf ihre Armbanduhr, als Paula acht Minuten zu spät ihr Motorrad neben dem Haupteingang des Friedhofs abstellte.

»Warum hast du nichts gesagt? Ich hätte dich im Auto mitgenommen«, sagte sie tadelnd. »Alle warten auf dich.«

»Ihr hättet doch schon ohne mich anfangen können.«

»Hätten wir nicht, schon wegen des Protokolls. Und jetzt komm endlich, ich hab nicht ewig Zeit.«

Marianne Renner drehte sich auf einem ihrer hohen Absätze um und ging energischen Schrittes den breiten Weg entlang, vorbei an einem Transporter der Rechtsmedizin. Nach der Leichenhalle bog sie nach rechts ab. Paula folgte immer einen Schritt hinter ihr.

Am Grab der Familie Lauer, das schon von jeglichem Schmuck befreit war, warteten zwei Leute aus der Rechtsmedizin und zwei Friedhofsangestellte. Einer von ihnen kletterte auf Marianne Renners Zunicken hin in einen bereitstehenden Minibagger und begann mit der Arbeit.

Marianne und Paula standen daneben und sahen zu, wie er die Erde Schaufel um Schaufel aushob und neben dem Grab aufhäufte.

Als die Grube etwa einen Meter tief war, stieß Marianne Paula mit dem Ellbogen an. »Was ist denn los mit dir?«, rief sie über den Lärm hinweg.

»Mit mir ist gar nichts los, was soll die Frage?«, antwortete Paula beinahe schreiend.

»Du stehst seit einer Viertelstunde da und lächelst vor dich hin. Wenn ich's nicht besser wüsste, würde ich sagen, du hattest Sex.« Marianne musterte Paula aufmerksam. »Bingo, du *hattest* Sex! Wer ist der Glückliche?«

»Darüber möchte ich mich derzeit noch nicht äußern«, wich Paula aus, die es sehr anstrengend fand, immerzu laut sprechen zu müssen.

Doch Marianne Renner gab so schnell nicht auf. »Dann werde ich Bernd später ausquetschen, der kann nämlich sehr schlecht etwas vor mir verheimlichen.«

»Da kannst du quetschen, so viel du willst, er ist diesbezüglich nicht auf dem Laufenden.«

»Wie soll das denn gehen? Ihr hockt den ganzen Tag beieinander, da redet man doch über so was.«

»Da gab es bisher nichts zu reden, es hat sich quasi einfach so ergeben.«

In diesem Moment erstarb der laute Motor des Baggers. Genau in diese plötzliche Stille platzte es überrascht und noch im Schreimodus aus Marianne Renner heraus: »Ein One-Night-Stand?«

Alle Augen richteten sich wie auf Kommando auf Paula.

Als sie nicht reagierte, sondern nur konzentriert ins Grab starrte, verflüchtigte sich das Interesse an ihr. Der zweite Totengräber sprang in das Loch, wo er mit einer Schaufel weitergrub.

Marianne ging nach dieser peinlichen Einlage zum Flüsterton über: »Bist du dafür nicht zu …« Sie brach ab.

»… zu schwanger?«, ergänzte Paula. »Nein, ich kann dich beruhigen, es war *kein* One-Night-Stand. Trotzdem will ich bestimmt nicht beim Ausbuddeln eines Sarges mein Liebesleben vor dir ausbreiten.«

Die Schaufel traf auf Holz.

»Was ist mit diesem Matthias Weber?«, fragte Marianne unvermittelt. »Bernd hat erst kürzlich erzählt, dass er sich sehr um dich bemüht. *Der* ist doch ein schnuckeliges Kerlchen.«

Paula spürte, wie sie rot wurde.

»Ha«, sagte Marianne frohlockend, »da hab ich wohl voll ins Schwarze getroffen!«

Wenig später wurde der Sarg mittels zweier breiter Transportbänder mit dem Baggerarm aus dem Boden gehoben und auf eine Art Leiterwagen gestellt. Es war ein teuer aussehendes Modell aus schwerer Eiche mit goldenen Beschlägen, der die Jahre im Erdreich überraschend gut überstanden hatte.

Arbeiter Nummer eins kehrte ihn mit einem Handfeger gründlich ab, und die Männer von der Rechtsmedizin schoben ihn vorsichtig zu ihrem Wagen.

Paula und Marianne gingen hinterher und sahen zu, wie der Sarg im Transporter verstaut und die Hecktüren geschlossen wurden. Der Wagen wendete und fuhr zum Friedhof hinaus.

Die beiden Frauen folgten ihm zu Fuß. Bei Mariannes Auto blieben sie stehen.

»Für mich war's das, ich muss jetzt zum Gericht«, sagte Marianne. »Was machst du? Fährst du noch mit in die Rechtsmedizin?«

»Ja, ich möchte mit Knopp kurz über den Fall sprechen und ihm sagen, worauf er zu achten hat.«

Marianne öffnete die Fahrertür und stieg ein.

»Und grüß den heißen Matthias Weber von mir«, sagte sie und schlug die Tür zu.

***

Bevor Paula dem Transporter mit dem Sarg folgte, rief sie Oberrat Sonne an, um ihn darauf vorzubereiten, dass sie es wahrscheinlich nicht zur Morgenbesprechung schaffen würde. Als sie ihm den Grund nannte, wurde er am anderen Ende der Leitung laut – sehr laut.

»Sie haben *was* veranlasst?«, schrie er ungehalten.

Paula nahm erschrocken das Telefon vom Ohr.

»Die Exhumierung von Monika Lauers Gebeinen«, wiederholte sie zaghaft und fügte vorsichtshalber hinzu: »Wir hatten darüber gesprochen.«

»*Sie* hatten darüber gesprochen, Frau Stern, *ich* hatte Ihrer Idee jedoch nicht zugestimmt«, plärrte Sonne unvermindert wütend in Paulas Ohr.

Sie konnte sich nur zu gut vorstellen, wie er gerade am Telefon saß: mit hochrotem Kopf, der aussah, als würde er jeden Moment platzen; Augen, die aus ihren Höhlen herauszuquellen drohten; eine dicke pulsierende Ader an seiner rechten Schläfe; dicke Schweißperlen auf der Stirn, die er vergeblich mit einem Taschentuch zu bekämpfen versuchte ... Eines war Paula klar: Wenn Sonne gleich einen Herzinfarkt bekäme, wäre es allein ihre Schuld.

»Ich frage mich, welcher völlig verblödete Staatsanwalt und welcher noch verblödetere Richter sich auf diese Schnapsidee eingelassen hat. Das wird ein unschönes Nachspiel haben, darauf können Sie sich verlassen, Frau Stern. Und jetzt bewegen Sie Ihren Arsch hierher, damit ich Ihnen den Kopf abreißen kann.«

Dann herrschte Ruhe, er hatte aufgelegt.

Paula überlegt kurz, ob sie es wagen sollte, nach Landau ins Büro zu fahren, oder ob sie lieber schnell eine Tasche packen, ihr Konto leer räumen und sich für ein paar Wochen aus dem Staub machen sollte, in der Hoffnung, dass sich Sonne in dieser Zeit wieder beruhigen würde.

Doch sie entschied sich gegen diese Variante. Schließlich hatte sie die Exhumierung nicht aus Jux und Tollerei erkämpft, sondern weil sie davon überzeugt war, dass Natalia Lauer nicht nur ihre Stieftochter hatte vergiften wollen – sie war sich auch sicher, dass etwas dran sein musste, wenn mehrere Menschen unabhängig voneinander Natalia des Mordes an Monika Lauer bezichtigten. Diese Anschuldigungen mussten Paulas Empfinden zufolge nach so vielen Jahren endlich ernst genommen und bewiesen werden. Oder widerlegt werden, was für sie persönlich zweifelsohne die unangenehmere Variante sein würde.

Entschlossen setzte sie ihren Helm auf, zog die Handschuhe an und stieg auf die Honda. Im schlimmsten Fall würde Sonne sie eben für einige Zeit suspendieren, damit konnte sie aber leben.

Zwischen Niederhorbach und Ingenheim überholte sie den Transporter mit dem Sarg. Sie würde also weit vor ihm in der Rechtsmedizin sein.

Andreas Knopp kam gerade mit seinem Fahrrad, als sie ihre

Fireblade auf dem Parkplatz abstellte. In seinem Büro bekam sie dann auch ihre erste richtige Tasse Kaffee des Tages serviert. Knopp hörte aufmerksam zu, als sie ihm die Einzelheiten zu der erwarteten Leichenlieferung mitteilte.

»Wenn Sie Pech haben, ist das ein Schlag ins Wasser, und Sie bekommen einen Vermerk in Ihren Akten«, orakelte er wenig ermutigend.

»Wenn ich aber recht habe, bringen wir eine Mörderin hinter Gitter«, hielt Paula dagegen.

»Was sagt Keeser dazu?« Andreas Knopp sah sie interessiert über die goldenen Ränder seiner Brille hinweg an.

»Der weiß noch gar nichts davon.«

»Hätte ich mir gleich denken können, denn freiwillig würde er sich niemals eine Sargöffnung entgehen lassen.«

Das Quietschen der Aufzugtüren drang vom Gang herein.

»Das müssen meine Jungs mit dem Sarg sein. Wollen Sie dabei sein, wenn ich ihn aufmache, oder wollen Sie lieber den Gang nach Canossa wagen?«

»Canossa kann warten.«

»Gut, dann ziehe ich mich um. Sie gehen schon mal nach hinten zu den Sezierräumen. Ziehen Sie sich Schutzkleidung an und warten Sie, bis ich Sie rufe. So, wie ich Sie inzwischen kenne, fangen Sie sonst noch ohne mich mit der Obduktion an.«

Paula tat wie ihr geheißen und wartete brav auf einem schwarzen Plastikstuhl, bis Andreas Knopp endlich in voller Montur in der Tür von Sektionsraum 2 erschien und sie hereinwinkte.

Der Sarg stand auf einer Art Hubwagen neben einem Seziertisch. Auf einem Tablett lagen mehrere aufwendig gearbeitete goldene Schrauben. Paula vermutete, dass es die Verschlüsse des Sarges waren. Es musste also nur noch der Deckel abgenommen werden.

»Bereit?«, fragte Andreas Knopp.

Paula nickte.

»Wird kein besonders schöner Anblick sein – sechs Jahre gehen auch in einem so stabilen Sarg wie diesem nicht spurlos an einer Leiche vorbei.«

»Machen Sie schon, Canossa ruft«, sagte Paula und sah konzentriert auf den Sargdeckel.

Knopp gab den Männern, die schon den Sarg in Bad Bergzabern abgeholt hatten, ein Zeichen, worauf die beiden an den Tisch herantraten, den Deckel abnahmen und ihn wegtrugen.

»Schön«, sagte er zufrieden, »das ist gutes Material für mich.«

Paula trat zögernd neben ihn. Der Anblick war zum Glück nicht so schlimm, wie sie befürchtet hatte. Die ehemalige Leiche sah aus wie eine Mumie. Das Gesicht wirkte zusammengeschrumpft, ledrig aussehende, fleischlose Haut überzog den Schädel, ein lippenloses Lächeln zeigte alle Zähne. Das bunte, über die Jahre kaum verblasste Tuch, das Monika Lauer bei der Bestattung auf ihrem durch mehrere Chemotherapien haarlos gewordenen Kopf getragen hatte, wirkte grotesk.

»Dann holen wir die Gute mal aus ihrem Bett, damit ich sie genau untersuchen kann«, wies Knopp seine Mitarbeiter an.

»Ich hätte gedacht, dass der Leichnam viel verwester ist«, sagte Paula.

»Das ist von Fall zu Fall verschieden, kommt immer auf das Erdreich an, in dem sie begraben werden. Je mehr Luft an die Leiche kommt, desto zügiger kann sie verwesen. Solch stabile und vor allem so dichte Särge wie dieser hier sind da meist kontraproduktiv. Schauen Sie, an der Kiste sind noch keinerlei Auflösungserscheinungen zu erkennen.«

»Wie lange dauert es denn normalerweise, bis Sarg und Leiche vollkommen verschwunden sind?«

»Man rechnet bei idealen Bedingungen mit circa fünfundzwanzig Jahren.«

»Okay, dann lass ich Sie mal in Ruhe arbeiten. Es wäre nett, wenn Sie mir gleich Bescheid geben würden, wenn Sie fertig sind. Ich muss so schnell wie möglich wissen, ob mir nun der Kopf abgerissen wird oder ob ich vielleicht doch einen Orden bekomme.«

***

Es war bereits nach neun Uhr, als Paula ihre Maschine vor dem Präsidium abstellte. Keeser stand mit den Händen in die Hüften gestemmt in der geöffneten Eingangstür und sah sie schlecht gelaunt an.

»Kannst du mir bitte schön verraten, warum ich wieder einmal der Letzte bin, der es erfährt?«, polterte er.

Marianne!, dachte Paula. Marianne war wohl gleich zu ihm gerannt, um ihm brühwarm von der Sache mit Weber zu erzählen.

»Es war noch keine Gelegenheit …«, setzte Paula zu einer Erklärung an.

»Keine Gelegenheit? So ein Bockmist! Sonst telefonierst du doch auch immer mit deinem Handy herum.«

Paula war irritiert. So wichtig konnte das mit Weber doch für Keeser gar nicht sein.

»Weißt du, wie ich mal wieder in der Besprechung dastand? Wie der letzte Trottel!«

Paula kamen nun doch Zweifel, dass er von ihr und Weber sprach, denn sie waren sicherlich nicht Thema einer Dienstbesprechung. Er konnte also nur ihren Alleingang bei der Exhumierung meinen.

»Das war keine Absicht, echt. Ich habe gestern flüchtig mit Marianne darüber gesprochen, und dann kam die Diagnose von Marion Lauers Arsenvergiftung …«

»Von der ich natürlich auch gerade erst erfahren habe«, blaffte Keeser dazwischen.

»Ich rief Marianne an, um ihr das zu sagen …«

»Sieh an, alle Leute kannst du anrufen, aber deinen Kollegen, deinen Partner natürlich nicht!«, unterbrach er erneut.

»Marianne rief mich dann noch sehr spät zurück, um mir mitzuteilen, dass sie die Genehmigung für die Exhumierung bekommen hat. Außerdem bin ich davon ausgegangen, dass *sie* mit dir darüber spricht«, rechtfertigte sich Paula.

Keeser schnaubte. »Mit mir spricht ja keiner mehr, jedenfalls nicht über die wichtigen Sachen. Wenn es allerdings um Kalorien und blöde Diäten geht, da babbelt ihr euch den Mund fransig.« Er zeigte mit dem Daumen zur Decke. »Sonne erwartet dich schon sehnsüchtig, ich glaube, er will dich zum Frühstück verspeisen. Falls du doch überleben solltest, findest du mich in unserem Büro.« Ohne eine Antwort abzuwarten, drehte er sich um und verschwand genau dorthin.

Oberrat Heribert Sonne hatte sich zu Paulas Glück bereits ein wenig beruhigt. Er hatte auch keinen Herzinfarkt erlitten. Dennoch regte er sich noch genügend über Paulas Eigenmächtigkeit auf, drohte mit einem Disziplinarverfahren und anderen netten Strafmaßnahmen. Aber er hörte ihr zu, als sie die Gründe für ihr Vorgehen darlegte.

Als sie ihm von den sichergestellten Teedosen berichtete, spitzte er die Lippen und nickte sogar wohlwollend. Die Aussicht, dass zumindest die Untersuchung des Tees etwas bringen könnte, schien ihn zu besänftigen. Warum die Dosen nicht schon viel früher von den Kriminaltechnikern mitgenommen wurden, fragte er zu Paulas Glück nicht. Dann hätte sie gleich noch eins auf den Deckel bekommen.

»Na gut, jetzt ist das Kind eh in den Brunnen gefallen«, brummte er am Ende grantig. »In ein paar Stunden wissen wir mehr. Wollen wir hoffen, dass Sie mit dem Tee recht behalten und wir wenigstens einen Tötungsversuch feststellen können. Und falls an der Leiche tatsächlich ein Mord nachgewiesen werden sollte, dann wäre ich eventuell geneigt, die leidige Angelegenheit unter den Tisch fallen zu lassen. Aber nur noch dieses eine Mal, Frau Stern, damit haben Sie Ihren letzten Joker vertan. Haben Sie mich verstanden?«

»Natürlich, Chef«, sagte Paula kleinlaut und machte, dass sie aus Sonnes Zimmer kam.

»Ah, der Kopf ist ja noch dran«, sagte Keeser spitz, als Paula endlich im Büro erschien.

»Ja, Sonne hatte glücklicherweise schon gefrühstückt.«

»Was hat dich und Marianne denn da geritten?«

»Mein Bauchgefühl hat von Anfang an …«

»Ihr Frauen immer mit eurem Bauchgefühl«, ächzte Keeser. »Bei dir kenne ich das ja, aber bei Marianne ist es neu. Ich kannte sie bisher nur als klar und rational denkende Staatsanwältin, was hast du nur mit ihr gemacht?«

»Ganz einfach: Meine Argumente waren überzeugend.«

»Na, hoffentlich fallt ihr nicht selbst in die Grube, die ihr heute gebuddelt habt.« Keeser lehnte sich weit in seinem Schreibtischstuhl zurück und verschränkte die Hände über dem Bauch. »Du warst also mit Weber in der Kiste? Schau an, schau an«, sagte er übergangslos.

»Ach, Marianne redet also doch mit dir?«, sagte Paula mit verkniffenem Gesicht.

»Manchmal schon«, sagte er grinsend.

»Na bravo. Mir wäre es lieber gewesen, sie hätte dir von der Exhumierung erzählt. Darf ich?« Paula deutete auf Keesers Rohkostdose, die Marianne ihm vermutlich auf dem Weg zum Gericht vorbeigebracht hatte – inklusive Paulas Bettgeschichte.

Er schob sie ihr äußerst bereitwillig herüber. »Lass mich raten: viel Sex und wenig Frühstück?«

»Viel Exhumierung und wenig Frühstück«, verbesserte Paula, während sie sich gierig über Apfelschnitze, geschälte Karotten und Gurkenscheiben hermachte. »Ist das Ergebnis für die Pralinen aus Alfons Hartmanns Kühlschrank schon da?«

»Der Befund war negativ«, sagte Keeser. »Es trachtet ihm also niemand nach dem Leben, zumindest nicht mit vergifteten Trüffeln. Und bevor du weiterfragst: Marlenes Fingerabdrücke auf dem Glas stimmen nicht mit denen auf der Tüte mit den sogenannten Todestrüffeln überein. Somit haben wir den Letzten von Elisabeth Lauers Verwandtschaft ausgeschlossen. Wir stehen folglich genauso da wie am Anfang.«

Paula schob ihm die leere Box zu.

»He, klasse, du hast den ganzen Gemüsekram aufgegessen. Marianne wird stolz auf mich sein!«

Paula schluckte den letzten Bissen hinunter. »Was sagt denn deine Waage zu der Diät?«

»Zweihundert Gramm«, knurrte Keeser schlecht gelaunt.

»Das ist zwar nicht sehr viel, aber doch immerhin etwas und kein Grund, so schlecht drauf zu sein. Wenn man nämlich davon ausgeht, dass du weiterhin so schön durchhältst, sind das in einem Monat immerhin knappe zwei Kilo, und das mal zwölf – Mensch, Keeser, dann bist du heute in einem Jahr gertenschlank!«

»Zugenommen«, ergänzte er noch schlechter gelaunt.

Bevor sie ihm ein paar tröstende Worte zukommen lassen konnte, klingelte Paulas Handy. Sie nahm das Gespräch an. Während sie dem Anrufer aufmerksam lauschte, machte sich ein zufriedenes Lächeln auf ihrem Gesicht breit. Sie bedankte sich für den Anruf und beendete das Telefonat.

»Ja!«, rief sie jubilierend aus. »Sag, dass ich genial bin!«

»Warum denn das?«

»Weil ich recht hatte. In ausnahmslos jeder Teedose konnte Arsen nachgewiesen werden. Marion Lauer hat sich also Tasse für Tasse, die sie sich aufgebrüht und getrunken hat, systematisch vergiftet. Und jetzt rate mal, wessen Fingerabdrücke auf den Dosen sichergestellt wurden.«

»Natalia Lauers«, sagte Keeser wie aus der Pistole geschossen.

»Bingo! Der Haftbefehl wegen versuchten Mordes ist bereits beantragt. Wir müssen nur beim Gericht vorbeifahren, und dann können wir die böse Stiefmutter abholen und in den tiefen Kerker werfen. Aber vorher muss ich kurz nach Hause und mich umziehen«, sagte Paula, die noch immer in den Motorradklamotten steckte.

***

Natalia Lauer öffnete die Tür.

»Ich haben jetzt kein Zeit. Ich haben Termin bei Nagelstudio«, sagte sie unfreundlich, als sie die Beamten vor ihrer Tür stehen sah.

»Ich fürchte, Frau Lauer, diesen Termin können Sie nicht wahrnehmen«, sagte Paula. So, wie es aussieht, wirst du generell in nächster Zeit auf derartige Annehmlichkeiten verzichten müssen, fügte sie in Gedanken hinzu.

»Was wollen Sie schon wieder von uns?« Bernhard Lauer war

neben seine Frau getreten und wirkte ebenso wenig erfreut von dem ungebetenen Besuch wie Natalia.

»Wir kommen wegen Ihrer Frau. Dürfen wir reinkommen?«

Bernhard Lauer sah Keeser böse an. »Nein, dürfen Sie nicht. Und wenn Sie uns nicht endlich in Ruhe lassen, werde ich Beschwerde gegen Sie einreichen.«

»Ja, das erwähnten Sie schon«, sagte Keeser übertrieben gelangweilt. »Gut, dann machen wir es halt hier draußen auf der Straße.« Er zog ein zusammengelegtes Papier aus seiner Innentasche und faltete es betont langsam auseinander.

»Meine Kollegin und ich werden jetzt Ihre Gattin verhaften, hier haben wir den Haftbefehl.«

»Sie wollen *was*? Meine Frau verhaften? Sind Sie verrückt geworden?«

»Von wem wurde der eigentlich unterschrieben? Wollen wir doch mal sehen«, sagte Keeser und holte seine Lesebrille hervor. Umständlich klappte er sie auseinander und setzte sie auf. »Da haben wir es ja: Unterschrieben wurde er von Richter Reinhard Körner und – wer hätte das geglaubt? – von Ihrem Freund und Golfkollegen, dem Herrn Oberstaatsanwalt.« Keeser überreichte dem sprachlosen Bernhard Lauer das Schreiben. »Hier. Für Ihre Unterlagen.«

Als Nächstes erklärte er Natalia Lauer ihre Rechte: »Hiermit nehme ich Sie wegen des dringenden Tatverdachtes des versuchten Mordes an Ihrer Stieftochter, Marion Lauer, fest. Sie haben das Recht, die Aussage zu verweigern. Weiterhin haben Sie das Recht auf einen Anwalt. Falls Sie nicht in der Lage sein sollten, die Verfahrenssprache zu verstehen, können Sie einen Dolmetscher hinzuziehen.«

Natalia Lauer sah Keeser verständnislos an.

»Bernhard, was ist los hier? Du musst sagen etwas«, rief sie ihrem Mann zu, der mit verkniffenem Mund und ohne jegliche Gegenwehr zugesehen hatte. Das Zuschnappen der Handschellen löste seine Erstarrung.

»Meine Frau soll versucht haben, Marion zu töten? Wie kommen Sie denn auf diesen Schwachsinn? Hat meine Tochter das etwa behauptet? Marion ist drogenabhängig, der dürfen Sie kein Wort glauben.«

»Wir glauben aber unseren Kollegen im Kriminallabor, und die haben Ihre Frau anhand von aussagekräftigen Beweisen dieser versuchten Tat überführt. Am besten, Sie kümmern sich um einen Anwalt für Ihre Gattin, der wird Sie dann über alles genauestens unterrichten.«

Paulas Handy klingelte. Sie nahm es aus der Jacke und drehte sich von Keeser und den Lauers weg.

»Ja?«, meldete sie sich, ohne auf das Display gesehen zu haben.

Es war Andreas Knopp, der die Untersuchung von Monika Lauers Leichnam abgeschlossen hatte. Das Gespräch dauerte nur wenige Minuten, aber es hob Paulas Stimmung ungemein.

»Tja, Frau Lauer«, sagte sie, als sie sich wieder zu ihnen gesellte, »gerade eben ist noch eine Mordanklage hinzugekommen.«

Bernhard Lauer sah sie entsetzt an. »Ist Marion etwa gestorben?«

Die Frage implizierte für Paula, dass Bernhard Lauer es doch für möglich hielt, dass Natalia seiner Tochter Böses wollte.

»Nein, Marion geht es gut. Ich spreche von Monika, Ihrer ersten Frau. Unser Rechtsmediziner hat mir gerade das Ergebnis der Untersuchung durchgegeben.«

Bernhard Lauer sah Paula fassungslos an. »Meine Frau ist tot, seit sechs Jahren schon. Tot und begraben, da können Sie gar nichts untersucht haben. Die Erlaubnis für eine Exhumierung würde ich Ihnen sowieso niemals geben.«

»Das ging auch ohne Ihre Erlaubnis.«

»Ich werde Sie verklagen«, sagte er tonlos.

»Vielleicht überlegen Sie sich das noch einmal, denn bei der Untersuchung wurden größere Mengen Thallium in den sterblichen Resten Ihrer Frau festgestellt. Landläufig als Rattengift bekannt, wie Sie als Arzt ja sicherlich wissen, und auch noch nach Jahren in den Haaren eines Menschen nachweisbar. Bei Ihrer ersten Frau wurde es in den Nägeln gefunden. Nicht der Krebs hat sie getötet, Herr Lauer, sie wurde gezielt umgebracht.«

Bernhard Lauer war blass und sehr still geworden. Er wich ein Stück von Natalia ab und sah sie unverwandt an.

Diese blickte verständnislos von einem zum anderen, ihre Deutschkenntnisse reichten nicht aus, um zu verstehen, was genau hier vorging.

»Wenn nicht *Sie* dieses Gift Ihrer damaligen Frau verabreicht haben, wer kann es Ihrer Meinung nach dann gewesen sein?«, fragte Paula.

Bernhard Lauer betrachtete Natalia mit versteinerter Miene. »Ist das wahr? Hast du Monika Rattengift verabreicht?«

Das schien Natalia verstanden zu haben. »Monika wäre gestorben sowieso, ich nur habe ein wenig geholfen nach«, sagte sie mit aufgespritztem Schmollmund. »Ein Mann braucht starke, gesunde Frau, nicht Frau, die immer liegt in Bett.«

»Dann hatte meine Mutter all die Jahre recht mit ihrem Verdacht? Und ich glaubte die ganze Zeit, sie ist eine alte böse Hexe, die mir mein zweites Glück nicht gönnt!« Er sah aus, als würde er jeden Moment zusammenbrechen. »Und Marion?«

»Ist nur schmarotzerische, faule Frau, die immer nur wollte deine Geld. Hat immer gemacht dir nur Ärger und Sorge. Hat sich eingenistet wie Ungeziefer in unsere Haus. Das ich wollte nicht mehr.«

»Nehmen Sie sie mit«, sagte Bernhard Lauer kalt.

***

»Das war wirklich gute Arbeit, Frau Stern«, lobte Heribert Sonne. Er war extra in Paulas und Keesers Büro gekommen, um ihr das zu sagen. »Wir haben einen Mord, der Jahre zurückliegt, und einen aktuellen Mordversuch aufgeklärt, das soll uns mal jemand nachmachen. Natalia Lauer wird dafür zweifellos lebenslänglich bekommen. Aber der Mörder von Elisabeth Lauer läuft noch frei da draußen herum.«

Von den angedrohten Repressalien hinsichtlich der von ihm nicht genehmigten Exhumierung war keine Rede mehr.

»Wann können Sie mit dem verreisten Nachbarn sprechen?«

Keeser sah auf die Uhr.

»Wir sollten langsam los, Alfons Hartmann kommt in etwa einer Stunde am Bahnhof an. Wir dürfen ihn auf keinen Fall verpassen, sonst trifft ihn der Schlag, wenn er nach Hause kommt und sieht, dass die Haustür aufgebrochen wurde.«

***

Paula und Keeser hatten eine halbe Stunde vor der geplanten Ankunft der Reisegesellschaft am Busbahnhof vor dem Landauer Hauptbahnhof Stellung bezogen. Die Einfahrt, durch die sämtliche Busse von der Maximilianstraße hereinkommen mussten, lag in ihrem Blickfeld. Der Bus, auf den sie warteten, hatte jedoch inzwischen fast eine Stunde Verspätung.

Während Paula es sich auf einer Bank so bequem wie möglich gemacht hatte und die Leute beobachtete, ging Keeser immerzu schweigend auf und ab.

»Wenn du so weiterrennst, hast du morgen zweihundert Gramm abgenommen«, sagte sie neckend, als er mal wieder an ihr vorbeimarschierte.

Keeser blieb abrupt stehen. »Mach dich nur lustig über mich, du dürre Bohnenstange.«

In diesem Moment bog ein weißer Reisebus hinter Keesers Rücken ein. »Friedmann Reisen«, verriet der grüne Schriftzug.

»Da kommt er ja endlich«, sagte Paula erleichtert. Ihr taten der Hintern und der Rücken vom langen Sitzen auf der harten Bank weh.

Sie beobachteten, wie der Bus in ein Terminal hineinfuhr. Als er angehalten hatte, setzten sie sich in Bewegung.

Mindestens dreißig Menschen quollen plaudernd und lachend durch zwei Türen aus dem Bus. Die Seitenklappen wurden geöffnet, Gepäckstücke wurden aus dem Bauch des Fahrzeugs gezerrt und auf den Bussteig gestellt. Augenblicklich begann ein Gerangel, jeder der Reisenden wollte seinen Koffer oder seine Reisetasche zuerst haben.

Paula versuchte anhand des Fotos, das sie von Elke Wüst-

Hartmann bekommen hatte, Alfons Hartmann in dem Gewimmel auszumachen.

Keeser, der am anderen Ende des Busses stand, erspähte ihn jedoch vor ihr. Sie sah, wie er dem Mann seinen Dienstausweis zeigte und ihn beiseitenahm.

Alfons Hartmann stand stocksteif und blass da, als sie sich einen Weg zu ihm und Keeser gebahnt hatte.

»Es ist alles gut, Herr Hartmann. Ihrer Familie geht es prächtig, ich wollte Ihnen keinesfalls Angst machen«, erklärte Keeser ihm gerade.

Paula wusste aus eigener Erfahrung, dass die Menschen meist vom Schlimmsten ausgehen, wenn plötzlich die Polizei vor ihnen steht. Erst recht, wenn es ein Beamter von der Mordkommission ist.

»Sie sollten sich vielleicht einen Moment hinsetzen«, schlug Paula vor, nachdem sie sich ihm vorgestellt hatte, und nahm ihn am Arm. »Mein Kollege kümmert sich um Ihr Gepäck.«

Alfons Hartmann ließ sich zur nächsten Bank führen und setzte sich. Sein weißes Haar, der dicke weiße Schnurrbart – er sah genauso aus wie auf der Fotografie, stellte Paula fest. Und dennoch wirkte er in natura um einiges älter und gebrechlicher.

Keeser kam mit einem Koffer und stellte ihn neben der Bank ab.

»Geht es wieder?«, fragte er besorgt.

Alfons Hartmann nickte und sah die Beamten unsicher an. »Wenn es meiner Familie angeblich gut geht, warum holt mich dann die Kripo vom Bahnhof ab? Woher wissen Sie überhaupt, dass ich heute mit dem Bus zurückkomme? Was ist denn passiert?«

Paula beantwortete seine Fragen der Reihe nach. Zu guter Letzt eröffnete sie ihm, dass seine Nachbarin, Elisabeth Lauer, getötet wurde.

Alfons Hartmann reagierte darauf ziemlich gelassen. »Elisabeth ist tot? Tja, in unserem Alter kann der Sensenmann jederzeit vor der Tür stehen. Wie ist es passiert?«

»Sie wurde vergiftet.«

»Vergiftet«, wiederholte er. »Und warum sind Sie jetzt hier und holen mich ab?«, schickte er vorsichtig hinterher.

»Lassen Sie uns zu Ihnen nach Hause fahren«, schlug Paula vor. »Auf der Fahrt erzähle ich Ihnen alles.«

Sie ergriff Alfons Hartmanns Ellbogen, half ihm beim Aufstehen und führte ihn zum Wagen. Keeser übernahm wenig begeistert den Koffer.

Alfons Hartmann hörte Paula auf dem Weg nach Bad Bergzabern gespannt zu, und als Keeser vor seinem Haus in der Zeppelinstraße anhielt, wusste er in groben Zügen, was während seiner Abwesenheit passiert war. Die aufgebrochene Tür nahm er mit Gelassenheit.

Kaum dass sie seine Diele betreten hatten, klingelte das Telefon. Es war seine Tochter, die sich vergewissern wollte, dass er wieder zu Hause war und dass es ihm gut ging.

Während Alfons Hartmann telefonierte, gingen Paula und Keeser durchs ganze Haus, öffneten die restlichen Fensterläden und ließen frische Luft herein.

Nach dem Telefonat mit seiner Tochter setzte sich Alfons Hartmann erschöpft auf einen Sessel im Wohnzimmer.

»Herr Hartmann, ein paar Fragen müssen wir Ihnen noch stellen, bevor wir Sie allein lassen und Sie sich ausruhen können«, sagte Paula und setzte sich ihm gegenüber auf die Couch.

Der alte Mann nickte.

»Ihr Haus, wollten Sie es verkaufen?«

»Wieso interessiert Sie das?«

»Wir gehen derzeit davon aus, dass der Tod Ihrer Nachbarin eventuell mit dem Kaufangebot für Ihr Haus zusammenhängt, das sie abgelehnt hat.«

»Ach ja? Ich würde sofort verkaufen. Mir ist das hier inzwischen zu groß, ich hätte viel lieber eine kleine Wohnung.«

»Sie *würden* sofort verkaufen? Warum verkaufen Sie es denn dann nicht?«

»Weil der Auftraggeber vom Frank, also von Frank Bergmann, nicht nur eines dieser drei Grundstücke haben will, sondern alle drei zusammen. Mit einem allein kann er nichts anfangen, hat

Frank gesagt. Ich hab ja immer gehofft, dass die Damen Gensheimer und Lauer sich doch noch für einen Verkauf entscheiden, aber bei so sturen alten Weibern beißt man auf Granit.«

»Frank Bergmann ist Immobilienmakler – er hätte Ihr Haus doch sicherlich auch so für Sie verkauft bekommen«, wunderte sich Keeser.

»Das wollte er nicht, er sagte, er würde dann mit seinem Auftraggeber Ärger bekommen, der schon die Pläne für die Bebauung fix und fertig in der Schublade hätte.«

»Es gibt aber doch noch andere Makler, wenn nicht in Bergzabern, dann in Landau oder anderswo«, sagte Paula verständnislos.

Alfons Hartmann druckste ein wenig herum. »Frank hat mir zu verstehen gegeben, dass das Ärger geben würde, Ärger für mich mit seinem Auftraggeber.«

»Er hat Ihnen also gedroht?«

»So könnte man das nennen.«

»Kennen Sie den Auftraggeber?«, fragte Keeser.

»Holger Neu, daraus hat Frank kein Geheimnis gemacht.«

»Hat der jemals persönlich mit Ihnen Kontakt aufgenommen?«

»Nein.«

»Wir haben gestern ein paar Trüffel aus Ihrem Kühlschrank geklaut«, gestand ihm Paula. »Ich hoffe, Sie verzeihen uns das.«

»Meine Trüffel?«, sagte Alfons Hartmann auf einmal seltsam gereizt.

»Elisabeth Lauer wurde mit genau dieser Sorte Rieslingtrüffel vergiftet, und wir hatten Sorge, dass man Ihnen das Gleiche antun wollte. Deshalb haben wir sie ins Labor gebracht«, erklärte Keeser ihre Vorgehensweise.

»Und, waren sie vergiftet?«

»Nein, waren sie nicht.«

Paula stand auf und stellte sich vor die Terrassentür. Ihr Blick fiel auf die geleerten Beete.

»Was ist eigentlich mit Ihrem Garten passiert? Ihre Tochter war erschrocken, als sie ihn gesehen hat. Sie sagte, Sie hätten immer ein blühendes Paradies da draußen gehabt.«

»Mein Garten? Wieso interessieren Sie sich für meinen Garten? Was sollen all diese Fragen?«

»Wir versuchen nur, ein Puzzle zusammenzusetzen, Herr Hartmann.«

»Und zu diesem Puzzle gehören meine Trüffel und auch mein Garten?«

»Vielleicht. Es könnte ja sein, dass jemand Ihre Blumenbeete zerstört hat, um Sie unter Druck zu setzen. Bei Ihrer Nachbarin wurde zum Beispiel eine tote Ratte im Haus versteckt.«

»Nein, mir ist einfach die Arbeit mit den Staudenbeeten über den Kopf gewachsen, deshalb hab ich sie leer geräumt. Ist das etwa verboten?«

»Nein, natürlich nicht«, sagte Paula, die sich über Alfons Hartmanns zunehmende Gereiztheit wunderte.

In ihrer Jackentasche begann das Handy zu klingeln. Sie entschuldigte sich und ging in die Diele.

»Hallo, Frau Stern, ich glaube, ich habe da was Interessantes für Sie«, verkündete Werner Dreißigacker.

»Lassen Sie hören«, sagte Paula und sah dabei einen Stapel Zeitschriften durch, der auf einem Hocker lag.

»Es geht um die Trüffel, die Sie zuletzt ins Labor gebracht haben.«

»Waren die nicht ohne Befund?« Paula zog ein Schreiben aus dem obersten Heft. »3. Mahnung«, stand darauf. Sie überflog den Text. Es ging um eine Restzahlung in Höhe von einhundertachtzigtausend Euro. Absender war ein Seniorenwohnheim in Speyer.

Hat sich Alfons Hartmann dort etwa eingekauft?, fragte sich Paula.

»Die Pralinen ja, die Dose nicht«, sagte Dreißigacker.

»Was soll das heißen, *die Dose nicht*?«

»Das Labor hat nicht nur die Trüffel untersucht, sondern auch die Fingerabdrücke auf der Kunststoffdose, in der sie sich befanden, sichergestellt und zu uns rübergeschickt. Und wir haben eine Übereinstimmung.«

»Wir reden von den Pralinen aus Alfons Hartmanns Haus?«, vergewisserte sich Paula.

»Genau von denen«, sagte Dreißigacker. »Die Fingerabdrücke auf der Dose fanden sich auch auf der Pralinentüte mit den vergifteten Trüffeln. Das hilft Ihnen hoffentlich weiter.«

Paula bedankte sich und legte auf. Nachdenklich kaute sie auf ihrer Unterlippe. Das würde heißen, dass Alfons Hartmann Elisabeth Lauers Trüffeltüte in der Hand gehabt hatte. Und der einzige Grund dafür, der Paula einfiel, war der, dass er ihr die Tüte geschenkt hatte …

Paula ging mit der Mahnung in der Hand zurück ins Wohnzimmer.

»Das war die Kriminaltechnik«, sagte sie und sah den alten Herrn scharf an.

»Man hat Ihre Fingerabdrücke auf der Tüte gefunden, die in Elisabeth Lauers Tasche war und in der sich die vergifteten Trüffel befanden. Haben Sie dafür eine Erklärung, Herr Hartmann?«

Alfons Hartmann war kalkweiß geworden und schluckte schwer.

Paula legte ihm die Mahnung des Seniorenwohnheimes auf den Schoß.

Keeser versuchte, einen Blick darauf zu erhaschen.

»Ich werde Ihnen die Geschichte jetzt so erzählen, wie ich glaube, dass sie stattgefunden hat. Wenn etwas nicht stimmen sollte, korrigieren Sie mich bitte«, sagte Paula. »Als Frank Bergmann Ihnen das Angebot für Ihr Haus machte – ich nehme mal an, dass es, wie bei Elisabeth Lauer auch, zweihunderttausend Euro waren –, zogen Sie sofort los und kauften sich bei diesem Seniorenwohnheim hier ein.« Paula deutete auf die Mahnung. »Aber Helma Gensheimer und Elisabeth Lauer dachten gar nicht daran, ihre Häuser zu verkaufen, da konnten Sie sich den Mund fusselig reden. So weit alles richtig?«

Da Alfons Hartmann nichts erwiderte, sondern nur regungslos auf die Mahnung starrte, fuhr sie fort: »Und da kamen Sie auf die Idee, Elisabeth Lauer aus dem Weg zu räumen, denn Sie rechneten fest damit, dass deren Familie das Haus nach ihrem Tod verkaufen würde. Und Helma Gensheimer? Die würde ohne ihre beste Freundin Elisabeth bestimmt auch nicht hier wohnen bleiben wollen. Sie wussten von Elisabeth Lauers Vorliebe für Riesling Auslesetrüffel, und so erkoren Sie diese als das geeignete Mordwerkzeug aus. Ihnen war klar, dass Elisabeth Lauer ihre Lieblingstrüffel zeitnah essen würde, also buchten Sie Hals über Kopf die Reise nach Italien, in der Hoffnung, dass der Verdacht nicht auf Sie fallen würde, wenn Elisabeth Lauer während Ihrer Abwesenheit sterben würde. Wie war das bis jetzt, Herr Hartmann?«

Alfons Hartmann nickte kaum merklich.

»Hab ich was vergessen?«

»Wie das Gift in die Trüffel kam«, sagte Keeser anstelle von Alfons Hartmann.

Paula trat erneut an die Terrassentür und sah in den Garten hinaus. »Genau, die Trüffel. Aconitin ist das Gift des Blauen Eisenhutes – ein begeisterter Hobbygärtner wie Sie weiß das natürlich. Und wenn ich in Ihren Garten schaue, stolpere ich automatisch über die frisch geleerten Beete. Ein Blumenmeer soll das gewesen sein, das sagt nicht nur Ihre Tochter, sondern auch Frau Gensheimer. Lassen Sie mich raten: Es waren viele blaue Blumen dabei, stimmt's? Die mussten natürlich verschwinden, damit Ihnen niemand auf die Schliche kommen konnte, wenn festgestellt werden würde, woran Elisabeth Lauer gestorben war. Wie Sie allerdings die Pralinen so perfekt hinbekommen haben, dass der Unterschied nur beim genauen Hinsehen auffällt, ist mir ein Rätsel.«

»Pralinenkurse bei Rebert in Wissembourg.«

Paula setzte sich auf den Couchtisch, genau vor Alfons Hartmann, und zwang ihn so, sie anzusehen.

»Warum um Himmels willen haben Sie das getan?«

»Ich wollte endlich meine Ruhe haben. Ich wollte das Haus loswerden, ich wollte weg von hier und in die Nähe meiner Tochter ziehen. Elisabeth hat mich genervt mit ihren ständigen Verschwörungstheorien. Frank Bergmann hat mich genervt mit seiner Drängelei, ich solle die beiden Damen endlich zur Vernunft bringen. Und dann kam diese dritte Mahnung mit Androhung auf Mahnbescheid, Inkassoverfahren und Pfändung. Ich wusste einfach nicht mehr ein noch aus.«

»Einen Kaufvertrag kann man rückgängig machen, Herr Hartmann, den Tod eines Menschen nicht. Eines kann ich Ihnen aber versprechen: Ihr nächstes Zuhause wird um einiges kleiner sein als Ihr Haus«, sagte Keeser und stand auf. Er nahm Alfons Hartmann am Arm und zog ihn aus dem Sessel. »Kommen Sie, wir fahren ins Präsidium.«

Paula schloss alle Fenster und folgte Keeser und Alfons Hartmann nach draußen auf die Straße.

Keeser half dem alten Mann auf den Rücksitz, schloss die Wagentür und wartete auf Paula.

»Zwei Mordfälle und einen Mordversuch zum Abschluss gebracht, alle Achtung, du bist heute richtig gut«, lobte er sie.

»Vergiss Frank Bergmann nicht, seine Verhaftung geht auch auf mein Konto. Matthias meint, dass sie ihn aufgrund der Kinderpornos auf seinem Computer für längere Zeit aus dem Verkehr ziehen können.«

»*Matthias* sagt das? Nicht mehr Weber? Das hört sich ja richtig ernst an«, bemerkte Keeser süffisant.

Paula überging die Stichelei. »Nur diesem schmierigen Holger Neu können wir nichts nachweisen.«

»Das machen wir dann ein andermal«, sagte Keeser zuversichtlich und drückte ihr den Autoschlüssel in die Hand.

»Ich darf fahren? Ist das etwa meine Belohnung, weil ich eine so sagenhafte Ermittlerin bin?«

»Nicht deshalb, sondern weil ich einen viel besseren fahrbaren Untersatz habe«, sagte er und zeigte auf den gelben Amischlitten, der ein paar Meter von ihnen entfernt parkte. »Ich fahre heute Chevrolet!«

Tatorte und anderes Wissenswertes

Liebe Leserinnen, liebe Leser, vielleicht hat ja der eine oder andere von Ihnen nach der Lektüre meines Buches Lust auf eine Tatortbegehung bekommen? Für diesen Fall habe ich Ihnen wieder ein paar wichtige Informationen zu den Orten und Lokalitäten aufgeschrieben, an denen sich Paula Stern und ihr Kollege Bernd Keeser (und natürlich auch Matthias Weber) in diesem Buch herumtreiben. Viel Spaß beim Erkunden und Kennenlernen »meiner« schönen Pfalz ... möglicherweise läuft oder fährt man sich ja mal zufällig über den Weg?

Annas Landpartie
Da sollten Sie unbedingt mal reinschauen! Wie Bernd Keeser schon sagte, werden hier ausschließlich Pfälzer Produkte verkauft, zum Beispiel: Honig, Pfälzer Whisky, Kaffees aus Pfälzer Röstereien, die Pralinen aus der Rebmann Manufaktur, feine Weine, Marmeladen und vieles, vieles mehr – sogar meine Pfalz Krimis und meine Pfälzer Kochbücher können Sie dort käuflich erwerben.
Annas Landpartie gibt es an zwei Standorten:
1. 76829 Landau, Theaterstraße 18
Öffnungszeiten: Mo–Fr 10–18.30 Uhr; Sa 9.30–14 Uhr
Tel.: 06341/9596500
2. 67346 Speyer, Maximilianstraße 90
Öffnungszeiten: Mo–Fr 10–18.30 Uhr; Sa 9.30–18 Uhr
Tel.: 06232/6588802
E-Mail-Adresse für beide: info@annas-landpartie.de

Bad Bergzabern (pfälzisch: Berchzawwre)
Die hübsche Kleinstadt liegt im Landkreis Südliche Weinstraße (Kfz-Kennzeichen SÜW) in Rheinland-Pfalz, und zwar nah am Anfang der Deutschen Weinstraße und am östlichen Rand des Pfälzer Waldes. Sie hat circa 8.400 Einwohner (Stand

September 2016), und laut Statistik ist der Anteil der weiblichen Anwohner erheblich höher als der der männlichen – betrachten Sie, liebe ledige Männer, das also als Geheimtipp. Zudem ist Bad Bergzabern anerkanntes Heilbad.
Übers Jahr verteilt gibt es diverse Veranstaltungen, zum Beispiel:
- Bergzaberner Mandelwochen
- die Rosenwochen im Bergzaberner Land
- Landpartie: ein Stationentheater an verschiedenen Orten der Verbandsgemeinde
- Pfälzer Krimiwochenende entlang der Weinstraße (immer am ersten Wochenende im November) – Vielleicht treffen wir uns ja bei dieser Gelegenheit mal?
- Petit fleur: Ausstellung rund um den Garten mitten im Kurpark
- Helle Nacht (im Juli): Bad Bergzabern feiert bis in die Nacht auf den Straßen
- Bergzaberner BuchLese: viele Lesungen während der Weinlesezeit an verschiedenen Orten in der Stadt

www.bad-bergzaberner-land.de, www.bad-bergzabern.de

China Town
Das chinesische Restaurant befindet sich im Kurtalcenter direkt am Eingang zum Kurpark. Günstiger Mittagstisch, auch mit Büfett.
China Town, Kurtalstraße 21, 76887 Bad Bergzabern
Öffnungszeiten: täglich 11.30–15 Uhr und 17.30–23 Uhr
Tel.: 06343/988125

Landgut Buschmühle im Modenbachtal
Die Buschmühle, wie das Restaurant von Einheimischen schlicht genannt wird, liegt romantisch gelegen am Modenbach und eingebettet zwischen Wald und Weinbergen. Schon 1608 wurde hier eine »Mal- und Oelmühle sowie eine Hammerschmiede« betrieben. 1838 wurde neben der alten Mühle das heutige Haupthaus im Stil eines Herrschaftshauses erbaut. Erstmals 1900 wurde in

der Buschmühle eine Gaststätte eingerichtet, die schon bald beliebtes Ausflugsziel für Wanderer und Kutschen aus der Garnisonsstadt Landau wurde. Im Jahr 1958 wurde der Mühlbetrieb eingestellt. Die Gaststätte erfreut sich auch heute nach über 100 Jahren noch großer Beliebtheit.
Bei schönem Wetter sitzt man auf einer lauschigen Terrasse, bei schlechtem wahlweise im Grünen Zimmer, in der Bibliothek oder im Musikzimmer. Größer gefeiert wird im Spiegelsaal und im Pfauensaal.
Mittwochs und donnerstags gibt es ab 18 Uhr ein leckeres und zudem günstiges After-Work-Menü mit vier Gängen.
Restaurant im Landgut Buschmühle, 76835 Buschmühle
Öffnungszeiten: Mo und Di Ruhetag; Werktage 18–24 Uhr; So und Feiertag 11.30–24 Uhr
Tel.: 06323/4598
E-Mail: restaurant@buschmuehle.de
www.buschmuehle.de

LEMON – Cafébar-Restaurant
Das »LEMON« ist zu einer wahren Szenebar geworden und beliebt bei Jung und Alt. Man kann dort nicht nur zu später Stunde feine Cocktails schlürfen, es gibt auch neben einem interessanten Speisenangebot (zum Beispiel tolle Burger und die »LEMON Cheesy Fries«!) einen günstigen Mittagstisch und ein reichhaltiges Brunchangebot am Wochenende.
LEMON – Cafébar-Restaurant, Reiterstraße 15, 76829 Landau
Öffnungszeiten: Mo–Do 11–1 Uhr; Fr 11–2 Uhr; Sa 9–2 Uhr; So 10–0 Uhr
Tel.: 06341/3884030
www.lemon-landau.com

Patisserie Daniel Rebert
Hier können Sie feine Schokoladen und Pralinen kaufen, aber auch cremegefüllte Macarons und traumhafte Törtchen, die fast zu schön sind, um sie aufzuessen.
Pralinenkurse werden auch angeboten.

Patisserie Daniel Rebert, 7 Place du Marché aux Choux, 67160 Wissembourg
Öffnungszeiten: Di–Fr 7.30–18.30 Uhr; Sa, So und Feiertag 8–18 Uhr
www.patisserie-rebert-fr

Rebmann Manufaktur »Das Café«
Hier können Sie nicht nur köstliche handgefertigte Pralinen und Trüffel aus »einer der größten Pralinentheken der Pfalz« käuflich erwerben, im modern eingerichteten Café nebenan können Sie auch unter der Woche reichhaltig frühstücken oder beim sonntäglichen Frühstücksbüfett schlemmen, es gibt hier zudem einen kleinen Mittagstisch mit abwechslungsreichen Tagesessen. Sie können aber auch einfach nur den Nachmittagskaffee mit einer großen Auswahl an Torten und Kuchen genießen. Für Allergiker gibt es laktose- und glutenfreie Produkte.
Rebmann Manufaktur »Das Café«, Petronellastraße 33, 76887 Bad Bergzabern
Öffnungszeiten: Di–So, Laden 7.30–18 Uhr, Café 9–18 Uhr
Tel.: 06343/9893883
Aber Sie können sich auch in Leinsweiler mit den feinen Köstlichkeiten eindecken:
Rebmann Manufaktur »Pralinerie«, Weinstraße 13 A, 76829 Leinsweiler
Öffnungszeiten: Di–Sa 6–11.30 Uhr; So 7–11.30 Uhr
Tel.: 06345/407980
E-Mail: info@trueffelshop.com
www.trueffelshop.com

Ristorante Wappenschmiede
Hier bekommen Sie sowohl in den gemütlichen Räumen des historischen Mühlengebäudes als auch im Sommer im zauberhaften Biergarten auf zwei Ebenen und direkt neben dem alten Mühlrad Köstliches aus der Küche Apuliens serviert.
Zitat der Familie Vaccarelli: »Lernen Sie eine unverfälschte und kreative italienische Küche aus besten frischen Produkten

kennen und tauchen Sie ein in eine kulinarische Reise in unsere Heimat.«

Ristorante Wappenschmiede, Wappenschmiedestraße 14, 76889 Pleisweiler-Oberhofen

Öffnungszeiten: Di ganzjährig Ruhetag; Mo–Sa 11.30–14.30 Uhr und 17–22 Uhr; So und Feiertag 11.30–22 Uhr

Tel.: 06343/1331

E-Mail: info@ristorante-wappenschmiede.de

www.ristorante-wappenschmiede.de

Weihnachtstrüffel
Zutaten für ca. 40 Stück

Für die Trüffelmasse:
300 g Zartbitterschokolade
5 EL Milch
125 g Butter
100 g gesiebter Puderzucker
1 Msp. Koriander
2 Msp. Zimt (ersatzweise 2 Msp. Lebkuchengewürz)

Zum Wälzen:
4–5 EL dunkler Kakao
4–5 EL gesiebter Puderzucker
ansonsten: ca. 40 Pralinenförmchen

Zubereitung:
Die Schokolade grob hacken. Die Milch und die Butter in einen mittelgroßen Topf geben und bei mittlerer Hitze schmelzen lassen. Die Schokolade zugeben und unter Rühren auflösen. Den Puderzucker und die Gewürze untermischen. Zugedeckt im Kühlschrank fest werden lassen.
Den Kakao und den Puderzucker jeweils in eine kleine Schüssel geben. Mit einem kleinen Löffel gleich große Portionen von der Trüffelmasse abstechen und mit den Händen zu gleichmäßigen Kugeln formen. Die Hälfte der Trüffel in Puderzucker wälzen, die anderen in Kakao und in die Pralinenförmchen setzen. Im Kühlschrank aufbewahren.

Tipp: Damit die Trüffelmasse beim Formen nicht so weich wird, sollten Sie zwischendurch immer wieder mal die Hände mit kaltem Wasser abspülen.

Das Rezept für die Riesling Auslesetrüffel von der Rebmann Manufaktur ist, wie Sie sich sicherlich denken können, ein streng gehütetes Geheimrezept – aber vielleicht kann ich Sie ja mit dem von mir entwickelten Rezept für feine Dornfeldertrüffel entschädigen?

Dornfeldertrüffel
Zutaten für ca. 40 Stück

Für die Trüffelmasse:
300 g Vollmilchschokolade
100 ml Sahne
100 g Butter
50 ml Dornfelder Rotwein

Zum Wälzen:
3–4 EL Kakao
ansonsten: ca. 40 Pralinenförmchen

Zubereitung:
Die Schokolade grob hacken. Die Sahne mit der Butter in einen mittelgroßen Topf geben und erhitzen, bis die Butter geschmolzen ist. Kurz aufkochen lassen und vom Herd nehmen. Die gehackte Schokolade dazugeben und unter Rühren in der Sahne schmelzen lassen. Den Dornfelder untermischen und alles zugedeckt über Nacht im Kühlschrank fest werden lassen.
Den Kakao in ein Schüsselchen geben.
Mit einem kleinen Löffel gleich große Portionen abstechen und mit den Händen gleichmäßige Kugeln formen. Jede Kugel im Kakao wälzen und in ein Pralinenförmchen setzen. Die Trüffel im Kühlschrank aufbewahren.

Tipp: Damit sich die Trüffelkugeln gut formen lassen, sollten Sie zwischendurch immer mal wieder die Hände mit kaltem Wasser abspülen.

Vanille-Nektarinenkonfitüre mit Mandelblättchen
Zutaten für ca. 4 Gläser mit je 250 ml Inhalt

Zutaten:
ca. 700 g reife Nektarinen
½ Vanilleschote
500 g Gelierzucker 1:1
50 g Mandelblättchen
4–5 Schraubgläser mit 250 ml Inhalt

Zubereitung:
Die Nektarinen vierteln, Kerne entfernen und die Haut abziehen. 500 g Fruchtfleisch abwiegen, dieses grob zerkleinern und in einen hohen Topf geben.
Die Vanilleschote der Länge nach aufschneiden und das Mark herauskratzen. Das Mark mit der Schote in den Topf geben.
Den Gelierzucker dazugeben. Zugedeckt mehrere Stunden, am besten über Nacht, ziehen lassen.
Die Gläser gründlich spülen und so heiß wie möglich ausspülen. Mit der Öffnung nach unten auf ein frisches Geschirrtuch stellen. Die Deckel in einen kleinen Topf geben, mit Wasser bedecken und zum Kochen bringen. Mehrere Minuten kochen lassen, dann vom Herd nehmen, aber die Deckel im heißen Wasser liegen lassen.
Die Marmeladenmasse zum Kochen bringen und nach Anleitung auf der Gelierzuckerpackung 4–5 Minuten sprudelnd kochen lassen. Kurz vor Ende der Kochzeit die Mandelblättchen untermischen. Nach Ende der Kochzeit eine Gelierprobe machen. Dafür einen kleinen Klecks der Marmelade auf einen kalten Teller tropfen lassen. Bleibt die Marmelade noch zu flüssig, die Masse noch kurz weiterköcheln lassen und Gelierprobe erneut machen. Wird die Marmelade fest, kann die Masse in die vorbereiteten Gläser gefüllt werden. Die Gläser sofort mit den ausgekochten Deckeln fest verschließen.

Glossar

»Der 7. Sinn« – eine fünfminütige Informationssendung zur Verkehrssicherheit im deutschen Fernsehen, die von 1966 bis 2005 im späten Samstagabend-Programm ausgestrahlt wurde. Laut Wikipedia gilt sie als »die Mutter aller Verkehrserziehungssendungen«. Die wohl umstrittenste Sendung in dieser Reihe war die von 1973 mit dem Titel »Frau am Steuer« – zu sehen bei YouTube.

Dirk Bach – von seinen Freunden liebevoll »Dickie« genannt, war Schauspieler und Komiker. Er starb viel zu früh mit nur 51 Jahren am 1. Oktober 2012.

Graphologie – Schriftpsychologie. Jeder Mensch schreibt anders – durch wissenschaftliche Analyse der individuellen Handschrift können Schriftpsychologen Rückschlüsse auf die Psyche des jeweiligen Schreibers ziehen.

KT – Abkürzung für Kriminaltechnik

Negatoskop – So heißt der beleuchtete Kasten, an den man Röntgenbilder klemmt, um sie betrachten zu können.

StGB – Abkürzung für Strafgesetzbuch

Trüffelpralinen – werden oft auch Butter- oder Schokoladentrüffel genannt. Die Bezeichnung *Trüffel* ist wohl entstanden, weil diese Pralinenart optisch sehr den Trüffelpilzen ähnelt. Gefüllt sind Trüffel mit einer Masse aus Butter, Sahne und hochwertiger Kuvertüre, dafür werden die Zutaten zusammen geschmolzen und dann cremig gerührt. Diese cremige, beinahe schnittfeste Masse wird auch *Ganache* genannt. Mit Zugabe von Aromen wie zum Beispiel Zimt, Vanille oder Honig erhält man unterschiedliche Geschmacksvariationen. Auch Spirituosen wie zum Beispiel Birnengeist, Kirschwasser oder Marillenlikör werden gerne zugesetzt. Die Trüffelmasse wird entweder mit einem Löffel abgestochen und zu Kugeln gerollt oder mittels eines Spritzbeutels mit Lochtülle auf einen Untergrund gespritzt. Die typisch »igelige« Optik entsteht, wenn man die gut gekühlten Trüffel in zerlassener, aber noch etwas zäher Kuvertüre wälzt.

Liebe Leserin, lieber Leser,

was Sie gerade gelesen haben, ist natürlich wie immer frei erfunden. Auch »mein Personal«, sprich die Leute, die in diesem Buch erwähnt werden – allesamt sind sie Ausgeburten meiner blühenden Phantasie.

In Landau gibt es auch keine Mordkommission, genauso wenig ein Rechtsmedizinisches Institut – die habe ich mir frech ausgedacht, um es meinen Kommissaren ein bisschen einfacher zu machen.

Die schöne Pfalz gibt es aber zum Glück, denn so einen sehenswerten und zauberhaften Schauplatz könnte nicht mal ich erfinden!

Und wie immer ganz zum Schluss möchte ich mich bedanken:
– bei allen, die mein Leben so wunderbar begleiten und bereichern – bei meinen Eltern, Geschwistern, Freunden. Ihr seid das Salz in meiner Lebenssuppe, dafür liebe ich euch;
– ein besonderes Dankeschön an dieser Stelle an meinen lieben Oliver, der es schafft, tagtäglich mit einer triebhaft gesteuerten Autorin zusammenzuleben; der sie trotz Abgabeterminstresses und unerwarteter Schreibattacken geduldig erträgt und sie trotzdem noch liebt (… das hoffe ich zumindest!);
– bei allen, die mich bei meinen Fragen und Recherchen so bereitwillig und tatkräftig unterstützt haben;
– bei allen, die so liebevoll an diesem Buch mitgearbeitet und die geholfen haben, es in den Buchladen und zu Ihnen zu bringen;
– und selbstverständlich bei Ihnen, ja, bei *Ihnen*, liebe Leserin, lieber Leser! Denn wenn Sie nicht wären, wäre die ganze Plackerei, das monatelange nächtelange Am-Schreibtisch-Hocken und die damit verbundene Einsamkeit (inklusive des zeitweisen Verzichts auf ein normales gesellschaftliches Leben), vollkommen sinnlos.

Und während Sie, liebe Leserin, lieber Leser, das lesen, sitze ich wahrscheinlich schon wieder ganz allein an meinem Schreibtisch und denke mir neue Geschichten für Sie aus.

Dann also bis zum nächsten Buch – ich freue mich auf Sie!

Gina Greifenstein
METZELSUPP
Broschur, 320 Seiten
ISBN 978-3-95451-803-6

»Wenn Autorin Gina Greifenstein ihre Kommissarin Paula Stern in der Südpfalz ermitteln lässt, ist Lesespaß garantiert.«
Badische Neueste Nachrichten

»Ein Krimi, der amüsante Unterhaltung mit viel Situationskomik verspricht.« Pfalz Express

Gina Greifenstein
TEUFELSTROPFEN
Broschur, 320 Seiten
ISBN 978-3-7408-0056-7

»Wer einen Krimi sucht, der den Leser stärker unterhält als aufregt und mit viel Lokalkolorit aufwartet, ist hier richtig.« Leo/Rheinpfalz

www.emons-verlag.de